NICOLE WILLIAMS
Glass Castle Prince

Nicole Williams

# GLASS CASTLE PRINCE

Roman

*Ins Deutsche übertragen von*
*Cécile G. Lecaux*

LYX

LYX in der Bastei Lübbe AG
Dieser Titel ist auch als E-Book erschienen.

MIX
Papier aus verantwortungsvollen Quellen
FSC® C014496

Die Originalausgabe erschien 2019 unter dem Titel
»Glass Castle Prince«.


Redaktion: Andrea Kalbe
Umschlaggestaltung: © Guter Punkt, München | www.guter-punkt.de
unter Verwendung der Originaldaten von
© Sommer Stein / Perfect Pear Creative Covers
Gesetzt aus der Adobe Caslon
Druck und Verarbeitung: GGP Media GmbH, Pößneck
Printed in Germany
ISBN 978-3-7363-1661-4

1 3 5 7 6 4 2

Sie finden uns im Internet unter lyx-verlag.de
Bitte beachten Sie auch: luebbe.de und lesejury.de

Liebe Leser:innen,

dieses Buch enthält potenziell triggernde Inhalte.
Deshalb findet ihr auf der letzten Seite eine Triggerwarnung.

Achtung: Diese enthält Spoiler für das gesamte Buch!

Wir wünschen uns für euch alle
das bestmögliche Leseerlebnis.

Euer LYX-Verlag

# 1. KAPITEL

Ich war ganz in der Nähe der königlichen Sommerresidenz am Ufer des Lake Genovese aufgewachsen.

Nicht, weil meine Familie reich genug gewesen wäre, um sich eins der imposanten Anwesen in der Nachbarschaft von Valmont Manor leisten zu können, und auch nicht aufgrund einer entfernten Verwandtschaft zum Königshaus.

Ich hatte dort gewohnt, weil mein Vater der Gärtner gewesen war und man uns ein bescheidenes Häuschen zwischen den Bäumen am südlichen Ende des Grundstücks zur Verfügung gestellt hatte. Ich war in unmittelbarer Nähe einer Welt des Überflusses aufgewachsen, von der meine Eltern mich jedoch ferngehalten hatten. Sie hatten mich in Watte gepackt, so wie es übervorsichtige Eltern von Einzelkindern tun. Ich hatte nie Kontakt zur königlichen Familie oder irgendeinem ihrer entfernten Verwandten gehabt, die in den Sommermonaten in Scharen zu den legendären Partys Seiner Königlichen Hoheit anreisten. Und im Herbst des Jahres, in dem ich zehn geworden war, hatte mein Dad seine Stelle als Gärtner gekündigt und einen Job als Parkverwalter weiter im Norden angenommen.

Inzwischen war es zehn Jahre her, dass ich Valmont als Tochter des Gärtners verlassen hatte, aber es hatte sich – sofern überhaupt – nur wenig verändert. So war das bei königlichen Familien: Veränderungen vollzogen sich nur sukzessive, von den Residenzen bis hin zur Garderobe.

»Ist Ihnen klar, welche Position Sie hier innehaben werden?« Die Frau in dem matronenhaften Tweedkostüm, deren Gesicht mich an eine Dörrpflaume erinnerte, blieb abrupt in dem prunkvollen Foyer stehen und riss mich unsanft aus meinen Gedanken.

Ich setzte die gleiche kompetente Miene auf wie bei meinem Vorstellungsgespräch. »Selbstverständlich.«

»Sie sind noch sehr jung. Die letzte Hausdame, die sich in der Nebensaison um das Anwesen gekümmert hat, war doppelt so alt wie Sie.« Mrs Hutchinson musterte mich streng und verzog geringschätzig den Mund.

»Was mir an Jahren fehlt, mache ich durch meine Arbeitseinstellung und Einsatzbereitschaft wett«, entgegnete ich und warf einen prüfenden Blick auf meine Schuhe, um zu sehen, ob ich es irgendwie geschafft hatte, beim Durchqueren des Königin-Angeline-Ballsaals in Pferdeäpfel zu treten, so wie es Mrs Hutchinsons missbilligende Miene vermuten ließ. »Außerdem habe ich meine ersten zehn Lebensjahre hier verbracht. Das Anwesen ist mir also vertraut.«

»Ihr Vater war der Gärtner, dürfte das Haus also nie betreten haben.«

»Das ist richtig«, bestätigte ich und achtete darauf, dabei zu lächeln, um die Person, die genau genommen meine Vorgesetzte war, nicht zu verärgern. Gott sei Dank würde sie sich gleich nach der Einweisung nach Stratford Castle begeben, dem Hauptwohnsitz der königlichen Familie.

»Es ist ein großer Unterschied, ob man den Rasen mäht und Sträucher zurückschneidet oder zweiundsechzig Zimmer über den Winter in Schuss hält und auf eventuelle Schäden durch Schnee und Eis achtet.«

Ich lächelte tapfer weiter und sagte mir, dass es vermutlich nicht ihre Absicht war, mich so herablassend zu behandeln. Sie war eben ein Snob. »Ich lerne schnell.«

Mrs Hutchinson bedachte mich mit einem weiteren skeptischen Blick, ehe sie eine der Seitentüren ansteuerte. »Prinz Edward und Sie sind gleichaltrig, nicht wahr? Sind Sie einander je begegnet, als Sie im Gärtnerhaus gewohnt haben?«

Ich gestattete mir, die Nase zu rümpfen, da sie mir den Rücken zukehrte. »Er ist zwei Jahre älter als ich, und nein, wir sind einander nie begegnet.«

Gott sei Dank. Prinz Edward war ein aufgeblasener, verwöhnter Playboy, der für das stand, was ich in einer Monarchie am meisten verabscheute: Standesdünkel und Arroganz.

»Sehr bedauerlich. Er ist ein so außergewöhnlicher Mensch.«

»Ja wirklich, sehr schade.«

Als wir an der Tür haltmachten, überzeugte sie sich davon, dass ich das riesige schwarze Buch immer noch mit mir herumschleppte. Sie hatte mir versichert, dass es alle Fragen beantworten würde, die sich zu meinen Pflichten im Haus ergeben könnten, vom Abdecken des Mobiliars mit Staubschutzhüllen bis hin zur Einstellung der Thermostate.

»Warum haben Sie sich dafür entschieden, Ihr Studium in Whitbridge für ein Jahr zu unterbrechen?«, fragte sie und schlüpfte in ihren beigen Trenchcoat, nachdem sie durch das Fenster einen Blick auf das trübe Wetter draußen geworfen hatte. »Das ist die renommierteste Universität des Landes. Waren die Anforderungen zu hoch?«

Meine Finger verkrampften sich leicht um das schwere Haushaltsbuch. »Nein. Ich habe die beiden ersten Jahre mit Bestnoten abgeschlossen.« Ich war nicht sicher, wie viel ich preisgeben sollte. »Ich habe mir eine Auszeit genommen, um zu entscheiden, was genau ich mit meinem Leben anfangen möchte, bevor ich weitere zwei oder auch zehn Jahre dranhänge.«

Mrs Hutchinson zog lachend die Handschuhe über. »*Ärzte* studieren zehn Jahre, meine Liebe.«

»Und die Töchter von Gärtnern nicht?«, entgegnete ich, womit ich vermutlich ihre Gedanken aussprach.

Sie winkte ab, als würde ich überreagieren. »Sie wissen, wie ich das meine.«

»Oh ja.« Und das stimmte. Ich wusste sehr gut, dass manche Menschen aufgrund ihres gesellschaftlichen Rangs und ihrer Herkunft gerne auf andere herabsahen. Meine Eltern hatten es nie ausgesprochen, aber ich wusste, dass mein Dad den Job als königlicher Gärtner nicht zuletzt deshalb aufgegeben hatte, weil er nicht wollte, dass ich in einem Umfeld aufwuchs, das von derart verstaubten, ewiggestrigen Ansichten geprägt war.

»Nun, dann werde ich Sie jetzt allein lassen.« Mrs Hutchinson warf mir noch einen letzten Blick zu, der verriet, dass sie befürchtete, Valmont könnte bis zur Rückkehr der königlichen Familie im kommenden Sommer in Schutt und Asche liegen.

Aber sie hatte keine Wahl. Es gab nicht viele Bewerber für den Posten. Den meisten erschien es wenig verlockend, Herbst und Winter in einem der entlegensten Winkel des Landes zu verbringen, wo man wochenlang keinen Menschen – womöglich nicht einmal ein Tier – zu Gesicht bekam.

Aber ich hatte meine Gründe gehabt, mich zu bewerben.

»Notfalls erreichen Sie mich Tag und Nacht auf dem Handy.« Mrs Hutchinson trat durch die Tür und blickte stirnrunzelnd in den grauen, wolkenverhangenen Himmel.

»Ich bin sicher, Sie werden im Juni alles genauso vorfinden, wie Sie es verlassen haben.«

Sie wartete unter dem Vordach auf den Chauffeur, der mit einem Regenschirm herbeieilte, um sie vor dem Nieselregen zu schützen. »Das will ich hoffen«, sagte sie, ehe sie im Fond des schwarzen Aston Martin Platz nahm.

Mir stand für die Dauer meines Aufenthalts auch ein Fahrzeug zur Verfügung, wenn auch kein Aston Martin, sondern ein alter klappriger Pritschenwagen, wie ihn Bauern benutzten, um auf dem Markt ihre Steckrüben zu verkaufen.

Ich stand in der Tür des königlichen Landsitzes und winkte dem abfahrenden Wagen nach, womit ich für mehrere Wochen Abschied von der Außenwelt nahm. Zeit, die ich nutzen wollte, um das Chaos in meinem Hirn zu ordnen und mich hoffentlich zu resetten. Um an den Ausgangspunkt zurückzukehren, bevor mich das Leben mit all seinen Unwägbarkeiten und Erwartungen aus der Bahn geworfen hatte.

An den magischen Ort, an dem ich ich selbst war und genau wusste, was ich mit meinem Leben anfangen wollte.

Mit einem Jubelschrei ging ich zurück ins Haus und schloss die Tür, um den Rest der Welt auszusperren. Endlich allein.

Als Erstes streifte ich die Sneakers ab und fasste mein langes Haar zu einem Pferdeschwanz zusammen. Dann ging ich von einem Zimmer zum nächsten, wobei ich überall Licht machte und meine Kindheitsfantasie auslebte, durch jedes einzelne der Zimmer zu tanzen, die ich damals nur von außen durch das Fenster bestaunt hatte.

Nachdem ich durch die Hälfte der Zimmer im Erdgeschoss gehüpft war, bekam ich Seitenstechen und erklärte meinen Kindheitstraum für erfüllt.

Als ich am Fuß der großen Haupttreppe stand, beschloss ich, keine weitere Zeit zu vergeuden und mich an die Arbeit zu machen. Die meisten Räume würden während meines Aufenthalts ungenutzt bleiben, ich selbst würde im Obergeschoss des Westflügels wohnen. Laut Haushaltsbuch sollte ich im Ballsaal beginnen, aber meiner rebellischen Natur folgend beschloss ich, mich über diese Anweisung hinwegzusetzen und mit dem Esszimmer anzufangen.

Ich erledigte gerne zuerst die schwersten Aufgaben und sparte mir die leichtesten bis zuletzt auf. Die ellenlange

To-do-Liste im Haushaltsbuch ließ darauf schließen, dass ich allein für das Esszimmer eine gute Woche brauchen würde.

Ich stellte den tragbaren Lautsprecher auf die Fensterbank, rief meine Lieblings-Playlist auf, rollte die Ärmel auf und machte mich ans Werk.

Die Playlist lief bereits zum dritten Mal und meine Ellbogen fühlten sich an, als wären sie auf Grapefruitgröße angeschwollen, als die Uhr zwölf schlug. Ich blies mir das Haar aus dem Gesicht und begutachtete meine bisherige Arbeit. Die silbernen Kerzenständer waren poliert und in einem der Mahagoni-Büfetts verstaut. Der gewaltige Tisch glänzte wie eine Speckschwarte, und die Fensterscheiben hinter den zugezogenen Vorhängen waren blitzblank.

Ich verwandte noch einige Minuten darauf, weiße Laken über die Möbel zu breiten, und beschloss dann, mir vor dem Zubettgehen noch ein Heißgetränk zu gönnen – Trinkschokolade, Kaffee, Milch, Tee, irgendwas.

Die Personalküche befand sich auf der Rückseite des Hauses, wo auch ein kleiner Kiesparkplatz angelegt worden war, auf dem die Hausangestellten im Sommer ihre Wagen abstellen konnten. In der Küche war es dunkel, und der Geruch von Bleiche und Zitronenreiniger lag noch in der Luft. Ich wollte gerade Licht machen, als ich aus Richtung des Seiteneingangs, der für gewöhnlich nur vom Personal benutzt wurde, ein Geräusch hörte.

Ich hielt die Luft an und lauschte, inständig hoffend, dass der Wind das Geräusch verursacht hatte und kein Einbrecher. Hier draußen gab es mehr als genug Verrückte, ganz zu schweigen von professionellen Dieben, die mit königlichem Diebesgut auf dem Schwarzmarkt Profit machen wollten.

Die Türklinke klapperte, gefolgt von einem schabenden Geräusch im Türschloss. Damit war die Windtheorie vom Tisch.

Ich duckte mich, schnappte mir den erstbesten Gegenstand zur Selbstverteidigung und ärgerte mich, dass ich das Handy im Esszimmer hatte liegen lassen, wo es gerade zum wiederholten Mal Joan Jett spielte. Die Edelstahlpfanne war schwerer als erwartet, sodass ich den Griff mit beiden Händen umfassen musste. Ich hastete durch die Küche und brachte mich neben der Tür in Position, sodass ich entweder den Eindringling niederschlagen oder alternativ flüchten konnte.

Wieder klapperte die Klinke, dann schwang knarzend die Tür auf. Adrenalin pumpte durch meine Adern. Ich hob die Bratpfanne über den Kopf und wartete …

Eine halbe Sekunde.

»Attacke!«, rief ich, als ich die Pfanne auf den Kopf mit der schwarzen Kapuze niedersausen ließ, der sich durch den Türspalt schob.

Der Eindringling sackte in sich zusammen und sank auf die weißen Bodenfliesen.

»Volltreffer«, flüsterte ich zufrieden, immer noch den Griff meiner improvisierten Waffe umklammernd.

Gleich darauf stürmten mehrere Gestalten durch die Tür, gefolgt von einem halben Dutzend weiterer Personen.

»Halt!«, brüllte ich und holte erneut mit der Pfanne aus.

»Was zum Teufel soll das?«, rief einer der Männer, als er die reglose Gestalt auf dem Boden sah. »Wer sind Sie?«

»Die Frage ist ja wohl eher, wer sind *Sie*?«, entgegnete ich und tastete nach dem Lichtschalter an der Wand.

Hierauf folgte eine Mischung aus Seufzern und Gelächter, bis endlich das Licht aufflammte. Erst jetzt erkannte ich meinen Irrtum.

»Ich bin der Herzog von Westington«, antwortete der Mann, der mir am nächsten stand, während sich die anderen beiden über den Mann beugten, den ich mit der Pfanne k.o. geschlagen hatte. »Und das da auf dem Fußboden, wohin Sie ihn dank Ihres geschickten Umgangs mit Küchenutensilien befördert haben, ist Prinz Edward.«

## 2. KAPITEL

»Ich habe mich doch entschuldigt, oder?« Ich hörte einen Moment auf mit Nägelkauen, machte aber sofort weiter, als ich den finsteren Ausdruck auf Prinz Edwards Gesicht sah.

»Nur ungefähr tausend Mal.« Er schnitt eine Grimasse, als er den Eisbeutel zurechtrückte, den er sich an den Hinterkopf hielt.

Ja, okay, ich hatte den zukünftigen König von Norland mit einer Edelstahlpfanne niedergeschlagen. Nicht unbedingt ein Highlight in meinem bisherigen Leben.

»Dann tue ich es hiermit noch mal.« Ich trat nervös von einem Bein aufs andere, als er erneut vor Schmerzen das Gesicht verzog. Er hatte eine Beule von der Größe eines Hühnereis am Hinterkopf, und ich war schuld.

Seine Personenschützer hatten sich um das Haus herum verteilt, nachdem sie mich gleich mehrfach gefilzt hatten, um ganz sicherzugehen, dass ich keine weiteren »Waffen« bei mir trug.

»Also, ich für meinen Teil weiß nicht, was komischer war: Die halbe Portion, die ›Attacke‹ ruft, als wäre das ein Kampfschrei, oder der Laut, den Edward von sich gegeben hat, als er wieder zu sich gekommen ist. Ausgeknockt von einem Mädchen«, sagte der Herzog von Sommerhall – oder Sommerwall oder Sommer-Soundso –, woraufhin die beiden anderen hinter vorgehaltener Hand in sich hineinlachten.

Prinz Edward bedachte sie mit einem Blick, der mich pulverisiert hätte, aber die Männer schien es nicht weiter zu beeindrucken, da sie ungeniert weiterlachten.

»Ich wünschte, ich könnte die Zeit zurückdrehen und das Ganze filmen.« Der andere Herzog – der dritte Mann im Bunde war nur ein bürgerlicher Studienfreund – kramte sein Handy hervor und schoss ein weiteres Foto von Edward mit dem Eisbeutel am Kopf, obwohl der ihn böse anfunkelte. »Für eine Wiederholung würde ich glatt die Hälfte meines Erbes hergeben.«

»Das wäre doch mal eine sinnvolle Aktion«, murmelte ich in mich hinein, wenngleich die hochgezogene Braue des Prinzen darauf schließen ließ, dass er mich gehört hatte. Hastig senkte ich den Blick. Ich zappelte mit den Armen, wie immer, wenn ich nervös war. Oder aufgeregt. Oder überhaupt jedes Mal, wenn ich emotional aufgewühlt war. »Ich habe Sie für Einbrecher gehalten.«

»Weil Einbrecher Türen ja auch mit dem Schlüssel aufschließen«, entgegnete Prinz Edward mit vor Sarkasmus triefender Stimme. Ein Anflug von Wut schwang auch darin mit.

Ich ließ die Schultern noch etwas mehr hängen und zog mich tiefer in die Ecke zurück, in die ich mich verkrochen hatte, nachdem ich den Prinzen mit einem Eisbeutel und einer Schmerztablette verarztet hatte. Man hatte mir nahegelegt, Abstand zu halten, bis man hundertprozentig sicher sei, dass ich keine Gefahr mehr für ihn darstellte, wobei ich vermutete, dass James, der »bürgerliche« Studienfreund, das im Scherz gesagt hatte.

»Niemand hat mir gesagt, dass Sie kommen«, sagte ich, als wäre das eine legitime Entschuldigung dafür, dass ich dem zukünftigen König um ein Haar den Schädel eingeschlagen hatte.

Prinz Edwards blaue Augen schienen zu gefrieren. »Ich wusste nicht, dass ich das Personal informieren muss, bevor ich ein Haus betrete, das sich im Besitz meiner Familie befindet.«

Ich spielte in der Tasche meines Overalls mit dem Handy und überlegte, ob ich Mrs Hutchinson anrufen sollte. Dass ich keine zwölf Stunden, nachdem ich die Stelle angetreten hatte, dem Prinzen eine übergebraten hatte, rechtfertigte zweifellos einen nächtlichen Anruf, aber noch schien es niemand eilig zu haben, mir die Kavallerie auf den Hals zu hetzen.

Mit Betonung auf noch.

Soviel stand fest: Sobald Mrs Hutchinson von dem Ereignis erfuhr – das als Edelstahlpfannen-Desaster von 2019 in die Annalen eingehen würde –, wäre ich meinen Job schneller wieder los, als ich piep sagen konnte.

»Ihre Familie ist bereits vor ein paar Tagen nach Stratford abgereist.« Ich biss mir auf die Unterlippe und überlegte, wie ich meine Frage ehrerbietig formulieren konnte, so wie es sich gegenüber einem Mitglied des Königshauses geziemte. »Was machen Sie eigentlich hier?«

Ehrerbietung war offensichtlich nicht Bestandteil meines Kommunikationsrepertoires.

»Ich bin hier, eben *weil* alle anderen fort sind.« Zum ersten Mal seit dem unglücklichen Missgeschick wurde es still, und der Prinz richtete seinen eisigen Blick auf das Fenster. »Sie glauben, ich wäre auf einer Safari.«

»Fotosafari oder Großwildjagd?«, fragte ich neugierig.

»Spielt das eine Rolle?«

Ich schluckte die Antwort herunter, die mir auf der Zunge lag. Das war nicht der richtige Moment für einen Vortrag über Tier- und Artenschutz.

»Wie lange werden Sie bleiben?«, fragte ich stattdessen.

»Warum? Befürchten Sie, es könnte für uns alle zu eng werden in dieser bescheidenen Zehntausend-Quadratmeter-Hütte?« Er ließ den Eisbeutel auf den Tisch fallen und starrte ihn finster an, während er sich den Hinterkopf rieb.

Das war meine erste Begegnung mit dem Prinzen, auch wenn einem sein Gesicht ständig in irgendwelchen Zeitschriften und Zeitungen im ganzen Land begegnete, die allesamt ein Loblied auf ihn sangen. Manchmal kam es mir vor, als wäre ich der einzige Mensch in ganz Norland, der Prinz Edward nicht für die tollste Errungenschaft seit Marshmallow-Brotaufstrich hielt. Und der nicht glaubte, dass er übers Wasser laufen konnte. Und der nicht bereit war, für eine Einladung auf eine seiner berühmt-berüchtigten Partys seine linke Niere herzugeben.

Er sah nicht einmal besonders gut aus … Ich korrigierte mich sofort mit einem ergebenen Seufzer. Prinz Edward war ein gut aussehender Mann, aber das war auch das einzig »Gute« an seiner Person.

Er funkelte mich immer noch mit solcher Verachtung an, als trüge ich eine Krone aus Katzenbaby-Schädeln auf dem Kopf.

»Gucken Sie eigentlich immer so böse?«, fragte ich, ohne nachzudenken.

Seine Freunde am anderen Ende des Tisches gaben Grunzlaute von sich, woraufhin der Prinz ihnen einen mörderischen Blick zuwarf, ehe er sich wieder mir zuwandte. »Nein. Aber ich werde auch nicht alle Tage mit einem Küchenutensil niedergeschlagen, das gemeinhin dazu dient, Frühstücksspeck zu braten.«

Bei seinen Worten sah ich die Szene erneut vor mir und machte ein betretenes Gesicht. »Ich sage es noch einmal: Es tut mir unendlich leid, Eure Hoheit. Ich hätte nicht zuschlagen dürfen, ohne zu wissen, wer da hereinkommt.«

»Lassen Sie das ›Eure Hoheit‹ weg, sonst komme ich mir vor wie mein eigener Vater«, sagte er zähneknirschend. »Und wenn Sie das nächste Mal jemanden an der Tür hören, halten Sie sich etwas zurück.«

Ich hörte wieder das Geräusch, das die Pfanne gemacht hatte, als sie auf seinen Schädel krachte, und schnitt eine Grimasse. »Versprochen, Eure Hoheit. Ich meine, Prinz Edward.«

Vom anderen Tischende drang Gelächter herüber, gefolgt von einigen »Eure Hoheit« mit unnatürlich hoher Stimme.

Der Prinz richtete den Blick wieder auf mich. »Edward.«

»Edward«, wiederholte ich und schluckte. »Ich glaube, ich gehe dann mal ins Bett, bevor ich mich noch tiefer hineinreite.«

Als ich den Raum verließ, spürte ich seinen Blick in meinem Rücken. Er brannte förmlich zwischen meinen Schulterblättern.

»Keine Angst, Bratpfannen-Ninja!«, rief mir einer der Herzöge hinterher, gefolgt von einem Geräusch, das klang wie ein Korkenknall. »Sie werden gar nicht merken, dass wir hier sind.«

## 3. KAPITEL

Das Zimmer meiner Großmutter. Daran erinnerte mich das Schlafzimmer im Morgenlicht, in dem ich aufwachte, nachdem ich gegen zwei Uhr in der Nacht todmüde hereingestolpert war, zu erschöpft, um weiter auf meine Umgebung zu achten. Einen zukünftigen Herrscher k.o. zu schlagen konnte einen buchstäblich umhauen.

Neugierig betrachtete ich die schweren Brokatvorhänge, die weißen Rattanmöbel und den fliederfarbenen Teppich. Ich wusste ja nicht, wen die königliche Familie für gewöhnlich hier einquartierte, aber es mussten Gäste sein, die entweder sehr alt waren oder blind – oder beides.

Oder Hausangestellte, so wie ich.

Als mir die Ereignisse der vergangenen Nacht wieder durch den Kopf schossen, vergrub ich das Gesicht im Kissen und stöhnte. Hoffentlich waren der Prinz und seine Freunde wieder abgereist und ließen sich die nächsten Monate nicht blicken. Außerdem hoffte ich, dass sie den Zwischenfall auf sich beruhen ließen, wenngleich damit kaum zu rechnen war.

Nachdem ich nachgesehen hatte, ob Textnachrichten auf meinem Handy eingegangen waren – beispielsweise ein »Sie sind gefeuert« von Mrs Hutchinson –, rollte ich mich aus dem Bett und beschloss, mir einen Überblick über die anstehenden Aufgaben zu verschaffen. Solange ich nichts von meinem Arbeitgeber hörte, würde ich wie vereinbart bis zum ersten Juni meiner Arbeit nachgehen. Acht Monate, um mir darüber klar zu werden, wie es mit meinem Leben weitergehen sollte.

Nachdem ich vom zweiten Obergeschoss des Westflügels heruntergekommen war, blieb ich oben an der Haupttreppe stehen und spitzte die Ohren. Ich wusste, dass das Schlafzimmer des Prinzen im Erdgeschoss lag, hatte aber keine Ahnung, ob er Frühaufsteher oder Langschläfer war. Vielleicht hatte ich ja auch Glück, und er und seine Freunde waren noch in der Nacht wieder abgereist. Beispielsweise um sich auf die Safari zu begeben, auf der seine Familie ihn wähnte ... Oder sonst wohin, Hauptsache, er war weg.

Ich blickte aus einem der nach Norden gehenden Fenster auf den Angestelltenparkplatz vor der Personalküche und runzelte die Stirn, als ich dort eine viertürige anthrazitfarbene Limousine stehen sah, die an einen futuristischen Rennwagen erinnerte.

Als ich im Vorbeigehen in einen der zahlreichen Spiegel sah, stellte ich fest, dass ich mir das Gesicht hätte waschen und die Haare bürsten sollen, bevor ich auf Entdeckungstour ging. Immerhin bestand die Möglichkeit, dass ich dem Mann begegnete, der fünf Jahre in Folge zum begehrtesten Junggesellen des Landes gewählt worden war. Andererseits lag mir nichts daran, Prinz Edward zu beeindrucken. Im Gegenteil. Ich wollte ihm seinen Aufenthalt madig machen, damit er abreiste, jedoch ohne ihn derart zu provozieren, dass er mich in ein geheimes Kellerverlies sperren ließ.

Es war totenstill, als meine gestreiften Lieblingssocken den elfenbeinfarbenen Marmor im Erdgeschoss berührten. Es war kurz vor acht, und ich brauchte dringend Koffein und etwas Nervennahrung, beschloss aber, vorsichtshalber vorab einen Blick ins Esszimmer zu werfen, wo ich am Vorabend den Prinzen und sein Gefolge zurückgelassen hatte.

Vielleicht konnte ich ein wenig Wiedergutmachung leisten, indem ich anbot, für alle Eier und Speck zu braten. Das war doch eine angemessene Entschuldigung, nachdem man jemandem mit einer Pfanne eins übergebraten hatte, oder?

Ich erstarrte noch auf der Schwelle. »Was zum …«

Ich blinzelte in der Hoffnung, dass sich das, was ich sah, als Halluzination entpuppte. Ein Mann in dem hochlehnigen Stuhl am Kopfende des Tisches regte sich und griff sich stöhnend an den Kopf, als befürchtete er, sein Schädel könnte jeden Moment explodieren.

»Was um alles in der Welt ist denn hier passiert?«, rief ich aus und fuchtelte wild mit den Armen angesichts des Raumes, den ich bereits für den bevorstehenden Winter gereinigt und »eingemottet« hatte. Jetzt sah es hier aus wie nach einer aus dem Ruder gelaufenen Party einer Studentenverbindung.

»Bitte etwas leiser, wenn's geht, Bratpfannen-Ninja.«

Ich wusste nicht, wer das gesagt hatte, da die Stimme aufgrund der Schmerzen, die den Sprecher offensichtlich plagten, eher wie ein Krächzen geklungen hatte.

»Vergessen Sie's. Erst will ich wissen, was hier passiert ist.« Mir wurde ganz flau, als ich die Flasche am Tischrand liegen sah, aus der immer noch eine bernsteinfarbene Flüssigkeit auf den erlesenen Perserteppich tropfte. Und es war nur eine von vielen Flaschen auf Tisch und Fußboden.

»Schenk mir noch einen ein, Frederick.« James klopfte vor dem Herzog von Westington, der mit einer Bourbon-Flasche in der Hand eingeschlafen zu sein schien, mit seinem Glas auf den Tisch.

»Schluss jetzt!« Es war nicht meine Absicht gewesen, laut zu werden, aber als ich die schmerzverzerrten Gesichter sah, wünschte ich, ich hätte noch lauter gesprochen. Ich ließ erneut den Blick durch den Raum schweifen und stellte fest, dass

Edward nicht hier war. Vermutlich durchforstete er gerade die Bar nach weiteren Spirituosen. »Wo ist Prinz Edward?«

»Da drüben.« Andrew, der Herzog von Sommerhall, den ich mich nicht mehr scheute mit Vornamen anzureden, nachdem ich ihn nur mit Boxershorts bekleidet gesehen hatte, zeigte auf den Stuhl, auf dem der Prinz gesessen hatte, als ich zu Bett gegangen war. Er runzelte angestrengt die Stirn, als er realisierte, dass der Stuhl leer war. »War er jedenfalls vorhin noch.«

Ihm gegenüber hob James den Finger an die Lippen und gab ein feuchtes Zischen von sich, während er sich mit der anderen Hand an den Kopf fasste.

»Soll das heißen, Sie haben den Prinzen von Norland *verloren*?«, fragte ich panisch und überlegte, um welche Krise ich mich zuerst kümmern sollte: das verwüstete Zimmer oder den verschwundenen zukünftigen König.

»Ich dachte, er wäre bei Ihnen«, sagte James leise, wobei auch das ihm große Schmerzen zu bereiten schien.

»*Bei mir*?«, kreischte ich. »Warum um alles in der Welt sollte er bei mir sein? Ich war oben im Bett.«

»Genau darum«, murmelte James noch leiser als zuvor.

Ich krallte die Hand in das Laken, das ich am Vortag über eins der Büfetts gebreitet hatte, um damit den Alkohol aufzuwischen, der auf den Teppich getropft war. »Ich bin nicht so eine.«

»Das sagen sie alle, bis sie Edward kennenlernen«, entgegnete Andrew und schob den überquellenden Aschenbecher von sich weg.

»Ich nicht.« In meiner Wut über seine Unterstellung rieb ich nur noch fester an dem nassen Fleck und stellte fest, dass die Flasche noch ziemlich voll gewesen sein musste, als sie umgekippt war.

Der bis jetzt komatöse Frederick rührte sich endlich, setzte sich auf und streckte beide Arme über den Kopf. Er sah beinahe frisch aus, als hätte er nicht an einem wilden Saufgelage teilgenommen. »Wahrscheinlich ist er frische Luft schnappen.«

James schnippte mit den Fingern. »Genau.«

»Frische Luft schnappen?«, wiederholte ich skeptisch.

»Das macht er oft.« Frederick schien jetzt erst die Flasche in seiner Hand zu bemerken, hob sie an den Mund und trank einen ordentlichen Schluck.

Der Anblick ließ Andrew und James auf ihren Stühlen noch etwas mehr in sich zusammensinken.

»Was war gestern Nacht hier los? Sagten Sie nicht, ich würde gar nicht merken, dass Sie hier sind?« Ich gab es auf, zu versuchen, noch mehr Flüssigkeit aus dem Teppich zu saugen. Das handgeknüpfte Teil konnte nur noch eine professionelle Reinigung von Flecken und Geruch befreien.

James schaute sich um, und eine steile Falte bildete sich zwischen seinen Brauen, als wäre er verblüfft über das Chaos um ihn herum. »Wir haben Karten gespielt. Dann hat Andrew Zigarren und Gin geholt. Von da an weiß ich nichts mehr.«

Andrew ließ die Hand kreisen, als erinnerte er sich an etwas. »Dann hast du gesagt, wir sollten eine Pause machen und ein paar Rugby-Bälle werfen.«

Ich biss die Zähne zusammen und schwieg. Das erklärte den Rugby-Ball, über den ich beinahe gestolpert war, und die umgekippten Stühle.

»Ach ja. An das, was danach passiert ist, kann ich mich nicht mehr erinnern.« James rieb sich den Kopf. Das wellige blonde Haar stand wild nach allen Seiten ab.

»Sieht aus, als hätten Sie sämtliche Tiefkühl-Pizzen und Chipstüten vernichtet.« Ich stöhnte innerlich, als mein Blick auf die halbe Pizza fiel, die mit dem Belag nach unten auf dem frisch gewachsten Marmorboden lag.

»Das würde die Übelkeit erklären«, grummelte James und legte sich eine Hand auf den Bauch.

Ich setzte mich und wartete darauf, dass die drei wieder halbwegs zu sich kamen und Andrew sich etwas anzog. Stattdessen ertönte kurz darauf wieder lautes Schnarchen.

»Zeit aufzustehen und aufzuräumen, Jungs.« Ich klatschte in die Hände und steuerte die Vorratskammer an, wo sich hoffentlich genug Reiniger befanden, um das Chaos zu beseitigen.

»Zeit, schlafen zu gehen, irgendwann am Nachmittag aufzustehen und von vorne anzufangen.« Frederick gähnte und setzte wieder die Flasche an die Lippen.

»Da bin ich anderer Meinung. Und wo immer Sie gedenken, das Gelage zu wiederholen, hier jedenfalls nicht.« Ich legte eine kurze Pause ein, um meine Worte sacken zu lassen. »Und jetzt kommen Sie mal in die Gänge und räumen den Dreck weg.«

»Dafür gibt es Personal. Reichlich Personal.« Andrew winkte ab und rückte sein bestes Stück so ungeniert zurecht, als wäre er allein.

»Klar, und bis das Personal da ist, können Sie ja schon mal anfangen.«

»Ich dachte, das wäre Ihre Aufgabe.« Andrew rieb sich die Augen. Die Selbstverständlichkeit, mit der er das sagte, verriet, dass ihm nicht im Mindesten bewusst war, wie respektlos und überheblich er klang.

»Ich bin die Hausverwalterin.« Ich atmete tief aus und sagte mir, dass er es einfach nicht besser wusste. Wahrscheinlich hatte man ihm noch bis vor Kurzem den Hintern abgewischt. Der Hochadel lebte nun einmal in einer völlig anderen Welt als Normalsterbliche.

»Sage ich ja«, erwiderte er und zuckte dabei mit einer Schulter.

Ich lehnte mich an den Türrahmen, vergrub die Hände in den Taschen und bemühte mich nach Kräften, ruhig zu bleiben. »Ich bin weder die Haushälterin noch das Dienst- oder Kindermädchen. Ich räume nicht den Dreck von vier erwachsenen Männern weg.«

»Ah, okay. Jetzt verstehe ich.« Andrew tastete seinen Hintern ab, als suchte er nach einer Tasche. Als er bemerkte, dass seine Hose über der Lehne des Nebenstuhls hing, fischte er sein Portemonnaie aus der Gesäßtasche. Er zog eine Handvoll Scheine heraus und warf sie in meine Richtung auf den Tisch. »Reicht das?«

Ein Blick auf mein Gesicht genügte. Er hob die Hände und griff erneut nach der Brieftasche.

»Egal, wie viel Kohle Sie da drin haben oder auch in Ihrem Treuhandfonds. Kein Geld der Welt wird mich dazu bringen, meine Meinung zu ändern.«

»Haben Sie eine Ahnung, wie viel mein Treuhandfonds wert ist? Ich persönlich würde für so viel Kohle jederzeit meine Meinung ändern, egal, worum es geht.«

Ich wandte mich zum Gehen, da ich offensichtlich meine Zeit vergeudete. Ich musste mich um Dutzende von Zimmern kümmern, und dieses hier würde ich nicht noch einmal säubern.

»Toll. Ich bin umgeben von Riesenbabys«, grummelte ich draußen auf dem Flur.

Aber ich war nicht allein.

Edwards Gesicht war gerötet und sein Haar zerzaust von einem Morgenspaziergang an der frischen Luft. Sein Stirnrunzeln verriet, dass er meine Bemerkung gehört hatte. Er schien nicht annähernd so angeschlagen zu sein wie seine Freunde –

er hielt keine Flasche in der Hand, war vollständig angezogen und sein Blick war klar –, obwohl er dasselbe anhatte wie am Vorabend.

Hinter ihm sah ich zwei Leibwächter, die so grimmig dreinblickten, als würden sie sich bei der geringsten falschen Bewegung meinerseits auf mich stürzen.

Reflexartig senkte ich den Kopf. »Eure Hoheit.«

Er seufzte genervt.

»Edward.« Der Name kam mir nur schwer über die Lippen. Es fühlte sich falsch an.

Seine Augen blitzten. »Falle ich auch in die Kategorie Riesenbaby?«

Ich errötete. »Was macht der Kopf?«

»Fühlt sich an, als wäre er mit voller Wucht mit einem stumpfen Gegenstand kollidiert.«

Mein Unbehagen schien ihn zu belustigen, und das Mitgefühl, das ich gerade noch empfunden hatte, legte sich.

»Wie lange werden Sie hierbleiben?«, fragte ich.

»Warum? Haben Sie es eilig, mich loszuwerden?« Er entledigte sich seines Wollmantels und warf ihn sich an einem gekrümmten Finger über die Schulter.

»Reine Neugier.«

»Tun Sie mir einen Gefallen.« Als ich zu einer Erwiderung ansetzte, kam er mir zuvor. »Sie sind mir etwas schuldig.« Er grinste mich an und rieb sich den Hinterkopf.

»Stimmt«, entgegnete ich zähneknirschend.

»Verarschen Sie mich nicht«, sagte er, woraufhin ich große Augen machte. Den Mitgliedern der königlichen Familie wurde ja vieles nachgesagt, aber Vulgärsprache gehörte eigentlich nicht dazu. Doch vermutlich lag das daran, dass er es mit einer gewöhnlichen Bürgerlichen zu tun hatte.

»Wie bitte?«

»Genau das meine ich. Hören Sie auf mit dem Bullshit.«

Ich stützte die Hand in die Hüfte. *»Wie bitte?«*

Edward schien nicht im Geringsten beeindruckt von meinem wachsenden Zorn. »Alles, was ich sage oder tue, scheint Sie zu ärgern.«

Ich ließ meine Mimik für mich sprechen.

»Wenn ich eine Pressekonferenz abhielte, um zu verkünden, dass ich ein Heilmittel für Leukämie gefunden habe, würden Sie das vermutlich auch nur als Wichtigmacherei interpretieren.«

»Weil dem vermutlich auch so wäre.«

Anders als erwartet, reagierte er nicht wütend, sondern lachte. »Sie sind schon eine Marke, das muss ich Ihnen lassen, Miss …« Erst jetzt schien ihm klar zu werden, dass er meinen Namen nicht kannte. Er verlagerte das Gewicht von einem Fuß auf den anderen und wartete.

Nach einer Minute ließ ich ihn einfach stehen und grinste in mich hinein. »Sie werden eines Tages das Land regieren, richtig? Ich bin sicher, Sie finden einen Weg, meinen Namen in Erfahrung zu bringen.«

Er folgte mir mit den Blicken, als ich an ihm vorbeiging. »Ist das eine Challenge?«

Ich lächelte. »Wenn Sie so wollen.«

# 4. KAPITEL

Bis mittags hatte ich noch einige Punkte auf der To-do-Liste abgehakt und die Hälfte der Räume im Erdgeschoss winterfest gemacht. Ich beschloss, die Lage im Esszimmer noch einmal zu checken, um mich davon zu überzeugen, dass niemand den Kronleuchter von der Decke gerissen hatte und auch die Alkoholpegel nicht weiter gestiegen waren. Keine Spur mehr von dem Chaos, das ich noch am Morgen vorgefunden hatte.

Edward breitete soeben das letzte Laken über den Esstisch, als er mich bemerkte.

»Haben Sie heimlich eine Putzkolonne eingeschleust?«, fragte ich und blinzelte mehrmals, weil ich nicht ganz glauben konnte, was ich sah.

»Ist das so naheliegend?«, fragte er lapidar und strich das Laken glatt.

Ich zog die Nase kraus. »In Adelskreisen dürfte es eher unüblich sein, dass jemand persönlich Hand anlegt und niedere Arbeiten verrichtet.«

»Wissen Sie, was in Adelskreisen üblich ist? Seine Spuren zu verwischen.« Edward lehnte sich an die Tischkante und rollte die Ärmel, die er bis zu den Ellbogen hochgeschoben hatte, wieder herunter. »Miss Charlotte Everly.«

Ich verspürte ein ärgerliches Kribbeln im Bauch, als ich ihn meinen Namen sagen hörte. »Sie brauchen gar nicht so selbstgefällig zu gucken. Sie haben einen Namen herausgefunden und nicht die Formel für den Weltfrieden entdeckt.«

»Ich bin nur stolz auf mich, dass ich es geschafft habe, heute Morgen aufzustehen. So ist das bei uns Adligen nämlich, wissen Sie«, erklärte er mit einem schiefen Grinsen. »Großes Trara und Schulterklopfen für ganz banale Dinge.«

»Entschuldigung, ich habe meine Pom-Poms vergessen«, entgegnete ich achselzuckend. »Aber mal im Ernst. Sie erwarten doch nicht wirklich, dass ich Ihnen abkaufe, Sie hätten eigenhändig das von Ihnen verursachte Chaos beseitigt? Ich wette, Ihre Security hat das organisiert.« Ich hielt ihm die zweite Tasse Kaffee hin, die ich mitgebracht hatte, und er nahm sie, ohne einen Blick hineinzuwerfen.

»Ob Sie es glauben oder nicht, ich komme im Alltag auch ganz gut allein zurecht. Ich kann mir sogar selbst die Schuhe schnüren.« Er richtete den Blick auf seine eleganten beigefarbenen Schuhe.

»Ist das so? Wie viel kostet ein Dutzend Eier?«

Der selbstzufriedene Ausdruck verschwand aus seinem Gesicht, und mein Grinsen wurde breiter, je länger er schwieg.

Schließlich machte er ein nachdenkliches Gesicht und sagte: »Das ist abhängig von Angebot und Nachfrage, Jahreszeit, Haltungsform und so weiter.«

Ich nippte an meinem Kaffee und schüttelte den Kopf. »Für Ihre Kreise typische ausweichende Antwort.«

Er stellte seine Tasse auf den Tisch. »Sie gehören offenbar zu denjenigen, die den Standpunkt vertreten, Norland sollte die Monarchie abschaffen, stimmt's?«

Ich hob die Schultern. »Ich habe nichts gegen Traditionen.«

»Warum dann dieser Hass uns gegenüber?« Edward knöpfte die Manschetten zu und wartete auf meine Antwort.

»Ich hasse die königliche Familie nicht.« Als er hierauf schnaubte, trat ich entschieden einen Schritt von ihm weg. »Nur Sie kann ich nicht besonders gut leiden.«

Wieder grinste er schief. »Dann sind wir ja schon zwei.«

Ganz kurz erhaschte ich einen Blick hinter die arrogante Fassade und erkannte eine Verwundbarkeit, die ich bei einem Thronerben nicht vermutet hätte.

Aber dann war es auch schon wieder vorbei.

»Wo stecken denn die anderen drei Missetäter?«, erkundigte ich mich, da weit und breit keiner der drei betrunkenen, halb nackten jungen Männer aus seinem Gefolge zu sehen war.

»Jetzt bin ich also schon ein Missetäter?« Edward bemühte sich um einen ärgerlichen Tonfall, war jedoch nicht sehr überzeugend.

»Bis zum Beweis des Gegenteils.«

Er musterte mich aus zusammengekniffenen Augen, als überlegte er, was er mit mir anfangen sollte. Offensichtlich ging mir jegliche Ehrerbietung seinem Rang gegenüber ab, und erst recht war ich keins von den Groupies, die ihm vermutlich huldigten, indem sie bei Vollmond Jungfrauen opferten.

Noch vor sechshundert Jahren hätte man mich wegen meines respektlosen Verhaltens gegenüber einem Vertreter des Königshauses einen Kopf kürzer gemacht, aber diese Zeiten waren vorbei. Respekt gegenüber Mitgliedern des Königshauses mochte erwünscht sein, war aber nicht gesetzlich vorgeschrieben.

Ich persönlich begegnete Menschen dann mit Respekt, wenn sie diesen auch verdienten, und das galt erst recht für Mitglieder des Königshauses und des Hochadels.

»Die schlafen in Gästezimmern oben im ersten Stock ihren Rausch aus.« Er schien meinen Protest vorauszuahnen und kam ihm zuvor. »Sie werden die Zimmer so zurücklassen, wie sie sie vorgefunden haben, versprochen.«

Ich grummelte etwas in meinen Kaffee, bevor ich noch einen Schluck trank. »Ernsthaft … Wie lange gedenken Sie zu bleiben?«

»So lange, wie es mir gefällt, denke ich.«

»Geht das auch etwas genauer?«

Erst jetzt schien er meinen Out-of-Bed-Look zu registrieren und fand mein verwuscheltes Haar offenbar amüsant. Er rieb sich mit einer Hand über den Mund, um seine Belustigung zu verbergen. »Sie sind mir noch etwas schuldig.«

»*Ich* bin *Ihnen* etwas schuldig?« Mir stand vor Verblüffung der Mund offen.

»Sie haben mich tätlich angegriffen.«

»Und? Wollen Sie mich jetzt damit erpressen?«, fragte ich verdattert.

»Ich würde es nicht Erpressung nennen, sondern mehr eine Übereinkunft.« Wieder verkniff er sich ein Grinsen. Unverschämt. »Ich behalte für mich, dass Sie den Prinzen von Norland niedergeschlagen haben, wenn Sie niemandem verraten, dass ich hier bin.«

Ich blinzelte mehrmals. »Also doch Erpressung.«

Er hob abwehrend eine Hand. »Quidproquo.«

»Habe ich eine Wahl?«, seufzte ich.

Meine Reaktion schien ihn zu belustigen. »Liegt Ihnen etwas an Ihrem Job?«

»Anfangs schon. Inzwischen bin ich mir da nicht mehr so sicher.« Als er seine Tasse vom Tisch nahm, erwiderte ich sein Lächeln mit einem Stirnrunzeln und stieß mit ihm an. »Abgemacht.«

»War das wirklich so schwer?«

Ich blies den Dampf von meiner Tasse. »Warum werde ich das Gefühl nicht los, dass ich das noch bereuen werde?«

Seine Schultern zuckten unter dem schicken Hemd, das noch überraschend frisch aussah, wenn man bedachte, dass er es die ganze Nacht getragen hatte. »Vermutlich.«

»Wenigstens sind Sie ehrlich.«

Unsere Blicke trafen sich. »Davon können Sie ausgehen.«

Ich nickte. »Sie ebenfalls.« Ich wandte mich zum Gehen.

»Übrigens … ich mag keinen schwarzen Kaffee. Ich trinke meinen mit Milch.« Er hielt seine Tasse hoch, einen erwartungsvollen Ausdruck auf dem Gesicht.

Ich ging zur Tür. »Mein Job ist es, das Haus winterfest zu machen und die Wintermonate über in Schuss zu halten. Die Bewirtung von Gästen fällt nicht in mein Ressort. Die Milch werden Sie sich schon selbst holen müssen.«

Einen Moment schien er von meiner Erwiderung ebenso verblüfft wie ich selbst. »Und wer ist Ihr Arbeitgeber?«

»Die Royston Group«, entgegnete ich mit einem unschuldigen Lächeln.

»Die wem gehört?«

»Ihrem Vater.«

Er machte eine kreisförmige Handbewegung. »Und dessen Sohn ist …«

Ich biss mir auf die Zunge, aber dann rutschte es mir doch heraus: »Ein Arschloch.«

Als ich den Raum verließ, hörte ich ihn ungläubig lachen. »Kann es sein, dass Sie es mit der Ehrlichkeit etwas übertreiben?«

»Man kann nicht ehrlich genug sein.«

# 5. KAPITEL

Wenn ich noch eine Sprachnachricht unbeantwortet ließ, würden meine Eltern, so wie ich sie kannte, spätestens bis Mitternacht vor der Tür stehen.

»Ich wollte euch anrufen, wenn ich mein Tagespensum erledigt habe«, sagte ich gerade so fröhlich, dass es nicht übertrieben klang.

Ich hörte meine Mom erleichtert aufatmen, als hätte sie gerade erfahren, dass ich als Einzige einen Flugzeugabsturz oder eine sonstige Katastrophe überlebt hatte. Offenbar hatten meine Textnachrichten nicht ausgereicht, um glaubhaft zu machen, dass in Valmont, ganze fünfhundert Meilen von ihrem Wohnort Lubrock entfernt, alles zum Besten stand.

»Dann willst du das also wirklich durchziehen?«, fragte Mom leise und mit leicht zittriger Stimme. »Du willst ernsthaft dein Studium ein ganzes Jahr unterbrechen?«

Ich lehnte mich an die Flurwand und rieb mir die Stirn. »Ja, so wie ich es dir und Dad bereits im Juni erklärt habe. Ich setze ein Jahr aus, um Geld zu verdienen und …«

»Wir haben dir doch gesagt, dass wir dir gerne etwas borgen, wenn es eine Frage des Geldes ist.«

Ich schüttelte den Kopf. Geldverdienen war nur ein Vorwand zur Verschleierung der wahren Gründe für die Auszeit. Ich wollte mir darüber klar werden, ob der Studiengang, den ich gewählt hatte, wirklich das war, was *ich* wollte, und nicht das, was meine Eltern von mir erwarteten. Natürlich wollte ich, dass sie stolz auf mich waren, aber genau das hatte mich so viele Jahre meines Lebens beeinflusst, dass ich jetzt, da es immerhin um meine Zukunft ging, ganz sichergehen wollte. Zumal ich nicht ganz glücklich war mit dem Weg, den ich meinen Eltern zuliebe eingeschlagen hatte.

»Ich weiß, ich weiß, aber ich möchte allein zurechtkommen. Du und Dad habt mich doch zur Selbständigkeit erzogen, oder?« Ich wartete angespannt und überlegte, welche Bedenken sie als Nächstes anführen mochte und wie ich diese zerstreuen sollte. In den vergangenen zwei Jahren hatte ich unzählige solcher Gespräche mit meinen Eltern geführt, in denen ich mein Handeln immer wieder hatte rechtfertigen müssen.

»Du hast recht«, gab Mom seufzend nach. »Aber du hast nach dem Vordiplom noch drei Jahre Medizinstudium vor dir, zuzüglich der Jahre für eine Facharztausbildung und der Assistenzzeit.« Sie unterbrach sich und holte tief Luft. »Durch diese Unterbrechung zieht sich das Ganze ein zusätzliches Jahr hin.«

Ich rieb weiter meine Stirn, in dem Versuch, die beginnenden Kopfschmerzen wegzumassieren. »Ja, mag sein. Andererseits wird die Auszeit mir vielleicht helfen, klarer zu sehen.«

»Mag sein? Liebes, ich möchte nicht, dass du für ein ›mag sein‹ deine Zukunft aufs Spiel setzt, während auf der Universität eine sichere Zukunft auf dich wartet.«

Ich ließ mich an der Wand hinabgleiten, bis ich auf dem Fußboden saß.

Universität.

Medizinstudium.

Weltklassechirurgin.

Das war der Traum meiner Eltern, seit ich mir im Alter von sechs Jahren zu Weihnachten eine Arzttasche gewünscht hatte. Seitdem hatten sie nicht mehr lockergelassen. Nicht einmal, als ich auf der Highschool erwogen hatte, vielleicht auf Lehramt zu studieren. Nicht, als ich bei der Hochschulauswahl auch Universitäten in Betracht gezogen hatte, deren medizinische Fakultät nur durchschnittlich war. Nicht einmal, als ich in den Weihnachtsferien erklärt hatte, dass ich einen Richtungswechsel in Betracht zöge.

»Das lässt sich jetzt sowieso nicht mehr ändern«, seufzte ich und stapelte meine Argumente so vorsichtig übereinander, als würde ich aus Bauklötzen einen hohen Turm errichten, der jeden Moment in sich zusammenfallen konnte. »Ich habe mich bereits für das kommende Jahr exmatrikuliert und mich vertraglich verpflichtet, mich bis Ende Mai um das Haus zu kümmern.«

»Aber das lässt sich doch alles regeln, Schatz. Wir könnten die Uni anrufen und das rückgängig machen, sodass du schon nächsten Montag wieder die Vorlesungen besuchen kannst.«

»Und mein Arbeitsvertrag?«

»Es gibt genug Leute, die ein altes Schloss hüten können. Für eine so anspruchslose Aufgabe braucht es keine so brillante junge Frau wie dich.«

Ich kaute auf der Innenseite meiner Wange, um nicht unbeherrscht etwas zu erwidern, das ich hinterher bereute. Meine Eltern liebten mich über alles, zumindest behaupteten sie das, und in vieler Hinsicht mochte das auch stimmen. Sie waren beide in bescheidenen Verhältnissen aufgewachsen und hatten hart gearbeitet, um ihrem Kind ein besseres Leben zu ermöglichen.

Ich wusste, dass sie nur mein Bestes wollten, dass ich den Hochschulabschluss schaffte, den sie nicht hatten, dass ich es weiterbrachte und erfolgreicher war als sie. Das Problem war nur, dass ich nicht sicher war, ob ich diesen Traum teilte.

»Wie geht es Dad?«, warf ich ein, bestrebt, das Thema zu wechseln, wie immer, wenn es um meine Zukunftspläne ging.

»Dad geht es gut. Er arbeitet viel. Und er macht sich deinetwegen Sorgen.«

Ich schnitt eine Grimasse. Das Ablenkungsmanöver war gescheitert. »Ich muss Schluss machen. In den ersten Wochen ist unglaublich viel zu tun hier, und ich bin jetzt schon im Rückstand.« *Dank einer bestimmten königlichen Nervensäge.* »Sagst du Dad bitte, dass hier alles bestens ist und ich ihn lieb habe?«

»Ich richte es ihm aus.« Ihre Stimme klang angespannt, vermutlich, weil sie mit den Tränen kämpfte.

Mein Entschluss hatte sie tief getroffen. Als ich ihnen vor einigen Wochen eröffnet hatte, was ich plante, hatte es ihnen in gewisser Weise den Boden unter den Füßen weggerissen.

Ich schloss die Augen. »Ich hab dich lieb.«

»Ich dich auch. So sehr.« Jetzt bestand kein Zweifel mehr daran, dass sie weinte, obwohl sie sich nach Kräften bemühte, sich nichts anmerken zu lassen. »Wir telefonieren bald wieder, ja?«

»Natürlich, Mom. Bye.«

Als ich auflegte, fiel mir das Telefon aus der Hand und landete hart auf dem Steinboden. Wie konnte ein Kind, das von seinen Eltern alles bekommen hatte, eben diesen selbstlosen Eltern eröffnen, dass es nicht Medizin studieren und Ärztin werden wollte, um ein Krebsheilmittel zu entwickeln und die Welt zu retten? Wie konnte ich ihre Träume zerstören, indem ich ihnen eröffnete, dass ich andere Vorstellungen für die Zukunft hatte? Andererseits war das *mein* Leben … das ich ihnen verdankte.

Ich schlug den Hinterkopf rhythmisch an die Wand, während ich erneut hinterfragte, ob es wirklich so furchtbar wäre, das Medizinstudium durchzuziehen. Wäre das ein so großes Opfer?

»Lassen Sie mich raten? Das ist eine neue Art der Wandreinigung, die sich der alte Hausdrachen in seinem kranken Hirn hat einfallen lassen? Die Vibrationen, die Sie mit dem Kopf erzeugen, lösen Staubpartikel von der Wand, die sie mit ihrem Haarmopp auffangen.«

Als ich die Augen aufschlug, sah ich Edwards glänzende Schuhe dicht vor meinen ausgelatschten alten Turnschuhen stehen.

»Wenn ich Ja sage, gehen Sie dann weiter und tun so, als hätten Sie mich nicht gesehen?« Ich hörte auf, mit dem Kopf gegen die Wand zu schlagen, und blickte zu ihm auf.

Es war später Nachmittag, aber er hatte offensichtlich gerade erst geduscht, wie ich aus seinem noch feuchten, sorgfältig frisierten Haar schloss. Seiner Haut haftete der Duft einer teuren Seife an. Edward und seine Freunde hatten Wort gehalten und sich den ganzen Tag rargemacht.

Weitgehend.

Wir waren uns im Labyrinth der Flure ab und an begegnet, und sie hatten mich die letzten beiden Abende gefragt, ob sie beim Lieferservice etwas für mich mitbestellen sollten, was ich jedoch abgelehnt hatte, um stattdessen auf meinem Zimmer japanische Ramen-Nudeln zu schlürfen und dabei aus dem Fenster zu starren, auf der bislang vergeblichen Suche nach Antworten, als lägen diese irgendwo dort draußen im Dunkeln verborgen.

Bisher war ich bei meiner Entscheidungsfindung noch keinen Schritt weitergekommen.

»Und?« Seine perfekt sitzende gestärkte Hose raschelte, als er sich vor mich hockte. »Was ist los?«

Meine Nase zuckte, während ich überlegte, was ich darauf erwidern sollte. Schließlich entschied ich mich dafür, offen und ehrlich zu antworten. Ich hob das Telefon vom Boden auf und steckte es ein. »Meine Eltern.«

»Nun, dann haben wir wieder etwas gemeinsam.« Als ich

den Kopf schräg legte, fügte er hinzu: »Bei mir stecken auch meist meine Eltern dahinter, wenn ich grimmig gucke und schlecht gelaunt bin.« Er zeigte auf mein Gesicht, als würde ich Übellaunigkeit in Wellen verströmen. »Worum geht's? Zu hohe Erwartungen oder zu wenig Vertrauen?«

»Sie haben sich in den Kopf gesetzt, dass ihre Tochter eines Tages ein Allheilmittel für alle unheilbaren Krankheiten dieser Welt entwickeln wird.«

Edward nickte verständnisvoll, auch wenn ich bezweifelte, dass er es wirklich verstand.

»Sie sind überzeugt davon, dass ich eines Tages die Welt retten werde. Bei Ihnen steht das ja gar nicht zur Debatte, Ihre Zukunft ist ja vorausbestimmt.«

Eine steile Falte bildete sich zwischen seinen Augenbrauen. »Was genau meinen Sie damit?«

»Na ja, der Traum meiner Eltern ist nicht unbedingt mein Traum.«

Er zögerte, aber nicht lange. Seine hellen Augen glitzerten im Licht der schräg stehenden Sonnenstrahlen, die durch das Fenster hinter mir hereinfielen. »Wer sagt denn, dass ich König werden *will*?«

Ich legte die Stirn in Falten. »Etwa nicht?«

Ich las die Antwort an seinen Augen ab.

»Sie möchten nicht König werden?«

»Würden Sie das wollen?«, antwortete er mit einer Gegenfrage.

Ich dachte eine Minute darüber nach, aber eigentlich war es ganz einfach. Ich schüttelte den Kopf. »Nein.«

»Da ich das einzige Kind meiner Eltern und somit der Thronfolger bin, ist es mir bestimmt, aber das heißt nicht, dass es mir gefallen muss. Wir versuchen alle nur, das Beste aus unserem Leben zu machen.«

»Sorry, aber das klingt aus dem Mund eines Prinzen ziemlich herablassend.«

Ein Lächeln erhellte seine Züge, und seine Schuhspitze stieß gegen meine. »Ich übe schon mal für die Rolle, die andere mir zugedacht haben.«

Ich seufzte. »Sehr witzig.«

»Hey, ich habe Sie in diesem Labyrinth gesucht, und das nicht, um mit Ihnen über Ihre Eltern zu sprechen.« Er entfernte einen Faden vom Ärmelbündchen meines T-Shirts. Es war eine völlig natürliche Geste, etwas, das Anne getan hätte, die seit zehn Jahren meine beste Freundin war. »Ich wollte Sie zu einer Party einladen, die ich heute Abend hier veranstalte.«

»Ich muss mich verhört haben. Sie können unmöglich gesagt haben, dass Sie heute Abend *hier* feiern wollen.«

Er wandte den Blick ab, und es kam mir vor, als würde er ein Lachen unterdrücken. Offenbar fand er das blanke Entsetzen, das mir wohl ins Gesicht geschrieben stand, komisch.

»Hier. Heute Abend«, ergänzte er.

»Oh nein. Das werden Sie nicht.«

»Oh doch. Das werde ich.« Als ich zu einer hitzigen Erwiderung ansetzte, gebot er mir mit einer Handgeste zu schweigen. »An meine Herkunft sind auch ein paar wenige Vorteile geknüpft, dazu gehört, dass ich Partys feiern kann, wann und wo es mir beliebt.«

Ich bedachte ihn mit einem strengen Blick, auch wenn mir klar war, dass nichts, was ich tat oder sagte, die Party würde verhindern können. »Ich dachte, Sie wollten Ihren Aufenthaltsort geheim halten. Wie soll das gehen, wenn Sie eine Party schmeißen?«

Ich sah das Achselzucken unter dem teuren Leinenhemd. »Ich möchte nur nicht, dass jemand aus der Familie oder auch Angestellte wissen, wo ich mich aufhalte.«

»Ich bin Angestellte Ihrer Familie.«

»Wir haben eine Abmachung.«

»Sie meinen, wir haben uns gegenseitig in der Hand?«

»Wenn Sie so wollen.«

Die Art, wie er das sagte, brachte mich zum Lachen, was mir guttat nach dem Gespräch mit meiner Mutter und der Erinnerung an die Fragen, die ich mir selbst beantworten musste, bevor ich in die Realität zurückkehrte.

Er schien mein Lachen als Zustimmung zu interpretieren. »Dann kommen Sie also?«, fragte er.

Ich zupfte am ausgefransten Saum meiner Jeans. »Partys sind nicht so mein Ding.«

»Dann waren Sie bisher nur nicht auf den richtigen Partys.«

Wieder überlegte ich kurz, wie viel ich preisgeben sollte, und wieder optierte ich für die Wahrheit. »Tatsächlich war ich noch nie auf einer richtigen Party.«

Sein Gesicht nahm einen schockierten Ausdruck an, auch wenn er sich schnell wieder unter Kontrolle hatte. »Ist das Ihr Ernst?«

Ich nickte. »Ich bin Einzelkind, habe übervorsichtige Eltern und war auf einer Mädchenschule, da war nicht viel Raum für Partys.«

»Dann müssen Sie erst recht kommen.« Er straffte die Schultern und räusperte sich. »Das ist ein königlicher Befehl.«

Ich blickte zu ihm auf. »Dann erst recht nicht.«

Ich sah ihm an, dass er sich ein Lachen verkniff. »Also gut. Dann betrachten Sie es als Bitte unter Verzweifelten … Kommen Sie?«

Ich setzte eine ausdruckslose Miene auf. »Wie kommen Sie darauf, dass ich verzweifelt bin?«

Er ließ sich einen Moment Zeit mit der Antwort. »Sie verbringen freiwillig acht Monate in völliger Isolation, um ein

Mausoleum zu hüten, während andere Frauen in Ihrem Alter darauf aus sind, sich auszutoben und nichts auszulassen.«

Es wurmte mich, dass er ins Schwarze getroffen hatte, gleichzeitig spürte ich jedoch, wie etwas in mir nachgab, weil da endlich jemand war, der wusste – und verstand –, was ich durchmachte.

»Und warum bezeichnen Sie sich selbst als verzweifelt?«, wollte ich wissen und beugte mich zu ihm vor. »Sie werden eines Tages König sein. Ihr ganzes Leben, Ihre ganze Zukunft, ist vorausgeplant.«

Seine Kiefer spannten sich unter dem Dreitagebart, mit dem er völlig anders aussah als der glatt rasierte Edward, der sich der Außenwelt präsentierte. »Sie haben sich Ihre Frage selbst beantwortet. Es geht um Entscheidungsfreiheit.« Ein Schatten huschte über sein Gesicht, war jedoch bald wieder verschwunden. »Kommen Sie heute Abend. Ich kümmere mich auch um Sie. Versprochen.«

Ich verspürte eine ungewohnte Enge in der Brust unter seinem Blick, und sein Versprechen verstärkte mein Unbehagen nur zusätzlich.

Ich schaute dem Prinzen in die Augen, als würden wir uns schon ewig kennen, und lächelte. »Ich komme auf einen Sprung vorbei.«

# 6. KAPITEL

Das war also eine Party.

So, wie ich das sah, hatte ich nicht viel verpasst.

Nachdem ich mir das Ganze eine Weile vom Treppenabsatz im ersten Stock aus angeschaut hatte, kam ich zu dem Schluss, dass mein Outfit verglichen mit dem, was die anderen Frauen trugen, angemessen war. Manche liefen dem aktuellen Modetrend folgend in Klamotten rum, die ihnen zwei Nummern zu groß waren, und die anderen hatten sich in Teile gezwängt, die ihnen zwei Nummern zu klein waren. Ich trug Kleider in der passenden Größe und war damit auf der sicheren Seite.

Ich entdeckte Andrew – vollständig angezogen, aber wer konnte sagen, wie lange noch? – in der Nähe einer Traube junger Frauen, die zu sehr damit beschäftigt waren, zu posen und Selfies zu schießen, um den Herzog zu bemerken, der sich an sie heranpirschte.

James spielte an einem Tisch irgendein Spiel mit einem Tischtennisball und roten Plastikbechern, aber ich registrierte erfreut, dass jemand daran gedacht hatte, zuvor eine Tischdecke auszubreiten, um das Holz zu schützen. Edwards Leibwächter waren ebenfalls da: zwei sicherten die Tür, während die beiden anderen sich unter die Gäste gemischt hatten.

Das große Foyer war eine ungewöhnliche Location für eine Party, aber Edward hatte mir erklärt, dass es sich anböte, um potenziellen Schäden an Mobiliar und Teppichen vorzubeugen. Der Marmorboden war leicht zu reinigen, und in der

Eingangshalle waren auch keine besonders kostbaren Erbstücke ausgestellt, beziehungsweise waren vorsorglich in Sicherheit gebracht worden.

Es waren einige Dutzend Gäste anwesend, wenngleich es aufgrund des schwachen Lichts schwer war, sie zu zählen. Edward hatte auf Kerzen bestanden, ich auf LED-betriebenen. Es lief Musik von der Art, die niemand wirklich mochte, aber alle tolerierten, gerade so laut, dass man der Person, mit der man sich unterhielt, nahe kommen musste, ohne ihr dabei ins Ohr zu schreien.

Am Fuß der Treppe stand auf einem der Plastikklapptische, die ich in einem der Lagerräume im Keller aufgetan hatte, eine schwindelerregende Auswahl an alkoholischen Getränken. Ich überschlug, dass auf jeden der Gäste grob zwei Flaschen kamen, was ich zu verhindern gedachte.

Dass ich noch nie auf einer Party gewesen war, bedeutete ja nicht, dass ich noch nie von Alkoholvergiftung gehört hätte. Niemand würde die Feier auf einer Trage verlassen, wenngleich einige der Gäste jetzt schon so aussahen, als könnte dieses Vorhaben an ihnen scheitern. Ich beschloss, am Getränketisch Position zu beziehen, da ich immerhin dafür bezahlt wurde, Valmont zu »hüten«, wobei ich mich auch für das Wohl der Gäste verantwortlich fühlte.

»Ich hatte fast damit gerechnet, dass Sie kneifen«, sagte jemand hinter mir, den ich nicht hatte kommen hören.

Nach einer kurzen Schrecksekunde zuckte ich die Achseln, während ich beiläufig das bunte Treiben beobachtete. »Ich kneife nie.«

»Das Gefühl habe ich auch so langsam.« Edward beugte sich etwas weiter vor, vermutlich weil die Musik anschwoll. Er war heute Abend lässiger gekleidet, in hellgrauen Stoffhosen und einem Poloshirt mit offenen Kragenknöpfen. Der Ausschnitt ließ eine durchtrainierte Brust erahnen, und die Ärmelbündchen lagen eng um seine Oberarme, ohne zu spannen.

Meine Kehle war plötzlich sehr trocken, sodass ich das Getränkeangebot inspizierte.

»Was möchten Sie haben?«, fragte Edward, dem mein Interesse an den Flaschen nicht entgangen war.

Ich verschränkte die Arme, als er ein aufwendig geschliffenes Kristallglas nahm und auf eine weiße Flasche mit einem Sonnenuntergang auf dem Etikett zeigte, die bei vielen der weiblichen Gäste großen Anklang fand.

»Eine gesunde Leber«, entgegnete ich trocken.

»Was nützt einem eine gesunde Leber, wenn man das Privileg, am Leben zu sein, nicht zu nutzen versteht?«, fragte er herausfordernd, aber ich schluckte den Köder nicht.

»Ich werde das Privileg mit einem Glas Apfelsaft feiern«, erwiderte ich fest.

Er seufzte tief, so wie er es in meiner Gegenwart häufig tat, und zeigte auf ein paar PET-Flaschen. »Wenn Sie Saft möchten, haben Sie die Wahl zwischen Orange und Cranberry.«

»Kein Apfel?« Ich musterte die Flaschen stirnrunzelnd.

Er lachte über meine verdutzte Miene. »Kein Apfelsaft. Zumindest solange nicht, bis jemand einen trendigen neuen Drink erfindet, in dessen Rezeptur Apfelsaft vorkommt.«

»Also gut. Dann eben Cranberry.«

»Hmmm«, lautete seine kryptische Erwiderung, als er mir ein Glas einschenkte.

»Was *hmmm*?«

»Einfach nur hmmm.« Seine Augen funkelten vor Belustigung, als er mir den Cranberrysaft reichte.

Ich nahm das Glas entgegen. »Sie sind eine Nervensäge.«

»Das höre ich öfter.« Er wandte sich wieder dem Tisch zu und griff nach einer Flasche, deren Inhalt farblich an dunklen

Bernstein erinnerte. Er schenkte sich ein, allerdings eine überschaubare Menge.

»Scheint, als wäre ich nicht die Einzige hier, die sich in Zurückhaltung übt«, bemerkte ich, als er mit mir anstieß.

Edward starrte mit abwesendem Blick in den Raum. Ich trank einen Schluck, während er sein Glas unangetastet von der herabhängenden Hand baumeln ließ. »Aufgrund meiner Stellung bin ich gewissen Verhaltensregeln unterworfen, an die meine Freunde und Bekannten nicht gebunden sind.«

Ich beobachtete ebenfalls die Menge, wobei mein Blick vor allem an jenen haften blieb, die offensichtlich bereits angeschickert waren. Sie lachten lauter, tanzten etwas enger, berührten einander ungenierter.

»Ich schätze, es würde keinen so guten Eindruck machen, wenn der zukünftige Herrscher am Ende einer langen Nacht in die Büsche kotzt«, sagte er nach einer Weile.

Ich nippte an meinem Saft, ohne viel davon zu schmecken. Ich hatte die ersten zehn Jahre meines Lebens damit verbracht, die königliche Familie zu beobachten, und mir eingebildet, alles über ihr Leben zu wissen. Aber das war ein Irrtum gewesen. Ein paar Tage mit Edward hatten mir bereits gezeigt, wie trügerisch der äußere Eindruck gewesen war.

»Wir würden doch nicht wollen, dass die Leute merken, dass wir auch nur Menschen sind.« Edward grunzte und nickte einigen Frauen zu, die gerade durch die Tür strömten und ihm zuwinkten, als würden sie Fahnen schwenken.

»Soll das heißen, Sie sind auch nur ein Mensch?«, fragte ich und machte ein schockiertes Gesicht.

»Unfassbar, ich weiß.« Er wandte den Blick von den Frauen ab, rührte sich aber nicht von der Stelle.

»Das heißt, Sie dürfen nicht trinken. Nicht viel«, fügte ich hinzu, als er das Glas vor meinen Augen schwenkte. »Und worauf muss der arme Edward Royston sonst noch verzichten?«

Seine Augen blitzten auf, so hell, dass sie in der Dunkelheit förmlich zu leuchten schienen. »Sie sind doch ein cleveres Mädchen. Was glauben Sie, worauf ein zweiundzwanzigjähriger Mann in meiner Position sonst noch verzichten muss?«

Ich hob das Glas an die Lippen und dachte nach. »Ich würde mal vermuten, dass der König alle gefährlichen Sportarten verboten hat. Kein Bergsteigen, kein Klippenspringen und kein Formel-1-fahren.«

Edward lachte lautlos. »Polo und Schnorcheln sind die gefährlichsten Sportarten, die mir zugestanden werden. Befehl von ganz oben.«

»Na ja, Sie sind der einzige Thronfolger. Wenn Sie Geschwister hätten, dürften Sie bestimmt auch Ski fahren oder sonst was richtig Gefährliches tun, wie Völkerball spielen.«

Er schüttelte lächelnd den Kopf. »Wenn es doch nur so wäre.«

»Also gut. Sie dürfen weder exzessiv trinken noch an besonders riskanten Aktivitäten teilnehmen. Was ist daran so furchtbar? Immerhin schützen diese Maßnahmen Sie vor Knochenbrüchen, Leberschäden und einem vorzeitigen Tod.« Ich zupfte am Kragen meines Kleides. Die Temperatur im Foyer schien minütlich anzusteigen, was vermutlich auf die wachsende Zahl der Tänzer zurückzuführen war.

»Maßvoll zu trinken stört mich nicht weiter. Auch mit dem Verbot gewisser Aktivitäten kann ich leben.«

»Was genau ist dann so beklagenswert an Ihrem Lebensstil?«, fragte ich.

Ein Blick genügte, und ich verstand, was er meinte. Ich machte große Augen, die Verblüffung stand mir zweifellos ins Gesicht geschrieben.

»Oh«, hauchte ich, und meine Augen weiteten sich noch etwas mehr, als mein Blick auf seine Mitte fiel. »*Oh.*«

Edward hob zum ersten Mal sein Glas an die Lippen. »Wir wollen doch nicht riskieren, dass ein uneheliches Kind gezeugt wird, oder? Es hätte nämlich keinen Anspruch auf die Krone und wäre nur ein schmutziges kleines Geheimnis, das vertuscht werden müsste. Ich bin sicher, dass Könige und Thronfolger schon immer uneheliche Kinder gezeugt haben, aber die Medien dichten mir auch so schon Affären an, sobald ich eine Frau nur ansehe.«

Ich runzelte die Stirn, aber mir fiel nichts ein, was ich darauf erwidern sollte.

Sollte ich Trost spenden?

Verständnis bekunden?

Ihn bemitleiden?

Mit Humor kontern?

Nichts von alledem schien angemessen in Anbetracht der Tatsache, dass der Prinz von Norland – immerhin der begehrteste Junggeselle des Landes – mir soeben gestanden hatte, dass er dazu verdammt war, so enthaltsam zu leben wie ein Mönch.

»Das lässt Ihnen bestimmt viel Zeit für … anderes«, stammelte ich schließlich. »Schach oder Tischtennis … Und Sie können von sich behaupten, auf Partys der einzig Nüchterne zu sein.«

Ich registrierte aus den Augenwinkeln, dass er mich anstarrte. »Das haben Sie mit den falschen Worten völlig richtig zusammengefasst.« Er stieß wieder klirrend mit mir an und griff nach dem Cranberrysaft, als er sah, dass mein Glas fast leer war. »Und ich bin heute ausnahmsweise mal nicht der Einzige, der nüchtern bleibt.«

»Stimmt, wobei das meine ganz persönliche Entscheidung

und keinem königlichen Dekret oder wie man das nennt geschuldet ist.«

»Gab oder gibt es denn in Ihrem Leben noch weitere persönliche Entscheidungen, die Sie gegen den Willen anderer durchgesetzt haben?« Er trank noch einen winzigen Schluck seines Drinks.

»Ich war Kapitän des Kletter-Teams an der Highschool, und mir wurde nachgesagt, dass ich wahrscheinlich eines Tages bei einem Freeclimbing-Unfall ums Leben kommen würde, aber das war es dann auch schon.«

Sein Lächeln verblasste, als drei Frauen den Getränketisch – oder genauer ihn selbst – ansteuerten. Er legte mir eine Hand ins Kreuz und führte mich mit sanftem Druck vom Tisch fort. Dort, wo seine Finger mich berührten, fühlte ich seine Wärme durch den Baumwollstoff meines Kleides auf der Haut. Ein Schauer jagte mir den Rücken hinunter, aber Edward schien nicht zu bemerken, welche Auswirkungen diese harmlose Berührung hatte.

Ich räusperte mich und registrierte, dass die Frauen, die unseren Platz am Tisch eingenommen hatten, mich herablassend musterten, als wäre ich eine Kakerlake, die sie am liebsten mit ihren Stilettos aufspießen würden.

Als er uns in eine ruhige Ecke manövriert hatte, stellte er sich vor mich und schirmte mich vor neugierigen Blicken ab. »Und was ist mit Ihrem Liebesleben?«

»Was soll damit sein?« Meine Stimme war eine Spur zu schrill.

Er zog eine dunkle Braue hoch, als wollte er sagen, dass ich sehr wohl verstanden hätte, was er meinte.

»Oh. Sie möchten wissen, ob ich in diesem Punkt so enthaltsam bin wie beim Alkohol oder ob vielleicht doch meine abenteuerlustige Seite dominiert.« Meine Kehle brannte plötzlich, und ich kippte einen großen Schluck Saft hinunter.

»Und?«, hakte er nach, als ich keine Anstalten machte zu antworten.

»In diesem Punkt bin ich eher der zurückhaltende Typ.« Ich wippte mehrmals von den Fersen auf die Zehen. »Ich lege großen Wert darauf, meine Gebärmutter und sonstigen Fortpflanzungsorgane bei guter Gesundheit zu halten.«

Mein Gesicht glühte, und ich war dankbar, dass es so dunkel war. Hatte ich tatsächlich das Wort Fortpflanzungsorgane in Gegenwart von Prinz Edward in den Mund genommen? Als Reaktion auf seine Frage nach dem Stand meines Liebeslebens im Alter von zwanzig Jahren und drei Monaten? Hatte ich damit verraten, dass ich noch Jungfrau war?

Nach seinem Blick zu urteilen war das wohl der Fall.

»Können wir vielleicht von etwas anderem sprechen als von unserem nicht existenten Sexleben?« Ich schloss die Augen und stöhnte innerlich. Noch so ein Beispiel für Sätze, die man sich in Gegenwart eines Prinzen verkneifen sollte.

»Klar. Was schlagen Sie vor?« Edward lehnte sich entspannt mit der Schulter an die Wand.

Inzwischen waren an die fünfzig Gäste da, und er tat, als wären wir allein. Wahrscheinlich nur, weil er versprochen hatte, sich um mich zu kümmern, aber ich war trotzdem dankbar dafür.

Sekunden verstrichen, während ich krampfhaft nach einem angemessen harmlosen Thema suchte. Mir war immer noch nichts eingefallen, als ich einen neuen Gast durch die massive Haustür hereinkommen sah. Er strahlte eine Selbstsicherheit aus, die von Rang und Macht kündete, wirkte jedoch gechillt und machte einen ganz sympathischen Eindruck. Außerdem sah er gut aus, wenn er auch in vieler Hinsicht das genaue Gegenteil von Edward zu sein schien. Er war blond statt dunkelhaarig, und seine Züge wirkten offen und freundlich anstatt abweisend und grimmig, die Mundwinkel nach oben zeigend anstatt nach unten.

»Wer ist das?«, fragte ich neugierig.

Edward schien sofort zu wissen, wen ich meinte, ließ sich aber mit seiner Antwort Zeit. »Habe ich da so etwas wie persönliches Interesse herausgehört, Miss Everly?«

»Kann sein. Aber jetzt bin ich auch schon wieder genervt – von Ihnen.«

Edward leerte sein Glas und wandte den Blick von dem Neuankömmling ab, der im Vorbeigehen andere Gäste begrüßte. »Das ist Theodore Hamilton.« Seine Kieferpartie wirkte plötzlich angespannt. »Seine Familie hat ein Anwesen am gegenüberliegenden Seeufer.«

Ich zog die Nase kraus. Der altmodische Name ließ auf einen Adelstitel schließen. »Ist er auch ein Herzog, Lord oder Ritter?«

»Nein. Sein Vater hat vor dreißig Jahren ein Technologieunternehmen gegründet, das sehr erfolgreich ist.«

»Jemand, der es aus eigener Kraft nach oben geschafft hat. Umso besser.«

Edwards Brustkorb wölbte sich, als er tief einatmete. »Sein Vater hat es aus eigener Kraft nach oben geschafft. Theo muss sich erst noch beweisen.« Er sah mich prüfend an. »Soll ich Sie mit ihm bekannt machen?«

Ich schluckte und wandte mich von Theodore ab. »Vielleicht später.«

»Okay, schon kapiert.« Edward stieß mich mit dem Ellbogen an, als hätte er den Wink verstanden. Dann legte er den Kopf in den Nacken und brüllte: »Theo!«

Ich schlug ihm wütend auf den Arm. »Ich sagte, vielleicht später.«

»Später heißt nie.« Er zuckte unter dem dunklen Shirt mit den Achseln, und seine Augen blitzten, als Theo sich durch die Menge einen Weg zu uns bahnte. »Später ist das Credo der ewigen Zauderer.«

»Ich fasse es nicht«, schimpfte ich leise, blickte an meinem Kleid hinab und fuhr mir mit den Fingern durchs Haar. »Wenn ich ihn hätte kennenlernen wollen, hätte ich ihn zu gegebener Zeit selbst angesprochen.«

Edward hob das Glas an die Lippen und merkte erst, dass es leer war, als er es zum Trinken kippte. »Hätten Sie nicht.«

»Edward, wie geht's?«, rief Theo, als er uns fast erreicht hatte, und blickte auf eine Art und Weise von Edward zu mir, die mir glatt die Sprache verschlug.

»Theo.« Edward nickte. »Und selbst?« Er sprach gestelzt und steif, als würde er von einem Manuskript ablesen.

»Danke für die Einladung. Die Gegend hier verwaist jedes Jahr schlagartig am ersten Oktober, und dann wird es schnell langweilig.« Theo richtete seine Aufmerksamkeit nun auf mich, und in seinen Wangen erschienen Grübchen. »Und wer ist dieses zauberhafte Wesen?«

Dieses Lächeln. *Verdammt.* Wie Honig auf selbst gebackenen Waffeln.

Edward antwortete für mich, da ich immer noch keinen Ton hervorbrachte. »Das ist Charlotte.«

Theo schwieg, als wartete er darauf, dass Edward noch etwas hinzufügte, aber der Prinz beließ es dabei. Meine eigenen Stimmbänder verweigerten immer noch den Dienst.

»Und woher kennen Sie den Prinzen?«, fragte Theo.

»Tatsächlich haben wir uns gerade erst kennengelernt.« Meine Schultern entspannten sich, als ich endlich die Sprache wiedergefunden hatte.

»Eine entfernte Verwandte? Oder eine potenzielle Verehrerin?« Theo zwinkerte und schlug Edward spielerisch mit der Faust gegen den Oberarm.

»Ich hüte den Winter über das Haus. Wir sind uns das erste Mal begegnet, als er vor ein paar Tagen unerwartet hier aufgekreuzt ist.« Ich hätte Edward ebenfalls gerne geboxt, immerhin waren seitdem schon Tage vergangen, und er und seine Freunde machten keinerlei Anstalten, wieder abzureisen.

»Dann sind Sie also auch eine von uns Normalsterblichen?« Theo hob eine Hand.

Ich fand es komisch, mit ihm abzuklatschen, aber es war offensichtlich, dass er auf einen High Five wartete, also tat ich ihm den Gefallen. »Total normal.«

Theos Blick fiel auf mein fast leeres Glas. »Was trinken Sie?«

Edward nahm mir das Glas aus der Hand, bevor ich es Theo reichen konnte. »Cranberrysaft«, sagte er und schenkte mir nach. »Sie ist eine ganz Wilde.«

Ich quittierte Theos fragenden Blick mit einem Schulterzucken. »Ich trinke nur wenig Alkohol.«

»Schlau.« Er selbst schenkte sich eine Flüssigkeit ein, bei der es sich, wenn ich das richtig gesehen hatte, um aromatisierten Wodka handelte. »Wir sollten mal zusammen ausgehen. Vielleicht haben Sie ja einen guten Einfluss auf mich und meine Trinkgewohnheiten.«

Edwards Stirnrunzeln vertiefte sich, als Theo einen kräftigen Schluck nahm, aber ich lachte nur. Theo war nicht nur attraktiv, sondern hatte offensichtlich auch Humor und nahm sich selbst nicht allzu ernst. Das gefiel mir.

»Ich lasse euch beide mal allein, damit ihr euch in Ruhe unterhalten könnt.« Edward räusperte sich und zog sich dann zurück. Kurz bevor er sich abwandte, trafen sich unsere Blicke. »Es sei denn, Sie brauchen mich noch.«

Ich schwenkte mein Glas so heftig, dass der Saft beinahe über den Rand schwappte. »Ich habe alles, was ich brauche.«

Edward nickte steif und mischte sich dann unter die Partygäste, die sichtlich entzückt darüber waren, dass er sich ihnen endlich widmete.

»Sind Sie sicher, dass Sie keine entfernte Cousine von Edward sind?« Theo rückte näher heran, jetzt wo wir unter uns waren.

Ich hatte nichts dagegen, hatte aber nicht gerade viel Erfahrung mit solchen Situationen. Situationen, in denen es darum ging, Konversation mit Männern zu machen, die in mein Beuteschema passten.

»Absolut sicher«, entgegnete ich. »In ganz Norland gibt es wahrscheinlich niemanden, in dessen Adern weniger blaues Blut fließt als in meinen.«

»Und Sie sind auch keine Kindergartenfreunde oder so was?« Theo entging nicht, dass Edward zu uns herübersah, obwohl er von einem halben Dutzend Frauen umgeben war, die um seine Aufmerksamkeit buhlten.

»Nein.« Ich kehrte den anderen Partygästen demonstrativ den Rücken zu. »Warum fragen Sie?«

»Ich habe noch nie erlebt, dass Edward einer Frau gegenüber so … besitzergreifend aufgetreten ist«, sagte er achselzuckend. Er musterte mich forschend, und seine Grübchen wurden noch etwas tiefer.

Ich warf einen Blick auf Edward und fragte mich, ob mir etwas entgangen war. Es stimmte, dass er alle paar Minuten diskret zu mir herübersah, doch ich wertete das nicht als übermäßiges Interesse.

»Das finden Sie besitzergreifend?« Ich legte den Kopf schräg und beobachtete Edward noch eine Weile.

»Für Seine Hoheit Edward Royston ist es das, ja. Es ist, als wären Sie …« Theo schnalzte mit der Zunge, aber der Unterton in seiner Stimme sprach Bände.

»Nein«, widersprach ich, lauter, als es meine Absicht gewesen war. Meine Wangen glühten. »Definitiv nicht.«

Um seine Augen bildeten sich Lachfältchen, als er Edward dabei ertappte, wie er erneut in unsere Richtung schaute. »Ganz sicher?«

Ich zog eine Augenbraue hoch. »Ich denke schon, dass ich es wüsste, wenn ich eine heimliche Affäre mit dem Prinzen von Norland hätte.«

Theo lachte leise, stieß mit mir an und trank dann wieder einen Schluck, mit dem er das halbe Glas leerte. »Ja, hätte ich mir eigentlich denken können. Sie sind nicht sein Typ.«

Meine Finger schlossen sich fester um mein Glas. »Nicht sein Typ?«, wiederholte ich in einem Tonfall, der nichts von der Feindseligkeit verriet, die ich angesichts dieser Einschätzung, dass ich den Ansprüchen des Prinzen nicht genügte, empfand.

Theo nickte. »Sie sind zu clever.«

Ich warf ihm einen Blick zu. »Behaupten nicht die meisten Junggesellen um die zwanzig, dass sie nicht auf clevere Frauen stehen?« Ich zeigte auf die Tanzfläche, wo es offensichtlich nicht darum ging, tiefgründige Gespräche zu führen oder sich nach den Ansichten einer Frau zu Skaleneffekten zu erkundigen. »Je cleverer eine Frau ist, desto leichter durchschaut sie, wenn ihr jemand ein X für ein U vormacht.«

Aus den Augenwinkeln sah ich, dass Theo mich musterte. »Ich mag clevere Frauen«, sagte er, als wäre es ein Eingeständnis. »Was halten Sie davon, wenn wir frische Luft schnappen gehen?«

»Sie sind doch gerade erst gekommen.«

»Ich kann mich hier drin nicht konzentrieren.« Theo deutete auf James, der den DJ gab und im Rhythmus der Beats die Faust in die Luft warf.

»Geht mir genauso.« Ich ging in Richtung Tür. »Es ist dunkel und um diese Jahreszeit blüht auch nichts, aber wenn Sie möchten, zeige ich Ihnen den Garten.«

»Eine Besichtigung der Besenkammer wäre mir lieber«, entgegnete Theo grinsend, und ich hätte schwören können, dass die Erde unter meinen Füßen kurz aus dem Tritt kam.

*Krieg dich wieder ein, Charlotte. Er ist nur ein unreifer Junge, und zwar einer, den du erst vor wenigen Minuten kennengelernt hast.*

»Wow, was für ein Chaos.« Theo betrachtete blinzelnd die Autos, die kreuz und quer in der Auffahrt standen. »Das passiert, wenn reiche Kids ohne Hilfe des Portiers einparken müssen.«

»Mich interessiert vielmehr, warum so viele um die zwanzig unter der Woche einfach alles stehen und liegen lassen können, um auf eine spontane Party auf dem Land zu gehen.« Ich schlug die Tür eines schnittigen roten Zweisitzers zu. Offenbar war auch das Schließen einer Wagentür schon zu viel verlangt.

»Die meisten hier werden in ihrem ganzen Leben nicht einen einzigen Tag arbeiten müssen. Stattdessen verbringen sie ihre Zeit damit, das Vermögen vorausgegangener Generationen zu verprassen und von Treuhandfonds zu leben. Ihre einzige Aufgabe ist Feiern.« Theo folgte mir durch das Durcheinander der willkürlich abgestellten Fahrzeuge in Richtung der Gärten am Seeufer.

»Ich weise ja ungern darauf hin, aber Sie selbst sind ja auch hier.«

Theo stieß mich leicht mit dem Ellbogen an. »Und Sie.«

»Ich arbeite hier.«

Er zeigte mit seinem Glas auf den See. »Mein Büro befindet

sich am gegenüberliegenden Ufer, ich konnte also einen anstrengenden Zehn-Stunden-Tag einschieben, bevor ich mich aufgemacht habe, um die Nacht mit den begehrtesten Junggesellen und Junggesellinnen von ganz Norland durchzufeiern.«

»Sie leben das ganze Jahr über hier draußen?«

»Jetzt beginnt die schönste Jahreszeit am See. Wenn alle wieder in der Stadt sind.« Er deutete auf die dunkle Wasseroberfläche. »Meine Arbeit spielt sich fast ausschließlich am PC und am Telefon ab. Der Rest sind Meetings und Kundenpflege, ich komme also auch ein wenig herum.«

»Das heißt, ich brauche Sie nicht mit Herzog von und zu anzusprechen, und Sie sind auch noch berufstätig?« Ich ging dorthin zurück, wo er stehen geblieben war und die Sonnenuhr inmitten des Rosengartens betrachtete. »Sie gefallen mir immer besser.«

Theo neigte den Kopf. »Ich wasche auch noch meine eigene Wäsche und kann meinen Wagen parken, nur für den Fall, dass es noch weiterer Gründe bedarf, mich zu mögen.«

»Ziemlich fortschrittlich«, flachste ich und deutete auf die Sonnenuhr. »Ein Geschenk des Königs von Schweden an König Heinrich im Jahr 1890.«

»Sehr großzügig«, brummte Theo und folgte mir dann den Kiesweg hinunter.

»Dann werden Sie von dem Hochzeitsgeschenk des dänischen Königshauses an Prinz Samuel und Prinzessin Eloise noch viel beeindruckter sein.« Ich hockte mich neben einen Rosenbusch, von dem ich als kleines Mädchen unbemerkt von meinem Vater Blüten stibitzt hatte. Der Rosenbusch war jetzt nackt, aber im Frühjahr würde er in neuer Pracht erblühen.

»Wow. Ein ganzer Busch? Das wäre aber nicht nötig gewesen«, sagte Theo lachend. »Woher wissen Sie das alles?«

Ich richtete mich wieder auf und ließ den Blick über den Garten schweifen. »Mein Vater war bis zu meinem zehnten Lebensjahr Gärtner hier auf dem Anwesen. Ich kenne so ziemlich jede Blume, jeden Strauch und jeden Baum auf Valmont.«

Theo, der gerade den letzten Schluck aus seinem Glas trinken wollte, hielt mitten in der Bewegung inne. »Moment, Sie sind die Tochter des Gärtners?« Sein Tonfall verriet nicht, wie er dazu stand, aber sein Gesichtsausdruck verriet seine Überraschung. Theo starrte mich ungläubig an. »Dann sind Sie das Mädchen, das mich vor zehn Jahren beim Wettschwimmen durch den See geschlagen hat?«

Ich dachte zurück an jenen Sommermorgen, als ich endlich alt genug gewesen war, um an dem jährlichen Wettschwimmen vom südlichen zum nördlichen Seeufer teilzunehmen, konnte mich aber nicht an den jungen Theo erinnern, der so viele Jahre später mit mir durch die Gärten schlenderte. Aber es stimmte, dass ich damals beim Wettkampf die Beste meiner Altersklasse gewesen war.

»Ich bekenne mich schuldig«, entgegnete ich.

»Nicht zu fassen. Ich war so wütend darüber, dass ich gegen ein Mädchen verloren hatte, eins, das auch noch jünger war als ich. Ich glaube, ich bin in meinem ganzen Leben nie wütender gewesen wegen einer Niederlage.« Theo sah mich jetzt mit anderen Augen. »Ich erwäge ernsthaft, Sie zu einer Revanche herauszufordern. Hier und jetzt.«

»Das sollten Sie sich noch mal überlegen.« Ich kickte einen herabgefallenen Ast aus dem Weg.

»Warum?«

»Ich schwimme achthundert Meter Freistil in vier Minuten zweiundfünfzig.«

Theo pfiff anerkennend. »Dann kehren wir doch lieber zurück zur Botanik, bevor ich mich noch einmal blamiere.«

Er starrte mich an, als ich laut auflachte.

»Wir sollten jetzt zurückgehen«, sagte ich. »Ich möchte nicht zu lange wegbleiben. Ich habe Angst, dass jemand auf die Idee kommen könnte, das Geländer der Haupttreppe herunterzurutschen oder das königliche Porzellan zum Tontaubenschießen zu missbrauchen.«

Theo trabte hinter mir her, um mich einzuholen. »Ich kann immer noch nicht fassen, dass Sie dieses Mädchen sind.«

»Das klingt irgendwie nicht besonders nett.«

»Ich habe mehr an Sie gedacht als an jedes andere Mädchen in meinem ganzen Leben.« Er lief jetzt so dicht neben mir, dass unsere Arme sich beim Gehen berührten. »Es ist, als hätte das Schicksal uns zehn Jahre später wieder zusammengeführt.«

»Das Schicksal?« Ich hob den Blick. »Womöglich die Sterne?«

»Sie machen sich lustig über mich.«

Ich zog die Nase kraus. »Ein bisschen.«

Als wir die Treppe zur Haustür hinaufstiegen, vergrub er die Hand in der Hosentasche. »Gut. Ich würde nicht wollen, dass Sie mir gegenüber Hemmungen haben.«

»Habe ich nicht.«

»Und wo genau wohnen Sie in dieser Festung?«, fragte Theo und hielt mir die Tür auf.

»Im zweiten Stock im Westflügel«, schrie ich, um die laute Musik zu übertönen, die uns entgegenschlug. Auf den ersten Blick schien alles noch im grünen Bereich zu sein. Keine Lords, die vom Kronleuchter baumelten, und auch keine Herzoginnen, die unbezahlbare Vasen auf dem Kopf balancierten.

Theo beugte sich zu mir rüber, um nicht schreien zu müssen. »Das klingt gespenstisch.«

»Das einzig Gespenstische dort ist die alte Standuhr draußen vor meinem Zimmer, die um Mitternacht zwölf Mal anschlägt.«

»Wie geschmiert.« Theo verzog das Gesicht. Eine unpassende Anspielung, die mir jedoch ein Lächeln entlockte.

»Genau.«

Theo warf einen Blick auf die Haupttreppe. »Ich würde diese Uhr, die so dreist ist, die Geisterstunde anzuschlagen, zu gerne mal sehen.«

»So aufregend ist das nun auch wieder nicht«, wiegelte ich ab, nicht sicher, ob er es ernst gemeint hatte.

Wieder beugte er sich zu mir herab, als wollte er mir ein Geheimnis zuflüstern. »Mit der entsprechenden Begleitung schon.«

Mir lief ein Schauer über den Rücken, doch ich ließ mir nichts anmerken und gab mich möglichst cool. »Auch dafür kann ich nicht garantieren.«

Theo blickte vom ausgelassenen Partytreiben zu mir. »Das Risiko würde ich eingehen.«

Ich biss mir auf die Unterlippe und traf eine Entscheidung. »Hier entlang.«

Ich stieg die Treppe hinauf, während er es mir gleichtat und mich dabei mit einem Blick ansah, der mir ein Kribbeln im Bauch verursachte.

Schweigend gingen wir hinauf in den zweiten Stock, wobei ich innerlich nicht annähernd so ruhig war, wie ich mich gab. Ich war ganz allein mit dem attraktivsten Mann, den ich je gesehen hatte und der mir noch dazu eine Treppe hinauf folgte, weil er ganz offensichtlich auf mich stand. Wir hatten uns gerade erst kennengelernt, wussten so gut wie nichts voneinander, und doch war da etwas zwischen uns …

Ich hoffte wirklich, dass dieser kleine Rundgang mit einem Kuss enden würde. Es war lange her, seit ich das letzte Mal geküsst worden war, und einen Mann wie Theo Hamilton zu küssen wäre definitiv ein würdiges Ende einer *sehr* langen Durststrecke.

»Warum sollte eine clevere, sportliche junge Frau acht Monate lang einen leer stehenden Landsitz mitten im Nirgendwo hüten wollen?«, fragte Theo, als wir das zweite Obergeschoss erreichten.

»Ich habe meine Gründe.«

Wir wandten uns dem Westflügel zu. Dort war es dunkel, nur der fahle Mond draußen vor den Fenstern spendete etwas Licht.

»Könnten diese Gründe etwas mit einem Mann zu tun haben?«

Ich runzelte die Stirn. »Definitiv nicht.«

Er nickte. »Gibt es jemand Besonderen in Ihrem Leben?«

»Abgesehen von meinem alten Kater nicht, nein.«

»Ach kommen Sie. Eine Frau wie Sie ... Ich wette, es stehen mindestens ein Dutzend Kerle in den Startlöchern und warten auf ihre Chance.«

»Weit gefehlt.« Ich stellte mein leeres Glas auf einem Beistelltisch im Flur ab, wobei ich darauf achtete, es auf das Deckchen zu stellen, damit es keinen Wasserrand auf dem Holz hinterließ. »Ich kann die Männer, die ich bisher geküsst habe, an einer Hand abzählen.«

Die Neugier in seinem Blick verwandelte sich in Interesse. »Das heißt, diejenigen, mit denen es zu mehr gekommen ist ...«

»Waren noch deutlich weniger.« Ich zuckte innerlich zusammen, als mir bewusst wurde, was ich da gerade indirekt zugegeben hatte. »Ich rede zu viel, nicht wahr?«

»Gar nicht.« Er leckte sich über die Lippen. »Ich mag unerfahrene Frauen. Ich würde sogar sagen, dass ich sie bevorzuge.«

Ich schnaubte sarkastisch. »Es geht doch nichts über eine zwanzigjährige Jungfrau, die von Tuten und Blasen keine Ahnung hat, richtig?«

Theo neigte den Kopf zu mir herab, und wieder schien es, als wollte er mir ein Geheimnis anvertrauen. »Mir gefällt der Gedanke, der Erste zu sein.« Die Haut an meinem Hals prickelte, als sein warmer Atem darüberstrich. »Eine Frau Dinge fühlen zu lassen, die sie noch nie gefühlt hat. Die Vorstellung macht mich total an.«

Ich brauchte einen Moment, um mich wieder zu fangen. »Sprechen Sie immer aus, was Sie denken?«

»Immer. Möchten Sie wissen, was mir jetzt gerade durch den Kopf geht?«

»Sie machen mich neugierig. Warum also nicht?«

Lächelnd nippte er an seinem Glas. »Ich frage mich gerade, ob Sie verfügbar sind.«

»Das hängt davon ab, was Sie unter verfügbar verstehen.« Ich starrte zu Boden und unterdrückte ein Grinsen. »*Verfügbar* ist doch ein recht dehnbarer Begriff.«

Ich blieb neben der alten Standuhr stehen, an der er solches Interesse bekundet hatte. Aber jetzt, da wir hier waren, würdigte er sie keines Blickes. Theos Augen schimmerten silbern im Mondlicht, und Schatten ließen seine Züge schärfer hervortreten.

Er stellte ebenfalls sein Glas ab, ohne den Blick von mir abzuwenden. Dann trat er lauernd näher, sodass ich zurückwich, bis ich mit dem Rücken an der Wand stand. Mir stockte der Atem, als er auf meine Lippen starrte.

»Hier und jetzt wüsste ich gerne, ob du verfügbar wärst für einen Kuss.«

Seine Stimme klang tief und etwas rau, und der Duft seines Rasierwassers weckte Begierden in mir, die über einen Kuss hinausgingen. Meine Knie wurden weich, genau wie der Rest meiner Knochen.

»Finde es heraus«, entgegnete ich zu meiner eigenen Überraschung.

Er legte mir eine Hand um die Taille und die andere auf die Hüfte. Dann trat er noch näher an mich heran, sodass unsere Körper sich aneinanderschmiegten und mein Puls nach oben schnellte. Obwohl er mich noch nicht einmal geküsst hatte, reagierte mein Körper auf ihn, als wären wir beide nackt. Vielleicht hatte ich ja die Auswirkungen der langen Enthaltsamkeit unterschätzt.

Ich konnte die Arme nicht bewegen, obwohl ich auch gar nichts mit ihnen anzufangen gewusst hätte. Ich glaubte mich zu erinnern, dass ich bei früheren Gelegenheiten die Hände auf die Brust meines Partners gelegt hatte, auf seine Schultern. Dass ich die Arme um seinen Hals geschlungen hatte. Aber Theos Nähe lähmte mich förmlich. Allein zu atmen kostete mich alle Konzentration.

In der Sekunde, da seine Lippen meine berührten, erstarrte ich. Jeder Muskel meines Körpers spannte sich an.

Sofern Theo es bemerkte, ließ er sich hiervon nichts anmerken. Er fuhr fort, mich zu küssen, und bearbeitete mich gierig mit den Händen, bis das Gefühl in meinen Körper zurückkehrte. Als ich seinen Kuss erwiderte, fühlte es sich falsch an, als hinkte ich hinter ihm her.

Gott, es war, als hätte ich vergessen, wie man küsste. Ich kam mir vor wie der letzte Trampel verglichen mit diesem Traum von einem Mann.

Als er eine Minute später den Kopf hob, atmete er jedoch beinahe ebenso schwer wie ich, woraus ich schloss, dass er von mir nicht allzu enttäuscht war.

»Ich fasse das mal als Ja auf«, sagte er keuchend.

»Was?« Mehr brachte ich nicht heraus. Ich war schon froh, dass ich noch aufrecht stand und bei Bewusstsein war.

»Dass du für einen Kuss verfügbar bist.« Seine Lippen strichen wieder über meine, dann fuhr er mit der Zunge an meinem Mund entlang.

Ich nickte, während er die Hände sinken ließ und sie mit meinen verschränkte.

Sein Blick fiel auf die Tür neben uns. »Das muss dann wohl dein Zimmer sein.«

»Die Standuhr hat mich verraten, stimmt's?«, entgegnete ich, nachdem ich wieder zu Atem gekommen war, was möglicherweise daran lag, dass sein Körper mich nicht mehr an die Wand drückte.

»Tatsächlich kann ich eine zarte weibliche Präsenz hinter der Tür spüren. Die hat es mir verraten.« Er lachte, als ich die Stirn runzelte.

»Dein Glück, dass du so süß bist«, sagte ich, und mein Stirnrunzeln vertiefte sich, als er weiterlachte. »Deine Anmachsprüche lassen nämlich zu wünschen übrig.«

»Bin ich denn süß genug, dass du mir dein Zimmer zeigst?«

Als ich den Kopf schüttelte, schenkte er mir einen unwiderstehlichen Dackelblick.

»Das ist nicht mein eigentliches Zimmer, nur ein Zimmer, in dem ich die vergangene Woche geschlafen habe.«

Er klemmte mir das Haar hinters Ohr. »Ich würde es trotzdem gerne sehen.«

»Wieso?«

»Ein Schlafzimmer sagt mehr über den Bewohner aus als Worte.«

»Aber ich sagte doch schon, dass es nicht mein eigentliches Schlafzimmer ist.«

»Dann erzähl mir mehr von dir.« Theo küsste mich wieder,

diesmal leidenschaftlicher, und streckte gleichzeitig die Hand nach der Türklinke aus. »Oder du zeigst mir mehr von dir«, murmelte er, ohne die Lippen von meinen zu lösen, als ein Klicken verriet, dass er die Tür geöffnet hatte.

Ich geriet in Panik.

Ich konnte schon in der Senkrechten beim Küssen und Fummeln nicht mithalten. Beim nächsten Level, womöglich in der Horizontalen auf meinem Bett, bei Zungenküssen und intimsten Berührungen, würde ich mich erst recht als ahnungslos outen.

Theo ging rückwärts durch die Tür in das dunkle Zimmer, aber noch bevor ich protestieren konnte, kam mir jemand anders zuvor.

»Die Party ist vorbei.« Die vertraute Stimme hallte durch den riesigen Flur. »Zeit, nach Hause zu gehen, Theo.«

Erst versteinerten seine Lippen, dicht gefolgt vom Rest seines Körpers. Theo zog mich zurück auf den Gang und atmete mehrmals tief durch. »Ich wusste gar nicht, dass es eine vorgegebene Auszeit gibt.«

Edward sah Theo fest in die Augen. »Dann weißt du es jetzt.«

»Ich bin offensichtlich nicht mehr erwünscht«, sagte Theo achselzuckend, zog mich noch einmal an sich und gab mir einen alles andere als harmlosen Kuss. »Sehen wir uns wieder?«

Die einzige Reaktion, zu der ich fähig war, war ein Nicken.

»Dann bis demnächst.« Ich spürte seinen warmen Atem auf der Wange und seine Finger etwas fester zupacken, ehe er mich abrupt losließ.

Ich ließ mich kraftlos an die Wand sinken, derweil Theo lässig den Flur hinunter auf Edward zuschlenderte, wobei er dessen grimmigen Blick demonstrativ ignorierte.

»Danke für die Einladung, Edward.« Als Theo ihm auf die Schulter klopfen wollte, wich Edward einen Schritt zurück.

Wie ein stummer Wächter stand Edward da, noch lange nachdem Theos Schritte verhallt waren.

»Was?«, fragte ich, da ich spürte, dass ihm etwas auf der Zunge lag, das er unbedingt loswerden wollte.

Er knirschte mit den Zähnen, als wollte er etwas zurückhalten, aber dann brach es sich doch Bahn. »Offenbar haben Sie mir vorhin einen Bären aufgebunden, was Ihre angebliche sexuelle Unerfahrenheit betrifft.«

Sein schneidender Tonfall brachte mich automatisch in die Defensive. »Wie meinen Sie das?«

»Nun, immerhin wollten Sie gerade mit einem Mann, den Sie erst vor einer Stunde kennengelernt haben, in Ihrem Schlafzimmer verschwinden.« Er unterstrich seine Worte, indem er mit ausgestrecktem Arm auf meine offen stehende Zimmertür zeigte.

»Er wollte mein Zimmer sehen«, antwortete ich so beherrscht wie möglich und unterdrückte meine Wut auf den zukünftigen Besitzer des Anwesens, in dem ich die nächsten Monate verbringen würde.

Edward schnaubte verächtlich. »Er wollte nicht das Zimmer sehen, sondern *Sie*.«

Mir wurde heiß. »Wir haben uns nur geküsst, Edward. Mehr war da nicht.«

»Nur weil ich Sie unterbrochen habe, Charlotte«, konterte er.

»Ich weiß, was ich tue.« Ich atmete tief aus und zog mich in mein Zimmer zurück. »Ich bin erwachsen.«

»Dann benehmen Sie sich auch so«, sagte er kalt, ehe er auf dem Absatz kehrtmachte und ging.

# 7. KAPITEL

Ich ging ihm den ganzen Tag aus dem Weg.

Zwar mochte Edward nicht das Recht haben, mir vorzuschreiben, was ich mit wem tat, aber ein Teil von mir – ein ganz kleiner, *winziger* Teil – fand es nett, dass er auf mich aufpasste. Als Einzelkind hatte ich nie einen großen Bruder gehabt, der seine Nase in meine Angelegenheiten steckte oder Jungen vergraulte, die mir zu nah kamen.

*Besitzergreifend.*

Als solches hatte Theo Edwards Verhalten mir gegenüber bezeichnet. Stimmte das? Betrachtete er mich als jemanden, auf den er einen Anspruch hatte oder für den er verantwortlich war? Und wollte ich, dass er so empfand?

Zwei Männer und ihre Meinung von mir beschäftigten mich, während ich in der Küche ein Abendessen zubereitete. Ich war zu meinem eigenen schlimmsten Albtraum geworden.

»Entschuldigung, ich wusste nicht, dass Sie hier sind.« Ebenso plötzlich, wie er in der kleinen Personalküche aufgetaucht war, verschwand Edward wieder.

Ich nahm ein paar Zutaten aus dem Kühlschrank und stellte sie auf die Arbeitsfläche. »Schon gut«, rief ich. »Sie können gerne bleiben.«

Edward tauchte wieder in der Tür auf und inspizierte den Küchenboden, als wäre der vermint. »Sicher? Mir ist nicht entgangen, dass Sie mir den ganzen Tag aus dem Weg gegangen sind.«

Ich setzte ein breites Lächeln auf. »Es ist Ihr Haus.«

»Es ist das Haus meines Vaters.«

»Das eines Tages Ihnen gehören wird«, stellte ich fest und nahm eine Bratpfanne aus dem Schrank.

Sein Blick fiel auf die Pfanne, und er zog eine Braue hoch. »Sie haben doch nicht vor, mir das Ding über den Schädel zu ziehen, oder?«

Ich stellte die Pfanne auf den Herd. Fürs Erste. »Kommt drauf an.«

»Worauf?«

»Auf Sie.«

Er schlenderte herein, während ich mich auf das Kochen konzentrierte. Ich ließ für gewöhnlich das Frühstück ausfallen und aß zu Mittag nur ein Sandwich oder Müsli, sodass ich nur abends eine warme Mahlzeit zu mir nahm. »Haben Sie Hunger?« Aus seinem Gesichtsausdruck schloss ich, dass er nach einer Ausrede suchte, das zu verneinen. »Es ist reichlich da, und für zwei zu kochen macht nicht viel mehr Arbeit als für einen.«

Er kam noch ein paar Schritte näher und sah zu, wie ich Burger-Pattys formte. »Ich könnte schon einen Happen vertragen.«

»Das heißt im Klartext, Ihnen hängt der Magen in den Kniekehlen.« Ich zeigte mit dem Ellbogen auf den Schrank mit den Gewürzen. »Geben Sie mir bitte mal Hamburger-Gewürze rüber?«

Edward öffnete den Schrank, starrte jedoch dann hinein, als wären die Etiketten in einer fremden Sprache bedruckt. Als er schließlich ein Gewürzdöschen herausnahm – Nelken –, schüttelte ich seufzend den Kopf. Für jemanden mit so viel Macht war er erschreckend unbedarft, was alltägliche Dinge betraf.

»Salz, Pfeffer, Knoblauch, Zwiebeln«, zählte ich auf, während ich das letzte Patty formte. »Das wäre schon mal ein guter Anfang.«

Edward durchwühlte den Schrank und stellte die gewünschten Gewürze nacheinander auf die Arbeitsfläche. Ich schob den Teller mit den Pattys auf ihn zu, damit er sie nach eigenem Geschmack würzen konnte, während ich mir die Hände wusch. Er griff als Erstes zum Salzstreuer, zögerte jedoch dann.

»Ich würde von allem eine kräftige Prise draufgeben. Ein Hamburger verträgt einiges an Würze.«

Hierauf drehte er den Salzstreuer herum und ließ reichlich von den weißen Körnchen auf das Fleisch hinabrieseln.

»Das war etwas zu viel des Guten.« Nachdem ich mir die Hände abgetrocknet hatte, trat ich neben ihn und nahm ihm den Salzstreuer aus der Hand. »*Das* ist eine Prise.« Ich zeigte es ihm.

Ich reichte ihm den Pfeffer und hoffte, dass er die Lektion verstanden hatte. Wie sich herausstellte, hatte er eine rasche Auffassungsgabe und würzte die übrigen Pattys tadellos.

»Sie verstehen nicht viel vom Kochen, oder?«, fragte ich mit unverhohlenem Sarkasmus.

Als er fertig war, stellte er das Knoblauchpulver wieder hin und krempelte die Hemdsärmel auf. »Nun, kulinarische Kompetenzen stehen auf der Prioritätenliste eines Thronerben nicht so weit oben.«

»Bis Sie sich in einer verlassenen Burg wiederfinden und am Verhungern sind, weil Sie kein Wasser kochen können«, murmelte ich und achtete darauf, dass er mir zusah, wie ich den Gasherd anzündete.

»Aber ich bin doch gar nicht alleine.« Er öffnete den obersten Hemdknopf und schaute mir beim Fuhrwerken zu, als wäre es ein klassisches Ballett.

»Ihr Glück, dass ich Meister im Improvisieren bin, Ihre Lieferdienste sind nämlich geschlossen, und Ihre Freunde haben zum Mittagessen die Chips-Vorräte geplündert.« Ich zeigte mit dem Pfannenwender auf das Gemüse auf der Arbeitsfläche. »Können Sie mit einem Messer umgehen?«

Edward nahm das größte Messer aus dem Messerblock und rollte eine Tomate auf das Schneidebrett. »Ich bin gewissermaßen mit dem Schwert in der Hand geboren. Ich kenne mich aus mit scharfen Klingen.«

Er hackte auf die arme Tomate ein wie auf einen Gegner in der Schlacht, und ich atmete erst auf, als er fertig war und noch alle zehn Finger hatte. Als er den Salat in Angriff nahm, zog ich es vor, den Blick abzuwenden.

»Ist doch seltsam, oder? Dass so viel Wert auf Schwert- und Fechtkunst gelegt wird und all das Thronfolgerzeug. Und das, obwohl in diesem Land seit fast zweihundert Jahren niemand mehr einen Schwertkampf ausgetragen hat.«

Edward nahm das Messer in die linke Hand, um die Zwiebeln zu hacken, wobei er die Klinge ebenso geschickt handhabte wie mit der dominanten Rechten.

Angeber.

»Das ist halt Tradition, das Fundament aller königlichen Familien auf der ganzen Welt.«

Die Fleisch-Pattys zischten, als ich sie in die heiße Pfanne legte. »Vermutlich.«

Nachdem Edward den Burger-Belag zurechtgeschnippelt hatte, trat er an den Kühlschrank und nahm eine Flasche Apfelsaft heraus. Er konnte sich ein Grinsen nicht verkneifen, als er mir ein Glas einschenkte.

Als er sich selbst ein Glas eingoss, grinste ich zurück.

»Und? Perfekt, oder?«, fragte ich, nachdem er einen Schluck getrunken hatte.

Sein Gesichtsausdruck war schwer zu deuten. »Gerade so erträglich.«

»Ich schätze, nicht jeder ist reif genug, um ein erfrischendes Glas Apfelsaft zu würdigen.«

»Genau darum trinken die meisten von uns Erwachsenen keinen. Weil wir zu alt dafür sind«, entgegnete er.

Ich schwenkte den Pfannenwender in seine Richtung. »Apfelsaft ist etwas, woran man sich gewöhnt. So wie an mich.«

Edward musterte mich aufmerksam. Ich hatte das Haar zu zwei Dutts frisiert, die vage an Prinzessin Leia erinnerten, und trug meinen viel zu weiten Lieblingspullover mit einem tanzenden Lama auf der Vorderseite und gestreifte Socken in Regenbogenfarben. Lächelnd hob er das Glas wieder an die Lippen. »Man gewöhnt sich an alles.«

Ich zuckte mit den Achseln und holte ein Käsestück aus dem Kühlschrank, an dem er sich mit seinem Messer austoben konnte. »Bitte. An Sie haben sich ja auch alle gewöhnt.«

Edward säuberte die Messerklinge unter fließendem Wasser und starrte sie abwesend an. »Das, woran sich alle gewöhnt haben beziehungsweise worauf alle scharf sind, sind mein Titel und mein Einfluss, sonst nichts.«

Als er den Käse geschnitten hatte, schob er das Schneidebrett auf mich zu. Ich konzentrierte mich darauf, die Pattys in der Pfanne zu wenden und mit dem Käse zu belegen, unsicher, was ich darauf erwidern sollte.

»Es tut mir leid, dass ich mich gestern so aufgeführt habe.« Er schluckte, als er zwei Teller auf den einfachen Esstisch in der Ecke stellte, der so gar nichts gemein hatte mit dem Prunkstück im Esszimmer, an dem zwanzig Personen Platz fanden. »Ich war müde und schlecht gelaunt, aber ich hätte das nicht an Ihnen und Theo auslassen sollen.«

»Entschuldigung angenommen.«

Auf meinen Wink hin reichte Edward mir die Tüte mit den Burgerbrötchen, die oben auf dem Kühlschrank lag. »Werden Sie Theo wiedersehen? Nur damit ich vorbereitet bin und ihn nicht mit einem Küchenutensil attackiere, wenn er sich durch die Hintertür hereinschleicht.« Mit einem schiefen Lächeln steckte er die Brötchenhälften in den Toaster.

Ich kaute auf der Unterlippe. »Ich weiß es noch nicht.«

»Aus meiner Perspektive sah das gestern Abend so aus, als wären Sie sich beide sicher, was Sie wollen.«

Ich blickte auf und schaltete den Herd aus. »Ich weiß nicht. Er hat mich weder nach meiner Telefonnummer gefragt noch sich mit mir verabredet, bevor er gestern Abend gegangen ist. Nicht, dass ich mit einem Anruf gerechnet hätte, so verklemmt, wie ich gestern Abend gewirkt haben muss …« Ich hätte mir am liebsten die Zunge abgebissen. Wieder einmal hatte ich laut ausgesprochen, was mir schon den ganzen Tag durch den Kopf gegangen war.

Als die Brötchenhälften aus dem Toaster sprangen, zuckte ich zusammen.

Edward kam näher und machte eine kreisende Handbewegung. »Sprechen Sie weiter.«

»Können wir bitte das Thema wechseln?« Ich kniff die Augen zusammen, weil ich mir vorkam wie ein Reh, das wie paralysiert in die Scheinwerfer eines heranrasenden Autos starrt.

»Wieso sollte er Sie für verklemmt halten?« Er bestrich die Brötchenhälften mit Butter, damit ich die Pattys darauf verteilen konnte.

»Na ja, ich war wie erstarrt«, erklärte ich.

»Davon habe ich nichts mitbekommen, als ich Sie beide gesehen habe. Auf mich haben Sie alles andere als verklemmt oder erstarrt gewirkt.«

Ich kämpfte meine Verlegenheit nieder und stellte meinen

Burger zusammen, während Edward dastand und darauf wartete, dass ich weitersprach.

»Er hat mich geküsst.« Als ich mit dem Burger fertig war, legte ich den Brötchendeckel obenauf. »Aber ich habe den Kuss nicht erwidert. Nicht richtig.«

Ich legte die Stirn an den Hängeschrank vor mir. Der Kuss meines Lebens, und ich hatte es vermasselt. Ich war so leidenschaftlich und heiß gewesen wie ein toter Fisch.

»Heißt das, er hat sich Ihnen aufgedrängt …?« Edwards Hand krallte sich um den Rand der Arbeitsplatte.

Kopfschüttelnd ging ich zum Tisch. »Nein. Ich hatte nur einen totalen Blackout. Ich war bereit für den Kuss, ich wollte, dass er mich küsst, und als er es dann tat, stand ich da wie versteinert.«

Edward ließ sich auf den Stuhl neben meinem fallen, sein Burger eher schlicht, verglichen mit meinem Kunstwerk. »Das war aber nicht Ihr erster Kuss, oder?«

»Nein!«, antwortete ich etwas zu hastig. Und nachdrücklich. »Es ist nur schon länger her. Sehr lange, um ehrlich zu sein«, fügte ich hinzu, als er mir wieder einen vielsagenden Blick zuwarf.

»Sie sind also etwas eingerostet. Nun, dem lässt sich mit etwas Übung abhelfen«, sagte er achselzuckend und griff nach dem Senf.

Während er etwas davon auf seinem Burger verteilte, überschlugen sich meine Gedanken. Etwas Übung.

*Übung.*

»Gott, ist das lecker«, seufzte er nach dem ersten Bissen. »Was ist das noch mal genau?«

Ich warf ihm einen raschen Blick zu, während ich Ketchup auf meinen Burger gab. In meinen Augen gehörte Senf in die Tonne. »Rinderhack.«

»Schmeckt besser als jedes Kobe-Steak, das mein Vater je aus Japan hat einfliegen lassen.«

Ich leckte einen Ketchupklecks von meinem Finger. »Ist das Ihr erster Cheeseburger?«

»Ich fürchte, ja.«

»Ich muss schon Tausende davon verdrückt haben«, entgegnete ich und sah zu, wie er gierig noch einmal zubiss, als hätte er eine Woche nichts mehr gegessen. »Ich kann allerdings nachvollziehen, warum Cheeseburger nicht auf eine königliche Tafel gehören.«

»Alles, was mit den Fingern gegessen wird, ist verboten. Das ist eine der ersten Regeln, die ich ändern werde, falls ich je die Nachfolge meines Vaters antreten sollte.«

Ich wollte gerade abbeißen, hielt jedoch mitten in der Bewegung inne. »Falls?«

Edward trank einen Schluck von seinem Apfelsaft. Seine Augen blitzten gefährlich.

»Ist Ihr Schweigen dahingehend zu verstehen, dass Sie nicht darüber sprechen wollen?«

»Ich rede mit Ihnen über alles, außer darüber.« Er widmete sich wieder seinem Burger, wenn auch mit weniger Begeisterung als zuvor.

Sehr diplomatisch.

»Dann kommen wir doch noch einmal auf das Thema Theo zu sprechen. Sie sagten vorhin, ich bräuchte nur ein bisschen Übung.« Während ich darauf wartete, dass er auf meinen Themenwechsel einging, knabberte ich an meinem Brötchen. Das Thema war zu heikel, um es mit vollem Mund zu besprechen.

Edward rutschte auf seinem Stuhl hin und her. »Ja?«

Ich winkelte ein Bein an und klemmte es mir unter den Po, während ich überlegte, wie ich meine verrückte Idee am besten formulieren sollte. »Man will nicht unbedingt mit der Person üben, um derentwillen man die eigenen Fertigkeiten perfektionieren möchte, richtig?«

Er ließ seinen Cheeseburger sinken. »Was halten Sie davon, wenn Sie nicht länger um den heißen Brei herumreden, sondern einfach freiheraus sagen, worauf Sie hinauswollen?«

Ich öffnete den Mund.

Ich brachte keinen Ton heraus.

Ich räusperte mich und versuchte es noch mal.

Mit dem gleichen Ergebnis.

Je länger ich mit mir rang, desto tiefer wurde die Falte zwischen Edwards Brauen. So, wie er mich ansah, hätte man meinen können, ich hätte ihm gerade eröffnet, dass ich Drillinge von ihm erwartete.

»Eigentlich habe ich Sie als jemanden eingeschätzt, dem es eher selten die Sprache verschlägt. Ich bin gerade hin- und hergerissen, ob ich flüchten oder den seltenen Augenblick für die Nachwelt festhalten soll.« Einer seiner Mundwinkel zuckte, aber unter der scheinbaren Gelassenheit fühlte er sich ebenso unwohl wie ich, das verriet die Anspannung in seinen Unterarmen und um den Mund herum.

Seltsam, dass ich bereits seine Körpersprache zu deuten vermochte. Ich kannte Edward erst eine Woche und doch war er wie ein offenes Buch für mich.

»Könnte ich vielleicht mit Ihnen üben?« Die Worte schossen aus mir heraus und füllten die angespannte Stille zwischen uns.

Ich hatte es geschafft. Er hatte mich aufgefordert, es rundheraus auszusprechen, und direkter hätte ich es nicht formulieren können.

Edwards Reaktion fiel allerdings weniger spektakulär aus als erwartet. Genau genommen war gar keine Reaktion erkennbar, als hätte er dichtgemacht, unmittelbar bevor ich meine Bitte ausgesprochen hatte.

Als ich gerade vor seinem Gesicht mit den Fingern schnippen wollte, bewegte sich sein Adamsapfel auf und ab. »Meinen Sie damit das, was ich denke, das Sie meinen?« Er warf einen Blick auf mein Gesicht und atmete tief aus. »Dumme Frage. Natürlich tun Sie das.«

»Mir ist bewusst, dass das ein seltsames Anliegen ist.«

»Seltsam? Das trifft es nicht ganz«, erwiderte er sarkastisch.

»Aber mal im Ernst. Ich bin hier. Sie sind hier. Wir sind fast gleich alt, Single und …« Ich zögerte kurz, ehe ich weitersprach. »… wir finden einander ganz okay.«

Er schnaubte. »Sehr gütig von Ihnen, dass Sie mich ganz okay finden.«

Ich verdrehte die Augen. »So habe ich das nicht gemeint.«

»Ach nein? Sie wollten damit nicht zum Ausdruck bringen, dass Sie meine Anwesenheit *tolerieren*?« Er ließ den nur zur Hälfte gegessenen Burger auf den Teller fallen.

Ich atmete schnaubend durch die Nase aus und tippte ungeduldig mit dem Fuß auf den Boden. »Ich habe damit gemeint, wenn die Umstände andere und Sie nur ein gewöhnlicher Typ wären, den ich an der Uni kennengelernt hätte, ich mir mit Ihnen etwas mehr vorstellen könnte.« Als er den Blick langsam in meine Richtung lenkte, beeilte ich mich, den unfertigen Gedanken zu Ende zu führen. »Aber dem ist ja nicht so, und wir sind hier auch nicht an der Uni. Ich stehe auf Theo – zumindest auf das, was ich bisher von ihm kennengelernt habe –, während Sie eines Tages eine wunderschöne Prinzessin heiraten werden.«

Er schluckte was immer er hatte sagen wollen herunter. Entweder weil er es vergessen hatte oder weil er es vorzog, sich die Erwiderung zu verkneifen.

Ich hakte nach, entschlossen, die Gunst der Stunde zu nutzen. »Kommen Sie schon. Bitte, Edward. Ich brauche Hilfe. *Ihre* Hilfe. Ich bin nicht der Typ Frau, der einfach so zu Eis erstarrt. Ich weiß, wer ich bin und was ich will.« Ich wand mich innerlich bei der Erinnerung an mein Versagen vom Vorabend. »Sie hätten mich einmal sehen sollen. Ich habe es total verkackt und nur dagestanden wie eine Holzpuppe.«

Er zog eine Braue hoch. »Und das aus dem Mund einer Frau, die ihr Studium abgebrochen und einen Job angenommen hat, für den sich sonst nur Rentner bewerben, um sich darüber klar zu werden, was sie mit ihrem Leben anfangen soll?« Das zornige Funkeln in seinen Augen war erloschen, und sein Mundwinkel zuckte verräterisch.

»Soll das eine Lebensberatung à la Tony Robbins werden?«, fragte ich patzig.

Er schüttelte den Kopf und schien belustigt. Als er nach seinem Cheeseburger griff, atmete ich innerlich auf. Das Schlimmste lag hinter uns.

»Inwiefern ist es denn hilfreich, wenn Sie vor Ihrem nächsten Date mit Theo mit mir das Küssen üben?«, fragte er, bevor er von seinem Burger abbiss.

»Ich könnte mir vorstellen, Sie wären er.«

Hierauf folgte ein abfälliger Laut. »Nicht, wenn ich auch nur annähernd alles richtig mache.«

»Was soll das heißen?«

Edward sah mich an, offenbar überrascht, dies weiter vertiefen zu müssen. »Das heißt, dass ich nicht küsse wie Theo Hamilton.«

Die Worte waren an sich harmlos, aber sein Tonfall troff förmlich vor Verachtung.

Ich drehte mich auf meinem Stuhl zur Seite, sodass ich ihm zugewandt war. »Wollen Sie damit sagen, er sei ein schlechter Küsser?«

Er rieb sich den Mund, wohl um das Grinsen zu verbergen, das er vergeblich zu unterdrücken versuchte. »Nicht unbedingt schlecht, aber auch nicht besonders versiert.«

Ich achtete darauf, dass ihm die bösen Blicke nicht entgingen, mit denen ich ihn bombardierte. »Ach ja? Und Sie sind ein Vollprofi, ja?«

Er schob sich den letzten Bissen Cheeseburger in den Mund und stand auf. Er zwinkerte mir zu, ehe er sich zum Gehen wandte. »Vielleicht bekommen Sie ja tatsächlich noch Gelegenheit, das herauszufinden.«

Ich rieb mit den Fingern an einem Fleck auf der Tischplatte. Nahm er mich auf den Arm? Bedeutete das, dass er meinen Vorschlag akzeptierte? »*Vielleicht*?«

In der Tür blieb er noch einmal stehen. »Vielleicht. Ich muss mir das erst noch mal durch den Kopf gehen lassen.«

»Was gibt es da zu überlegen?«, fragte ich nonchalant.

»Alles. Und, Charlotte?« Er blickte über die Schulter zurück, um sich davon zu überzeugen, dass er auch meine Aufmerksamkeit hatte. »Wenn Sie die Familie, in die ich hineingeboren wurde, und die Rolle, die ich eines Tages einnehmen soll, mal außer Betracht lassen, bin ich ein ganz gewöhnlicher Typ.«

# 8. KAPITEL

Er hatte angerufen. Exakt zwei Tage nachdem wir uns geküsst hatten, oder genauer, zwei Tage nachdem er mich geküsst und ich dagestanden hatte wie zur Salzsäule erstarrt.

Theo hatte mir mitgeteilt, dass er in die Stadt fahren würde, um an der Feier anlässlich der goldenen Hochzeit seiner Großeltern teilzunehmen, und dass er in zwei Wochen zurückkäme. Und er hatte gefragt, ob wir uns wiedersehen würden.

Ich war geradezu euphorisch. Aus einem mir unerfindlichen Grund hatte meine traurige Vorstellung Theo Hamilton nicht abgeschreckt, und ich war fest entschlossen, es bei unserer nächsten Begegnung besser zu machen.

Natürlich hatte ich einen Plan, der genau das sicherstellen sollte, aber die Schlüsselfigur zur Verwirklichung besagter Strategie war mir bislang eine Antwort schuldig geblieben. Es war jetzt fünf Tage her, dass ich ihm beim Cheeseburger-Essen meinen Vorschlag unterbreitet hatte, und seitdem hatte er die Sache mit keinem Wort mehr erwähnt. Wie lange brauchte ein Mann denn, um zu entscheiden, ob er einer Frau in der Not zur Seite stehen und ihr helfen wollte, ihre auf Unerfahrenheit basierenden Hemmungen abzulegen?

Ich war fest entschlossen, es herauszufinden, auch wenn das hieß, eine Antwort zu erzwingen. Es war kurz nach Morgengrauen, und aus dem Nebel, der über den von Raureif überzogenen Rasen kroch, schloss ich, dass eine zweite Jacke angeraten war. Und eine Mütze. Und Handschuhe.

Während ich noch an meiner Zwiebel-Technik arbeitete, klingelte mein Telefon. Als ich sah, wer der Anrufer war, wollte ich den Anruf schon auf die Mailbox umleiten, aber dann gab ich mir doch einen Ruck.

»Guten Morgen, Dad«, meldete ich mich, um einen besonders fröhlichen Tonfall bemüht. Meine Eltern befürchteten beide, ich könnte an Depressionen leiden, weil ich mich so abgekapselt hatte, und bislang war es mir auch mit Engelszungen nicht gelungen, ihnen das auszureden.

»Guten Morgen, Sonnenschein. Freut mich, dass ich dich erwische.« Ich hörte meine Mom im Hintergrund flüstern. »Ich wollte nur mal hören, ob du zwischenzeitlich beschlossen hast, nach dem Herbsttrimester wieder an die Uni zu gehen. Wie ich gehört habe, hast du deiner Mom versprochen, darüber nachzudenken.«

Ich stampfte mehr in meine Stiefel, als dass ich in sie hineinschlüpfte. Wenn wortloses Zuhören und ein paar Grunzlaute als Zustimmung aufzufassen waren, dann konnte man das wohl so deuten.

»Nein, Dad. Mein Vertrag hier läuft bis Ende Mai. Wenn ich an die Uni zurückkehre, dann im nächsten Herbst.« Ich zuckte innerlich zusammen, kaum dass ich es ausgesprochen hatte, und wappnete mich für das, was nun kommen musste.

»Was heißt hier, *wenn*?« Im Hintergrund wieder das Flüstern meiner Mutter, diesmal hektischer. So viel dazu, dass sie versprochen hatten, mir Freiraum zu lassen und keine Fragen mehr zu meiner Zukunft zu stellen.

»Das ist gerade ein ungünstiger Zeitpunkt. Ich wollte gerade etwas Wichtiges erledigen. Kann ich dich später zurückrufen?« Ich stopfte mir ein zweites Paar Handschuhe in die Tasche der zweiten Jacke und betete, dass mein Vater nicht endlos auf diesem »Wenn« herumritt.

Ein tiefer Seufzer drang durch das Telefon an mein Ohr. »Okay, Sonnenschein. Wir lieben dich.«

Sein Rückzug kam so unerwartet, dass mir bereits eine Antwort auf seine Antwort auf der Zunge lag.

»Ich liebe euch auch«, sagte ich stattdessen und war regelrecht schockiert, als er auflegte, ehe ich dazu kam.

Ich stopfte das Telefon in die Tasche und kämpfte gegen das schlechte Gewissen an, das in letzter Zeit allen Gesprächen mit meinen Eltern anhaftete. Ich wollte sie nicht enttäuschen, aber mich selbst auch nicht. Unglücklicherweise sah es ganz so aus, als wäre beides unvermeidlich.

Was ich mit dem Rest meines Lebens anfangen wollte, war eine weitreichende Entscheidung für eine Zwanzigjährige.

Nachdem ich mir einen Schal um den Hals und die untere Gesichtshälfte geschlungen hatte, stellte ich mich den Elementen in der Absicht, den Prinzen aufzuspüren, der jeden Morgen zur gleichen Zeit einen Spaziergang unternahm.

Die Kälte sprang mich an, sobald ich das Haus verlassen hatte, und drang durch sämtliche Schichten Wolle und Fleece. Ich stapfte zügig den Weg zum See hinunter und hoffte, dass das Tempo meinen Kreislauf ankurbeln und mich wärmen würde.

Als ich die Grundstücksgrenze erreicht hatte, folgte ich dem Weg, der fast um den ganzen See herumführte. Sofern Edward seine Route nicht gewechselt hatte, müssten unsere Wege sich in den nächsten fünf Minuten kreuzen. Ich hoffte, dass er gut gelaunt war, so wie es für gewöhnlich der Fall war, wenn er von einem seiner langen Spaziergänge zurückkam, und dass die Kälte seine Hirnfunktion so weit herabgesetzt hatte, dass er in meinen Plan einwilligte.

Am Seeufer war der Nebel noch dichter, und die einzigen Geräusche in der morgendlichen Stille waren das leise Plätschern des Wassers, das am Ufer leckte, und die Rufe von Wildgänsen, die sich in den Süden aufmachten.

Als ich schon fast sicher war, ihn verpasst zu haben, schälte sich vor mir eine dunkle Gestalt aus dem dichten Nebel. Ich erkannte ihn an seinem Gang und seiner Statur – ausholende Schritte, breite Schultern und schneidige Bewegungen, als würde er einem unsichtbaren Feind entgegenstürmen. Die imposanten Silhouetten der Leibwächter, die ihm im Abstand von etwa zehn Metern folgten, zerstreuten meine letzten Zweifel.

»Edward!«, rief ich, als ich erkannte, dass er so in Gedanken vertieft war, dass er mich gar nicht bemerkt hatte, obwohl ich mitten auf dem Weg stand.

Wortlos kam er näher, auch wenn ich aus seinem Blick schloss, dass er nicht überrascht war, mich zu sehen. Seine Wangen waren gerötet, sein Haar zerzaust, seine Augen unruhig.

Wie er dastand, umwabert von Nebel und mit den dunklen Bartstoppeln, die ihn leicht verwegen erscheinen ließen, sah er aus wie ein Actionheld, und ich verspürte unwillkürlich ein Kribbeln im Bauch. Je mehr Zeit ich mit ihm verbrachte, desto attraktiver fand ich ihn. Es war, als registrierte ich bei jeder Begegnung ein neues Detail, das mich für ihn einnahm.

Ich kämpfte mit den Worten und meinen Gedanken, während er abwartend dastand.

»Was machen Sie hier draußen?«, fragte er schließlich, als ich nichts sagte.

Ich wandte den Blick ab und fand die Sprache wieder. »Ich habe Sie gesucht.«

Er trat von einem Fuß auf den anderen. »Sie haben mich gefunden.«

Sein Tonfall war weder fragend noch herablassend. Es war schlicht eine Feststellung.

Ich schlang die Arme um den Oberkörper, da die Kälte inzwischen auch durch meine zweite Jacke drang, und erst jetzt registrierte ich, was er trug. Oder genauer, was er *nicht* trug.

»Was machen Sie denn nur mit einem Sakko bekleidet hier draußen in der Kälte?«, rief ich aus.

»Ich mag die Kälte.«

Ich machte große Augen. »Im Ernst?«

Edward war sichtlich bemüht, sich angesichts meiner Vermummung ein Grinsen zu verkneifen, aber vergeblich. »Kälte erinnert mich an Sommer und Wärme«, begann er und schaute weg. »Außerdem macht sie den Kopf frei und hilft mir beim Denken.«

So viel zu meiner Hypothese kältebedingter Ausfälle in der Hirnregion. »So viel wie Sie spazieren gehen, müssen Sie aber viel zu denken haben.«

Er schniefte und starrte über den dunklen See. »Dazu haben Sie auch Ihren Teil beigetragen.«

Ich runzelte die Stirn. Edward hatte über mich nachgedacht?

»Mit dieser absurden Idee, die Sie an mich herangetragen haben«, fuhr er fort, als er meine Verwirrung bemerkte.

Ich wartete darauf, dass er mehr dazu sagte, während ich die Hände aneinanderrieb, aber er beließ es dabei. »Daraus, dass Sie die Idee als absurd bezeichnen, schließe ich, dass Sie mir nicht helfen werden?«

Edwards Atem hüllte sein Gesicht in weißen Dampf. Er warf einen Blick über die Schulter zurück, um sich davon zu überzeugen, dass seine Bodyguards außer Hörweite waren. »Nein.«

Ich hielt inne und hörte auf, die Handflächen aneinanderzureiben. »Wären Sie so freundlich, dieses Nein näher zu erläutern?« Ich trat dichter vor ihn. »Heißt das jetzt, nein, Sie werden mir nicht helfen, oder ist das als doppelte Verneinung zu verstehen und somit als Ja?«

»Sie reden mal wieder wirres Zeug.«

Ich zuckte nicht mit der Wimper. »Und Sie weichen mir wieder einmal aus.«

Seine Mundwinkel zuckten. »In Ordnung«, sagte er und schaute mich wieder an.

Der Ausdruck in seinen hellen Augen jagte mir einen Schauer über den Rücken, und ich wich unwillkürlich einen Schritt zurück. Aus irgendeinem Grund erschien mir plötzlich etwas mehr Abstand angebracht. »In Ordnung?«

»Ja, es sei denn, Sie haben es sich zwischenzeitlich anders überlegt.«

Ich schüttelte so heftig den Kopf, dass meine Mütze verrutschte. »Nein.«

Wieder hatte Edward sichtlich Mühe, ernst zu bleiben.

»Wären Sie so freundlich, dieses Nein näher zu erläutern?«

»Ich habe es mir nicht anders überlegt«, sagte ich, noch bevor er ausgesprochen hatte.

Er nickte knapp. »Gut.« Edward setzte seinen Weg fort, bog jedoch nicht in Richtung Valmont ab. Er schien heute Morgen wirklich über vieles nachdenken zu müssen. »Eins noch, Charlotte.« Er blieb stehen und blickte zu mir zurück. Ich hatte mich nicht von der Stelle gerührt, ganz vertieft in meine eigenen Gedanken. *Er war einverstanden!* »Erstens, ich bin nicht Theo Hamilton. Und zweitens, bevor wir uns küssen, sollten wir uns duzen.«

Darauf wandte er sich wieder ab, und Sekunden später wurden er und seine Männer wieder vom Nebel verschluckt.

»Ich weiß, dass du nicht Theo bist«, sagte ich leise und versuchte, die Schmetterlinge im Bauch zu ignorieren, die bei der Vorstellung, Edward Royston zu küssen, kräftig flatterten.

# 9. KAPITEL

Der Innenpool auf Valmont war ebenso pompös wie der Rest des Anwesens. Ich fand mich fast jeden Abend dort ein und schwamm Bahnen, bis meine Finger runzlig waren und meine Augen vom Chlor brannten. Ich war schon immer gerne geschwommen. Meine Eltern hatten mir schon früh das Schwimmen beigebracht, da ich in der Nähe eines offenen Gewässers aufgewachsen war, aber kein Becken, in dem ich je geschwommen war, konnte es mit diesem hier aufnehmen.

Um den Pool herum standen elegante Liegestühle und Couchen, und die unzähligen Kübelpflanzen, deren Versorgung auch zu meinen Pflichten zählte, verliehen der Schwimmhalle eine beinahe tropische Atmosphäre. Die Luft war warm, aber nicht stickig, und durch eine Fensterfront hatte man einen traumhaften Blick auf das dunkle Wasser des Sees.

Heute war ich besonders lange geschwommen, weil mich nach dem Essen die Aussicht auf die erste »Übungsstunde« mit Edward ganz kribbelig gemacht hatte. Fünfzig Bahnen später hatte ich mich wieder im Griff und die ungewohnte Angst erfolgreich aus meinem Bewusstsein verbannt.

Als ich die letzte Bahn schwamm, bemerkte ich eine Gestalt am Beckenrand. Ich schwamm unbeirrt auf dem Rücken weiter und tat so, als hätte ich den Störenfried nicht bemerkt.

»Ich hätte eigentlich nicht erwartet, dass du gerne schwimmst.« Edward folgte mir am Beckenrand entlang. Er war vollständig angezogen, einschließlich Schuhen mit Ledersohlen, und seine Schritte hallten laut von den Wänden wider.

*Du.* »Manche Menschen denken beim Spazierengehen, andere beim Schwimmen.«

»Dann tut es mir leid, dass ich dich beim Denken störe.«

Als wir das Ende des Pools erreichten, blieb er stehen, und ich blickte zu ihm auf. Er war schick angezogen, als wollte er ausgehen, wobei Edward Designer-Hosen und Businesshemden mit der gleichen Lässigkeit trug wie andere einen Jogginganzug. Dunkle Hose, passende Weste und darunter ein gestärktes weißes Hemd, dessen oberster Knopf offen stand. Bei der schwachen Beleuchtung sah es beinahe so aus, als wäre er gerade dabei gewesen, sich auszuziehen.

»Kein Problem.« Ich wischte mir das Wasser aus dem Gesicht – ein willkommener Vorwand, um den Blick abzuwenden. »Ich habe für heute genug nachgedacht.«

»Gut zu wissen.« Er warf einen Blick in Richtung Tür, als wollte er sich davon überzeugen, dass wir allein waren. Er wirkte nervös. Angespannt. Normalerweise bewegte er sich sehr geschmeidig, heute Abend hingegen irgendwie unrund, kantig. »Ich wollte dir nur Bescheid sagen, dass die Jungs beschlossen haben, kurzfristig eine Party steigen zu lassen, sodass in Kürze mit den ersten Gästen zu rechnen ist.« Er starrte immer noch stirnrunzelnd auf die geschlossenen Doppeltüren. »Aber ich habe dir ja versprochen, dass wir heute Abend … üben … den Ernstfall proben … oder wie auch immer du es nennen willst.« Er rieb sich die Stirn. »Es gibt keine elegante Art, das zu umschreiben, also nennen wir es beim Namen: Wenn du möchtest, dass ich dir als Küss-Coach diene, sollten wir es gleich tun.«

Es kam mir vor, als würde mein Magen wie eine Bowlingkugel auf den Grund des Pools sinken. Ich schluckte. »Sie … du … meinst … jetzt sofort?«

Edward vergrub die Hände in den Hosentaschen. »Hier und jetzt.«

Ich schwamm zur Leiter und nahm Schwimmbrille und Bademütze ab. Ich hatte mir das »erste Mal« mit Edward etwas anders vorgestellt. Rote Ränder um die Augen und Haare, die mir am Schädel klebten, waren sicher nicht besonders sexy, andererseits war er ja auch nur mein »Coach« und nicht der Mann, den ich für mich gewinnen wollte.

»Es sei denn, du möchtest es lieber verschieben. Auf einen anderen Abend.« Edward kehrte der Leiter den Rücken zu, als ich aus dem Becken stieg.

Ich schnalzte mit der Zunge. »Ich bin doch nicht nackt.«

»Das kann man bei Charlotte Everly nie wissen.« Er blieb von mir abgewandt stehen, aber ich hörte seinem Tonfall an, dass er grinste.

Ich boxte ihn gegen den Arm, als ich an ihm vorbeiging, um mein Handtuch zu holen. »Und ich möchte weder aufschieben noch canceln. Wenn das unser Zeitfenster ist, werde ich es nutzen.« Ich schüttelte das große, flauschige Badetuch aus und trocknete mich ab. Ich leckte mir über die Lippen und wünschte, ich hätte meine Handtasche mitgebracht, in der sich ein rosafarbener Lippenbalsam befand. »Sofern es dir nichts ausmacht, eine Frau zu küssen, die nach Chlor riecht und eventuell auch schmeckt.«

»Klingt nach einer interessanten Abwechslung vom üblichen Kokos-Rum.«

Als ich ihm einen Blick zuwarf, sah ich, dass er mich anstarrte. Der Badeanzug war nicht gerade vorteilhaft, und ich hatte ein paar Rundungen, wo die Frauen, mit denen er für gewöhnlich verkehrte, deutlich schlanker waren, aber ich hatte mich alles in allem in meinem Körper immer recht wohlgefühlt. Jetzt war nicht der Zeitpunkt, damit anzufangen, mich verunsichern zu lassen, nicht einmal von den Blicken des Prinzen von Norland.

Als sich ein flaues Gefühl in meinem Bauch ausbreitete, legte ich die Arme um mich. »Sagtest du nicht, du hättest selbst eine lange Durststrecke hinter dir, was das Küssen – und alles andere – betrifft?« Um Zeit zu schinden, begann ich, meine Haare trocken zu rubbeln.

»Stimmt, aber der Geschmack von Kokos-Rum ist haften geblieben. Vor allem, wenn er in halbfester Form auf den Lieblingsschuhen gelandet ist.«

»Jemand hat sich beim Küssen mit dir übergeben?«

»*Nach* dem Küssen.«

Ich rümpfte die Nase. »Und das hat dir das Küssen nicht verleidet?«

Edward wandte sich mir zu. »Das werde ich gleich wissen.«

Mein Magen rumorte hörbar im denkbar ungünstigsten Moment. Ich ließ das Handtuch in die Wäschebox fallen, biss mir auf die Lippen und ließ den Blick durch den Raum schweifen. »Also? Wo soll unsere Lehrstunde stattfinden?«

Ich beäugte die Liegestühle, aber die kamen mir nur bedingt geeignet vor. Die Couch vielleicht …

»Hier drüben.« Edwards Schritte hallten laut in der hohen Schwimmhalle. »Gleich hier an der Wand.«

Ich spürte ein Gefühl der Beklemmung im Brustkorb, als ich die Wand betrachtete, auf die er zusteuerte. »An der Wand?«

»So hast du es doch auch mit Theo gemacht bei eurem ersten Kuss. Er hat dich am Ende des Flurs im Westflügel an die Wand gedrückt.« Edward klopfte mit den Fingern an die Wand. »Aber für unsere Zwecke müsste die Wand hier es auch tun.«

Ich nickte und folgte ihm, obwohl ich mich noch schwertat, das Küss-Projekt so nüchtern anzugehen wie er. »Gute Idee.«

Ich rieb mir die Augen und fühlte, dass die Schwimmbrille heute besonders tiefe Ränder hinterlassen hatte. Na toll. »Ich habe das Gefühl, ich sollte mir vorab die Zähne putzen oder so.«

Edward warf einen Blick auf seine Armbanduhr und seufzte. »Hast du dir die Zähne geputzt, bevor du Theo geküsst hast?«

»Nein. Aber da hatte ich auch vorher keine Tacos gegessen.«

Er griff nach etwas, das an einem Haken hing. »Ich habe fünf Minuten, dann muss ich rauf und die ersten Gäste begrüßen. Wenn du die zum Zähneputzen verwenden möchtest, bitte sehr.«

Ich schüttelte den Kopf. »Lass uns keine Zeit verschwenden.« Ich drehte mich mit dem Rücken zur Wand, als Edward mir etwas reichte.

»Bademantel«, sagte er.

»Mir ist nicht kalt.«

»Das ist auch nicht der Sinn der Sache«, brummte er und hielt mir das Kleidungsstück erneut vor die Nase.

»Schon gut, schon gut, entspann dich.« Ich schlüpfte in den viel zu großen weißen Bademantel. Offenbar war mein alter Sportbadeanzug in schlechterem Zustand, als ich dachte.

Nachdem ich den Gürtel verknotet hatte, hob sich Edwards Brust, als atmete er erleichtert auf.

»Alle auf Position«, sagte ich in meinem besten Regisseur-Tonfall, als ich den mir zugedachten Platz an der Wand einnahm.

Er schien meinen Versuch, die etwas peinliche Situation aufzulockern, nicht besonders lustig zu finden. Ich räusperte mich, hob die Arme und überlegte, wo ich meine Hände auf ihm ablegen sollte, während er mich musterte wie eine gänzlich talentfreie Nachwuchsschauspielerin.

»Wie machen wir's?«, fragte ich unsicher.

»Also, zuerst einmal hörst du auf, die Kontrolle übernehmen zu wollen, und überlässt das mir.« Er stützte sich neben meinem Hals mit einer Hand an die Wand, während er mir den anderen Arm um die Taille legte.

»Ich bin nicht so gut darin, mich führen zu lassen.«

Er zog eine Braue hoch. »Dann setze ich mal auf meine erprobten Führungsqualitäten.«

»Scherzkeks«, murmelte ich, ehe ich ihm mit einem Blick signalisierte, dass ich jetzt bereit sei, ihm die Führung bei meiner ersten Lektion in Sachen Küssen zu überlassen.

Aber er ließ mich zappeln.

Entweder ließ er sich Zeit, oder er wollte mich auf die Folter spannen – wahrscheinlich Letzteres. Je länger er es hinauszögerte, die Lippen zu einem schiefen Lächeln verzogen, desto ungeduldiger wurde ich, bis ich schließlich ganz hibbelig war und es kaum noch erwarten konnte.

Ich musterte ihn stirnrunzelnd und warf dann einen vielsagenden Blick auf seine Armbanduhr, die neben meinem Ohr tickte. »Du findest das amüsant, stimmt's?«

»Oh ja. Und du warst diejenige, die mich um diesen Gefallen gebeten hat.«

»Na und? Dann stehe ich in deiner Schuld, weil ich dich um etwas Nachhilfe im Küssen gebeten habe?«

Seine Augen leuchteten auf. »Ich bin froh, dass du das so siehst wie ich.«

Als ich ihm die Hände auf die Brust legte, um ihn wegzustoßen, küsste er mich. Seine Lippen fanden die meinen, als hätten wir uns schon unzählige Male geküsst. Sanft bewegten sie sich und ich reagierte ganz intuitiv.

Nichts an diesem Kuss fühlte sich falsch oder fremd an. Ich wusste genau, was ich zu tun hatte. Meine Hände gruben sich in den Stoff seiner Weste. Die Hand, mit der er sich eben noch an der Wand abgestützt hatte, legte sich in meinen Nacken, fest genug, um mir zu signalisieren, dass er sich zurückhielt, und gleichzeitig sanft genug, um mir die Gewissheit zu geben, dass er sich unter Kontrolle hatte.

Der Kuss begann ganz sachte, sogar etwas zaghaft, aber als er dann leidenschaftlicher wurde, überkam mich eine unerwartete Flut von Gefühlen. Edward, der mich mit beiden Armen festhielt und gleichzeitig mit seinem Körper an die Wand drückte, hielt mich gefangen. Ein leiser Laut entfuhr meiner Kehle. Oder war er das gewesen? Ich wusste es nicht genau, und im Grunde spielte es auch keine Rolle. Ich wollte mich nur noch mit diesem Mann in diesem Moment verlieren, in den Gefühlen, die völlig neu für mich waren.

Er schmeckte ganz leicht nach Minze, als hätte er sich kürzlich erst die Zähne geputzt oder ein Pfefferminzbonbon gelutscht. Gott, ich hätte niemals erwartet, dass er so gut küssen konnte, und schwor mir, Edward Royston nie wieder zu unterschätzen.

Ich war ganz benommen und orientierungslos, und als er die Lippen schließlich wieder von meinen löste, hatte ich keinen Schimmer, wie viel Zeit vergangen sein mochte. Meine Hände, die immer noch seine Weste umklammert hielten, zitterten leicht, und ich atmete schwer. Ich fühlte mich, als wäre ich einen Berg hinaufgestiegen, und hatte seinen Geschmack noch auf der Zunge. Und dort, wo seine Hände gelegen hatten, glühte meine Haut förmlich.

Ich war im positiven Sinne fix und fertig.

Ein atemloses, zitterndes Häufchen, das keinen klaren Gedanken fassen konnte.

Als ich jedoch die Augen wieder aufschlug, wirkte Edward unverändert, wie vor dem Kuss, der nach der kosmischen Energie zu urteilen, die mich durchströmte, mehrere weit entfernte Sonnensysteme erschüttert haben musste. Sein Atem ging gleichmäßig, und er stand völlig reglos da, einen neutralen Ausdruck in den Augen. Ich wappnete mich innerlich für die Verbesserungsvorschläge, die er mir jetzt sicher aufzählen würde. »Wie war's?«

»Wie war was?«, fragte er.

»Der Kuss. Ich meine, wie war *ich*?« Ich war immer noch atemlos. »Welche Note würdest du mir geben?«

Er versuchte gar nicht erst, seine Belustigung über meine Frage vor mir zu verbergen, wenngleich ich nicht verstand, was daran so lustig sein sollte. »Ich bin es nicht gewohnt, fürs Küssen Noten zu vergeben.« Er legte den Kopf schräg, als überlegte er. »Aber ich denke, ich würde dich knapp unter der Bestnote ansiedeln.«

Ich musterte ihn argwöhnisch. Nichts an seiner Reaktion auf den Kuss ließ darauf schließen, dass dieser ihn auch nur ansatzweise beeindruckt hätte. Ich vermochte nicht zu sagen, ob er es ernst oder ironisch meinte. »Ist das dein Ernst?«

»Warum sollte ich lügen?« Er bog den Oberkörper leicht zurück und zupfte am Gürtel meines Bademantels.

»Du fandst es gut?«

»Es *war* gut.« Mein Frust schien ihn nur noch mehr zu erheitern.

Ich biss mir auf die Unterlippe. »Irgendwelche Verbesserungsvorschläge?«

Seine Schultern hoben sich, als er die Hände wieder in den Taschen vergrub. »Es gibt nichts zu verbessern.« Er steuerte die Tür an. »Von meiner Seite aus gibt es nichts zu beanstanden.«

Bevor Edward die Tür erreicht hatte, schwang diese auf und James steckte den Kopf durch den Spalt. »Hey. Da seid ihr ja, ihr zwei Hübschen. Perfekt.« Sofern James ahnte, was gerade vorgefallen war, ließ er sich hiervon nichts anmerken. »Du wirst im Billardzimmer gebraucht, Majestät. Die Party geht los, und die Watson-Drillinge verlangen nach dir.« James wackelte vielsagend mit den Augenbrauen. »Und Sie, Lady, haben einen Anruf von einem sehr hartnäckigen Verehrer erhalten.«

Edward versteifte sich sichtlich auf seinem Weg zur Tür. »Warum ruft Theo dich an?«

»Hat er nicht. Er hat sie angerufen.« James deutete in meine Richtung und schien immer noch nicht zu merken, dass ich schwer atmend an der Wand lehnte. »Ich bin nach dem dritten Anruf an Charlottes Telefon gegangen. Ich dachte mir, es wäre ihr recht, nachdem sie es oben hat liegen lassen.«

»Es war in meiner Jackentasche«, erwiderte ich und stieß mich von der Wand ab, um ihm mein Telefon wieder abzunehmen.

»Die in der Personalküche hing, welche frei zugänglich ist.« James kam auf mich zu und hielt mir das Handy entgegen.

»Ich wusste gar nicht, dass ich einen persönlichen Anrufbeantworter habe.«

»Jetzt wissen Sie's. Gern geschehen.« Er tätschelte meinen Arm, ehe er wieder die Tür ansteuerte, gekleidet wie ein Brooklyn-Zuhälter aus den Siebzigern. »Sie kommen doch auch zur Party, oder?«

Edward war in der Tür stehen geblieben. Ich wusste selbst nicht, warum ich ihn ansah, bevor ich antwortete.

»Nein. Diese Party lasse ich ausfallen.«

»Was? Warum denn?« James runzelte die Stirn. »Ich erteile Ihnen hiermit den königlichen Befehl, auf der Party zu erscheinen. Komm schon, Edward, sag ihr, dass sie kommen soll.«

Edward antwortete, ohne mich anzusehen. »Du kannst gerne kommen, wenn du magst, Charlotte. Auch wenn sie dir ohne Theo weniger reizvoll erscheinen mag als die letzte.«

War das seine Art, mir durch die Blume mitzuteilen, dass ich unerwünscht war? Oder wollte er mir damit sagen, dass es allein bei mir lag?

Aber noch wichtiger erschien mir die Frage, warum ich überhaupt darüber nachdachte.

»Nächstes Mal wieder«, versprach ich James.

»Ich nehme Sie beim Wort.« Er ging rückwärts hinaus und zeigte dabei mit dem Finger auf mich. Edward war schon fort. »Vielleicht sagen Sie Theo mal Hallo? Lassen Sie den armen Kerl nicht noch länger warten.«

»Er ist noch in der Leitung? Warum haben Sie ihm denn nicht gesagt, dass ich zurückrufe?« Verdutzt drehte ich mein Handy um und schaute aufs Display. Tatsächlich, da war ein Anruf. Jemand war seit knapp zehn Minuten dran.

»Ich dachte mir, Theo könnte eine Lektion in Geduld vertragen.« Hierauf winkte er mir zum Abschied und verschwand durch die Tür. »Das war noch nie seine Stärke.«

Ich starrte ein paar Sekunden auf das Display und machte den ersten normalen Atemzug seit Edwards Kuss.

»Hey, Theo«, sagte ich und ging am Beckenrand auf und ab, um die angestaute Energie abzubauen. »Tut mir leid, dass du so lange warten musstest. Ich weiß auch nicht, warum James dir nicht einfach gesagt hat, ich würde zurückrufen.«

»Dann hätte ich aber die letzten zehn Minuten verpasst.« Theo klang kein bisschen verärgert. »Ich bin ziemlich sicher, dass James pinkeln war, bevor er zu dir gekommen ist, ich habe nämlich eindeutig eine Toilettenspülung gehört.«

»Das würde mich bei ihm nicht wundern«, entgegnete ich und schob den Ärmel des Bademantels etwas höher, sodass Stoff zwischen meiner Hand und dem Telefon lag.

Theo lachte leise. »Habe ich das richtig verstanden, dass Edward bei dir war?«

Ich verharrte mitten in der Bewegung. »Ja.« Meine Stimme klang etwas schriller als normal. »Er war bei mir.« Auch nicht viel besser.

»Was habt ihr beiden denn gemacht?«

Theo klang kein bisschen argwöhnisch, trotzdem brachte mich seine Frage aus dem Konzept. Ich wollte den Mann, für den ich mich interessierte, nicht anlügen, aber die Wahrheit konnte ich ihm auch nicht sagen. *Ach, wir haben nur etwas rumgeknutscht. Ganz harmlos. Übrigens der beste Kuss meines Lebens. Aber keine große Sache.*

»Ich bin ein paar Bahnen geschwommen.« Ich bog um die Ecke und folgte nun der Längsseite des Pools.

»Ist Edward auch geschwommen?«

Ich richtete den Blick auf die gegenüberliegende Wand. »Nein.«

»Dann hat er nur dumm rumgestanden?« Theo grunzte belustigt, aber sein Tonfall hatte sich kaum merklich verändert.

»Er hat mir ein paar Tipps gegeben, wie ich mich verbessern kann.« Das war nicht einmal gelogen, trotzdem stieg mir glühende Hitze ins Gesicht.

»Ich wusste gar nicht, dass Edward etwas vom Schwimmen versteht«, meinte Theo nachdenklich, gab sich jedoch mit meiner Antwort zufrieden. »Andererseits ist das wohl nicht weiter überraschend. Es gibt nicht viel, was der Kerl nicht kann.«

»Stimmt.« Ich lachte nervös und rieb mir mit der freien Hand die Schläfe. »Wie geht es dir?«

»Gut. Ich langweile mich.« Theo lachte. »Es war schön, die Verwandtschaft mal wiederzusehen, aber aus einem bestimmten Grund freue ich mich schon darauf, wieder aufs Land zu fahren.«

»Und der wäre?«, fragte ich, in Gedanken mit nicht weniger als einem halben Dutzend Fragen beschäftigt.

Theo schwieg einen Moment. »Ich hatte gehofft, das wäre offensichtlich.«

»Oh. *Oh*!«, sagte ich, als mir aufging, dass er damit mich gemeint hatte.

»Ich gebe zu viel Gas, stimmt's?« Ich hörte ihn durchs Telefon seufzen.

»Nein, gar nicht. Es ist erfrischend, mal von einem Mann umworben zu werden, der nicht die Immer-cool-bleiben-und-die-Frau-zappeln-lassen-Strategie fährt.« Was ich sagte, war richtig, allerdings mangelte es mir an Überzeugung.

»Ich kann immer noch nicht fassen, dass wir an gegenüberliegenden Seeufern aufgewachsen sind und das Schicksal uns zehn Jahre später wieder zusammengeführt hat.« Er klang aufrichtig. »Ich habe die Zeit mit dir an jenem Abend sehr genossen, und es war sehr frustrierend, dass ich für zwei Wochen wegmusste, nachdem ich gerade erst eine so faszinierende Frau kennengelernt hatte.« Er stöhnte übertrieben. »Okay, das war jetzt definitiv too much. Ich lege lieber auf, bevor ich noch verrate, wie oft ich an dich denken muss.«

Ich lächelte bei seinen Worten, aber die Aufregung, die ich bei dem Gedanken an ein Wiedersehen bisher immer verspürt hatte, hielt sich in Grenzen, als würde sie von etwas – oder jemandem – überlagert.

»Danke, dass du angerufen hast«, sagte ich und trat vor die Fensterfront mit Blick auf den See.

»Charlotte?« Er senkte die Stimme ein wenig. »Ich kann es kaum erwarten, dich wiederzusehen.«

Theo. Ich mochte Theo. Wir hatten einiges gemeinsam, er war kein Thronerbe, und – nicht zu vergessen – er stand auf mich.

Ich starrte aus dem Fenster, aber es war zu dunkel, um etwas zu erkennen. »Ich auch.«

## 10. KAPITEL

»Denk dran, dass du mir beim Leben deiner zukünftigen Kinder versprochen hast, niemandem ein Wort zu verraten.« Ich schwenkte das Senfglas, das ich aus dem Regal genommen hatte, und sah Anne, die seit der fünften Klasse meine beste Freundin war, eindringlich an.

Ich hatte den Nachmittag freigenommen, um in den nächsten Ort zu fahren und Lebensmittel einzukaufen, und Anne hatte eine fast zweistündige Fahrt auf sich genommen, um mich zu treffen. Noch nie hatte ich den Rat meiner besten Freundin dringender gebraucht.

»Zum hundertsten Mal: Ich werde schweigen wie ein Grab.« Anne beobachtete mit zusammengekniffenen Augen, wie ich wild mit dem Senfglas gestikulierte. »Seit wann stehst du auf die ekligste Erfindung seit der Erfindung konservierter Lebensmittel?«

»Tue ich nicht.« Ich stellte das Glas in den Einkaufswagen und schob diesen weiter den Gang hinunter. »Der ist für Edward.«

»Wie jetzt? Jetzt schickt er dich schon zum Einkaufen und verdonnert dich zur Verschwiegenheit?« Annes Absätze klapperten laut hinter mir her, als ich schneller wurde. »Ich weiß, dass du mir nicht alles sagst. Ich hatte das gleiche ungute Gefühl, als du verschwiegen hast, dass Martin Keller Betsy Johansson statt mich zum Frühlingsball einladen würde.«

Ich verdrehte die Augen und warf dann noch einen Blick auf meine Liste. Mit vier Jungs in den Zwanzigern, die regelmäßig wie die Heuschrecken über die Vorräte herfielen, tat ich gut daran, gleich ordentliche Mengen zum Anwesen zu schaffen.

»Zum tausendsten Mal«, schoss ich zurück und stellte ein Glas Pickles in den Wagen. »Das habe ich dir verschwiegen, weil ich wusste, dass es dich todunglücklich machen würde. Und das hat es ja dann auch, als du davon erfahren hast.«

»Na und? Hast du Angst, dass es mich wieder todunglücklich machen könnte, wenn du mir von deinem Prinzen mit der unappetitlichen Vorliebe für Senf erzählst?«

Seufzend steuerte ich den Gang mit dem Knabberzeug an. Ungelogen: James und Andrew ernährten sich zu achtzig Prozent von Chips und Brezeln. Die übrigen zwanzig Prozent waren hochprozentige alkoholische Getränke. Ich wusste, dass es sinnlos war, ihr etwas verschweigen zu wollen, Anne würde sowieso dahinterkommen. Außerdem musste ich unbedingt einer Vertrauensperson mein Herz ausschütten.

»Ich habe dir doch von Theo erzählt«, sagte ich und schaffte es in letzter Sekunde, einen Zusammenstoß mit dem Einkaufswagen einer Mutter zu vermeiden, an deren Beine sich brüllende Zwillinge klammerten.

»Theo.« Anne seufzte versonnen. »Das ist auf jeden Fall kein Senf-Mann.«

»Du kennst ihn doch gar nicht.«

»Ich weiß, was du mir von ihm erzählt hast, und das reicht, um für Monate meine Träume zu beflügeln.«

Ich warf mehrere Packungen sämtlicher in Familiengröße verfügbaren Chipssorten in den Wagen. »Und ich habe dir erzählt, dass ich förmlich erstarrt bin, als er mich an jenem Abend geküsst hat.«

»Hast du. Sehr untypisch für meine ansonsten vor Selbstbewusstsein strotzende Freundin.« Anne betrachtete skeptisch meinen Einkaufswagen, der schon prall gefüllt war, nachdem wir gerade einmal ein Drittel der Regalreihen abgeklappert hatten.

Selbstsicher. Das konnte man seit einiger Zeit nun wahrlich nicht mehr von mir behaupten.

Anne trat mir in den Weg und packte meine Handgelenke, als ich nach den Brezeln griff. »Was hat diese Starre beim Küssen mit Theo jetzt genau mit Colonel Senf zu tun?«

Ich musste grinsen. »Was, wenn ich Edward gebeten habe, mir in puncto Küssen etwas Nachhilfe zu geben?«

Anne klappte die Kinnlade herunter, und ihre Hände ließen meine Handgelenke los, um sich gleich darauf mit schraubstockartigem Griff um meine Oberarme zu schließen. »Heilige Scheiße! Du tauschst Körperflüssigkeiten mit dem Prinzen von Norland aus?«

»Anne!«, zischte ich und schaute mich verstohlen um, um sicherzugehen, dass uns niemand gehört hatte. Die Luft war rein. »Ich glaube, man hat dich nicht bis in die Frischeabteilung gehört. Geht's noch etwas lauter?«

Ich hätte es besser wissen müssen.

Anne legte den Kopf in den Nacken und öffnete den Mund. »Meine beste Freundin Charlotte Everly tauscht …«

Ich legte ihr hastig eine Hand auf den Mund. »Schhhttt! Das reicht. Dich kann man wirklich nirgendwohin mitnehmen. Außerdem haben wir nur Speichel getauscht. Körperflüssigkeiten tauschen klingt irgendwie anrüchig.«

»Speichel ist aber auch eine Körperflüssigkeit … genau wie einige andere Flüssigkeiten.« Ihre Gesichtszüge erstarrten. »Halt, warte. Du willst mir doch nicht erzählen, dass du mit ihm noch andere Körperflüssigkeiten austauschst?«

Ich entfernte mich hastig den Gang hinunter, damit sie mich nicht erröten sah. »Ich werde diese Frage schlicht ignorieren.«

»Dann stimmt es also, dass ihr …?« Anne machte eine Handgeste, die das Unausgesprochene wiedergab.

Ich zog eilig ihre Hände herunter, als eine ältere Frau in unseren Gang einbog. »Lass das!«

»Also nicht?« Sie runzelte irritiert die Stirn.

»Er ist der zukünftige König, und ich bin die Tochter des ehemaligen königlichen Gärtners.« Ich bewegte die Finger am Griff des Einkaufswagens vor und zurück. »Was denkst du denn?«

»Ich denke, dass das genau dem Setting der Märchengeschichten entspricht, die ich als kleines Mädchen so geliebt habe.«

»Genau. *Märchen.*« Ich nahm eine letzte Tüte Chips aus dem Regal, bevor ich in den nächsten Gang wechselte. »Und deshalb weit entfernt von der Realität.«

Anne hakte mich mit einem tiefen Seufzer unter. »Man darf doch wohl noch träumen, oder?«

Meine Lippen prickelten plötzlich. Die Erinnerung an seinen Kuss ließ meinen Puls in die Höhe schnellen. »Klar.«

Ich verdrängte die Erinnerung und konzentrierte mich wieder auf meine Einkaufsliste. Märchen und Träumereien machten niemanden satt.

Anne beugte sich zu mir herüber. »Und, kann er gut küssen?«, fragte sie leise.

Ein Kribbeln lief mir den Rücken hinunter. »Manchmal küsst ein Mann eine Frau, als wollte er die ganze Welt wissen lassen ›Ich bin ihr Kerl, und sie ist mein Mädchen‹, wenn du verstehst, was ich meine.«

»Natürlich verstehe ich, was du meinst. So ein Kuss also.«

Sie lehnte den Kopf an meine Schulter. »So was habe ich selbst noch nie erlebt, nicht einmal ansatzweise.«

»Ging mir genauso«, gab ich zu und griff abwesend nach einer Tüte Pistazien. »Bis jetzt.«

Anne lachte. »Er ist ein echter Prinz. Wahrscheinlich gehört das auch zur Grundausbildung eines Thronfolgers. Glaubst du, er ist im Bett genauso gut?«

»Kannst du mir bitte mal ein Glas von der Tomatensauce aus dem Regal holen?« Ich zeigte auf die Gläser ganz oben im Regal, an die ich selbst nicht herankam – im Gegensatz zu meiner hoch aufgeschossenen Freundin mit Modelmaßen, die sie auch ohne Absätze mühelos erreichte.

Sie reichte mir das Gewünschte mit einem vielsagenden Blick. »Glaube ich auch.«

Er war mir aus dem Weg gegangen. Die ganze Woche. Ich war nicht so naiv, mir einzureden, dass er zu beschäftigt gewesen wäre oder ich mir das nur eingebildet hätte. Kein Zweifel, Edward wich mir aus, seit wir uns geküsst hatten, und das war kein Zufall.

Entweder hatte er mich als hoffnungslosen Fall eingestuft, oder aber er war zu dem Schluss gekommen, dass das Ganze lächerlich war. Beides wäre für mich okay gewesen, nur diese Art, sich einfach wortlos davonzuschleichen, ging mir gehörig gegen den Strich. Ich wollte wenigstens wissen, woran ich war.

Nach dem Abendessen goss ich die Blumen, wie ich es einmal die Woche tat, und kam zu dem Schluss, dass es an der Zeit sei, ihn zur Rede zu stellen. Wo auch immer er gerade in dem Labyrinth von Räumen stecken mochte. Nachdem ich die Gießkanne in der Abstellkammer verstaut hatte, machte ich mich auf die Suche, wobei ich mit der vielversprechendsten Option begann, dem Billardzimmer, in dem er und seine Freunde die meisten Abende verbrachten.

Ich klopfte an, bevor ich eintrat. Zigarrenrauch hing in der Luft, und aus den Lautsprechern dröhnte ohrenbetäubender Metal-Sound aus den Neunzigern. James, Andrew und Frederick standen um den Billardtisch herum und machten Gesichter, als würden sie gerade das Poolspielen neu erfinden. Keiner von ihnen schien sonderlich überrascht, mich zu sehen.

Ich seufzte, als ich auf eine leere Chipstüte trat. Sie waren ein lustiger Haufen und behandelten mich wie ihresgleichen – wir waren längst zum Du übergegangen –, benahmen sich aber, als wollten sie nie erwachsen werden und als wäre Valmont Neverland.

»Weiß jemand, wo Edward steckt?«, fragte ich in die Runde und wich der nächsten Chipstüte aus, die aussah, als wäre sie noch halb voll.

»Vielleicht in der Bibliothek. Wahrscheinlich hat er sich wieder dort eingeigelt«, sagte Andrew.

»Den Büchern ist seine schlechte Laune egal. Mir persönlich geht sie inzwischen auf den Zeiger«, brummte Frederick und hielt mir in einer stummen Aufforderung einen Queue hin.

Ich schüttelte den Kopf und zog mich wieder zurück. »Nächstes Mal vielleicht.« Ich machte mit erhobenem Finger eine kreisende Bewegung. »Und seht zu, dass ihr dieses Chaos beseitigt.«

James salutierte zackig und trug seine leere Bierflasche vom Rand des Billardtisches zur Bar.

»Ich meine es ernst. Ich werde nicht hinter euch herräumen und putzen.«

»Ja, Mama.« Frederick verzog das Gesicht, stellte aber den

Queue ab, sammelte leere Chipstüten und Flaschen vom Boden auf und signalisierte den beiden anderen, ihm zu helfen.

Seufzend schloss ich die Tür wieder. In den vergangenen Wochen hatte ich drei zumindest dem Alter nach erwachsenen Männern beigebracht, ihren eigenen Dreck wegzuräumen, etwas, das man ihnen eigentlich im Kindesalter hätte anerziehen müssen. Ihre zukünftigen Ehefrauen würden es mir danken.

Ich machte mich auf zur Bibliothek und blieb vor einem der zahlreichen Spiegel im Flur stehen. Ich nahm mir einen Moment Zeit, mein Haar zurechtzuzupfen und meinen Rock glattzustreichen. Dann schob ich mir noch ein Pfefferminzbonbon in den Mund, die ich ständig mit mir herumtrug. Für alle Fälle.

Die Tür zur Bibliothek war nur angelehnt, und ein warmer Lichtschein fiel durch den Spalt auf den Flur. Leise trat ich ein. Edward saß an einem der langen Holztische über ein aufgeschlagenes Buch gebeugt, einen Stapel Bücher neben sich.

»Darf ich kurz stören?«, sagte ich in die Stille hinein.

Edward zuckte nicht mit der Wimper und hielt den Blick auf das Buch gerichtet, in dem er gerade las. »Kurz«, entgegnete er kühl und etwas schroff.

»Die Jungs hatten recht«, stellte ich fest. »Du bist schlecht gelaunt.«

Er blätterte um. »Ich bin schlecht gelaunt, weil sie nichts anderes im Sinn haben als Billardspielen, Komasaufen und Feiern, bis der Arzt kommt. Ich habe noch andere Interessen.«

Ich nahm meinen ganzen Mut zusammen und ging auf den Tisch zu, um zu sehen, was er gerade las. Das Buch sah alt aus, so alt, als würde das Papier auseinanderfallen, wenn man es nicht sehr behutsam behandelte. »Wie Geschichte?«

Er zeigte auf den Bücherstapel neben sich. »Man muss die Vergangenheit kennen, um die Zukunft zu gestalten.«

»Das klingt sehr weise.«

»Das ist ein Zitat meines Vaters, also würde ich sagen, dass es das ist, ja.« Der hochlehnige Stuhl knarzte, als er sich bewegte. Vor ihm stand eine Tasse Tee, die jedoch aussah, als stünde sie schon seit Stunden dort, obwohl sie noch fast voll war.

»Bist du schon weitergekommen, was deine Rolle innerhalb der königlichen Familie betrifft?«, fragte ich.

»Wieso?« Er sah kurz von seinem Buch auf, würdigte mich jedoch keines Blickes. »Bist du weitergekommen, was deine Lebensplanung betrifft?«

»Das nenne ich mal *richtig* schlecht gelaunt.« Diesmal bemühte ich mich nicht, leise zu sprechen.

»Das ist eine instinktive Reaktion, wenn Ärger in der Luft liegt.« Er schob das Buch von sich und schaute endlich zu mir auf. Er sah müde aus, seine sonst so lebendigen blauen Augen fast stumpf. »Was führt dich her, Charlotte? Was willst du von mir?«

Ich rang nervös die im Rücken verschränkten Hände. »Mir ist bewusst, dass es geschicktere Arten gibt, das zu sagen, aber ich war noch nie gut darin …«

»Bullshit.« Das Wort kam ihm so selbstverständlich über die Lippen wie einem alten Seemann. »Wenn jemand herumdruckst, anstatt ohne Umschweife auszusprechen, was er zu sagen hat, redet er Bullshit. Dass du diese Kunst nicht beherrschst, gehört zu den Dingen, die ich an dir mag.«

Ich räusperte mich, als meine Mundwinkel zuckten. Das war nicht der richtige Zeitpunkt, aus dem Häuschen zu geraten, nur weil ein Mann, den ich mochte, mir ein Kompliment gemacht hatte.

Ich sah ihm fest in die Augen. »Warum gehst du mir aus dem Weg?«

Er zeigte keinerlei sichtbare Reaktion auf meine unverblümte Frage. »Wie kommst du darauf, dass ich dir aus dem Weg gehe?«

Ich zog die Brauen hoch. »Weil das offensichtlich ist. Ich habe dich die ganze Woche nur einmal kurz zu Gesicht bekommen, und das war, als du gestern Morgen durch den Seiteneingang das Haus verlassen hast.«

Er senkte den Blick und sah auf meinen Rocksaum dicht über dem Knie. Dann schaute er wieder weg und nahm das oberste Buch vom Stapel. »Ich war beschäftigt. Es war nicht meine Absicht, dich zu verletzen. Tut mir leid, wenn ich den Eindruck erweckt habe.«

Ich nickte. »Vergeben und vergessen.«

»Das ging ja schnell. Und einfach.« Er schlug das Buch auf.

»Ich bin nicht nachtragend. Nur so zur Ergänzung deiner Liste der Eigenschaften, die du an mir magst.«

Der Anflug eines Lächelns huschte über seine Lippen. »Gut.«

Hiernach folgte eine kurze Pause. Er gab vor, zu lesen, während ich dastand, mich ermahnte, keinen Bullshit zu reden, wie Edward es formuliert hatte, und rundheraus auszusprechen, was mir auf der Seele lag.

Edward drehte sich zu mir um. »War noch was?«

»Eine Kleinigkeit.« Ich zögerte noch einen kurzen Augenblick und gab mir dann einen Ruck. »Ich habe mich gefragt, wie du zu unserem Agreement von vergangener Woche stehst. Ich bin mir nicht sicher, ob das noch steht.«

Zwischen seinen Brauen bildete sich eine steile Falte. »Ich dachte, das hätten wir letzte Woche am Pool erledigt.«

Ich blinzelte. »Du meinst, ein dreiminütiger Kuss sei ausreichend gewesen?«

Er zog am Hemdkragen und öffnete den obersten Knopf. »Ich für meinen Teil finde, dass du keine weitere Nachhilfe nötig hast, was das Küssen betrifft.«

»Ein Schmied braucht zehn Jahre Fachausbildung, bis er als Meister seines Fachs gilt. Zehn Jahre. Das sind mehr als zwanzigtausend Stunden Theorie und Praxis, bis man in der Lage ist, glühendes Metall in eine beliebige Form zu bringen.« Ich zwang mich, die Arme herabhängen zu lassen, als mir bewusst wurde, dass ich wild mit ihnen herumfuchtelte. »Dann wird es doch sicher mehr als drei Minuten in Anspruch nehmen, bis man die Kunst des Küssens beherrscht.«

Edward kämpfte noch gegen ein Lächeln an, aber es war abzusehen, dass er den Kampf verlieren würde. »Na ja, die drei Minuten mit mir waren ja nicht die einzige Praxis in deinem bisherigen Leben.«

Ich ließ die Schultern hängen. »Also insgesamt etwa eine Viertelstunde. Großzügig geschätzt.«

Eigentlich hatte ich das gar nicht laut aussprechen wollen, aber immerhin bewog es Edward, aufzustehen und vor mich zu treten. »Also gut. Wenn du überzeugt davon bist, noch mehr praktische Übung zu brauchen, stelle ich mich noch mal als Versuchskaninchen zur Verfügung.« Er breitete die Arme aus, bevor er sie vor der Brust verschränkte und sich an den Tisch lehnte, wobei er mich mit einem Blick musterte, der mir inzwischen vertraut war. »Ich frage mich nur, wie du darauf kommst, dass Theo Hamilton die ganze Mühe wert ist. Dass er dich verdient hat.«

Ich schluckte. »Genau das möchte ich ja herausfinden.«

Er legte den Kopf auf die Seite. »Du bist ziemlich verknallt in ihn, stimmt's?«

»Ich würde es nicht als verknallt bezeichnen«, entgegnete ich kopfschüttelnd. »Aber ich finde ihn interessant.«

Edward fuhr fort, mich zu mustern, und sein Blick fühlte sich beinahe ebenso intim an wie die Berührung seiner Hände in der vergangenen Woche. »Dann kann ich nur hoffen, dass du nicht enttäuscht wirst.« Edward nickte knapp und setzte sich wieder. »Sag mir einfach, wann du unser Küss-Experiment fortsetzen möchtest, dann trage ich mir den Termin ein.«

Ich machte ein paar Schritte auf ihn zu. »Wie wäre es denn mit jetzt gleich?«

Seine Schultern versteiften sich, und er ballte die Hände zu Fäusten. »Ich bin gerade beschäftigt.« Auch sein Tonfall hatte sich verändert. Er klang jetzt wieder distanziert und abweisend.

Ich verstand nicht, warum er so reagierte.

War es Ärger?

Unwille?

War er genervt?

Was immer es war, ich war nicht geneigt, mich von ihm verjagen zu lassen. Ich hatte genug von seinen Befindlichkeiten.

Ich legte die Hand auf das Buch, nach dem er gerade greifen wollte, sodass seine Hand auf meiner zu liegen kam. »Die Bücher bleiben, wo sie sind.«

Er kniff die Augen zusammen und starrte auf seine Hand auf meiner. »Richtig.«

Er zog die Hand zurück und schob den Stapel zusammen mit den anderen Büchern, in denen er gelesen hatte, beiseite. Ohne Vorwarnung erhob er sich und trat so dicht vor mich, dass ich die Tischkante an den Oberschenkeln spürte. Ich zitterte vor Spannung, und meine Lippen öffneten sich wie von allein.

Sein Blick fiel auf meinen Mund, und ich sah, wie der grimmige Ausdruck aus seinen Augen verschwand, während er beobachtete, wie ich unregelmäßig ein- und ausatmete. Er sagte kein Wort. Berührte mich nicht. Und doch war ich so erregt wie nie zuvor.

»Das letzte Mal war ich sehr zurückhaltend.« Seine Augen blitzten und sein Mundwinkel zuckte. »Diesmal gehen wir zur nächsten Stufe über.«

Meine Finger legten sich Halt suchend um die Tischkante. »Das am Pool war zurückhaltend?«

Er nickte und rückte noch etwas näher. »Mein ganzes Leben wird von mir schon erwartet, mich in allem, was ich tue, zu beherrschen und zu mäßigen. Ich weigere mich, mir vorschreiben zu lassen, wie ich eine Frau zu küssen habe.«

Sein Geruch stieg mir in die Nase, nicht minder berauschend als seine Worte. »Gut. Kommt mir entgegen. Ich halte selbst auch nicht so viel davon, mir Vorschriften machen zu …«

Weiter kam ich nicht. Seine Lippen pressten sich auf meine, wie angekündigt nicht sanft oder zärtlich, sondern kraftvoll und fordernd. Ich verlor das Gleichgewicht und kippte nach hinten, aber er hielt mich fest.

Seine Zunge schob sich zwischen meine Lippen und umspielte die meine, während seine Hände über meinen Rücken glitten und mich an seinen Körper drückten. Ich spreizte leicht die Beine, um ihm noch näher zu sein, während ich die Tischkante losließ und meine Hände über sein Gesicht und seinen Hals und durch sein Haar wandern ließ. Ich konnte ihn gar nicht genug berühren. Ihn nicht genug küssen.

Seine Finger legten sich auf meinen Po und packten fest zu, um mich gleich darauf eng an ihn zu ziehen. Mir entfuhr ein Keuchen, als ich durch den Stoff seiner Hose unverkennbar seine Erektion fühlte. Sein Griff verstärkte sich noch mehr, dann biss er mich sanft in die Unterlippe.

Ich zuckte zusammen und fühlte, wie sich seine Lippen zu einem diabolischen Lächeln verzogen. Ich konterte, indem ich nun meinerseits die Zähne in seine Unterlippe grub und parallel das Becken an ihm rieb.

Er stieß ein tiefes, heiseres Knurren aus, das mir durch und durch ging. Ich nahm die Hände von ihm und fing an, meine Bluse aufzuknöpfen, was in meiner Hektik gar nicht so einfach war.

Aber als ich gerade den ersten Knopf geöffnet hatte, packte er meine Handgelenke und hielt sie fest. Seine Lippen verharrten noch eine Weile auf meinem Mund, und seine Zunge fuhr über den Amorbogen, ehe er mit einem gequälten und doch zufriedenen Seufzen von mir abrückte.

Sein Griff um meine Handgelenke lockerte sich, als ich es aufgegeben hatte, mich befreien zu wollen. Edward hielt die Augen noch geschlossen, aber er atmete gleichmäßig, beinahe kontrolliert. Er schien den Kuss genauso genossen zu haben wie ich und es nicht zu bereuen, seine Lektüre für dieses heiße Intermezzo ein paar Minuten unterbrochen zu haben.

»Also?«, fragte ich angespannt, gespannt auf sein Urteil. »Wie war ich?«

Er trat ein wenig zurück und trennte unsere Körper, die eben noch wie verschweißt gewesen waren, woraufhin ich diskret die Schenkel wieder schloss, die ich vorhin einladend gespreizt hatte.

»Du riechst heute nicht nach Chlor.« Er schlug die Augen auf, die jedoch ebenso wenig verrieten wie sein Gesichtsausdruck.

»Tut mir leid. Ich weiß ja, wie sexy Chlorgeruch ist, ganz zu schweigen von Abdrücken um die Augen von einer Schwimmbrille.« Ich ließ die Schultern hängen. »Echt jetzt, Edward? Ich bitte dich um Feedback zu unserem Kuss, und das Erste, was dir in den Sinn kommt, ist ein Bleichmittel?«

»Was willst du denn hören?«

»Wie hat es sich angefühlt? Was hast du gefühlt? Was hat dir gefallen? Und was hat dir nicht gefallen?« Ich blinzelte fragend zu ihm auf.

Edward strich sich das Haar glatt, dort, wo ich es durcheinandergebracht hatte. »Es war nett.«

»*Nett*?«, fragte ich perplex.

»Was genau möchtest du denn hören?«

»Mir würden da spontan hundert andere Adjektive einfallen«, murmelte ich und fuhr mir mit der Zunge über die Lippen. Dort, wo er zugebissen hatte, war die Lippe leicht geschwollen.

Und nein, der Kuss war nicht »nett« gewesen.

Wie von allein richteten sich meine Augen auf einen Punkt unterhalb seines Gürtels. »Dafür, dass der Kuss nur ›nett‹ war, hat er dich aber ganz schön angemacht.«

Er blieb noch einen Moment reglos stehen, ehe er sich abwandte und auf einen Beistelltisch zuging, der sich an derselben Wand befand wie der offene Kamin. Dort standen mehrere edle Flaschen und ein paar Gläser. Ich sah zu, wie er ein Glas einschenkte und dann nach einem zweiten Glas griff und zu mir herübersah.

Ich schüttelte den Kopf. »Ich dachte, du trinkst kaum Alkohol.«

»Stimmt, aber kaum heißt nicht nie.« Edward nippte an seinem Drink und steckte den Verschluss zurück in den Flaschenhals. »Es kommt nur sehr selten vor, dass ich gebeten werde, die Küssfertigkeiten einer jungen Frau zu bewerten, oder dass eine junge Frau mich auf meine körperliche Reaktion auf einen Kuss anspricht.«

Meine Beine entspannten sich, und etwas von der Frustration, die sich in mir angestaut hatte, fiel von mir ab. Wenn ich mit Edward zusammen war, begehrte ich Edward. Dann verschwendete ich keinen Gedanken an Theo. Dabei war Theo der eigentliche Anlass für dieses seltsame Experiment.

War es möglich, sich gleichzeitig zu zwei Männern hingezogen zu fühlen? Bestimmt, auch wenn ich so etwas bisher nicht persönlich erlebt hatte. Meine Hormone sprangen auf Edward an. Sehr sogar. Und … irgendetwas anderes, was immer es sein mochte, fühlte sich zu Theo hingezogen. Mir brummte regelrecht der Schädel von diesem Zwiespalt, und ich schloss die Augen.

»Sorry«, sagte ich, die Augen immer noch geschlossen, weil es mir leichter fiel, mich zu konzentrieren, wenn ich ihn nicht sah. »Mir ist bewusst, dass das zu den seltsamsten Dingen gehören muss, um die dich je eine Frau gebeten hat, und ich bin dir dankbar für deine Hilfe.« Pause. Schlucken. Weitersprechen. »Trotzdem wäre es hilfreich, wenn du mehr dazu sagen könntest als dieses meistverwendete und langweiligste Adjektiv aller Zeiten. An dieser Stelle wäre Kritik willkommen, wünschenswerterweise solche der konstruktiven Art. Gib mir was, womit ich etwas anfangen kann.«

Langsam öffnete ich die Augen wieder. Edward stand vor dem kalten Kamin. Er hob das Glas an die Lippen, vermutlich um sein Grinsen zu verbergen.

»Also gut. Du möchtest Feedback? Kannst du haben.« Er räusperte sich und straffte die Schultern. »Charlotte Everly, am heutigen siebzehnten Oktober haben Sie sich in aller Form Ihr Küss-Diplom verdient. Magna cum laude«, fügte er hinzu, als ich die Arme verschränkte.

»Nicht witzig.«

»Ich nehme an, du kannst nicht lächeln, weil deine Lippen von der ganzen Anstrengung zu schlapp sind«, entgegnete er bierernst und prostete mir zu.

»Toll. Ich habe ein Diplom im Küssen. Hipp, hipp, hurra.« Ich stieß mich vom Tisch ab und bedachte ihn mit einem Blick, der ihn beunruhigt die Stirn runzeln ließ. »Und wann üben wir den nächsten Level?«

Edward zog die Brauen zusammen. »Was für einen nächsten Level?«

»Das, was nach dem Küssen kommt.« Ich lächelte unschuldig. »Meine Promotion.«

Edward hob wieder das Glas an den Mund und musterte mich über den Rand hinweg. »Ich hoffe, du meinst damit das Verabschieden und Nach-Hause-Gehen.«

Ich ging auf ihn zu, blieb einen Meter vor ihm stehen und legte den Kopf schräg. »Du weißt genau, dass ich nichts dergleichen meine.«

Seine Kiefer mahlten. »Davon war nie die Rede.«

»Was dachtest du denn, wovon ich rede, als ich dich gebeten habe, mich zu coachen? Mit Küssen ist es ja wohl nicht getan.«

Er wandte sich vom Kamin ab und ging an den Bücherregalen und Fenstern vorbei. »Es gibt viel mehr zu beachten bei … bei …«

»Sex?«

Er erstarrte förmlich.

»Charlotte«, sagte er leiser, bestimmter. »Nein.«

»Warum nicht?«, wollte ich wissen und wippte nervös mit der Fußspitze. Ich hatte das tatsächlich nicht explizit angesprochen, als ich ihn um seine Hilfe gebeten hatte. Möglicherweise hatte ich diese Erweiterung selbst erst nach unserem leidenschaftlichen Kuss spontan beschlossen, aber wir waren beide über zwanzig und ausgehungert. Hatte er wirklich gedacht, es ginge mir nur ums Küssen?

Hatte *ich* das geglaubt?

Ich war so verwirrt, dass ich es selbst nicht wusste.

»Darum«, sagte er nach einer Weile. Keine sehr befriedigende Antwort.

»Was gibt es da zu beachten?«, hakte ich nach. »Die Verhütung? Ich nehme seit Jahren die Pille.«

Er setzte sich wieder in Bewegung. »Nicht hundertprozentig sicher.«

Wenigstens ließ er sich auf eine Diskussion zu den Gründen ein. »Nichts ist hundertprozentig sicher.«

Er blieb vor einem der Fenster stehen und schaute hinaus. Die Geräusche, die das Haus permanent von sich gab, hallten laut in der Bibliothek. Edward schwieg so lange, dass ich erwog zu gehen.

»Du redest von Sex mit dem zukünftigen König.« Langsam drehte er sich um und schaute mich an. »Eine ungewollte Schwangerschaft hätte unabsehbare Konsequenzen.«

Mein Herzschlag beschleunigte sich angesichts seines gequälten Tonfalls. »Du hast recht. Doppelt hält besser. Wir benutzen zusätzlich ein Kondom.«

Der ernste Ausdruck schwand und wich einem zögerlichen Lächeln. »Wie kannst du dabei so entspannt bleiben?«

»Weil es keine große Sache ist. Es geht doch nur um Sex.« Achselzuckend trat ich auf ihn zu. Ich konnte die Unentschlossenheit in seinen Augen sehen, sein Wunsch nachzugeben war fast greifbar, aber etwas hielt ihn zurück.

»Zwischen küssen und Sex liegen Welten.«

»Ach, ja?« Ich machte große Augen. »Echt jetzt?«

Er ließ sich von meinem Sarkasmus nicht beirren. Stattdessen stellte er sein Glas ab, kam auf mich zu und blieb knapp außer Reichweite vor mir stehen.

»Warum ich?«, fragte er. »Warum nicht James, Frederick oder Andrew, oder sonst irgendjemand?«

Ich trat von einem Fuß auf den anderen. »Weil ich dir vertraue.«

Er atmete aus, und seine Schultern entspannten sich. »Nicht, weil ich der Thronerbe bin?«

Ich rümpfte die Nase. »Das würde ich tatsächlich auf der

Kontra-Liste hinsichtlich der Auswahl eines Sexcoaches vermerken.«

Er grunzte lächelnd. »Gut zu wissen, dass es wenigstens eine Frau gibt, die nicht nur auf meine Krone scharf ist.«

»Vergiss es. Ich bin nur scharf auf deinen Körper.«

»Das spricht für dich.« Lachend kehrte Edward an den Tisch zurück, an dem er bei meinem Eintreten gesessen hatte, und griff nach dem letzten Buch.

Ich sah zu, wie er sich wieder in seine Lektüre vertiefte, als hätten wir nicht gerade die Klauseln eines Sex-Abkommens ausgehandelt. Ich wartete, bis er drei Seiten umgeblättert hatte, ehe ich mich damit abfand, dass wir wohl die ganze Nacht hier verbringen würden, wenn ich darauf wartete, dass er zuerst den Mund aufmachte.

»Also abgemacht?«

Er hielt den Blick auf die Buchseiten gerichtet. »Du willst wissen, ob ich mit dir ins Bett gehen werde?«

Bei seinen Worten lief mir ein Schauer über den Rücken.

»Genau.«

»Ja.«

## 11. KAPITEL

»Ich verstehe nicht, warum es für mich wichtig sein sollte, das zu können.« Andrew reichte mir den Eierkarton und warf einen Zustimmung heischenden Blick auf seine drei Freunde. »Ich habe Personal, das für mich kocht, und eines Tages werde ich eine Frau haben, die mir ein Sandwich zubereitet.«

»Eine Frau muss schon sehr verzweifelt sein, um dich zu heiraten«, entgegnete Edward, der in der Morgenzeitung blätterte. Den Mittelfinger, den Andrew ihm daraufhin zeigte, ignorierte er.

»Jeder sollte in der Lage sein, sich selbst zu ernähren«, sagte ich. »Das ist eine Frage der Ehre …« Ich nahm ein Ei aus der Verpackung und demonstrierte, wie man es am Rand der Rührschüssel aufschlug. Als Andrew keine Anstalten machte, das nächste Ei aus dem Karton zu nehmen, tat ich es selbst und drückte es ihm in die Hand.

»Einspruch, Euer Ehren. Das lasse ich nicht gelten. Kochen ist nicht ehrenhaft«, sagte er und starrte widerwillig auf das Ei in seiner Hand.

Frederick und James, die entspannt am Tisch saßen und Kaffee tranken, grinsten breit. Das würde ihnen noch vergehen, wenn sie an der Reihe waren, ihre Kochkünste unter Beweis zu stellen. Wenn sie schon den ganzen Winter nur Däumchen drehten, wollte ich diese Zeit der Muße nutzen, um ihnen zumindest ein paar Fertigkeiten beizubringen, die jeder normale Mensch beherrschen sollte.

»Okay. Trotzdem solltest du in der Lage sein, dir zumindest eine einfache Mahlzeit zuzubereiten, falls du eines Tages ohne Titel und Geld dastehen solltest.« Ich nahm eine Bratpfanne aus der Schublade. James warf sich vor Edward, als wollte er ihn vor mir schützen. »Vorsicht, sie ist bewaffnet.«

Edward schob ihn beiseite und runzelte die Stirn, als er sah, dass Kaffee aus seiner Tasse über die Politikseiten der Zeitung geschwappt war.

»Also gut. Wenn es eine Frage des Überlebens ist, kann ich der Argumentation folgen.« Andrew hob das Ei und nickte. »Dann zeig mir halt, wie man diese verfluchten Eier zubereitet.«

»Softie«, grunzte Frederick, zog einen Flachmann aus der Tasche seines Morgenmantels und kippte etwas vom Inhalt in seine Kaffeetasse.

»Vorsicht, Herzog von Westington. Morgen seid Ihr an der Reihe.«

Frederick hob beide Hände und zeigte sie mir. »Sehen diese Hände aus, als wären sie zum Arbeiten gemacht?«

»Ich schätze, dein Schwanz würde das bejahen«, spottete James.

Edward schlug ihm den Unterhaltungsteil über den Schädel, den er sowieso nicht las.

»Sorry, Charlotte. Kommt nicht wieder vor«, murmelte James und blickte schmollend in seinen Kaffee.

»Gut, das will ich auch hoffen. Es geht mich nichts an, was ihr mit euren Händen anstellt. Oder mit euren Schwänzen.«

Ich erntete drei grinsende Gesichter und einen säuerlichen Blick.

Ich zuckte mit den Schultern. »Tut mir leid, aber ich bin nun einmal keine von euren feinen Hofdamen.«

Edward legte die Zeitung aus der Hand und versuchte eine möglichst strenge Miene aufzusetzen. »Nein, das bist du definitiv nicht.«

Ich klopfte zwinkernd auf den Boden der Pfanne, bevor ich sie auf den Herd stellte.

»Rate mal, wer weiß, dass ein gut aussehender junger Kerl zwei Tage früher als vorgesehen nach Hause kommt, um seine Angebetete zu überraschen?« Andrew stupste mich mit dem Ellbogen an, als er das Ei auf der Kante der Rührschüssel aufschlug. Flüssiges Eigelb rann innen wie außen an der Schüssel hinab, derweil Andrew die klebrigen Eierschalen in seiner Hand angeekelt beäugte.

»Noch einmal für jene unter uns, die sich weniger geschraubt ausdrücken«, sagte Frederick und lehnte sich in seinem Stuhl zurück. »Der Typ kommt früher zurück, weil er spitz wie Nachbars Lumpi ist.«

Ich musste mir den Blick denken, den er sich von Edward einhandelte, da ich ganz auf Andrew konzentriert war, der einen zweiten Versuch startete, ein Ei sauber aufzuschlagen. Hoffentlich mit mehr Erfolg als beim ersten Mal.

»Was denn? Ist doch wahr«, brummte Frederick. »Theo Hamilton ist ständig notgeil. Ich schwöre, dass der Kerl eine willige Frau aus fünfzig Meilen Entfernung wittern kann.«

Ich fischte die Eierschalensplitter vom zweiten Versuch aus der Schüssel. »Das klingt, als wärst du neidisch auf ihn.«

»Wir sollten eine Willkommens-Party schmeißen.«

Ich reagierte auf Edwards Vorschlag ebenso überrascht wie alle anderen.

James rückte seinen Stuhl näher an Edwards heran. »Hast du gerade das Wort Party in den Mund genommen oder war das ein feuchter Traum?«

Ich ließ Andrew ein weiteres Ei allein aufschlagen. Er befand sich motorisch auf dem Niveau eines Vierjährigen und machte bisher keine merklichen Fortschritte.

Edward legte den Fuß an das vordere Bein von James' Stuhl und schob ihn von sich weg. »Wenn ich in deinen feuchten Träumen vorkomme, sollte ich eine einstweilige Verfügung erwirken, die es dir verbietet, dich mir zu nähern.«

James wandte sich Frederick zu und hob eine flache Hand zum High Five. Frederick stieß mit dem Flachmann dagegen.

»Sollen wir die Watson-Schwestern wieder einladen?«, fragte Frederick in den Raum.

»Klar«, sagte James. »Was wäre eine Party ohne niveaulose nymphomanische Drillinge?«

»Was haltet ihr von einer Motto-Party? Einer Toga-Party?«, schlug Andrew vor und nahm den Schneebesen von mir entgegen. Zuerst wollte er ihn falsch herum in die Rührschüssel stecken, bemerkte seinen Irrtum aber noch rechtzeitig.

»Nein. Auf gar keinen Fall.« Ich schüttelte so heftig den Kopf, dass meine geflochtenen Zöpfe mir ins Gesicht flogen. »Ich habe mein Studium nicht für ein Jahr unterbrochen, um Motto-Partys zu feiern, schon gar nicht Toga-Partys.«

»Toga«, skandierte Andrew. »Toga. Toga.«

James stimmte mit ein und kurz darauf auch Frederick.

Edward hatte sich wieder in seine Zeitung vertieft, wenngleich ich das Gefühl nicht loswurde, dass er in Gedanken nicht bei den schwarzen Buchstaben war.

»Es wird keine Party stattfinden, auf der alle nur in Bettlaken gehüllt herumlaufen«, erklärte ich in einem Tonfall, der keinen Widerspruch duldete.

»Edward? Eure Hoheit?« James schnippte mit den Fingern vor Edwards Gesicht. »Was sagst du?«

Er hob den Kopf und schaute mich an. »Ich denke, du würdest toll aussehen in ein Laken gehüllt.«

Ich würde meine erste Motto-Party besuchen, noch dazu in einer Toga. Es geschahen noch Zeichen und Wunder.

Ich hatte Anne um Rat gebeten – was täte ich ohne Facetime – und schon beschlossen, keinesfalls eine Party zu besuchen, auf der ich von einem Haufen Fremder umgeben und mit nichts als einem weißen Laken bekleidet wäre. In letzter Sekunde hatte ich es mir dann anders überlegt, sodass ich nun tatsächlich in einem Laken, das von zwei Knoten gehalten wurde, die breite Treppe zum Erdgeschoss hinunterstieg.

Aus einem unerfindlichen Grund hatte ich ihnen erlaubt, den Ballsaal für die Party zu benutzen. Nicht, dass Edward meine Erlaubnis gebraucht hätte, um eine Party in einem beliebigen Zimmer des Landsitzes zu feiern, aber es hatte mich gefreut, dass er mich vorab gefragt hatte, ob das für mich okay wäre. Selbstverständlich hatte ich es nur unter der Bedingung erlaubt, dass sie hinterher alles picobello aufräumten und sauber machten und dafür geradestanden, falls etwas zu Bruch ging.

James war zum DJ ernannt worden, Frederick war für den Ausschank verantwortlich und Andrew kümmerte sich um die berühmt-berüchtigten Watson-Drillinge, aber Edward war nirgends zu sehen, auch wenn er in der Nähe sein musste, da seine allgegenwärtigen Leibwächter den ganzen Abend ein Auge auf das Treiben hatten.

Theo hatte mir wie jeden Tag eine Textnachricht geschickt und mir mitgeteilt, dass er es kaum erwarten könne, mich in zwei Tagen endlich wiederzusehen, und ich hatte ihm nicht die Überraschung verderben wollen und so getan, als wüsste ich nichts von seiner vorzeitigen Rückkehr. Zu meiner Überraschung hatte er sich aber bisher noch nicht blicken lassen.

Ich überlegte gerade, mich davonzuschleichen und in einer Stunde wiederzukommen, als ich eine Anwesenheit hinter mir spürte.

»Ich war in meinem ganzen Leben noch nie so eifersüchtig auf ein Stück Stoff«, sagte Theo und pfiff anerkennend, bevor er von hinten die Arme um mich schlang. »Überraschung.« Er küsste mich auf die Wange und drückte mich etwas zu fest mit seinen muskulösen Armen.

Ich setzte eine überraschte Miene auf, ehe ich mich aus seinen Armen wand und zu ihm umdrehte. »Das gibt's ja nicht! Was machst du denn hier?«

Ich klang wie eine Malibu-Barbie, die seit Jahrzehnten eine Packung Zigaretten täglich paffte, aber Theo schien mir das Theater abzukaufen.

»Ich habe es nicht länger ausgehalten ohne dich. Und der Umstand, dass du nur ein Laken trägst, macht das Wiedersehen nur noch reizvoller.« Er trat einen Schritt zurück und betrachtete mich von Kopf bis Fuß.

Ich selbst starrte ihn verblüfft an. »Wow.« Ich blinzelte mehrmals hintereinander, aber es war offensichtlich keine optische Täuschung. »Ich dachte, das wäre eine Toga-Party, keine Gästehandtuch-Party.«

Das mit dem Gästehandtuch war nicht übertrieben. Oder nur geringfügig. Theo hatte sich nur ein Frotteehandtuch um die Hüften geschlungen, und aus der Beule, die sich darunter abzeichnete, schloss ich, dass er auch auf Unterwäsche verzichtet hatte. Seine Füße steckten in Sandalen, und auf dem Kopf trug er einen goldenen Lorbeerkranz. Hiervon abgesehen stand er in seiner ganzen gebräunten, durchtrainierten Pracht vor mir.

»Etwas anderes habe ich nicht gefunden.« Er blickte an sich hinunter. »Im Übrigen passt der Spartaner besser zu mir als der dekadente Römer.«

»Wenigstens kannst du dir den Handtuch-Look leisten.« Ich trat beiseite, um etwas Abstand zu schaffen zwischen mir und dem fast nackten Körper. Theo sah unzweifelhaft umwerfend aus, aber sein Outfit ließ nur wenig Raum für Fantasie.

Errötend wandte ich den Blick ab. Ich würde ihn den ganzen Abend nicht länger als zwei Sekunden ansehen können, es sei denn, ich wollte ohnmächtig werden.

»Und, was hast du in der Zwischenzeit so getrieben?« Er schien mein Bedürfnis nach Abstand nicht zu registrieren, sondern trat stattdessen dicht vor mich und zupfte an dem Knoten, der das Laken über der linken Schulter fixierte. Er saß bombenfest. Es hatte auch seine Vorteile, wenn die beste Freundin Mitglied in einer Studentenvereinigung war.

»Ich habe mich um das Haus gekümmert und versucht zu verhindern, dass die Neandertaler es bis auf die Grundmauern abbrennen. Das Übliche halt.« Ich schüttelte den Kopf, als ich sah, wie meine drei Mitbewohner eine Runde Shots ausschenkten.

Der vierte hatte sich immer noch nicht blicken lassen, wie ich feststellte, nachdem ich den Saal mit den Augen gescannt hatte.

Theo musterte Edwards Freunde abschätzig. »Klingt anstrengend.«

»Das kannst du laut sagen.«

Als ich ihn aus den Augenwinkeln verstohlen betrachtete, trafen sich unsere Blicke, und wir mussten beide lachen. Etwas von der Anspannung fiel von mir ab.

»Wann darf ich dich zu einem richtigen Date einladen? Ich meine, eins, bei dem wir uns aufbrezeln, ich dich abhole, dir die Tür aufhalte, dich zum Essen einlade mit einem Nachtisch zum Abschluss?« Grübchen bildeten sich in seinen Wangen. »Du hast mich verhext, Weib. Gib mir eine Gelegenheit, bei dir ebenso viel Eindruck zu schinden wie du bei mir.«

Seine Hand lag groß und schwer auf meinem Hüftknochen, sodass ich mir beinahe zerbrechlich vorkam. »Wer sagt denn, dass dir das nicht längst gelungen ist?«

Theo beugte sich herab, bis unsere Köpfe auf einer Höhe waren. »Das verraten mir deine Augen.« Er richtete sich wieder zu seiner vollen Größe auf und zwinkerte mir zu. »Aber das macht nichts. Ich liebe Herausforderungen.«

Meine Nackenhaare sträubten sich, als eine dunkle Gestalt an meiner Seite auftauchte.

»Theo. Freut mich, dass du kommen konntest.« Edward streckte den Arm aus und schüttelte Theo die Hand.

»Ja, mich auch. Die zwei Wochen sind mir endlos vorgekommen.« Theo legte mir den Arm um den Hals und zog mich an seine Seite, sodass ich jetzt Edward zugewandt war.

Während ich vorhin Theo nicht anzusehen vermochte, ohne zu erröten, konnte ich jetzt den Blick nicht von Edward abwenden, nur dass diesmal nicht nur meine Wangen glühten, sondern mein ganzer Körper.

Er hatte sich ein schlichtes weißes Laken um die Hüften und über eine Schulter geschlungen. Die meisten anderen männlichen Gäste hatten ihre Togen ähnlich drapiert, trotzdem sah Edward anders aus. *War* anders.

Im Gegensatz zu den anderen hatte er auf einen Lorbeerkranz verzichtet.

»Das glaube ich gern.« Edward warf mir einen kurzen Blick zu. Er schluckte. »Keine Angst, ich habe mich in deiner Abwesenheit um Charlotte gekümmert.«

Theos Züge wirkten plötzlich angespannt. Vermutlich versuchte er zu ergründen, was Edward damit gemeint hatte.

»Danke fürs Aufpassen«, entgegnete Theo schließlich und zog mich etwas fester an sich.

Diesmal ruhte Edwards Blick länger auf mir.

»War mir ein Vergnügen.« Edward schenkte mir ein komplizenhaftes Lächeln.

Ich hielt die Luft an, als ich für den Bruchteil einer Sekunde dachte, er würde Theo von unserer kleinen Abmachung erzählen … und von meiner Bitte bezüglich des nächsten Levels.

Gleich darauf war meine Kehle erneut wie zugeschnürt, diesmal, als mir bewusst wurde, dass ein Teil von mir wünschte, Edward würde Theo aufklären.

Stattdessen wandte Edward sich ab und steuerte auf die Watson-Drillinge zu.

Ich kehrte der Party den Rücken zu.

»Nicht zu fassen, dass der Kerl eines Tages König von Norland sein wird«, sagte Theo, der Edward nachblickte, verächtlich.

»Wieso?«, fragte ich.

»Weil er ein arrogantes Arschloch ist, darum.«

Meine Gesichtsmuskeln schmerzten von der Anstrengung, mir das Grinsen zu verkneifen. »Nur manchmal.«

»Komm. Sollen wir verschwinden?«

»Auf einer Party aufzuschlagen und sofort wieder zu verschwinden scheint eine Marotte von dir zu sein«, bemerkte ich mit einem spöttischen Blick. »Woran hast du denn gedacht?«

»Ich habe ein paar von den alten Fotoalben meiner Mutter vom Dachboden geholt. Ich dachte mir, wir könnten sie durchblättern und mal schauen, ob wir auf einem der Bilder vielleicht die kleine Charlotte entdecken.« Er strich mir das Haar über die Schulter und ließ die Finger einen Moment auf meiner nackten Schulter ruhen.

»Ich soll mit zu dir kommen?« Ich richtete den Blick auf sein »Kostüm«. »In dem Aufzug holst du dir den Tod.«

Er zog die Brauen so hoch, dass sie unter dem blonden Haar verschwanden, das ihm in die Stirn fiel. »Dann musst du mich eben warm halten.«

»Wir können nicht einfach abhauen, das wäre unhöflich. Außerdem bin ich garantiert auf keinem Foto, das deine Mutter geschossen hat, als du noch klein warst. An einen blonden Jungen namens Theo, der mit Lendenschurz herumgelaufen ist, würde ich mich erinnern, das kannst du mir glauben.« Ich verschränkte die Arme und rührte mich nicht, als er sich zum Gehen wandte.

»Ich dachte, du hasst solche Partys.«

In eben diesem Moment beschloss einer der Partygäste, seine Eltern besonders stolz zu machen, indem er sich nackt auszog und aus einem Fenster ins Gebüsch stürzte. Vermutlich bereute er noch im selben Moment, sich der Toga entledigt zu haben, da vor dem Ballsaal Dornenbüsche wuchsen. Das wusste ich deshalb so genau, weil mein Vater sich damals so oft über die stacheligen Sträucher beklagt hatte.

Ich verzog das Gesicht, während die anderen Gäste johlten und applaudierten. »Ich bin nicht gerade verrückt danach, aber ich habe versprochen, bei dieser zu helfen.«

»Wobei denn helfen? Eine Party besteht aus Alk, Mucke und Hormonen. Es ist immer dasselbe. Und es sieht so aus, als wäre alles drei vorhanden.« Theo deutete mit dem Kinn auf James, der sich an einer Frau rieb, die Kokos-Rum aus der Flasche trank.

»Meine Aufgabe besteht vor allem darin, dafür zu sorgen, dass niemand etwas tut, was er morgen früh bereuen könnte«, entgegnete ich. Ob das die Frau war, die Edward bei einem Date auf die Schuhe gekotzt hatte? Gleich darauf fragte ich mich, wie ich ausgerechnet darauf kam, nachdem Theo mich gebeten hatte, mit ihm zu verschwinden. »Und ich habe versprochen, darauf zu achten, dass immer genug Snacks verfügbar sind. Bei den Unmengen von Alkohol, die hier konsumiert werden, braucht es ebenso große Mengen Nahrung, um die Folgen abzumildern.«

Theo legte den Kopf auf die Seite und folgte mir mit dem Blick, als ich mich rückwärts in Richtung Tür bewegte. »Wo willst du hin?«

»Ich besorge nur schnell ein paar Snacks«, sagte ich und fügte hastig hinzu: »Bin gleich zurück«, als er die Stirn runzelte.

»Ich helfe dir …«

Ich hob abwehrend die Hand. »Nicht nötig. Bleib ruhig hier. Du bist doch gerade erst gekommen. Es dauert nicht lange.«

Theo atmete so tief aus, dass seine Brust sich sichtlich absenkte. »Ich zähle die Sekunden«, sagte er und tippte auf seine Uhr.

Ich eilte hinaus, so schnell es meine Toga erlaubte. Erst als ich den Ballsaal hinter mir gelassen hatte, konnte ich endlich wieder frei atmen.

Was war nur los mit mir? Warum benahm ich mich in Theos Gegenwart jedes Mal, als wäre ich geistig umnachtet? Ich musste dahinterkommen, und zwar schnell, er würde nämlich ganz sicher nicht ewig über meine Idiotie hinwegsehen.

Und dann waren da noch Edward und meine Gefühle für ihn, die ich nicht einordnen konnte. Was um alles in der Welt war los mit mir, und könnte vielleicht eine gute Fee den Zauberstab schwingen und für Ordnung sorgen?

Auf dem Weg zur Küche schalt ich mich dafür, dass ich für solche unnötigen Komplikationen in meinem Leben sorgte. Ich war hergekommen, um mir darüber klar zu werden, wie ich meine Zukunft gestalten wollte, und nicht, um zwischen zwei tolle Männer zu geraten, die unterschiedlicher nicht hätten sein können.

Ich riss die Schränke auf und nahm verschiedene Chips und eine Packung Schokoladenkekse heraus, als könnte mir das aus dem Dilemma heraushelfen. Als ich die Küche wieder verließ, wusste ich, dass ich nicht Kalorien und Schokolade brauchte, sondern meine beste Freundin. Ich blieb mitten auf dem Flur stehen und zog mein Handy aus dem BH, da Togen nicht über so moderne Errungenschaften namens Taschen verfügten. Ich wählte Annes Nummer und legte die Chips auf den Boden, während ich die Kekspackung im Arm behielt.

»Oh nein«, meldete sich Anne. »Du hast die Knoten nicht richtig festgezogen, stimmt's?«

»Die Knoten sind bombenfest, aber die Trägerin des sündhaft teuren Stöffchens braucht trotzdem deine Hilfe.«

»Oh-oh.«

»Ich tue es schon wieder«, stöhnte ich und kämpfte mit einer Ecke der Kekspackung.

»Was tust du schon wieder?«, wollte Anne wissen.

»Durchdrehen«, nuschelte ich, weil ich immer noch versuchte, mit den Zähnen die Packung aufzureißen.

»Hat das vielleicht etwas mit einem gewissen Traumtyp namens Theo zu tun?«

»Hat es. Und ich benehme mich wieder einmal völlig bekloppt.« Die Packung gab nach und ich fischte so schnell einen Keks heraus wie vermutlich noch nie zuvor in meinem Leben.

»Bestimmt kommt dir das nur selbst so vor«, tröstete sie mich.

Mein Blick fiel auf die Chipstüten zu meinen Füßen. »Ich bin geflüchtet und habe die Chipsvorräte geplündert, nachdem er mich gefragt hatte, ob wir woanders hingehen sollen, wo weniger los ist.«

Anne stimmte in mein Seufzen ein. »Wow. Dann hast du also nicht übertrieben. Das ist wirklich bekloppt.« Hierauf folgten Geräusche, die darauf schließen ließen, dass sie sich auf ihr Bett hatte fallen lassen. Da sie ja heute Abend sicher nichts Besseres zu tun hatte, als mich in Sachen Toga-Party und Jungs zu beraten. »Was glaubst du, wo das Problem liegt?«

»Wenn ich das wüsste, hätte ich dich nicht angerufen, oder?« Ich schob mir den Rest des Kekses in den Mund.

»Vielleicht doch.«

Ich runzelte die Stirn. »Wie meinst du das?«

»Denkst du, es könnte daran liegen, dass du Angst davor hast?«

Ich dachte einen Moment darüber nach, aber es fühlte sich nicht an wie Angst. Dann hätte ich jetzt schwitzige Hände und ein flaues Gefühl im Magen. »Nein.«

»Bedenken?«

Das kam der Sache schon näher.

»Könnte sein«, entgegnete ich und hob Keks Nummer zwei an den Mund. »Ich verstehe allerdings nicht, warum ich bei jemandem wie Theo Bedenken haben sollte. Er ist ein absoluter Traumtyp. Witzig, süß und ohne Adelstitel. Er hat die letzten zwei Wochen bei seiner Familie verbracht, um die Goldhochzeit seiner Großeltern zu feiern, was dafürspricht, dass er ein Familienmensch mit gewissen Grundwerten ist. Und er hat sich in den zwei Wochen jeden Tag bei mir gemeldet. Er ist ein echter Sechser im Lotto.« Als ich von meinem Keks abbiss, fielen mir noch einige weitere Vorzüge von Theo ein.

»Auch wenn ein potenzieller Partner noch so viele Vorzüge hat, nützt das alles nichts, wenn die berühmte Chemie nicht stimmt. Dann wirst du dich nie in ihn verlieben.« Ich konnte ihrem Tonfall entnehmen, dass sie die Achseln zuckte.

Mir verging schlagartig der Appetit auf Kekse mit Schokoladensplittern. Ich legte den angebissenen Keks zurück in die Packung. »Er sieht aus wie ein Kind der Liebe von Paul Newman, sofern der je eins gezeugt hat.«

Anne schnalzte mit der Zunge. »Das Aussehen spielt bei der Chemie nur eine untergeordnete Rolle. Das ist wie das Backpulver im Kuchenteig. Dumm, wenn es fehlt, aber für sich allein genommen schmeckt's nicht.«

Mein Lachen hallte laut von den Flurwänden wider. »Erst behauptest du, einen Mann aufgrund seiner Gewürzvorlieben beurteilen zu können, und jetzt vergleichst du die Liebe mit einem Backrezept?«

Anne stimmte in mein Lachen ein. »Mag sein, dass das ein bisschen vom Thema abweicht, aber das kommt davon, wenn du ausgerechnet mich in Beziehungsfragen um Rat fragst.«

»Stimmt. Ich muss jetzt Schluss machen«, sagte ich.

»Bis zur nächsten Krise«, rief Anne noch, dann legte sie auf.

Ich holte tief Luft und steckte das Handy zurück in meinen BH. Ich war froh, dass ich mit Anne gesprochen hatte. Ich fühlte mich schon viel besser. Das mochte allerdings auch daran liegen, dass ich Theo schon vor gut zehn Minuten hatte stehen lassen und mich von meinem Anfall erholt hatte. Gut möglich, dass ich mich wieder in ein Psycho-Wrack zurückverwandelte, sobald ich ihm erneut gegenüberstand.

Der Gedanke daran bewirkte, dass ich mir beim Einsammeln der Party-Snacks Zeit ließ, bevor ich mich auf den Rückweg machte. Ich kam jedoch nicht weiter als bis zur Hälfte des Flurs.

Die Chipstüten fielen knisternd zu Boden, als ich abrupt in ein Zimmer gezogen wurde, an dem ich gerade vorbeiging. Ehe ich dazu kam, denjenigen, der mich dermaßen erschreckt hatte, gegen das Schienbein oder in die Weichteile zu treten, wurde ich herumgedreht und fand mich in einer vertrauten Umarmung wieder.

»Edward?«, keuchte ich und warf einen kurzen Blick in den Raum, um zu sehen, ob wir allein waren. »Das hätte dich deine Zeugungsfähigkeit kosten können!« Das Herz schlug mir bis zum Hals, und ich legte aufatmend eine Hand auf die Brust.

Seine Hand glitt außen an meinem Arm hinab. »Womit die Verhütungsproblematik vom Tisch wäre, nicht wahr?«

Ich schmiegte mich an ihn. »So viel Humor bin ich bei dir gar nicht gewohnt.«

»Das war ernst gemeint.« Seine Hand wanderte noch etwas tiefer, und er verschränkte die Finger mit meinen, während er sich gleichzeitig zu mir herabbeugte.

Ich zögerte keine Sekunde.

Er schien im ersten Moment überrumpelt davon, dass ich so offensiv reagierte und ihn küsste, aber er erholte sich rasch wieder. Er legte mir die freie Hand ins Kreuz und schob die Finger unter meine Toga.

Obwohl seine Hand nur auf meinem Rücken ruhte, also an einer doch eher harmlosen Stelle, reagierte mein Körper wie auf eine weitaus intimere Berührung. Jede noch so leise Berührung von ihm sandte Hitzewellen durch meinen Körper, die sich in meiner Mitte bündelten, während er mich küsste.

Allerdings war das, was ich fühlte, wenn ich mit Edward zusammen war, keineswegs Schwäche, sondern eine Art von Stärke, die mir völlig neu war. Eine Gewissheit, so als hätte ich immer genau gewusst, was ich wollte und nie auch nur den leisesten Zweifel an der Richtigkeit meiner Entscheidungen gehegt.

Das Gefühl machte mich ganz schwindlig und veranlasste mich, ihn leidenschaftlicher zu küssen, während meine Hände seine wohlgeformte Brust erkundeten. Ich wusste nicht, ob es an unseren Übungseinheiten lag oder der reine Leichtsinn war, aber es kümmerte mich auch nicht. Ich brauchte keine rationale Erklärung für das, was zwischen uns geschah. Ich gab mich damit zufrieden, es als wunderbaren lebensechten Traum, vorübergehende Umnachtung oder einfach eine Laune abzutun.

Als er den Kopf hob, war seine Miene angespannt, fast so, als trüge er einen inneren Kampf mit sich aus. Die Art, wie er mich ansah, wie er mich festhielt … das war so real.

Edward richtete den Blick auf meinen Kopf und lächelte einseitig. »Dein Krönchen sitzt schief.« Seine Stimme klang belegt, woraus ich schloss, dass der Kuss ihn nicht kaltgelassen hatte. Er rückte das improvisierte Krönchen zurecht, das ich aus ein paar Utensilien aus einem Kellerschrank selbst gebastelt hatte, und betrachtete es dann eine Weile. »So. Wieder gerade«, sagte er schließlich.

»Edward …« Ich wusste nicht, was ich sagen sollte. Ich hatte so viele Fragen, war mir jedoch nicht sicher, ob ich auf irgendeine davon eine Antwort wollte.

Plötzlich wandte er den Kopf in Richtung Flur. »Er kommt.«

Ohne ein weiteres Wort wandte Edward sich ab und durchquerte lautlos den Raum. Ich schaute ihm nach, wobei ich die Augen zusammenkniff, um in der Dunkelheit etwas zu erkennen, aber er blickte nicht zurück. Nicht einmal ein Schulterblick, bevor er durch eine andere Tür entschwand als jener, durch die er mich vorhin hereingezogen hatte.

»Da bist du ja«, hörte ich Theo rufen, als er den Salon betrat. Die Bodendielen knarrten unter seinen Füßen, er war also zweifelsohne real, während ich mich bereits fragte, ob das Intermezzo mit Edward nur meiner Einbildung geschuldet war. »Es kommt mir vor, als würde ich dir hinterherlaufen, seit wir uns kennengelernt haben.«

Theo lächelte, seine Augen so strahlend wie immer und völlig arglos. Er war so liebenswert. Ein Mann wie aus dem Bilderbuch. Ich stellte mir ein Leben mit ihm unkompliziert vor. Glücklich. Genau das, wovon ich immer geträumt hatte. Bis ich Edward kennengelernt hatte.

Jetzt war ich unsicher und wusste nicht mehr, was ich mir in der Liebe erhoffte. Und dazu kamen die ganzen anderen offenen Fragen in meinem Leben.

»Tut mir leid.« Ich räusperte mich, aber meine Gedanken ließen sich weniger leicht klären. »Ich musste mal einen Moment weg von den Tequila-Dämpfen und James' Playlist.«

Theo betrachtete stirnrunzelnd die Chipstüten draußen vor der Tür. »Darf ich mich dir anschließen?«

Ich strich das Laken glatt, glättete die Falten, die Edwards Hände hinterlassen hatten. »Warum nicht?«

»Ich habe was für dich.« Theo kam näher und griff unter seinen Lendenschurz, der so knapp war, dass es sich um ein sehr kleines Geschenk handeln musste, wenn es darunter Platz fand.

Und das war es, anders als meine Reaktion beim Anblick des Juwelierkästchens. Er hatte mir ein Schmuckstück gekauft? Wir hatten bislang noch nicht einmal ein richtiges Rendezvous gehabt, und er hielt ein Schmuckstück nach zweiwöchiger Abwesenheit für angemessen? Ein Schlüsselanhänger oder Kühlschrankmagnet wäre als nettes Mitbringsel absolut ausreichend gewesen. Und hätte mir keine Panikattacke beschert.

»Das ist zu viel«, sagte ich, ohne nach dem Kästchen zu greifen.

Theo trat näher. »Du hast es ja nicht einmal geöffnet.«

»Schon allein das Kästchen ist zu edel.« Ich milderte meine Worte mit einem Lächeln ab, da ich nicht undankbar erscheinen wollte. Ich hatte noch nie Schmuck von einem Mann geschenkt bekommen, und auch wenn Theo genau die Art Mann war, von dem eine Frau sich Schmuck wünschte, fühlte es sich falsch an. Unpassend.

Es war viel zu früh. Darum fühlte es sich auch nicht richtig an. Wir hatten noch lange nicht den Punkt erreicht, an dem man sich solche Geschenke machte.

Als ich immer noch keine Anstalten machte, nach dem Kästchen zu greifen, öffnete Theo es für mich. Etwas darin glitzerte, noch bevor der Deckel ganz geöffnet war.

»Es hat mich an dich erinnert«, sagte Theo beinahe schüchtern.

Mein Herzschlag hallte laut in meinen Ohren, während ich das Goldkettchen mit dem runden Diamantanhänger anstarrte. »Ein Diamant hat dich an mich erinnert?«

Theos Blick wanderte von mir zu dem Kettchen, und er zuckte mit einer seiner kräftigen Schultern. »Du bist makellos.«

Als er das Kettchen aus dem Kästchen nahm, wich ich einen Schritt zurück. »Wenn du mich wirklich für makellos hältst, jagst du mich damit nur in die Flucht. Solchen Erwartungen kann ich gar nicht gerecht werden.«

»Also gut.« Er trat hinter mich und legte mir das Kettchen um den Hals. Als er den Verschluss einhakte, hauchte er mir einen Kuss seitlich auf den Hals. »Dann eben rein.«

Mich plagte das schlechte Gewissen. Ich konnte noch Edward auf den Lippen schmecken und seine Hände auf der Haut fühlen.

»Schon besser«, sagte ich, unfähig, ihm in die Augen zu sehen, »aber auch nicht ganz zutreffend.«

Er betrachtete mich, und sein Lächeln wurde breiter, als sein Blick auf den Diamanten an meinem Hals fiel. »Aber nah dran.«

»Hör zu, wenn zwischen uns auch nur die geringste Hoffnung auf so etwas wie eine Beziehung bestehen soll, ist Ehrlichkeit oberstes Gebot. Und ich bin weder makellos noch rein noch sonst etwas Hochtrabendes.« Ich berührte flüchtig die Kette. »Vielen Dank für diese Geste, aber ich kann das nicht annehmen.«

Als ich eine Hand an den Verschluss der Kette hob, packte Theo mein Handgelenk. »Warum nicht?«

Als ich nun die zweite Hand hob, packte Theo auch diese, und seine Finger um meine Handgelenke erinnerten mich an viel zu große Handschellen.

»Du hast mir eine Goldkette mit Diamantanhänger geschenkt, und das nach nur zwei Wochen, in denen wir uns nur zwei Mal gesehen haben.« Ich blickte eindringlich zu ihm auf, bemüht, ihm begreiflich zu machen, warum das nicht ging.

»Theoretisch kennen wir uns seit zehn Jahren. Außerdem hat noch nie eine Frau meine Gedanken derart beherrscht wie du.«

»Weil ich dich als Kind bei einem blöden Wettkampf geschlagen habe?«

Eins seiner Grübchen erschien. »Der sicherste Weg, das Herz eines Jungen zu erobern.«

»Du hast mir einen Diamanten geschenkt«, sagte ich langsam und betonte jedes einzelne Wort.

»Du scheinst zu glauben, dass ich es mir anders überlege oder einen Fehler eingestehe, wenn du es nur oft genug wiederholst, aber ich wäre vielmehr geneigt, morgen mit einem weiteren Diamantkettchen aufzuschlagen, um dir meinen Standpunkt klarzumachen.« Theo versuchte, sich nicht anmerken zu lassen, wie erheiternd er meine Befreiungsversuche fand. Je fester ich zog, desto enger schlossen sich seine Finger um meine Handgelenke.

Ich knirschte mit den Zähnen. »Wag es ja nicht.«

Er lachte, als fände er meine Empörung süß. »Komm schon. Mach es doch nicht so kompliziert. Ich wollte dir etwas Hübsches schenken, und das habe ich getan.« Theo trat näher, sodass seine Brust meine berührte. »Ich mag dich. Sehr. Ich weiß, dass das alles sehr plötzlich kommt und sehr schnell geht, aber so beginnen alle großen Liebesgeschichten. Keine davon hat je langsam angefangen oder war besonders zurückhaltend mit Geschenken oder Gefühlen.«

Ich hielt inne. »Liebesgeschichte?«

»Ich denke, das mit uns könnte eine werden.« Er lockerte eine Hand. »Und ich glaube, du weißt das auch.«

»Theo …« Weiter kam ich nicht, da er mich mit einem Kuss zum Schweigen brachte.

Er ließ meine Hände los und umfasste meine Hüfte, während seine andere Hand meinen Rücken hinunterglitt. Sein Mund war heiß und fordernd, nicht zärtlich, sondern hart und gierig. Seine Lippen, seine Hände, sein Atem … ich empfand das alles nur als erstickend. Es fühlte sich an, als wäre er über mir und würde mich zu Boden drücken, obwohl ich aufrecht stand.

»Theo …«, versuchte ich es erneut, meine Stimme gedämpft von seinem leidenschaftlichen Kuss.

Das war kein angenehmer Kuss, nicht ansatzweise, aber ich war mir nicht sicher, ob es an meinem eigenen mangelnden Enthusiasmus lag, an seiner Übergriffigkeit oder an beidem.

»Hör auf«, protestierte ich, legte ihm die Hände auf die Brust und schob ihn mit aller Kraft von mir. Ich funkelte ihn zornig an, als er nachsetzen wollte. »Stopp.«

Er atmete schwer, und seine Augen loderten. Er zwang sich, tief durchzuatmen. »Ich verstehe, dass du Angst hast, okay?«, sagte er abgehackt vom schweren Atmen. »Das ist normal.«

Ich hielt die Hände weiter gegen seine Brust gedrückt, nur für den Fall, dass er wieder zum Angriff überging. »Angst wovor?«

»Es ist okay, aber ich verspreche, ganz vorsichtig zu sein.«

Theo schob sich wieder näher an mich heran. »Ich mache ganz langsam.«

»Gut zu wissen.« Meine Kehle schmerzte, als mir aufging, wovon er sprach, aber ich war noch nicht so weit. Ich fühlte mich von ihm überrumpelt. Er würde sich noch eine ganze Weile gedulden müssen, bis ich so weit war, mit ihm ins Bett zu gehen. »Wir werden das nämlich sehr, sehr langsam angehen.«

Mit jedem Schritt, den er auf mich zukam, wich ich einen zurück.

In seinen Augen lag ein Glanz, der mir Unbehagen bereitete, während er sich an mich heranpirschte. »Ich bin ein großer Fan von sehr … sehr … langsam.«

»Theo, ich glaube, du hast mich nicht verstanden.«

Anstatt um die Couch herumzugehen, hinter der ich in Deckung gegangen war, sprang er mit einem Satz darüber hinweg. »Was habe ich nicht verstanden?«

Ich wich erneut zurück vor Theo Hamilton, der nur mit einem Handtuch um die Hüften durchs Zimmer jagte und mich anstarrte, als sei ich eine Göttin, der er sich selbst opfern wollte. »Ich werde heute nicht mit dir schlafen.«

Seine Mundwinkel zuckten. »Wer hat denn etwas von schlafen gesagt?«

Als ich fühlte, wie mein Widerstand erlahmte, zwang ich mich, weiter auf Abstand zu bleiben. Beim nächsten Schritt rückwärts blieb ich jedoch mit der Ferse an einem Hindernis hängen und verlor das Gleichgewicht.

»Charlotte!«, rief Theo und stürzte auf mich zu.

Als Erstes nahm mein Stolz Schaden, als ich mich auf dem Fußboden wiederfand, aber gleich darauf durchzuckte ein stechender Schmerz meinen Knöchel.

»Wer hat das denn dahin gestellt?«, stöhnte ich, als Theo über den Schemel hinwegsprang, über den ich gestolpert war.

»Bist du okay?« Er kniete sich neben mich und schaute mir besorgt ins Gesicht, ehe sein Blick an meinem Körper hinabglitt.

»Abgesehen von meinem Stolz«, erwiderte ich und versuchte mich aufzurichten, woraufhin Theo mich unter den Achseln packte und mir hochhalf.

»Das war meine Schuld. Wenn ich dich nicht quer durchs Zimmer gescheucht hätte, wärst du auch nicht gestürzt.« Er legte einen Arm um mich und stützte mich.

In der Sekunde, in der ich den linken Fuß belastete, durchfuhr mich erneut ein heftiger Schmerz. Ich gab keinen Laut von mir, aber Theo entging nicht, dass ich das Gesicht verzog.

»Mist«, brummte er und untersuchte stirnrunzelnd meinen Fußknöchel.

»Ist ja alles gut und schön, solange man nicht über einen Schemel fällt und sich den Knöchel verknackst«, scherzte ich, als ich auf ihn gestützt in Richtung Tür humpelte.

Nach ein paar Schritten nahm Theo mich auf die Arme und trug mich, als wäre ich federleicht. Sobald wir den Ballsaal betraten, tauchte Edward an seiner Seite auf.

»Was ist passiert?«, fragte er knapp und musterte mich forschend.

Theos Finger schlossen sich besitzergreifend um mich. »Sie hat sich den Knöchel verknackst.«

Einen angespannten Zug um den Mund richtete Edward den Blick auf meinen Knöchel.

»Er ist nicht gebrochen«, sagte ich hastig, als er die Stelle vorsichtig abtastete.

Als er die schmerzende Stelle unterhalb des Knochens fand, zuckte ich zusammen. Edward musterte Theo aus zusammengekniffenen Augen. »Ich übernehme jetzt. Du kannst dich wieder unters Volk mischen.«

Theo packte noch fester zu, als Edward nach mir griff. »Ich bleibe bei ihr.«

»In diesem Punkt scheiden sich die Geister.«

»Könntet ihr euren Streit vielleicht auf später verschieben?«, zischte ich, als ich registrierte, dass wir erste Blicke auf uns zogen. »Tut mir leid, dass mein Knöchel Unannehmlichkeiten bereitet, aber könnte vielleicht jemand einen Eisbeutel besorgen und mich irgendwo absetzen, wo ich den Fuß hochlegen kann? Alles andere schaffe ich dann schon allein.«

»Vielleicht sollte ich dich ins Krankenhaus bringen«, meinte Theo nach einem weiteren Blick auf meinen Knöchel, der sichtlich anschwoll.

»Vielleicht solltest du den Unterschied zwischen Bruch und Verstauchung lernen«, konterte Edward und führte uns hinaus.

Theo grummelte etwas Unverständliches, folgte Edward jedoch durch das Foyer und den Ostflur hinunter. »Es tut mir so leid, Charlotte. Ich bin so ein Idiot.«

»Ist ja nicht deine Schuld, dass ich so ungeschickt bin«, erwiderte ich.

Edward stieß eine Tür auf, und als wir eintraten, erkannte ich, wo wir uns befanden.

»Leg sie aufs Bett«, befahl Edward, riss das frische Hemd, das er für den nächsten Tag herausgehängt hatte, vom Bügel und schnappte sich dann mit der anderen Hand einen Eiskübel mit einer Champagnerflasche.

Warum hatte er einen Kühler mit einer Flasche Champagner in seinem Schlafzimmer bereitstehen? Erwartete er Besuch?

»Ist das dein Zimmer?«, fragte Theo und ließ mit sichtlichem Unmut den Blick durch den Raum schweifen.

»Es sind alles meine Zimmer.« Edward nahm die Flasche aus dem Kühler und kippte das Eis in das Hemd. Anschließend verknotete er die Ärmel und faltete den übrigen Stoff so zusammen, dass eine Art Eisbeutel entstand.

Theo war sichtlich verärgert über Edwards Antwort, und ich sah, dass er die Zähne fest zusammenbiss, als er mich auf dem Bett ablegte. »Ich meinte, ob das dein Schlafzimmer ist?«

»Warum? Machst du dir Sorgen, dass ich mich an deiner Freundin vergreifen könnte?« Ohne Theo auch nur eines Blickes zu würdigen, nahm Edward mehrere Zierkissen von einer Récamiere.

Erst mit einigen Sekunden Verzögerung begriff ich, dass Edward von mir gesprochen hatte. Theos Freundin war ich … Aber es klang nicht richtig. Ich war nicht seine Freundin. Bislang waren wir nicht offiziell zusammen.

Theo widersprach jedoch nicht.

Und ich ebenso wenig.

»Ich mache mir keine Sorgen.« Theo löste seine Arme von mir, während Edward sanft meinen Knöchel auf den Kissenhaufen bettete, den er aufgeschichtet hatte.

Kritisch begutachtete Edward den Knöchel, der inzwischen kugelrund angeschwollen war. »Wie hast du das geschafft?«

»Ich bin gestolpert«, entgegnete ich und hielt die Luft an, als er den improvisierten Eisbeutel auf den Knöchel legte.

»Ja, aber *warum*?« Edward machte keinen Hehl daraus, wen er für den eigentlichen Schuldigen an meinem Unfall hielt.

»Warum geht die Sonne im Osten auf und im Westen unter? Wenn irgendwo etwas herumsteht, schaffe ich es früher oder später, darüber zu stolpern. Das ist wie ein Naturgesetz.« Ich zuckte die Achseln, wobei mir die wachsende Spannung im Zimmer nicht entging.

»Bist du sicher, dass nichts gebrochen ist?«, fragte Theo, nahm meine Hand und setzte sich auf die Bettkante. »Sieht ziemlich schlimm aus.«

Edward legte vorsichtig eine Hand auf meinen Knöchel und schob sie unter den Eisbeutel. Sanft betastete er die geschwollenen Konturen.

»Ich bin sicher. Immer noch.« Als er sah, dass Theo meine Hand hielt, richtete Edward den Blick auf das Fenster.

Ich war noch nie in seinem Schlafzimmer gewesen. Ich hatte zwar einmal, als die Tür nicht ganz geschlossen gewesen war, einen Blick hineingeworfen, hätte aber nie erwartet, eines Tages im Bett des Prinzen von Norland zu liegen. Und auch wenn die Situation an sich harmlos war, war genau das jetzt der Fall. Mein Kopf ruhte auf seinem Kissen, mein Körper lag auf seiner Matratze, und mein Geruch vermischte sich mit seinem, der dem Bettzeug anhaftete.

Als ich mich bewegte, schoss wieder ein glühender Schmerz mein Bein hinauf.

Theo war zu sehr damit beschäftigt, Edward böse anzufunkeln, um es zu bemerken, während Edward ganz auf mich konzentriert war, sodass es ihm nicht entging.

»Ich habe hier irgendwo Schmerztabletten.« Edward durchquerte den Raum und verschwand durch eine Tür, von der ich annahm, dass sie in ein angrenzendes Badezimmer führte.

Als Edward fort war, entspannte Theo sich. Er drückte meine Hand. »Ich hatte mir diese Nacht ganz anders vorgestellt.«

»Inwiefern?«, fragte ich, Naivität vortäuschend.

Als Edward zurückkam, gab Theo mir einen Kuss, den er bewusst etwas in die Länge zog. »Das zeige ich dir, wenn wir uns wiedersehen, okay?«, sagte er so laut, dass es auch alle Anwesenden mitbekamen.

»Theo, du solltest jetzt gehen.« Edward hielt zwei Tablettenfläschchen in der Hand, sein Gesicht völlig ausdruckslos.

Theo schien noch etwas tiefer in der Matratze zu versinken. »Ich denke, ich bleibe.«

Edward richtete den Blick auf Theo, und diesmal war es der Blick eines Herrschers, ein Blick, der keinen Widerspruch duldete. »Du wirst jetzt gehen.«

Theo schnaubte und warf mir einen Blick zu, der so viel bedeutete wie *Ist das zu fassen*? »Wie kommst du darauf?«, fragte er herausfordernd.

»Weil ich notfalls dafür sorgen werde.« Edward gab zwei Tabletten in die Hand und griff nach der Wasserflasche, die auf dem Nachttisch stand.

Theo schüttelte lachend den Kopf. »Nur weil du eines Tages König sein wirst, meinst du, jeden herumkommandieren zu können, deine Freunde eingeschlossen, ja?«

»Ich brauche nicht zu kommandieren, um dafür zu sorgen, dass du verschwindest.« Edward schraubte die Wasserflasche auf und reichte sie mir. »Von meinem Titel einmal abgesehen bin ich sehr wohl in der Lage, dich eigenhändig an die Luft zu setzen.«

Theo ließ meine Hand los und stand auf. »Das möchte ich sehen.«

»Ich auch«, sagte Edward, wobei er allerdings nicht Theo ansah, sondern mich.

Theo stand da und wartete wutschnaubend darauf, dass Edward ihm wieder Beachtung schenkte. Theo war gut zehn Zentimeter größer als Edward und an die dreißig Pfund schwerer, ganz zu schweigen vom emotionalen Faktor.

Und doch zeigte sich Edward nicht im Geringsten beunruhigt von dem drohenden Angriff des ihm überlegenen angriffslustigen Kontrahenten.

»Vielleicht hat er recht, Theo. Für mich ist die Party eh gelaufen. Ich bin bis auf Weiteres ein Totalausfall.« Ich schluckte die Pillen, die Edward mir gereicht hatte, und zeigte dann auf meinen geschwollenen Knöchel. »Ich werde mich ausruhen und rufe dich morgen früh an.« Als Theo einen Blick auf Edward warf, fügte ich hinzu: »Mach dir keine Sorgen.«

»Genau, Theo. Kein Grund zur Sorge.« Edward ging zurück ins Bad. »Sie ist bei mir in den besten Händen.« Seine Stimme schien von innen zu vibrieren, ein Unterton, den Theo jedoch nicht zu registrieren schien.

»Ganz sicher, dass ich nicht bleiben soll?«, fragte Theo, immer noch unschlüssig.

»Wir müssen uns ja nicht beide elend fühlen. Fahr heim und ruh dich aus. Die zwei Wochen in der Stadt waren sicher anstrengend.« Ich setzte eine möglichst entschlossene Miene auf und fragte mich gleichzeitig, warum ich es so eilig hatte, ihn loszuwerden. »Ich melde mich dann morgen früh bei dir.«

Theo gab sich geschlagen. Er küsste mich noch einmal und ging zur Tür.

»Zieh dir was über, bevor du rausgehst, sonst holst du dir in deinem Lendenschurz noch den Tod«, sagte ich.

Theo blieb in der Tür noch einmal stehen und blickte zu mir zurück. »Dir würde sicher das eine oder andere probate Mittel einfallen, um mich aufzuwärmen.«

In diesem Augenblick kam Edward zurück. Er hatte sich umgezogen und trug jetzt einen Pyjama oder zumindest eine Pyjamahose aus dunkelblauer Baumwolle, die tief auf den Hüften saß – sonst nichts.

Theo zögerte.

»Danke für das Geschenk«, sagte ich an Theo gewandt und verfluchte Edward innerlich dafür, dass er sich nicht noch zwei Sekunden länger Zeit gelassen hatte im Bad. »Bis morgen dann.«

»Ruf mich an, wenn du irgendetwas brauchst.«

Als ich sah, dass Edward zu einer Bemerkung ansetzte, warf ich ihm einen warnenden Blick zu, woraufhin er seinen Kommentar herunterschluckte und stattdessen nur geräuschvoll ausatmete.

Theo ging, ließ die Tür jedoch offen stehen, was weder mir noch Edward entging, der das Zimmer mit großen Schritten durchquerte, die Tür schloss und absperrte.

»Du sperrst mich ein?«

»Ich sperre alle anderen aus«, konterte er und wühlte in dem Schrank, den er geöffnet hatte.

Jetzt, da Theo fort war, entspannte ich mich. Mein Körper wurde schwer, und mein Kopf schien tiefer ins Kissen zu sinken. Der Schmerz in meinem Knöchel ließ etwas nach und wurde von einem dumpfen Pochen abgelöst.

Da ging mir auf, dass es noch einen anderen Grund für meine plötzliche Gelöstheit geben mochte.

»Was hast du mir gegeben?« Ich setzte mich abrupt auf und versuchte, mich an die Farbe und Form der Tabletten zu erinnern, die er mir gegeben hatte. »Edward?«

Er warf mir einen sonderbaren Blick zu, als er sich mit einer Decke und einem Kopfkissen in der Hand vom Schrank abwandte und beides neben der Tür zu Boden fallen ließ. »Hast du Angst, ich könnte dir K.-o.-Tropfen verabreicht haben, um dich gefügig zu machen?«

»Ich würde es nicht Angst nennen. Wut käme dem schon näher.« Ich musterte ihn aus zusammengekniffenen Augen, während ich einen kurzen Check meiner Körperfunktionen durchführte. Ich fühlte mich locker und entspannt, aber nichts deutete darauf hin, dass er mir etwas gegeben hatte, das …

»Ibuprofen«, sagte er in meine Gedanken hinein. »Das hilft gegen die Schmerzen und die Schwellung. Wenn du etwas Stärkeres möchtest, musst du dich an Frederick wenden.«

»Ibuprofen reicht.« Ich ließ mich wieder auf das Kissen zurücksinken und versuchte, nicht auf seinen nackten Oberkörper zu starren. »Warum warst du so hässlich zu Theo? Ich meine, er konnte ja nichts dafür, dass ich so unglücklich über den Schemel gestolpert bin.«

Edward entfaltete die Tagesdecke vom Fußende seines Bettes und breitete sie über mich. »Weil Theo sehr wohl etwas dafürkann, dass du gestolpert bist.«

Als ich zu einer Erwiderung ansetzte, kam er mir zuvor. »Keine Lügen, schon vergessen?«

Ich seufzte. »Also gut. Nächste Frage.« Als er sich über mich beugte, um die Decke unter meinen Schultern festzustecken, versuchte ich zu ignorieren, dass er von der Taille aufwärts nackt war, doch das war bei einem Sixpack wie seinem gar nicht so einfach. »Warum kannst du ihn nicht leiden?«

»Weil ich keinen Grund habe, ihn zu mögen.« Seine Mundwinkel zuckten, als er auf meinen Kopf sah und dann meine Krone geraderückte.

»Und du hast Gründe, ihn nicht zu mögen?«

Edward setzte sich schweigend auf die Bettkante, umfasste vorsichtig meinen Knöchel mit beiden Händen und hob meinen Fuß auf seinen Schoß. Wieder durchzuckte es mich wie ein Stromstoß, allerdings war Schmerz diesmal nicht die intensivste Empfindung. Seine Finger legten sich sanft auf meinen Knöchel und begannen, den geschwollenen Bereich sachte zu massieren. Ich unterdrückte ein wohliges Seufzen.

»Man kann Menschen nicht trauen, deren Augen ihre Worte Lügen strafen.« Er sprach sehr langsam und deutlich. »Das war eine der ersten Lektionen, die ich von meinem Vater gelernt habe. Was Theo sagt, entspricht häufig nicht dem, was in seinen Augen zu lesen ist.«

Ich fuhr mit der Zunge über die Innenseite meiner Wange, während ich über seine Worte nachdachte. Prinzipiell stimmte ich ihm ja zu, nur fand ich nicht, dass das auf Theo zutraf.

Er war zwar ganz anders als Edward, das hieß aber noch lange nicht, dass der eine gut war und der andere schlecht. Menschen konnten ja auf unterschiedliche Art »gut« sein.

Als ich das Gesicht verzog, als er zum empfindlichsten Teil gleich unterhalb des Knöchels gelangte, runzelte er die Stirn. »Entschuldige.«

»Das war dein Lieblingshemd«, sagte ich mit Blick auf das zusammengeknotete Hemd, das er zum Eisbeutel umfunktioniert hatte, aus dem ihm Eiswasser auf den Schoß lief.

Er legte den Kopf leicht schräg. »Woher weißt du das?«

»Du trägst es öfter als die anderen.«

»Und das ist dir aufgefallen?«

Natürlich war mir das aufgefallen, immerhin lebten wir seit mehreren Wochen unter einem Dach.

»Ich habe eine gute Beobachtungsgabe«, erwiderte ich, zufrieden mit meiner Erklärung.

Er verschob den Eisbeutel auf meinem Knöchel und betrachtete das durchweichte Hemd mit einem leisen Lächeln. »Es ist immer noch mein Lieblingshemd.«

»Wo hast du das gelernt?« Ich blickte auf meinen Fuß. »Es hat fast den Anschein, als wärst du von uns beiden derjenige, der Arzt werden soll.«

Er holte tief Luft. »Ich habe beim Militär die Grundlagen der Ersten Hilfe gelernt.« Er hörte auf, meinen Knöchel zu massieren. »Bei einer Arterienverletzung könnte ich aber für nichts garantieren.«

Ich drehte den Kopf. »Du warst beim Militär? Ich kann mich gar nicht an Fotos von dir in Springerstiefeln und Camouflage-Uniform erinnern.«

»Das liegt daran, dass wir meinen Militärdienst vor der Presse geheim gehalten haben, um den Feind nicht unnötig auf mich aufmerksam zu machen.« Er legte meinen Fuß zurück auf den Kissenstapel. »Ich war auch nur ein Jahr dabei. Ich bin in dem Sommer nach meinem achtzehnten Geburtstag auf eigenen Wunsch in die Armee eingetreten. Eine der wenigen Gelegenheiten, bei denen ich mich gegen meinen Vater durchsetzen konnte.«

»Und dann macht sich deine militärische Ausbildung fünf Jahre später bezahlt und du kannst den Fußknöchel eines ungeschickten Trampels davor bewahren, die Form einer Grapefruit anzunehmen.«

»Mein Oberst wäre bestimmt stolz auf mich.« Edward stand auf und knipste mehrere Lampen entlang der Fenster aus.

Sollte ich hier schlafen? Löschte er das Licht, damit ich mich leichter entspannen konnte? Warum schaltete er die Lichter aus, wenn es draußen dunkel war und ich in seinem Bett lag?

»Okay, man muss dir also Gründe liefern, einen zu mögen«, kam ich auf unser Gespräch von vorhin zurück, vor allem deshalb, weil die Stille mir intimer erschien als jede Unterhaltung. »Und mich magst du.«

Er zögerte kurz, bevor er die nächste Lampe ausschaltete. »Es gibt Gründe für meine Zuneigung zu dir.«

»Und die wären?«

Das Licht ging aus. »Du bist keine Klette. Du scheust dich nicht, mir zu widersprechen. Genau genommen hat es sogar den Anschein, als würdest du mir aus Prinzip widersprechen. Du tust nicht so, als wäre die Welt dir etwas schuldig, und du arbeitest hart, und das nicht, um Aufmerksamkeit zu erregen, sondern aus Überzeugung.« Er trat an die vorletzte Lampe. »Du jagst nicht irgendwelchen oberflächlichen Schönheitsidealen nach, und du scherst dich nicht darum, was andere von dir halten.«

Ich stützte mich auf die Ellbogen und musterte ihn stirnrunzelnd. »Willst du mir damit durch die Blume sagen, dass ich nicht besonders hübsch bin?«

Mit dem Rücken zu mir knipste er die Lampe aus, sodass nur noch eine einzige brannte. Ich beobachtete, wie seine Schultern sich hoben und senkten, als er mehrmals hintereinander tief ein- und ausatmete. »Im Gegenteil. Das war meine Art, dir zu sagen, dass ich nie einem schöneren Menschen begegnet bin, obwohl du so wenige Gedanken auf dein Äußeres verschwendest.«

Mir stockte der Atem bei diesem unerwarteten Kompliment.

»Das war das netteste Kompliment, das die Frau, die so wenig auf ihr Aussehen gibt, je bekommen hat«, sagte ich schließlich und rutschte noch etwas tiefer unter die Decke.

Anstatt zur letzten Lampe überzugehen, kam Edward zurück ans Bett. Mein Herz schlug so laut, dass ich mich fragte, ob er es hören konnte. Sein Blick fiel auf meinen Hals.

»Er hat dir Schmuck geschenkt«, stellte er nüchtern fest. »Scheint, als wären deine Befürchtungen unbegründet gewesen.«

»Ich weiß nicht. Das Küssen heute …« Ich kniff bei der Erinnerung die Augen zu. »Es war schrecklich.«

»Ist dir schon mal der Gedanke gekommen, dass es nicht am Küssen an sich liegt, sondern an der Person, die dich küsst?«

Seine Frage weckte Erinnerungen an andere Küsse mit einer anderen Person. »Wegen vorhin … als du mich in das Zimmer gezogen hast, bevor Theo aufgetaucht ist.« Ich blinzelte zu ihm auf. »Was hatte das zu bedeuten?«

Eine Falte erschien zwischen seinen Augenbrauen, und in seinen Augen spiegelte sich Unschlüssigkeit. Dann fiel sein Blick wieder auf den Diamanten um meinen Hals. »Ich dachte, du möchtest vielleicht eine letzte Generalprobe, bevor es ernst wird.« Edward schluckte und wandte sich zur Tür. »Damit es mit Theo gut klappt.«

»Oh.« Meine Gesichtszüge entgleisten, was er jedoch nicht sehen konnte, da er mir den Rücken zukehrte. »Wie aufmerksam. Danke.«

»War mir ein Vergnügen.« Seine Stimme klang distanziert, als er sich bückte und die Decke und das Kissen vom Boden aufhob.

»Das, was du gesagt hast …« Meine Kehle war plötzlich staubtrocken. »Über den nächsten Level …«

»Nicht heute Abend.« Seine Hand zögerte auf der Türklinke. »Morgen. Versprochen.«

»Und was, wenn du morgen wieder dasselbe sagst?«, hakte ich verwirrt nach.

Theo war nicht der Einzige, der widersprüchliche Signale aussandte. In der einen Minute war ich sicher, dass Edward mich gernhatte, und in der nächsten erinnerte er mich daran, dass er nur deshalb Interesse zeigte, weil ich ihn mehr oder weniger dazu genötigt hatte.

»Werde ich nicht«, entgegnete er, sperrte auf und öffnete die Tür.

»Ach nein?«

»Nein. Weil du es nicht zulassen wirst.« Er ging hinaus.

»Wo willst du hin?«

»Schlafen. Ich lege mich im Zimmer gegenüber aufs Ohr und lasse die Türen offen. Du brauchst nur zu rufen, wenn du etwas brauchst. Ich habe einen leichten Schlaf.«

»Aber das hier ist doch dein Zimmer.«

Als ich mich aufsetzte, schüttelte er den Kopf. »Heute Nacht …« Er sah mir tief in die Augen. »… ist es deins.«

## 12. KAPITEL

Am nächsten Morgen wurde ich vom Läuten meines Handys geweckt. Ich wies den Anrufer ab.

Theo wollte bestimmt nicht hören, dass ich noch in Edwards Bett lag. Ich kuschelte mich unter die Decke und atmete tief seinen Geruch ein, der dem Bettzeug anhaftete. Es roch nach seinem Duschgel und seinem Rasierwasser mit einem Hauch Weichspüler. Ich griff nach dem zweiten Kopfkissen und drückte es an mich, als die Verwirrung des vergangenen Abends wieder auf mich einstürmte.

Ich mochte Theo. Er stand für alles, was sich eine Frau nur von einem Mann wünschen konnte.

Aber Edward mochte ich auch. Er hatte mehr Ecken und Kanten und war auf den ersten Blick weniger sympathisch. Abgesehen von seinem Titel und guten Aussehen war er kühl, überheblich und arrogant, Eigenschaften, die ich auf den Tod nicht ausstehen konnte. Allerdings wusste ich jetzt, dass er im Grunde ganz anders war. Das alles war nur Fassade, ein Schutzwall, den er um sich herum errichtet hatte. Dahinter verbarg sich ein sensibler, empathischer, warmherziger Mensch mit viel – wenn auch eigenwilligem – Humor.

Mein Telefon läutete wieder und unterbrach die Gedanken, die ich gerade zu ordnen versuchte. Ich wies auch diesen Anruf ab und beschloss, das verdammte Ding ganz auszuschalten.

Ich drehte mich auf die Seite, um aus dem Fenster zu sehen und zu schauen, ob es wie angekündigt geschneit hatte, und erstarrte. Mein Herz erholte sich am schnellsten von dem Schock und begann zu rasen.

»Guten Morgen.« Die Gestalt, die an der Fensterbank lehnte, hob sich als dunkler Schatten von der hellen Scheibe ab, durch die die ersten Strahlen der aufgehenden Sonne ins Zimmer fielen. Aber die Umrisse waren unverwechselbar, und die Stimme sowieso.

»Wie lange bist du schon hier?«, rief ich aus und zog mir die Decke hoch bis zum Kinn. Ich konnte fühlen, dass die Toga in der Nacht verrutscht war und nicht mehr dieselben Stellen bedeckte wie am Vorabend.

Edwards Schatten richtete sich auf, sodass die aufgehende Sonne nun unmittelbar hinter seinem Kopf stand und die goldenen Strahlen seine Haarspitzen aufleuchten ließen. »Nicht lange.«

»Nicht lange wie ein paar Sekunden oder wie ein paar Minuten?«

»Etwa eine halbe Stunde. Plus/minus«, entgegnete er, stieß sich von der Fensterbank ab und näherte sich dem Bett mit einer Tasse Kaffee, die er auf dem Nachttisch abstellte. Er runzelte die Stirn, als ich die Bettdecke noch etwas höher zog. »Was ist?«

»Ich versuche gerade, nicht auszuflippen, weil du dich in mein Zimmer geschlichen hast, während ich geschlafen habe, und mir zugeschaut hast bei allem, was ich im Schlaf tun mag.« Meine Stimme klang gedämpft, weil ich durch die Bettdecke sprach, während ich gleichzeitig versuchte, meine Toga zurechtzurücken.

»Erstens …«, sagte er und kehrte zurück zur Fensterbank. »… ist das hier *mein* Zimmer.«

»Gestern Abend hast du gesagt, es wäre meins«, entgegnete ich und schob eine Brust zurück unter das Laken, das ich mir umgeknotet hatte. »Daran kann ich mich noch genau erinnern.«

Er rieb sich den Mund und überging meinen Einwand kommentarlos. »Zweitens hast du geschlafen und somit nichts gemacht, wobei ich dir hätte zusehen können. Drittens fänden es manche Frauen bestimmt romantisch, wenn ein Mann über ihren Schlaf wacht.«

»Manche Frauen?«, schnaubte ich und konnte immer noch nicht fassen, dass ich im Schlafzimmer und in Gegenwart des Prinzen von Norland aufgewacht war. »Du meinst Frauen, die Beziehungen normal finden, in denen man einander kontrolliert und manipuliert? Die Frauen, die ich kenne, finden es nämlich eher übergriffig als romantisch, wenn irgendein Typ sie im Schlaf beobachtet. Außerdem tun Menschen sehr wohl Dinge im Schlaf.«

Ich seufzte erleichtert auf, als es mir endlich gelungen war, alle relevanten Körperteile wieder zu bedecken. Zwar konnte er mich durch die Bettdecke sowieso nicht sehen, blieb aber immer noch die Tatsache, dass meine nackten Brüste seine Bettwäsche berührt hatten.

»Ach ja? Was denn zum Beispiel?«, fragte Edward und griff nach seiner Kaffeetasse, die auf dem Fensterbrett stand. »Sich von einer Seite auf die andere drehen? Nicht einmal das hast du getan.«

»Reden«, sagte ich, während er an seinem Kaffee nippte, und hoffte, dass mir im Schlaf nichts Peinliches oder Verräterisches über die Lippen gekommen war. »Geräusche.«

»Geräusche?«

»Murmeln. Stöhnen … Schnarchen«, fügte ich hinzu, als er sich über das Stöhnen amüsierte. »Außerdem schlafen manche Leute mit offenem Mund und sabbern. Andere strampeln wie wild.«

Er wurde wieder ernst. »*Manche* Leute?«

Ich verkroch mich noch tiefer unter die Decke. »Wie schlimm war es?«

»Ich habe nichts von alledem an dir beobachtet.« Der Schatten veränderte seine Position vor dem Fenster. »Abgesehen vom Sabbern vielleicht.«

Das war zu viel. Ich schnappte mir ein Kissen und warf es mit aller Kraft nach ihm. Er duckte sich weg und wich dem Geschoss mühelos aus.

»Was macht der Knöchel?«, fragte er und kam wieder auf das Bett zu.

Der Knöchel? Den hatte ich völlig vergessen. »Alles bestens.«

Edward schlug das untere Ende der Bettdecke zurück. Der aus seinem Lieblingshemd improvisierte Eisbeutel war irgendwann im Laufe der Nacht ausgetauscht worden, und ich konnte mir denken, wer sich nächtens hereingeschlichen hatte.

»Wie ich sehe, hast du was zum Anziehen gefunden«, bemerkte ich mit Blick auf das T-Shirt, das er trug.

Er setzte sich auf die Bettkante und begutachtete meinen Knöchel. »Du klingst irgendwie enttäuscht«, sagte er grinsend.

»Unsinn.« Ich setzte mich auf. »Wobei ich zugeben muss, dass du dich nicht zu verstecken brauchst, Prinz Sixpack.« Ich ließ mich auf das Kissen zurücksinken, als seine warmen Finger über die nackte Haut meines Fußknöchels glitten. »Und du bist dir deiner Wirkung auf Frauen wohl bewusst.«

Er verstärkte den Druck seiner Finger. »Und welche Wirkung habe ich auf dich?«

Diese Frage war ich nicht geneigt zu beantworten. Zumal ich keine Ahnung hatte, wie er zu mir stand. Oder ich zu ihm. »Lässt du deinen Morgenspaziergang heute ausfallen?«

Er legte meinen Fuß vorsichtig zurück auf die Matratze und deckte ihn wieder zu. »Ich hatte heute nichts, worüber ich nachdenken musste.«

»Ach, sag bloß. Dann hast du die Antwort auf alle Mysterien dieser Welt gefunden?« Ich setzte mich wieder auf und griff nach dem Kaffee auf dem Nachttisch. »Freut mich für dich.«

»Zumindest auf eins. Die anderen können warten«, erwiderte er, kehrte zurück ans Fenster und starrte hinaus in den anbrechenden Tag. Der Morgentau verdunstete und hüllte Gras und Bäume in dichte Nebelschwaden, die über dem Boden schwebten. »Ich habe dir gestern Abend etwas versprochen, und ich gedenke, Wort zu halten.«

Um ein Haar hätte ich mich an meinem lauwarmen Kaffee verschluckt. »Moment …« Ich versteifte mich, als er mir über die Schulter einen Blick zuwarf. »Jetzt gleich?«

»Sofern du es zwischen Pflanzen gießen und Luftfilter wechseln einschieben kannst.«

Als ich realisierte, was er da sagte, schlug mir plötzlich das Herz bis zum Hals. »Du meinst also wirklich *jetzt* jetzt?«

Ich sah gerade noch, wie sein Mundwinkel zuckte, ehe er sich wieder dem Fenster zuwandte. »Exakt.«

Während ich mich an meinem Kaffee festhielt, überschlugen sich meine Gedanken, aber auch wenn ich in dem Chaos nicht ganz durchblickte, lief es darauf hinaus, dass ich heute mit Edward Sex haben würde.

Bald.

Jetzt.

»Ich könnte vorher eine Dusche vertragen.« Ich stellte die leere Tasse zurück und bemerkte, dass sein eigenes Haar noch feucht war vom Duschen. »Außerdem brauche ich eine Zahnbürste und eine Haarbürste.« Und einen Rasierer, eine Pinzette, Bodylotion, Deo und einen Termin im Waxing-Studio.

Aber für all das war keine Zeit. Edward war bereit. Ich selbst hatte ihn tagelang gedrängt, und er hatte endlich nachgegeben. Ich hätte mich besser auf eine potenzielle Einwilligung seinerseits vorbereiten müssen, aber hinterher war man ja bekanntlich immer schlauer.

»Mein Badezimmer steht dir zur freien Verfügung. Tob dich aus.« Er räusperte sich, als ich aus seinem Bett kroch.

»Danke«, entgegnete ich und kam mir plötzlich sehr linkisch und unsicher vor. Dieses Gefühlschaos war neu für mich.

Nicht, dass ich Zweifel oder Angst davor gehabt hätte, mit Edward zu schlafen, trotzdem hätte ich jetzt, da der Moment gekommen war, gerne einen Rückzieher gemacht.

Und auch wieder nicht.

Ich litt an einem akuten Anfall von Lampenfieber, weiche Knie und Bauchkribbeln inklusive.

Ich verschwand humpelnd im Bad, schloss die Tür hinter mir, lehnte mich dagegen und versuchte, durch tiefes Ein- und Ausatmen meinen Herzschlag in den Griff zu bekommen. Wenn ich schon allein bei dem Gedanken an Sex mit ihm Schnappatmung bekam, was sollte das dann erst werden, wenn es zur Sache ging?

Ich drehte das Wasser in der Dusche auf und stellte die Temperatur auf warm, aber nicht zu heiß ein. Mir war auch so schon heiß genug.

Ich starrte in den Spiegel und trommelte mit den Fingern auf den Waschtisch. *Keine große Sache, Charlotte. Du wirst nur gleich mit dem zukünftigen König schlafen. Ein ganz normaler Tag, kein Grund zur Panik.* Als ich die Finger an den Hals legte, um meinen Puls zu fühlen, bestätigte sich, was ich bereits ahnte: Das gute Zureden half kein bisschen.

Als es an der Tür klopfte, fuhr ich heftig zusammen, was mein Knöchel mit einem stechenden Schmerz quittierte.

»Im Schrank neben der Dusche findest du neue Zahnbürsten und diverse Drogerieartikel.« Edward klang ganz normal und unaufgeregt. Im Gegensatz zu mir schien er nicht im Geringsten nervös zu sein.

»Danke«, rief ich durch die geschlossene Tür und nahm mir vor, mich hinterher nicht für den Sex zu bedanken.

Ich trat vor besagten Schrank, wobei ich stärker hinkte als noch vorhin. Das Zusammenzucken und das Adrenalin, das meinen Körper überflutete, sorgten dafür, dass mein Knöchel sich anfühlte, als wäre er zu einem zweiten Herz mutiert, das Schmerz durch meinen Körper pumpte. Allerdings war der Knöchel gerade meine geringste Sorge.

Im Schrank fand ich eine beeindruckende Auswahl an Kosmetika und Hygieneartikeln für Männer und Frauen. Auch wenn Edward behauptet hatte, aufgrund seiner Stellung zur Enthaltsamkeit gezwungen zu sein, ließ dieser Vorrat etwas anderes vermuten. Ich nahm mir, was ich brauchte, schlüpfte aus der Toga, ohne mir die Mühe zu machen, die Knoten zu lösen, und sprang unter die Dusche.

Ich stand nackt in der privaten Dusche des Prinzen von Norland.

Während das für sich allein genommen schon ausreichte, um für ein flaues Gefühl in der Magengegend zu sorgen, war es doch nichts gegen die Beklommenheit, die ich beim Gedanken verspürte, dass besagter Prinz in Kürze ebenso nackt *in mir* sein würde. Ich war beim Rasieren besonders gründlich und ließ mir Zeit.

»Hast du alles, was du brauchst?«, rief Edward durch die Tür, als ich mir gerade das Shampoo aus dem Haar spülte.

»Ja«, entgegnete ich und gab Conditioner in meine offene Hand. »Danke.« Ich knirschte mit den Zähnen.

»Meinst du, ich habe noch Zeit für einen zweiten Kaffee?

Oder bist du in den nächsten Minuten fertig?« Es ärgerte mich, dass er so entspannt klang, während ich fast durchdrehte.

»Es dauert noch ein bisschen«, antwortete ich und massierte die Spülung in mein Haar. »Du kannst dir ruhig noch einen Kaffee holen. Oder frühstücken. Meinetwegen auch spazieren gehen. Lass dir Zeit.«

Hierauf war es so lange still, dass ich vermutete, er sei längst gegangen, um sich besagten Kaffee zu holen.

»Hast du es dir anders überlegt?«

»Wie meinst du das?«, fragte ich unschuldig.

»Du weißt genau, wie ich das meine. Kneifst du, jetzt wo es ernst wird? Oder hast du gar nicht damit gerechnet, dass ich darauf eingehe? War das Ganze nur ein Bluff?«

Aus zusammengekniffenen Augen starrte ich auf die Tür, während ich Zahnpasta auf meiner neuen Zahnbürste verteilte. Normalerweise putzte ich mir die Zähne nicht unter der Dusche, aber außergewöhnliche Situationen erforderten ebenso außergewöhnliche Maßnahmen.

»Ich kneife nicht. Nie«, rief ich über das Rauschen der Dusche hinweg. »Und es war auch kein Bluff.«

Hierauf entstand eine kurze Pause. »Gut«, sagte er dann.

Ich bearbeitete meine Zähne etwas fester als nötig mit der Zahnbürste. Es stimmte, dass ich kalte Füße bekommen hatte, zumindest ein wenig, aber ich konnte nicht fassen, dass er das so unumwunden ansprach. Und es war kein Bluff gewesen, als ich ihn gebeten hatte, mir eine Sex-Lektion zu erteilen, auch wenn mir das rückblickend verrückt erschien und ein Teil von mir wünschte, ich hätte es nicht getan.

Ein anderer Teil von mir war jedoch gewillt, sich der Herausforderung zu stellen, und sogar gespannt.

Als ich fertig war mit Zähneputzen, legte ich die Zahnbürste auf einen der marmornen Regalböden in einer Ecke der Dusche und trat auf den Einwegrasierer, der prompt entzweibrach. Ich schrie auf, als die spitzen Bruchstücke sich in meinen Fuß bohrten, stolperte zurück und fiel über das Sammelsurium von Produkten, die ich auf dem Duschboden abgestellt hatte.

Von den vielen Malen, die ich schon auf dem Hintern gelandet war, war das zweifellos einer der eleganteren Stürze. Hauptsächlich nahm mein Ego Schaden. Wütend starrte ich auf den zerbrochenen Rasierer.

»Alles in Ordnung mit dir? Charlotte?«, rief Edward, und noch bevor ich darauf antworten konnte, flog die Tür so schwungvoll auf, dass sie gegen die Wand krachte. »Was ist passiert?«

»Alles okay!«, kreischte ich und griff hektisch nach dem Waschlappen, als könnte ich damit irgendetwas verbergen.

»Und was machst du dann auf dem Boden?« Er öffnete die Duschtür und kam herein, ohne meinem schockierten Gesichtsausdruck auch nur die geringste Beachtung zu schenken. Durch den Dampf blickte er von den zahlreichen Plastikflaschen zum Luffaschwamm und dem zerbrochenen Rasierer. »Und warum sieht es dann hier aus wie am Schauplatz eines Verbrechens?«

»Was machst du hier?«, schleuderte ich ihm entgegen und griff nach der Duschtür. »Ich bin nackt!«

Er zog eine dunkle Braue hoch. »Dir ist schon bewusst, wie absurd das klingt, oder? Dass die Frau, die mich eine Woche lang angebettelt hat, mit ihr zu schlafen, hysterisch wird, weil ich sie nackt unter der Dusche sehe?«

Ich blickte an mir hinunter und realisierte, wie wenig der winzige Waschlappen von meiner Nacktheit verbarg, gleichzeitig fiel mir jedoch auf, dass Edward mich gar nicht richtig ansah. Er schien sich mehr für meinen Knöchel und den Zustand der Dusche zu interessieren als für meine Nacktheit.

»Gibt es einen bestimmten Grund, weshalb du immer noch da stehst?«, fragte ich und blinzelte durch den Wasserdampf zu ihm auf.

Edwards Dusche war anders als jede andere Dusche, die ich – oder die meisten Leute, die ich kannte – je gesehen hatte. Sie war größer als die meisten Badezimmer und es gab gleich zwei Duschköpfe, einen an der Wand und einen an der Decke. Er stand also nicht direkt vor mir, aber es kam mir trotz mehrerer Meter Entfernung so vor.

»Gibt es einen bestimmten Grund, weshalb du immer noch da liegst?« Er hielt den Blick auf mein Gesicht gerichtet.

»Ich warte darauf, dass du gehst.«

»Und ich warte darauf, dass du aufstehst.«

Ich spritzte Wasser in seine Richtung, aber die Tropfen kamen nicht einmal in seine Nähe. »Ich werde nicht splitterfasernackt aufstehen, solange du dort stehst.«

Er richtete den Blick auf meinen Knöchel und runzelte besorgt die Stirn.

»Meinem Knöchel geht es gut.«

»Mag sein. Andererseits würdest du das auch behaupten, wenn dem nicht so wäre.«

Als er näher kam und ich aufschrie, hob er begütigend die Hände. »Ich schwöre, dass meine Hände und Augen sich ausschließlich mit deinem Knöchel beschäftigen werden.«

Ich verschränkte die Arme vor der Brust und ließ den Waschlappen diskret tiefer wandern. »Gut. Aber wenn du nicht Wort hältst, wird die ganze Welt erfahren, dass das Wort von Prinz Edward nichts wert ist.«

»Das wäre eine gute Schlagzeile. ›Frau, die den Prinzen angefleht, bezirzt und bestochen hat, mit ihr zu schlafen, empört sich darüber, dass er sich von ihrem Wohlbefinden überzeugen möchte, nachdem sie in der Dusche über einen Einwegrasierer gestolpert ist‹.« Ich sah ihm an, dass er sich ein Grinsen verkniff.

Ich atmete geräuschvoll aus. »Du nervst.«

»Du auch«, konterte er und griff nach meinem verletzten Fuß. »Tut das weh?« Wassertropfen hafteten an seinem Gesicht und an seinen dunklen Wimpern.

Ich schluckte und spürte ein Flattern in der Brust, als er behutsam meinen Knöchel untersuchte.

»Nein«, antwortete ich, als er den Blick hob und mir in die Augen sah.

Was immer er dort las, veränderte seinen Gesichtsausdruck radikal.

Ich ließ langsam den Arm sinken, mit dem ich versucht hatte, meine Brüste zu verdecken, und anstatt in die Höhe zu schnellen, verlangsamte sich mein Puls und fand zu einem gemäßigten, gleichmäßigen Rhythmus. Als Edward den Blick wieder senkte und ich sah, wie seine Kiefermuskeln hervortraten, kam es mir vor, als würde mein Herzschlag sich noch weiter verlangsamen.

Es war, als würde Edwards Nähe – oder genauer die Akzeptanz meiner Gefühle für ihn – Ordnung in mein emotionales Chaos bringen. Er half mir, mich zu fokussieren, anstatt mein Leben noch mehr durcheinanderzubringen.

Er hob meinen Fuß an und ließ die Hand innen an meiner Wade hinaufgleiten. »Tut das weh?« Ich fühlte seinen warmen Atem auf meiner Haut, bevor er meinen Knöchel küsste.

Ich schüttelte den Kopf. »Nein.«

Als seine Zunge um den Knöchel kreiste, ließ ich den Kopf in den Nacken sinken. Wenn er schon allein durch Berührungen an der Außenseite meines linken Knöchels so intensive Gefühle zu wecken vermochte, wie fühlte es sich dann erst an, wenn er mit mir schlief?

Ich ließ den Waschlappen fallen und streckte die Hand nach ihm aus.

Vorsichtig setzte er meinen Fuß ab und griff nach meiner Hand. Unsere Blicke trafen sich. »*Jetzt* jetzt?«

Lächelnd zog ich ihn näher.

Der Wasserstrahl der Dusche prasselte auf ihn herab, durchweichte sein T-Shirt und seine Haare, und Dampf stieg zwischen uns auf. Unsere Lippen fanden sich, während ich an seinem T-Shirt zerrte, wobei ich selbst nicht genau wusste, ob ich es ihm ausziehen oder vom Leib reißen wollte.

»Warte«, murmelte er und hob den Kopf. »Lass mich dich einen Moment anschauen.«

»Du hast mich doch angeschaut, seit du hereingekommen bist.«

»Ich habe dich mit den Augen eines Menschen angesehen, der sich um die Gesundheit eines anderen sorgt.« Er strich sich das nasse Haar aus der Stirn und blinzelte gegen das Wasser an, das ihm in die Augen lief. »Jetzt möchte ich dich mit den Augen eines Mannes anschauen, der die Frau betrachtet, mit der er gleich schlafen wird.«

Ich wollte schlucken, konnte aber nicht. Es war, als hätte mein Körper vorübergehend sämtliche Funktionen eingestellt, während Edward den Blick über mich gleiten ließ, ohne Eile und ohne etwas auszulassen.

Noch nie hatte mich jemand so angesehen wie er. Nackt. Ungeschützt. Und ich hätte nie gedacht, dass ich mich dabei so wohlfühlen würde … Ich hätte gedacht, dass es mich verunsichern würde, aber tatsächlich war genau das Gegenteil der Fall. Wenn ein Mann wie er mich so ansah, dann musste ich etwas ganz Besonderes sein.

»Fertig?« Meine Finger krallten sich wieder in den Saum seines T-Shirts.

Er schüttelte kaum merklich den Kopf. »Von dem Anblick werde ich nie genug bekommen.«

Dann hob er beide Arme, sodass ich ihm das Shirt über den Kopf ziehen konnte. Ich warf es achtlos beiseite, woraufhin es gegen die Glaswand prallte, bevor es mit einem klatschenden Geräusch auf dem Boden landete.

»Aber ich kann dich ja weiter ansehen, auch wenn ich zur nächsten Stufe übergehe.« Ich fühlte ihn lächeln, als er mich küsste und sich mit dem ganzen Körper auf mich schob. Obwohl ich zwischen zwei steinharten Flächen eingekeilt war, fühlte ich mich nicht bedrängt, sondern geborgen und frei.

Er küsste mich wie schon am Vorabend, nachdem er mich in den Salon gezogen hatte, und ich fühlte, wie er langsam die Kontrolle verlor. Seine Hände fuhren über meine Brüste, mit einer Ungeduld, die dazu führte, dass meine Schenkel sich wie von selbst öffneten und mein Becken sich ihm entgegenhob.

Ich war bereit. Mehr als bereit.

Für *ihn*.

»Deine Hose«, keuchte ich, als seine Finger meine Brustwarzen umkreisten.

Seine Lippen wanderten zu meinem Ohr, während er sein Becken an mich presste. »Was ist damit?«

»Zieh sie aus.« Ich schob eine Hand unter den Hosenbund, umschloss seine Pobacke und zog ihn noch fester an mich. Die zusätzliche Reibung ließ uns beide erschauern.

»Ich möchte, dass du sie mir ausziehst«, sagte er mit rauer Stimme und stützte sich auf die Unterarme, um das Becken anzuheben und es mir leichter zu machen. Sein Kopf war direkt über meinem, und Wasser tropfte von seinen Haarspitzen auf mich herab. In seinen Augen lag ein beinahe raubtierhafter Ausdruck. »Und dann möchte ich dich endlich richtig fühlen.«

Ein Stromstoß jagte mir das Rückgrat hinunter.

Das war mein erstes Mal, und ich lag nackt mit verstauchtem Knöchel in einer Dusche, Prinz Edward über mir. Nichts davon war inszeniert, und ich war ziemlich sicher, dass es das beste erste Mal sein würde, das eine Frau sich nur wünschen konnte.

»Es wäre ganz gut, wenn du es langsam angehen ließest«, sagte ich, während ich Hosenknopf und Reißverschluss öffnete und ihm die Hose über die Hüften schob.

Er nickte scheinbar automatisch, aber gleich darauf fixierte er mich aufmerksam und runzelte die Stirn. »Gibt es einen bestimmten Grund, weshalb ich es langsam angehen lassen soll?«

Ich schob die Hose an seinen Oberschenkeln hinab. »Nein.« Als ihn das nicht zu überzeugen schien, fügte ich hinzu: »Nichts Besonderes.«

»Und was genau verstehst du unter ›nichts Besonderes‹?« Er packte eine meiner Hände und unterbrach meine Bemühungen, ihn von der Hose zu befreien.

»Wenn ich das beantworte, versprichst du dann, dass es dich nicht davon abhalten wird, das zu tun, was wir gerade tun wollten?« Ich hob den Kopf und fuhr ihm mit den Fingern durch das nasse Haar.

Er rieb den Kopf an meiner Hand, aber seine Züge blieben angespannt. »Ich kann nur versprechen, dass ich das hier auf der Stelle abbrechen werde, wenn du es mir nicht sagst.« Als ich die Stirn in Falten legte, trat ein weicher Ausdruck in seine Augen. »Sag es mir.«

Ich wand mich unter ihm, unsicher, wie ich es formulieren sollte.

»Hast du Angst?«, fragte er.

Ich schüttelte den Kopf. »Nein, das ist es nicht.«

Edward setzte sich auf und zog mich an sich. Jetzt runzelte ich richtig die Stirn. Das hier entwickelte sich in eine völlig falsche Richtung.

Er richtete den Blick auf die Wand. »Möchtest du, dass ich auf etwas Bestimmtes achte? Also damit ich dir Feedback geben kann für zukünftige … Begegnungen?«

Ich brauchte einen Moment, um zu begreifen, was er damit meinte. Mein ursprüngliches Anliegen, das überhaupt erst zu alledem geführt hatte. Theo. Übung. Alles Gründe, an die ich gar nicht mehr gedacht hatte.

»Nein.« Ich starrte auf seine Hand, die meine immer noch festhielt. »Darum geht es längst nicht mehr.«

Er nickte abwesend. »Ich bin sicher, dass deine bisherigen Partner diesbezüglich nichts zu beanstanden hatten.«

Das war die perfekte Vorlage, und ich zögerte nicht, sie zu nutzen.

»Du hast recht, es gab keine Beanstandungen.« Ich biss mir auf die Unterlippe und zwang mich, ihn anzusehen. »Weil es bisher keinen einzigen Partner gab.«

Keine Ahnung, ob meine Worte oder meine zu einer fetten Null geformten Finger ihn zuerst erreichten, aber er ließ sofort meine Hand los.

»Du meinst, ich wäre der erste Mann in deinem Leben?« Es klang, als hätte er es vor allem für sich selbst laut ausgesprochen, da er meine Antwort nicht abwartete. »Du willst deine Entjungferung zu einer Sex-Lektion machen?«

Edward fuhr hoch und zog sich in einer hastigen Bewegung die Hose wieder über die Hüften. Er vergrub die Hände in seinen nassen Haaren und starrte wie in Schockstarre an die Wand hinter mir.

»Ist doch keine große Sache.« Meine Stimme hallte von den Duschwänden wider. »Die Leute machen immer so ein Trara um das erste Mal, dabei weiß ich aus sicheren Quellen, dass es für die meisten Frauen keine so angenehme Erfahrung ist. Ich bin sicher, dass es mit dir keine Enttäuschung würde.«

Ich sprach so schnell, dass die Worte sich beinahe überschlugen. Ich wollte ihm keine Zeit lassen, nachzudenken und es sich anders zu überlegen. Wenn ich nur weitersprach und genug Argumente vorbrachte, würde er sicher einsehen, worum es mir ging.

»Das ist doch verrückt.« Er atmete tief aus, und die Muskeln an seinen Unterarmen zuckten.

Ich stützte mich mit den Händen vom Boden ab, stand auf und trat dicht vor ihn. Er sah mich nicht an, aber die körperlichen Auswirkungen meiner Nähe waren nicht zu übersehen. Seine Willenskraft bröckelte.

»Mag sein, aber verrückt heißt ja nicht schlecht.« Ich legte ihm eine Hand auf die Brust und fühlte, dass sein Herz raste. »Und das ändert doch nichts.«

»Es ändert *alles*.« Seine Finger schlossen sich um mein Handgelenk, als wollte er meine Hand entfernen, aber stattdessen blieben sie nun beide auf seiner Brust liegen. »Als du mich gefragt hast, ob ich … ich dachte, du hättest schon eine gewisse Erfahrung. Du hast doch auch gesagt, dass du die Pille nimmst.«

»Das stimmt auch. Ob du es glaubst oder nicht, es gibt mehr als einen Grund, weshalb Frauen die Pille nehmen.«

»Ach ja? Und ich dachte immer, Frauen nehmen die Pille, um einer ungewollten Schwangerschaft vorzubeugen, was wiederum auf sexuelle Aktivität schließen lässt.« Als ich fröstelte, schob Edward mich zurück unter den warmen Wasserstrahl. Einen Arm um meine Taille gelegt, drehte er das warme Wasser etwas weiter auf.

»Meine Abstinenz war ja nicht gewollt«, entgegnete ich achselzuckend. Es machte mich etwas verlegen, einem Mann gegenüber, der so ziemlich jede Frau haben konnte, einzugestehen, dass meine sexuelle Erfahrung in etwa der einer Nonne entsprach. »Es lag mehr an den Umständen.«

»Was für Umstände?«

Dass er immer noch da war und mit mir redete, machte mir Hoffnung. Hätte er eine Entjungferung kategorisch ausgeschlossen, würden wir dieses Gespräch gar nicht führen.

»Ich war einfach zu anspruchsvoll. Oder die Männer, von denen ich etwas gewollt hätte, wollten mich nicht«, gab ich zu und zog die Nase kraus.

»Das glaube ich nicht.«

»Was? Dass ich zu anspruchsvoll war?«

Er schüttelte den Kopf. »Dass dich jemand nicht wollte. Ich kann mir nicht vorstellen, dass irgendein heterosexueller gesunder Single-Mann ein Angebot wie jenes, das du mir gemacht hast, ablehnen würde.«

»Na ja, so direkt wie dir habe ich mich auch bisher niemandem angeboten.«

Er fuhr mir mit der Hand durchs Haar und drückte das Wasser heraus. »Egal. Auch eine angedeutete Einladung dürfte genug sein, um jeden rumzukriegen. Und dein erstes Mal ist sehr wohl etwas Besonderes, auch wenn du anders darüber denkst.«

Ich schüttelte den Kopf. Ich verstand nicht, warum alle der Jungfräulichkeit solche Bedeutung beimaßen, war mir aber ziemlich sicher, dass es einen patriarchalen Hintergrund hatte. »Nein, ist es nicht.«

Seine Hände hörten auf, mir durchs Haar zu fahren. »Warum möchtest du, dass ich der Erste bin?«

Mir fielen sofort zahlreiche Gründe ein, vor allem aber einer.

»Weil ich dir vertraue«, entgegnete ich und legte wieder eine Hand mittig auf seine Brust. Sein Herz schlug noch ebenso schnell wie vorhin.

Er runzelte nachdenklich die Stirn. »Ich weiß nicht, ob das der beste aller Gründe ist.«

»Mag sein.« Ich rückte dichter an ihn heran. »Aber es ist sicher auch nicht der schlechteste. Und viele opfern ihre Jungfräulichkeit für viel weniger. Weil der Typ so nett lächelt. Oder weil er der Kapitän des Football-Teams ist. Weil er sich aufführt wie ein Vollidiot, wenn er mit seinen Freunden abhängt, aber so lieb und zärtlich ist, wenn man mit ihm allein ist.« Ich legte ihm die freie Hand in den Nacken. »Ich vertraue dir, Edward, und ich möchte, dass du der erste Mann in meinem Leben bist.«

Er schwieg eine Weile, die mir vorkam wie eine Ewigkeit und in der nur das Rauschen des Wassers zu hören war. Als an seinen Augenwinkeln Fältchen auftauchten, wappnete ich mich für eine Abfuhr. Immerhin war das für einen Thronfolger die einzig vernünftige Reaktion auf ein solches Anliegen.

Ich hatte Prinz Edward gebeten, mir in allen physischen, intimen Aspekten einer Beziehung Nachhilfe zu geben … und das auch noch zugunsten eines Mannes, den er nicht leiden konnte.

Was um alles in der Welt hatte ich mir nur dabei gedacht?

»Ein anständigerer Mann als ich würde das ablehnen.« Er legte die Arme um mich und zog mich an sich. »Aber du machst mich schwach«, flüsterte er, als seine Lippen sich auf meine legten.

Ich schlang Arme und Beine um ihn, als er das Wasser abstellte und mich hinüber ins Schlafzimmer trug.

»Du bist genau richtig«, hauchte ich und küsste ihn, bevor er hierauf etwas erwidern konnte. Wir waren beide triefnass, aber Edward schien sich nicht mit Abtrocknen aufhalten zu wollen. Er setzte mich auf die Bettkante und blieb dann einen Moment aufrecht stehen, um mich zu betrachten. Ja, zu bewundern, wie es schien.

»Und du bist ganz sicher, dass du das auch wirklich willst?«

Ihm stockte sichtlich der Atem, als ich die Beine spreizte und die Hand nach ihm ausstreckte. »Ich bin mir derzeit in vielen Dingen unsicher, aber was das hier betrifft, habe ich nicht den geringsten Zweifel.« Ich blickte an ihm hinunter und verkniff mir ein Grinsen. »Du solltest besser die nasse Hose ausziehen, bevor du ins Bett kommst.«

Er folgte meinem Blick und sah auf die Pfütze, die sich zu seinen Füßen gebildet hatte. Als er gerade den Knopf seiner Hose öffnen wollte, hörten wir ein Telefon läuten.

Ich setzte mich auf und vergewisserte mich, dass meins, das auf dem Nachttisch lag, noch ausgeschaltet war.

»Es ist meins«, sagte Edward und ging zur Fensterbank, wo sein Handy neben der Kaffeetasse lag. Ich sah, wie sein Rücken sich versteifte, als er auf das Display blickte.

»Wer ist es?«

Er griff nach dem Telefon, und ich sah, wie die Adern an seinem Unterarm hervortraten. »Da muss ich drangehen.«

»Schon okay. Ich gehe nirgendwohin.« Wasser lief mir den Rücken hinunter. Fröstelnd zog ich die Schultern hoch und legte die Arme um den Oberkörper. »Außer vielleicht kurz ins Bad, um ein Handtuch zu holen.«

Ich stand vom Bett auf, während er den Anruf entgegennahm. Auf dem Weg ins Bad versuchte ich, sein Gespräch zu ignorieren, was sich jedoch als unmöglich erwies. Je mehr ich mich bemühte, wegzuhören, desto genauer hörte ich hin und registrierte nicht nur jedes Wort, sondern auch jede Stimmlage.

Von der knappen Begrüßung wusste ich, wer am anderen Ende war und dass es sich nicht um einen väterlichen Routineanruf handelte wie jene, zu denen sich meine Eltern in regelmäßigen Abständen verpflichtet fühlten.

»Woher weißt du das?«, hörte ich Edward fragen, als ich mir das Haar trocken rubbelte, wobei ich bewusst im Badezimmer blieb, um zumindest eine Illusion von Privatsphäre zu schaffen.

»Nein, das spielt wohl keine Rolle«, sagte er und dann: »Du weißt, was ich hier tue. Ich brauche noch Zeit.«

Ich warf einen Blick durch den Türspalt und sah, dass Edward vor dem Fenster stand und hinaussah, jeder Muskel seines Körpers angespannt. Ich überlegte, ob ich ihm ein Handtuch bringen sollte, verzichtete jedoch darauf. Das Wasser, das an ihm herablief, war im Moment sicher seine geringste Sorge.

»Nein, Vater, es ist *mein* Leben«, erwiderte Edward, wobei er trotz seiner offensichtlichen Gereiztheit nicht erregt klang, sondern eher kühl. »Es ist mein gutes Recht, selbst zu entscheiden, was ich aus meinem Leben machen möchte.«

Pause. »Dann hoffen wir mal, dass ich bis zum Frühjahr eine Erleuchtung hatte.«

Ich trocknete mir gerade die Beine ab und hielt mitten in der Bewegung inne. Was war denn im kommenden Frühjahr? Ich schämte mich dafür, dass ich einer privaten Unterhaltung lauschte, und wich tiefer ins Bad zurück, um mich fertig abzutrocknen.

»Ich weiß, wie es ist. Und ich weiß, was von mir erwartet wird. Was zu diesem Leben gehört.«

Obwohl er jetzt leiser klang, konnte ich jedes Wort verstehen. Ich wickelte mir ein Handtuch wie einen Turban um den Kopf und nahm ein Handtuch für Edward aus dem Schrank.

»Frederick, James und Andrew sind auch hier.« Was immer sein Vater am anderen Ende der Leitung gesagt haben mochte, war offenbar nicht besonders schmeichelhaft gewesen. »Wir sind schon seit einer Ewigkeit befreundet. Ich werde ganz sicher nicht den Kontakt zu ihnen abbrechen, nur weil du sie missbilligst.«

Hierauf folgte Stille, woraus ich folgerte, dass der Anruf abrupt beendet worden war.

Ich wollte eben wieder rübergehen, als ich hörte, wie Edward sich räusperte. »Nur eine von den Angestellten. Nichts von Bedeutung.«

Ich war schon früher von Worten verletzt worden, aber das hier traf mich mitten ins Herz. Ich rieb mir die Brust, als könnte ich so den Schmerz lindern, und blickte sogar an mir hinunter, weil es sich anfühlte wie eine reale Wunde. Natürlich war äußerlich nichts zu sehen, aber ich wusste, dass dieser Augenblick eine tiefe Narbe in meinem Herzen hinterlassen würde.

Ich schlang mir das zweite Handtuch um den Körper und rief mir ins Gedächtnis, dass Edward mir nichts schuldete. Wir kannten uns erst wenige Wochen, und ich war diejenige gewesen, die mit diesem verrückten Anliegen an ihn herangetreten war.

Er war mir absolut nichts schuldig.

Ich wünschte nur, mein Kopf könnte das auch meinem Herzen begreiflich machen.

Als ich aus dem Badezimmer kam, stand er immer noch vor dem Fenster, das Telefon in der Hand.

»War das dein Vater?«

»Ja«, entgegnete er, ohne sich zu mir umzudrehen.

Ich registrierte die Distanz zwischen uns, unsere Körpersprache so völlig anders als noch vor wenigen Minuten. »Und was hat er gewollt?«

»Dasselbe wie immer. Meine gesamte Zukunft.« Sein Handy landete klappernd auf dem Fensterbrett.

Ich entlastete meinen verletzten Knöchel, der wieder deutlich stärker schmerzte. »Was denkst du hätte er dazu gesagt, wenn du ihm mitgeteilt hättest, dass du gerade mit einer Angestellten ohne Bedeutung ins Bett wolltest, als er angerufen hat?«

Edward wandte sich mir zu, sein Gesicht eine Maske der Gleichgültigkeit. »Wahrscheinlich hätte er noch einiges mehr dazu zu sagen, wenn er erführe, dass die besagte Angestellte mich gebeten und sogar gedrängt hat, ihr Sex-Nachhilfe zu geben, damit sie einen anderen Mann glücklich machen kann.«

Meine Fingernägel gruben sich in meine Handflächen. »So war das nicht. *Nicht mehr*. Und das weißt du auch.«

»Ach ja? Wie war es denn dann?« Seine Stimme wurde mit jedem Wort lauter. »Was bin ich denn für dich? Von meinem Standpunkt aus betrachtet hast du nämlich unmissverständlich klargemacht, worum es dir geht.«

Ich funkelte ihn zornig an, obwohl ich im Grunde wütend auf mich selbst war. »Du bist mein Freund.«

»Ein Freund?« Er schnaubte verächtlich. »Ich bin nicht dein Freund.«

»Doch, bist du.« *Warst* du, fügte ich in Gedanken hinzu, da mir klar war, dass diese Unterhaltung das Ende unserer wie auch immer gearteten Beziehung besiegeln würde.

»Nein. Ich bin ein Instrument. Mittel zum Zweck.«

»Das ist nicht wahr«, sagte ich mit bebender Stimme.

Edward stürmte auf mich zu und baute sich dicht vor mir auf. »Was ist dann die Wahrheit? Sieh mir in die Augen und sag mir, was genau du von mir willst.«

Was wollte ich von ihm? Die Frage brachte mich aus dem Konzept. Ich wusste nicht einmal, was ich von mir selbst wollte, wie also sollte ich da wissen, was ich von jemand anders wollte?

Anstelle von Ehrlichkeit reagierte ich mit Schweigen. Und in meiner Unsicherheit ging ich in die Defensive.

»Ich bin nur eine bedeutungslose Angestellte. Es steht mir nicht zu, etwas von Seiner Hoheit zu fordern oder zu erwarten.«

Edward knirschte mit den Zähnen. »Es tut mir leid, dass du das mit angehört hast. Das ist ganz und gar nicht das, was ich von dir denke.«

»Du bist mir keine Erklärung schuldig.« Die Worte hinterließen einen bitteren Nachgeschmack. »Majestät.«

»Du bist ein Feigling, Charlotte. Und genau darum bist du unfähig, Entscheidungen zu treffen. Du hast solche Angst davor, eine Entscheidung zu treffen, dass du dich lieber gar nicht entscheidest.«

Diese Worte schmerzten umso mehr, weil sie so viel Wahrheit enthielten.

Ich musterte ihn mit eisigem Blick und stürmte an ihm vorbei. »Dann sind wir ja schon zwei.«

»Nur dass ich nicht davonlaufe«, erwiderte er kalt.

# 13. KAPITEL

Edward ließ sich den Rest des Tages nicht blicken, und ich hielt mich ebenfalls von ihm fern.

Ich sagte mir, dass wir beide Abstand bräuchten, um das Ganze sacken zu lassen – zumindest war das bei mir der Fall. Warum Edward sich nicht blicken ließ, wusste nur er allein.

Nach einer unruhigen Nacht stand ich noch vor sechs Uhr früh auf, zog mehrere Lagen warme Kleidung über, trat hinaus in den dunklen Morgen und brach auf zu einem dieser Spaziergänge, wie sie Edward unternahm, wenn ihm etwas auf der Seele lag. Ich kam trotz des alten Gehstocks, den ich im Lager entdeckt hatte, nur langsam voran, weil der Knöchel immer noch wehtat, aber immerhin lichtete sich nach und nach das Durcheinander in meinem Kopf. Ich ging – beziehungsweise humpelte – durch den Garten, bis meine Zehen taub waren vor Kälte und meine Lungen sich anfühlten, als wären sie voller Eiskristalle. Dafür sah ich vieles klarer, und Antworten hatten viele der Fragen ersetzt.

Als ich am Tor vorbeikam und eben kehrtmachen wollte, um zum Haus zurückzuhinken, ging mir auf, wie einfach das Leben im Grunde war. Nur wir Menschen neigten dazu, alles unnötig zu verkomplizieren.

Scheinwerfer tauchten im Morgennebel auf, und ein dunkler Wagen kam die gewundene Zufahrt herunter. Nur eine von vier möglichen Personen konnte am Steuer sitzen. Noch bevor die getönte Seitenscheibe heruntergefahren wurde, wusste ich, wer es war.

Der inzwischen allzu vertraute Schmerz durchzuckte mich.

Ich zog den Schal vom Mund und ermahnte mich, mich ganz normal zu verhalten. »Drehst du eine Runde?«

Edward seinerseits versuchte gar nicht erst, so zu tun, als wäre alles in Ordnung. Er hielt den Blick starr nach vorn gerichtet und das Lenkrad mit beiden Händen so fest umklammert, dass die Knöchel weiß hervortraten. »Ich reise ab.«

Ich verschränkte die Arme. »Für wie lange?«

»Ich weiß nicht.« Er fummelte an den Armaturen herum, sichtlich bemüht, meinem Blick auszuweichen. »Für länger.«

»Und du wolltest einfach so abhauen, ohne dich zu verabschieden?«, fragte ich und kämpfte mit aller Macht gegen die aufsteigenden Tränen an.

»Ich wusste gar nicht, dass ich mich bei dir an- und abmelden muss.« Seine Kiefermuskeln zuckten. »Die anderen drei bleiben noch, haben aber versprochen, dich nicht zu stören.«

»Edward …«

»Was immer ich versprochen haben mag, vergessen wir wohl besser.« Er blickte wieder nach vorn, die Augen zusammengekniffen. »Ich möchte nicht, dass einer von uns beiden einen falschen Eindruck gewinnt oder falsche Schlüsse zieht. Das Ganze war nur ein Spiel.«

Seine Worte rissen die Wunde, die er mir gestern zugefügt hatte, wieder auf, und der Schmerz war so intensiv, dass mir einen Moment schwarz vor Augen wurde. Meine Sneakers knirschten auf dem Kies, als ich von dem Wagen zurücktrat. »Ganz deiner Meinung.«

Er nickte steif und legte den Gang ein. »Mach's gut.«

Kies spritzte hoch, als der Wagen losfuhr und durch das Tor schoss. Sekunden später wurden die Rücklichter vom Nebel verschluckt.

Ich blieb noch eine Minute wie angewurzelt stehen und starrte auf die Stelle, an der eben noch sein Auto gestanden hatte, ehe ich mich zwang, mich in Bewegung zu setzen und zum Haus zurückzugehen. Es war naiv von mir gewesen, mir einzubilden, er könnte irgendwelche Gefühle für mich haben, die über die Befriedigung sexueller Bedürfnisse hinausgingen. Im Grunde war alles an unserer Beziehung unwirklich gewesen, von unserer ersten Begegnung, bei der ich ihn mit der Bratpfanne niedergeschlagen hatte, über unser Agreement, mir als Liebes-Coach zu dienen, bis zum jetzigen Augenblick, in dem seine Abreise mir das Herz zerriss.

Ich hatte mich hinreißen lassen, hatte dem Chaos, das mich hergeführt hatte, noch eins draufgesetzt, aber jetzt fühlte ich, wie ich mit jedem Schritt wieder festeren Boden unter den Füßen gewann und Sicherheit die Lücken füllte, mit denen ich mich die letzten Monate herumgeschlagen hatte.

Nachdem ich mithilfe einer halben Kanne Kaffee wieder aufgetaut war, kam ich meinen Pflichten nach, froh, mich mit Arbeit ablenken zu können. Ich war gerade damit fertig, den pH-Wert des Pools zu überprüfen, als das Klappern von Absätzen von den Wänden des Schwimmbads widerhallte.

»Mrs Hutchinson.« Um ein Haar wäre ich vor Schreck in den Pool gefallen, als ich sie dort stehen sah, nachdem sie bei ihrer Abreise erklärt hatte, dass ich sie frühestens im Frühling wieder zu Gesicht bekommen würde. »Was machen Sie denn hier?«

Sie ließ prüfend den Blick durch den Raum schweifen, mit Augen, die vermutlich ein Staubkorn aus zehn Metern Entfernung ausmachen konnten. Ich tat es ihr nach, konnte aber nicht entdecken, was ihren Unmut hätte erregen können. Es lag nicht einmal ein Handtuch herum.

»Ich bin gekommen, um nach dem Rechten zu sehen, nachdem ich erfahren habe, dass Prinz Edward sich hier aufhält.« Scheinbar zufrieden mit dem Ergebnis ihrer Inspektion nickte sie. »Wobei er offenbar heute Morgen wieder abgereist ist, wie es scheint.«

»Ja, das habe ich auch gehört.« Ich stellte das Test-Kit zurück an seinen Platz im Schrank.

»Hat es während seines Aufenthalts irgendwelche besonderen Ereignisse gegeben?«

»Nein. Ich meine, er hatte schon einige Male Besuch, aber nichts, was ich jetzt als besonderes Ereignis bezeichnen würde.« Meine Stimme klang etwas schriller als sonst, aber Mrs Hutchinson kannte mich nicht gut genug, um dies zu bemerken. Anne oder Mom ihrerseits wären sofort hellhörig geworden.

»Nun, es scheint, als hätten Sie Ihre Sache gut gemacht soweit.« Mrs Hutchinson konnte es sich nicht verkneifen, den Handtuchständer, der neben dem Pool stand, geradezurücken. »Prinz Edward hat sich dahingehend geäußert.«

Ich atmete tief ein. »Wie freundlich von ihm.«

»Wie dem auch sei. Für gewöhnlich schaue ich während der Wintermonate nicht vorbei, aber es ist auch ungewöhnlich, dass der Prinz von Norland sich während der Wintermonate hier aufhält.« Sie nickte zufrieden, nachdem sie die Handtücher auf dem Ständer exakt ausgerichtet hatte. »Ich wollte mich persönlich davon überzeugen, dass alles tipptopp ist, und mich erkundigen, ob Sie vielleicht etwas brauchen. Wenn ich richtig unterrichtet bin, werden sich ja drei Freunde des Prinzen bis auf Weiteres hier aufhalten.« Ihr säuerlicher Gesichtsausdruck verriet, was sie von diesem Arrangement hielt.

»Mir fällt nichts ein.«

Sie blinzelte und ließ mir noch einen Moment Zeit, es mir anders zu überlegen, ehe sie die Hände faltete. »Ich möchte Ihnen für Ihre Arbeit und Ihre professionelle Haltung unter den gegebenen Umständen noch einmal meinen Dank aussprechen. Die königliche Familie weiß Ihre Diskretion sehr zu schätzen.«

Ich biss die Zähne zusammen. Ich spürte, dass sie es ernst meinte, aber wenn sie gewusst hätte, dass meine professionelle Haltung beinhaltet hatte, den Prinzen aufzufordern, mich in seiner Dusche zu entjungfern, hätte sie es vermutlich für ihre patriotische Pflicht gehalten, mich im hintersten Winkel des Grundstücks in einem anonymen Grab zu verscharren.

»Das ist doch selbstverständlich«, entgegnete ich und zwang mich zu einem Lächeln.

Sie wollte gerade gehen, als sie mit den Fingern schnippte, als sei ihr noch etwas eingefallen. »Ach ja. Jetzt, wo Edward abgereist ist, können Sie sein Zimmer ebenfalls für den Winter fertig machen. Ich hatte nicht den Eindruck, dass er vor dem Sommer noch einmal zurückzukommen gedenkt.«

Ich hielt die Luft an, als ich ein heftiges Stechen in der Brust verspürte. »Natürlich.«

Mrs Hutchinson nickte noch einmal zufrieden und stöckelte wieder von dannen. Ich blieb noch eine Weile im Poolhaus und beschloss, dass das Aufräumen und Putzen von Edwards Zimmer noch ein paar Tage Zeit hatte.

Ich würde mich darum kümmern, wenn es mir nicht mehr so vorkam, als hätte ich den einen Menschen verloren, auf den ich mein ganzes Leben gewartet hatte.

## 14. KAPITEL

Es war nur ein Date.

Ich wusste selbst nicht, warum mich eine solche Lappalie derart nervös machte. Wie versprochen führte Theo mich ganz vornehm zum Essen aus, und ganz bestimmt würde es ein ganz wundervoller Abend werden. Ich hatte ihn lange genug warten lassen, in der Hoffnung, Edward käme doch noch zurück.

Aber das würde nicht passieren.

Ich musste mich damit abfinden, dass ich Edward wahrscheinlich niemals wiedersehen würde. Je eher ich zur Normalität zurückkehrte, desto eher würde ich den Verlust überwinden.

Er war fort.

Ich war hier.

Zeit, nach vorne zu schauen.

Um halb acht tauchten Scheinwerfer in der Auffahrt auf und näherten sich zügig dem Haus.

»Ich bin dann weg!« Meine Stimme hallte laut im großen Foyer, als ich in meinen Wollmantel schlüpfte.

»Viel Spaß!«, rief Frederick aus dem Billardzimmer am Ende des Flurs.

»Aber nicht zu viel!«, ertönte gleich darauf Andrews Stimme.

»Um Mitternacht bist du zurück!«, ermahnte mich James mit gespielter Strenge.

Ich schüttelte den Kopf, griff nach meiner Handtasche und

ging zur Tür. Theo fuhr einen leuchtend gelben zweisitzigen Sportwagen, der mit laufendem Motor am Fuß der Treppe stand und klang, als empfände er das Stillstehen als eine Qual. Zu meinem Ärger stieg ein Bild von Edward in seinem Wagen vor mir auf, und mein Verstand registrierte automatisch die Unterschiede zwischen den beiden Fahrzeugen.

»Hey, Schönheit.« Theo stieg unter einigen Verrenkungen aus dem niedrigen Sportwagen und ging um ihn herum, um mir die Beifahrertür zu öffnen. Er trug einen edlen Anzug, war frisch rasiert und lächelte so strahlend, dass jede andere Frau dahingeschmolzen wäre. Jede, die nicht so dumm war, einem anderen nachzutrauern, nach dem sie sich gar nicht sehnen durfte.

»Selber hey.« Wir stießen beinahe mit den Nasen zusammen, als er sich herabbeugte, um mich zu küssen, und ich mich hastig abwandte.

Toller Auftakt. Bei Theo war ich sogar zu blöd für einen harmlosen Kuss.

Edward hatte wirklich ganze Arbeit geleistet.

Nein, halt. *Ich* hatte ganze Arbeit geleistet.

»Ich hatte schon befürchtet, dieser Abend würde nie stattfinden. Du verstehst es wirklich, einen Mann auf die Folter zu spannen, das muss man dir lassen.«

»Das war keine Absicht, ehrlich.« Ich nahm auf dem Beifahrersitz Platz. »Ich hatte nur wahnsinnig viel zu tun.«

»Ich dachte schon, ich hätte mir ins Knie geschossen, als ich dich alleine im Bett des Thronfolgers von Norland zurückgelassen habe.« Theo ging neben mir in die Hocke. »Umso mehr habe ich mich gefreut, als du meine Einladung zu einem richtigen Date angenommen hast.«

»Es spricht für dich, dass du so geduldig warst. Dass es so lange gedauert hat, hatte auch nichts mit dir zu tun, sondern lag ganz allein an mir.« Ich hielt den Blick nach vorne gerichtet, weil ich fürchtete, meine Augen könnten verraten, was ich tatsächlich dachte.

»Autsch. Es liegt nicht an dir, sondern an mir … Das habe ich seit der Mittelschule nicht mehr zu hören bekommen.«

Ich schnallte mich an. »Du weißt schon, wie ich das meine.«

»Keine Angst«, sagte er, ein Funkeln in den Augen, als er mir zuzwinkerte. »Du kannst es später wiedergutmachen.«

Theo achtete darauf, den Saum meines Kleides nicht mit der Tür einzuklemmen, als er diese zuschlug. Dann setzte er sich wieder ans Steuer, legte den Gang ein und warf mir mit einem verräterischen Leuchten in den Augen einen Blick zu. »Nur für den Fall, dass ich hinterher vergessen sollte, es zu erwähnen: Es war ein fantastischer Abend mit dir.«

Ich schlug die Beine übereinander und lächelte. »Dito.«

Theo überzeugte sich davon, dass ich angeschnallt war, ehe er losfuhr, die Zufahrt hinunter durch das Tor und auf die zweispurige Straße zum Highway.

Zumindest dachte ich das, bis er an der Auffahrt zum Highway vorbeifuhr und stattdessen auf der zweispurigen Straße blieb, die sich um das nördliche Ende des Sees schlängelte.

»Ich wusste gar nicht, dass es in dieser Richtung Restaurants gibt, die den Winter über geöffnet sind.« Ich starrte hinaus auf den dunklen See, der in Kürze wie jedes Jahr zufrieren würde.

»Es gibt auch keine.« Theo lenkte den Wagen mit sechzig Sachen gekonnt um eine scharfe Kurve, was mich die Finger so fest in die Armlehne krallen ließ, dass meine Hand einen feuchten Abdruck darauf hinterließ.

»Und warum fahren wir dann hier entlang? Hast du nicht gesagt, wir gehen essen?«

Wieder eine enge Kurve. Fünfundsechzig. Wahrscheinlich sollte ich besser die Augen schließen, mich festhalten und beten.

»Es ist eine Überraschung«, sagte er.

»Aha«, entgegnete ich und fühlte, wie mir das Herz in die Hose rutschte. »Wie schön.«

Mein Tonfall verriet, dass ich nicht viel von Überraschungen hielt, schon gar nicht vonseiten eines Kerls, der eine Landstraße für eine Rennstrecke hielt.

»Ich habe gehört, dass Edward abgereist ist.«

Mir stockte der Atem beim Klang seines Namens. Ich nickte und zwang mich, weiterzuatmen. »Das ist richtig.«

»Weißt du, wohin?«

Wieder blickte ich starr geradeaus. »Keine Ahnung.«

»Und warum so plötzlich?« Theo raste um eine weitere Kurve, wobei er zu meiner Erleichterung vom Gas ging, als die Straße sich auf eine einzelne Spur verengte.

»Ich weiß es nicht.«

»Wahrscheinlich ist es besser so. Man sollte meinen, dass der zukünftige König von Norland Wichtigeres zu tun hat, als auf dem Sommerlandsitz der Familie abzuhängen.«

Ich rutschte unruhig in meinem schmalen Ledersitz hin und her. »Vermutlich.«

»Edward ist ja ein anständiger Kerl und so, aber hier und da hätte ich ihm am liebsten eine verpasst.« Theos Hand schloss sich fester um das Lenkrad.

»Wieso denn das?«

Er zuckte mit den Schultern. »Ich weiß auch nicht. Vielleicht lag es daran, wie er dich angesehen hat.« Wieder ein Achselzucken. »Ein Mann sollte das Mädchen eines anderen nicht so ansehen.«

Meine Finger krallten sich in meine Handtasche. »Ich bin nicht dein Mädchen.«

Die Schärfe in meiner Stimme schien ihm nicht aufzufallen. Stattdessen grinste er, als hätte ich einen Scherz gemacht.

»Okay, schon verstanden. Du bist eine moderne Frau, also stell keine Besitzansprüche und bezeichne mich nicht als *dein* Mädchen.« Theo warf mir aus den Augenwinkeln einen Seitenblick zu. »Öffne mir nicht die Tür, bezahle nicht die Restaurantrechnung und stütze mich nicht, wenn es draußen glatt ist.«

Er lachte nur, als ich hierauf mit einem tiefen Seufzer reagierte.

»Ich bin eine moderne Frau, ja, aber ich mag es trotzdem, wenn man mich wie eine Dame behandelt. Nur um etwaige Unklarheiten zu beseitigen.«

Theo bog in eine Auffahrt. »Du willst also erobert werden?«

Mein Mundwinkel zuckte. »Wenn du so willst.«

»Natürlich«, brummte Theo. »Ich liebe Herausforderungen.«

Ich kniff die Augen zusammen, als wir das Ende der Zufahrt erreichten. »Wo sind wir?«

Er deutete mit dem Kinn aus dem Fenster. »Bei mir.«

Einen Moment war ich wie erstarrt. »Du hast doch gesagt, du führst mich zum Essen aus.«

»Das tue ich auch.« Er hielt vor einem imposanten Landhaus und stieß die Fahrertür auf.

»Bei dir zu Hause?« Ich zögerte noch ein paar Sekunden, bevor ich meine Tür ebenfalls öffnete.

»Schön, dass wir das jetzt geklärt haben.« Theo reichte mir die Hand, um mir beim Aussteigen behilflich zu sein.

»Ich dachte wirklich, wir gehen ins Restaurant.« Ich zwang mich zu lächeln, als er mich zur Haustür führte.

»Ich habe mir schon länger gewünscht, dich hier bei mir zu haben, und die schönste Aussicht vom besten Restaurant der ganzen Umgebung kann es nicht mit dem Ausblick von meinem Schlafzimmerfenster aufnehmen.«

Ich erstarrte mitten in der Bewegung. »Von deinem Schlafzimmerfenster?«

Er lachte wieder so, als hielte er meinen Einwand für einen Scherz, während ich mich fragte, was genau an meiner Stimme, meiner Haltung oder meinem Verhalten darauf schließen ließ, dass ich mit ihm ins Bett wollte.

»Es ist mehr eine Suite mit angeschlossenem Wintergarten, in dem wir speisen werden.« Er schloss die Tür auf und ließ sie aufschwingen.

»In deinem Schlafzimmer«, wiederholte ich im Hineingehen, nur um ganz sicherzugehen, dass ich mich nicht verhört hatte.

»Heute werden wir einiges nachholen«, sagte er, sperrte die Tür hinter uns wieder ab und legte mir dann eine Hand auf den unteren Rücken, um mich durch das Haus zu führen.

Es war ein schönes Haus. Nicht so groß und extravagant wie Valmont, aber definitiv eins der größten Anwesen am See.

»Und, was sagst du?« Theo verstärkte den Druck seiner Hand.

»Es ist hübsch.« Meine Stimme hallte laut in den großen Räumen und klang sogar in meinen eigenen Ohren übertrieben nervös.

»Es ist nicht Valmont.«

Ich schüttelte den Kopf. »Nein, das nicht.«

Ich traute meinen Ohren nicht, als ich mich das sagen hörte. Diesmal fasste auch Theo es nicht als Scherz auf. Auf seiner Stirn erschienen tiefe Falten, um seinen Mund lag ein angespannter Zug.

»Ich wollte damit sagen, dass es gemütlicher ist. Einladender.«

Seine Züge entspannten sich wieder, und er führte mich die Treppe hinauf. »Kein Wunder, es ist nämlich kein Feriendomizil, sondern ein richtiges Zuhause. Ich bin zwar die eine oder andere Woche geschäftlich unterwegs, aber ansonsten halte ich mich hier auf und arbeite im Homeoffice.«

»Du Glückspilz.«

Theo rückte dichter an mich heran. »Manchmal schon.«

Vor einer Tür im ersten Stock blieb er stehen, öffnete sie und trat beiseite, um mir den Vortritt zu lassen. Ich ließ mir einen Moment Zeit, um den Anblick in mich aufzunehmen, bevor ich hineinging. Es stimmte, dass sein Zimmer mehr eine Suite war. Es gab eine Sitzecke, eine Arbeitsecke, im Hintergrund ein Bett sowie ein angrenzendes Bad.

Ich zog es vor, das Bett zu ignorieren.

Dahinter konnte ich einen Wintergarten ausmachen, in dem ein gedeckter Tisch mit ein paar brennenden Kerzen stand. Theo folgte mir hinein, und ich hörte, wie er die Tür schloss und absperrte.

Ich steuerte geradewegs den Wintergarten an. »Schönes Zimmer. Sehr geschmackvoll.«

»In diesem Zimmer entspanne ich.« Als er neben mich trat und anzüglich grinste, wurde mir ganz flau im Magen. »Und habe meinen Spaß.«

Ich zog kraftvoller als beabsichtigt die Schiebetür zum Wintergarten auf. *Beruhige dich und genieße den Abend. Vergiss Edward Royston für eine Stunde, eine Minute … oder wenigstens eine Sekunde.*

Ich zog die Augenbrauen hoch, als ich die Speisen sah, die auf Rechauds auf dem Tisch bereitstanden. »Du hast für uns gekocht?«

»Kochen lassen«, entgegnete er, und seine Offenheit brachte mich zum Lachen.

»Darf ich dir den Mantel abnehmen?« Er trat hinter mich und zog mir den Mantel über die Schultern, sobald ich ihn aufgeknöpft hatte. Er pfiff anerkennend. »Also heute bin ich definitiv ein Glückspilz.«

Ich atmete tief aus und begann, mich zu entspannen. Das war Theo. Ein netter Kerl. Liebenswert. Darauf bedacht, zu gefallen. Ich sollte endlich aus der Defensive kommen. Er war kein Axtmörder und würde mir auch nicht mit bloßen Händen das Herz herausreißen.

Das hatte schon ein anderer getan.

Ich drehte mich um und strich mit den Händen über mein bordeauxfarbenes Samtkleid, das meine Kurven betonte. »Der alte Fetzen?«

»Ich habe mich eigentlich mehr auf die Frau bezogen, die in dem Kleid steckt, als ich meinte, ich sei ein Glückspilz, aber das Kleid ist auch nicht übel.« Theo ließ den Blick an mir herabgleiten, wobei seine Augen sich etwas länger bei besagten Kurven aufhielten. »Hungrig?«

Er trat hinter einen der beiden Stühle und zog ihn für mich unter dem Tisch hervor. Prompt knurrte mein Magen. Jetzt, wo ich von meinen Gedanken an eine bestimmte Person, an die ich heute Abend keinen Gedanken mehr verschwenden wollte, abgelenkt war, kehrte mein Appetit schlagartig zurück.

»Und wie«, antwortete ich ehrlich und nahm Platz.

Theos Hände fuhren an meinem Hals hinab, ehe er um den Tisch herum zu seinem Stuhl ging. »Gut.«

Während ich das Speisenangebot bewunderte, nahm Theo eine Flasche Champagner aus einem Kühler und entkorkte sie routiniert.

»Champagner?« Er hielt die Flaschenöffnung über meine Champagnerflöte.

»Ein wenig, bitte.«

Theo schenkte ein, bis die goldene Flüssigkeit beinahe den Rand des schmalen Glases erreicht hatte.

»Lass uns feiern«, sagte er, als ich zu ihm aufblickte.

»Und was genau sollen wir feiern?«

Er schenkte sich nun ebenfalls Champagner ein, füllte sein Glas jedoch nur zur Hälfte. »Unser erstes Date.« Er prostete mir zu. »Auf alle ersten Male.«

Wir stießen an, und als er an seinem Glas nippte, spiegelten sich die Kerzenflammen in seinen Augen.

»Komisch, dass das unser erstes richtiges Date ist. Es kommt mir vor, als würde ich dich …«

»Schon ewig kennen?«, beendete er meinen Satz.

Ich nippte ebenfalls an meinem Champagner und überlegte. »Nein, nicht gerade ewig, aber als wäre es unser fünftes oder sechstes Date.«

Er nickte zufrieden und breitete die Serviette über seine Knie. »Gut zu wissen. Mir geht es genauso. Definitiv wie beim sechsten Date.«

Seine Worte klangen zweideutig.

»Wie hast du es geschafft, dass jemand hier rausfährt und ein so aufwendiges Abendessen zubereitet?« Ich tauchte den Löffel in meine Suppe und probierte. »Und dann auch noch punktgenau bereitstellt?«

Theo lächelte. »Das ist mein Geheimnis. Du sollst mich ruhig weiter für einen genialen Gastgeber halten, der ein perfektes Dinner aus dem Hut zaubern kann.«

Ich aß noch einen Löffel der köstlichen Suppe. »Ehre, wem Ehre gebührt.«

Als Theo mit seiner Suppe fertig war, schnitt er sein Filet an und richtete den Blick auf meinen Hals. »Du trägst die Kette nicht, die ich dir geschenkt habe.«

Ich hob eine Hand an den Hals. »Eigentlich wollte ich sie anlegen, aber dann habe ich es vergessen.«

Theo betrachtete mich lächelnd, während er zu Ende kaute

und den Bissen herunterschluckte. »Schon gut. Ich schenke dir eine neue. Die Botschaft ist angekommen.«

Ich runzelte die Stirn. »Dass ich deine Kette nicht trage, heißt nicht mehr, als dass ich vergessen habe, sie anzulegen.«

»Natürlich.« Er zog fragend eine Braue hoch. »Wären Smaragde akzeptabel?«

»Theo, ich meine es ernst.«

Er legte eine Hand auf die Brust. »Ja wahrhaftig, du machst ein richtig grimmiges Gesicht.«

Seufzend griff ich nach meinem Champagner. »Denk nicht einmal dran, mir noch weiteren Schmuck zu schenken.«

»Wieso?«

»Weil du eine Frau auch in die Flucht jagen kannst, wenn du ihr so teure Geschenke machst, nachdem du sie erst ein paarmal getroffen hast. Weil sie nämlich den Eindruck gewinnen könnte, für einen funkelnden Solitär würde eine Gegenleistung erwartet.« Ich stellte mein Glas wieder ab und blinzelte ihn im Kerzenschein an. »Und du möchtest doch sicher nicht, dass ich einen falschen Eindruck von dir bekomme, oder?«

Seine Grübchen kamen zum Vorschein. »Auf gar keinen Fall.«

Ich unterdrückte ein Lächeln und wandte mich nun ebenfalls meinem Filet zu. Er mochte ja etwas zu forsch sein, aber ich bewunderte ihn auch dafür, dass er sehr genau wusste, was er wollte. In seinem Leben schien es nicht viele Unsicherheiten zu geben, und davon sollte ich mir eine Scheibe abschneiden.

»Du willst Jura studieren, oder?« Während ich aß, füllte er mein Champagnerglas nach.

»Medizin«, korrigierte ich ihn.

»Richtig«, sagte er fingerschnippend. »Du musst eins von diesen Wunderkindern sein.«

Ich fühlte mich unbehaglich, als ich sah, dass er mir auf die Brüste starrte. Als er realisierte, dass ich ihn ertappt hatte, grinste er jungenhaft und zuckte die Achseln.

»Ich habe hart gearbeitet und meine Hausaufgaben gemacht, aber ich würde mich nicht als hochbegabt bezeichnen.« Ich zog den Ausschnitt meines Kleides etwas höher.

»Und bist du einer Entscheidung schon nähergekommen?« Er zeigte mit der Gabel auf mich. »Ich kann mir dich gut als Ärztin vorstellen. Apropos … was hältst du von Doktorspielen mit mir?« Er breitete die Arme seitlich aus. »Ich stehe zu deiner Verfügung, wann und wo du willst. Du musst nur versprechen, mich hinterher zu reanimieren.«

»Ich wollte schon immer mal einen Blinddarm entfernen und könnte ein Versuchskaninchen gebrauchen.« Ich verzog keine Miene und tat, als meinte ich es ernst.

Er beugte sich vor. »Kommt drauf an, wie du mir meine Dienste vergelten würdest.«

Ich trommelte mit den Fingern auf den Tisch. »Ich würde dich anschließend wieder zunähen und mit Antibiotika vollstopfen, um einer Infektion vorzubeugen.«

Theo lachte leise. »Wie könnte ich einem so großzügigen Angebot widerstehen?«

Ich wechselte von gespielter Ernsthaftigkeit zu einem Lächeln. Das war nett. Dinner. Theo. Unser Gespräch. Ohne Zweifel zu wissen, dass ein Mann mich mochte, anstatt seine Gefühle andauernd zu hinterfragen. Daran konnte ich mich gewöhnen.

»Ich muss dir etwas zeigen.« Theo erhob sich und hielt mir die Hand hin.

Ich blickte stirnrunzelnd auf das fluffige Brötchen, das ich gerade mit Butter hatte bestreichen wollen. »Hat das nicht Zeit bis nach dem Essen?«

»Nein, tut mir leid.« Er ergriff meine Hand und zog daran, bis ich nachgab.

Er nahm mein Champagnerglas vom Tisch und reichte es mir, bevor er mich durch die Schiebetür aus dem Wintergarten und zur Sitzecke in seinem Zimmer führte. Ich sah, dass mehrere Fotoalben auf dem Couchtisch lagen, eines davon aufgeschlagen.

Theo ließ sich auf das Sofa fallen und wartete darauf, dass ich mich ebenfalls setzte. Ich strich mein Kleid glatt und nahm auf der Sofakante Platz.

»Das bist du. Du hast mir schon damals den Kopf verdreht.« Theo tippte auf ein Foto in dem Album.

Die Fotos waren in jenem Sommer aufgenommen worden, in dem ich ihn bei dem Wettschwimmen von einem Seeufer zum anderen geschlagen hatte. Ich stand ganz oben auf dem Siegertreppchen, er auf Platz zwei und irgendein anderer Junge aus gutem Haus auf Platz drei.

»Wow. Schau uns an. Alle braun gebrannt und unschuldig.« Ich schüttelte den Kopf. Wer immer mir die Ponyfrisur verpasst hatte, gehörte heute noch dafür bestraft.

»Wo wir gerade von Unschuld sprechen …« Er legte den Arm um mich und rückte näher, ein verräterisches Funkeln in den Augen. »Ich habe in letzter Zeit viel an deine gedacht.«

Meine Kehle war plötzlich staubtrocken. »Ach ja?«

»Ich denke, es ist an der Zeit, diesem Zustand abzuhelfen.« Er legte mir eine Hand in den Nacken und beugte sich zu mir herüber, um mich zu küssen. Ich schloss die Augen, aber das schien meine Anspannung nur noch zu verstärken. »Ich kann es kaum erwarten, dir ein paar schmutzige Sachen beizubringen.« Seine Zunge fuhr über meine Lippen und ließ mich erschauern. »Oder genauer gesagt, viele schmutzige Dinge.«

Er zog mich abrupt an sich und gab einen Grunzlaut von

sich, als meine Brüste sich an ihn pressten. Ich küsste ihn zunächst zurück, doch urplötzlich überkam mich das altbekannte Gefühl der Starre. Reflexartig legte ich die Hände auf seine Brust, beinahe abwehrend, was er jedoch ebenso wenig zu bemerken schien wie meinen mangelnden Enthusiasmus bei unserem Kuss.

Es fühlte sich falsch an.

Dass Theo mich anfasste.

Dass ich ihn anfasste.

Es sollte sich anders anfühlen.

Aber das tat es nicht.

»Nicht, Theo«, keuchte ich, als er mich mit seinem Körpergewicht auf das Polster drückte.

Seine Zunge kreiste alles andere als zärtlich in meinem Mund, und als seine Hand von meinem Nacken zu meinem Dekolleté wanderte, stemmte ich mich gegen seine Brust.

»Nein«, sagte ich atemlos, nachdem es mir gelungen war, die Lippen von seinen zu lösen. »Himmelherrgott, das ist unser erstes Date.«

Doch anstatt von mir abzulassen, ließ er seine Hand noch tiefer gleiten, bis sie auf meiner Brust lag und begann, diese zu kneten. Die Grübchen in seinen Wangen verrieten, dass er immer noch nicht kapiert hatte, dass ich es ernst meinte.

»Du hast gesagt, es fühlt sich an wie das sechste Date.« Er legte die Lippen auf meinen Hals und begann, daran zu saugen, während er das Becken an mein Bein drückte, um deutlich zu machen, was in seinen Augen zu einem sechsten Date gehörte.

»Das war aber nicht gleichbedeutend mit ›Ich will mit dir schlafen‹.« Ich zuckte zusammen, als er sich hierauf umso fester an mich drückte. »Was soll das, verdammt noch mal?« Diesmal stieß ich ihn mit aller Kraft von mir. »Hör auf!«

Ich schaffte es, mich unter ihm hervorzuwinden und seine Hand aus meinem Kleid zu ziehen, und sprang von der Couch auf. Theo brauchte einen Moment, um zu realisieren, was geschah, und ich nutzte den Augenblick, um auf Abstand zu gehen.

Ich sah, wie sein Rücken sich bei jedem Atemzug hob und er die Fäuste ballte, die auf den Polstern ruhten. »Herrgott, Charlotte, wie lange willst du mich noch warten lassen?« Er richtete sich auf, fuhr sich mit den Fingern durchs Haar und starrte zornig auf die Stelle, an der ich eben noch unter ihm gelegen hatte. »Wenn du deutlich machen willst, dass du nicht leicht zu haben bist, hast du deinen Standpunkt mehr als klargemacht.«

»Eigentlich will ich vielmehr deutlich machen, dass ich nie mit dir schlafen werde«, schleuderte ich ihm entgegen, während ich wild an meinem Kleid herumzupfte und nach nebenan lief, um meinen Mantel zu holen, der über der Rückenlehne meines Stuhls hing. »Begreif das endlich, Theo Hamilton.«

»Wo willst du hin?«, fragte er gepresst.

Schnaubend stürmte ich zur Tür. »Weg.«

»Warte«, rief er und erhob sich von der Couch. Mit einem tiefen Seufzer folgte er mir. »Ich fahre dich.«

Ich hob abwehrend eine Hand und warf ihm einen warnenden Blick zu. »Ich laufe.«

»Ich kann dich nicht um diese Zeit mutterseelenallein nach Hause laufen lassen.« Er zog einen Schlüsselbund aus der Hosentasche. »Das gehört sich nicht.«

Mit hochgezogenen Brauen griff ich nach meiner Handtasche. »Aber es gehört sich, eine Frau zu begrapschen, obwohl sie schon drei Mal Nein gesagt hat?«

Darauf stürmte ich hinaus und verlieh meinen Worten Nachdruck, indem ich die Tür zuknallte.

Ich hörte Theo meinen Namen rufen, aber er folgte mir nicht. Und er rief auch kein zweites Mal. Jetzt, da er wusste, dass er bei mir nicht landen würde, war ich wohl keine weitere Mühe wert. Nicht, dass mir das etwas bedeutet hätte. Theo hatte sein wahres Gesicht gezeigt. Er war nur einer von den Typen, die das Mädchen, bei dem sie sich die größten Chancen ausrechneten, flachlegen wollten.

Erbärmlich.

Und das traf auf uns beide zu.

Nachdem ich nach draußen gestürmt war, lief ich die Zufahrt hinunter, wobei ich mich zurückhalten musste, um nicht die Motorhaube seines Sportflitzers mit meinen Absätzen zu bearbeiten.

Wut und Adrenalin trugen mich ein paar Meilen die Straße hinunter, aber vor mir lagen noch weitere endlose fünf Meilen, die es in einem bodenlangen Abendkleid und High Heels zu bewältigen galt. Ganz zu schweigen von den Temperaturen, vor allem für jemanden, der sich bei dieser Kälte nur mit mindestens drei Lagen Kleidung nach draußen wagte.

Mein Atem dampfte in der eisigen Luft. Die Arme vor der Brust verschränkt und die Hände unter die Achseln geklemmt, überlegte ich, ob ich die Schuhe ausziehen sollte, da ich fühlte, wie sich an den Fersen Blasen bildeten. Ich entschied mich jedoch letztlich dagegen, da ich mir sagte, dass Blasen leichter zu behandeln waren als Erfrierungen.

Als ich eine weitere Meile auf der einsamen Straße zurückgelegt hatte, tauchten Scheinwerfer vor mir auf. Um diese Jahres- und Uhrzeit war hier kaum jemand unterwegs, und wer um zehn Uhr abends hier entlangfuhr, war vermutlich jemand, dem ich nicht begegnen wollte, schon gar nicht allein, völlig durchgefroren und mit High Heels an den Füßen, die mich am Weglaufen hinderten. Als der Wagen langsamer wurde, beschloss ich, mich in die Büsche zu schlagen und hinter einem Baum zu verstecken, aber bevor ich meine Deckung auch nur halbwegs erreicht hatte, kam der Wagen schlitternd zum Stehen. Gleich darauf war das Geräusch einer Scheibe zu hören, die heruntergefahren wurde.

»Charlotte.«

Mein Rücken versteifte sich beim Klang seiner Stimme, und der Schmerz in meiner Brust war so intensiv, dass ich beinahe zusammengesackt wäre. Ich atmete tief durch, setzte eine möglichst gleichgültige Miene auf und sah über die Schulter.

Gott, er war es wirklich. Mit unergründlichem Gesichtsausdruck musterte er mich vom Fahrersitz seines Wagens aus.

Ich schluckte. »Was machst du denn hier?«

Er stieß die Tür auf und stieg aus. »Ich habe etwas vergessen und bin zurückgefahren, um es zu holen.«

»Valmont liegt aber in der entgegengesetzten Richtung.«

»Was du nicht sagst«, entgegnete er, lief um den Wagen herum und öffnete die Beifahrertür. »Steig ein.«

Ich versuchte, mir nicht anmerken zu lassen, wie sehr mich seine scharfen Worte und seine Abreise verletzt hatten, aber Edward gab mir immer das Gefühl, durchschaubar zu sein.

»Nein«, sagte ich und versuchte, meinen Weg trotz der Blasen an meinen Füßen möglichst würdevoll fortzusetzen.

»Charlotte, steig jetzt in den Scheißwagen.«

Ich warf ihm über die Schulter einen bösen Blick zu und beschleunigte den Schritt. »Nein.«

Ich hörte ein genervtes Seufzen gefolgt vom Zuschlagen einer Autotür. Ich wagte es nicht, einen Blick zurückzuwerfen, um zu sehen, was er tat, nicht einmal, als ich Schotter knirschen hörte und gleich darauf der Motor verstummte.

Dann folgte in die Stille hinein das Klappern seiner Absätze, das mit jedem Schritt lauter wurde.

Als er zu mir aufgeholt hatte, wich ich seitlich aus. »Was soll das?«

»Darf ich fragen, was du alleine um diese Zeit hier draußen machst, herausgeputzt, als wolltest du zu oder als kämst du von einem Date?« Er warf mir einen Seitenblick zu. »Und warum ist deine Mascara völlig verschmiert?«

Ich rieb mit den Fingern am unteren Lidrand entlang und stellte fest, dass sie schwarz waren. Ich konnte mich gar nicht daran erinnern, geweint zu haben. »Nein, darfst du nicht.«

»Hat Theo Hamilton irgendetwas damit zu tun?«

»Das geht dich nichts an.« Ich schüttelte den Kopf und klemmte die Hände wieder unter die Achseln. »Was tust du überhaupt hier?« Ich nickte in Richtung seines Wagens, der längst von Nebel und Dunkelheit verschluckt worden war.

»Wonach sieht es denn aus?«, fragte er, und sein warmer Atem hüllte sein Gesicht in eine Wolke aus weißem Dampf.

»Es sieht aus, als wolltest du den Helden spielen, aber nur für den Fall, dass du es noch nicht gemerkt haben solltest: Ich brauche keinen Helden.«

Er blickte starr geradeaus. »Das weiß ich.«

»Dann geh zurück zu deinem Auto und zu deinem Leben. Je eher, desto besser.«

Er schnaubte vernehmlich. »Ich lasse dich auf keinen Fall um diese Zeit mutterseelenallein in diesem Aufzug zu Fuß nach Hause laufen. Das hat nichts damit zu tun, dass ich den Helden spielen will, es ist das einzig Vernünftige.«

Ich lachte bitter. »Stimmt, du legst ja so großen Wert darauf, immer der Stimme der Vernunft zu folgen.« Noch ein Schnauben, um zu unterstreichen, was ich von ihm hielt. »Und erspare mir das Gentleman-Gehabe. Der letzte Typ, der mich anstandshalber zurückbegleiten wollte, wusste nicht, was nein bedeutet.«

Edward blieb abrupt stehen.

Ich versuchte, mich davon zu überzeugen, dass das gut sei.

Dann war er plötzlich wieder an meiner Seite. Ich warf ihm einen verstohlenen Blick zu und sah, dass seine eben noch so beherrschten Gesichtszüge entgleist waren.

»Was hat er dir angetan?«, fragte er mit so tiefer Stimme, dass es klang wie ein Knurren.

»Ach bitte. Ich sagte doch schon, du sollst das Gentleman-Gehabe sein lassen.« Ich legte noch einen Zahn zu, so wütend, dass ich meine schmerzenden Füße gar nicht mehr spürte. Ebenso wenig wie die Kälte. Edwards Erscheinen war also doch zu etwas gut. »Ich habe Theo den Kopf zurechtgerückt.«

»Das würde ich auch gerne tun«, brummte er.

»Das habe ich schon ganz alleine geschafft, danke.«

Der Anflug eines Lächelns erschien auf seinen Lippen, dann presste er sie jedoch wieder fest zusammen. Er zog sein Jackett aus. »Ich weiß, dass du unter normalen Umständen bei diesen Temperaturen mindestens fünf Lagen Kleidung trägst, also zieh wenigstens eine dritte an.«

Er wartete mein Einverständnis nicht ab, sondern trat hinter mich, steckte meine Arme durch die Ärmel des Jacketts und zog mir dieses anschließend bis zum Nacken hoch. Das Jackett war noch warm und roch nach ihm. Ich hätte es ausziehen und ihm mit spitzen Fingern überreichen sollen, tat es aber nicht.

Wir liefen eine Weile schweigend weiter, bis in der Ferne die Lichter von Valmont auftauchten. Ich war mir nicht sicher, wer von uns zuerst langsamer wurde, Fakt war jedoch, dass wir uns plötzlich deutlich langsamer vorwärtsbewegten.

»Dann ist so weit alles in Ordnung mit dir?«, fragte er in die Stille hinein, als wir uns dem Tor näherten. »Bist du glücklich?«

»Was denkst du?«, fragte ich schroff.

»Heute Abend?« Er warf mir einen Blick zu. »Du siehst nicht aus, als wärst du okay, geschweige denn glücklich.«

Ich schlüpfte aus seinem Jackett. »Lass mich einfach wieder in Ruhe. Das ist für alle Beteiligten einfacher.«

Wieder stieg eine weiße Dampfwolke auf, als er mit zusammengezogenen Brauen tief ausatmete. »Es tut mir leid, dass ich dich verletzt habe und auch, dass ich einfach so abgehauen bin. Vor allem, nachdem wir fast …«

»Geh einfach!«, schrie ich und warf das Jackett nach ihm, dessen Wärme ich sogleich vermisste, da die beißende Kälte sofort meinen Mantel durchdrang.

»Wie du willst.« Langsam entfernte er sich, Schritt für Schritt, wobei er sich das Jackett über den Arm legte, anstatt es wieder anzuziehen. Unsere Blicke trafen sich, nachdem ich durch das Tor getreten war, das ich hinter mir schloss, um so eine greifbare Barriere zu schaffen, wenn ich sonst schon nicht in der Lage war, mich von ihm zu distanzieren. »Aber nur fürs Protokoll: Theo Hamilton ist es nicht wert, dass du ihm auch nur eine Träne nachweinst.«

Er hatte die ganze Situation falsch interpretiert. Meine Tränen. Meinen Gefühlsausbruch. Er glaubte, dies alles habe einem anderen gegolten.

Schniefend schlang ich die Arme um den Oberkörper. »Mag sein, aber das gilt auch für dich.«

Er senkte den Kopf. »Ich weiß«, sagte er leise, wandte sich um und verschwand in der Dunkelheit.

## 15. KAPITEL

Aus Stunden wurden Tage, aus Tagen Wochen. Edward war fort und doch auch wieder nicht. Ich sah seine dunkle Silhouette in den Schatten oder glaubte, sein Eau de Toilette zu riechen, wenn ich einen Flur hinunterging. Ich sah ihn, wenn ich wach war, und erst recht, wenn ich mich abends schlafen legte.

Dafür, dass er seit drei Wochen und vier Tagen fort war, war er noch unglaublich präsent.

»Wie lange ist es her, dass ihr etwas gegessen oder getrunken habt oder unter der Dusche wart?«, fragte ich, als ich das Heimkino betrat, in dem drei erwachsene Männer auf der großen Leinwand ein Videospiel spielten.

»Keine Ahnung. Wie spät ist es denn?« James fluchte, während Frederick johlte.

»Kurz vor acht«, entgegnete ich und musterte die drei abschätzig. Frederick war noch im Schlafanzug, James hatte sich seit einer Woche nicht mehr rasiert, und Andrews Augen waren so blutunterlaufen, dass eine dauerhafte Schädigung zu befürchten stand. Ich schnappte mir eine der unzähligen Fernbedienungen, die überall herumlagen, und drückte auf Pause, in der Hoffnung, damit irgendetwas zu bewirken.

Die hierauf folgenden Proteste bestätigten, dass meine Aktion erfolgreich gewesen war.

»Ich wollte gerade Frederick in den Arsch treten!«, maulte James und warf wie ein trotziges Kind den Controller zu Boden, während die beiden anderen noch verwirrt auf die Leinwand starrten.

Ich verteilte den Inhalt des Korbs, den ich mir über den Arm gehängt hatte. »Und ich trete euch gleich in den Arsch, wenn ihr euch nicht bald wie erwachsene Männer benehmt und euch am Riemen reißt. Wie seht ihr eigentlich aus?«

Als James demonstrativ die Arme vor der Brust verschränkte, als ich ihm eine Flasche Wasser reichte, ließ ich diese in seinen Schoß fallen. Nachdem ich Wasser verteilt hatte, warf ich jedem eine Packung String Cheese und Mini-Brezeln zu. Als Frederick den Käse nicht rechtzeitig auffing und er ihn an der Nase traf, schlug ich eine Hand vor den Mund, um nicht laut loszulachen.

»Ergebensten Dank, Dr. Everly«, brummte Andrew spöttisch.

»Noch eine Käsestange?« Ich warf noch eine Packung nach Andrew und traf ihn am Ohr. »Ärztliche Anordnung.«

Ich gab ihnen ein paar Minuten, um etwas zu trinken und schweigend ihre Snacks zu verputzen. So nervig sie auch sein mochten, und auch wenn ich mir vorkam wie ein Babysitter, war ich froh, dass sie da waren. Der Unsinn, den sie andauernd machten, war eine willkommene Ablenkung von meinem ansonsten eher tristen Alltag.

»Du kommst doch auch zu unserer Schlittenparty heute Abend, oder?« Frederick schien schneller als die beiden anderen zu seinem Normalzustand zurückzufinden. Kein Wunder, dass sie nach acht Stunden Zocken etwas angeschlagen waren.

»Heute Abend findet eine Schlittenparty statt?«

Frederick blinzelte mich an, als verstünde sich das von selbst. »Es ist der erste richtige Schnee des Winters gefallen. Natürlich wird das mit einer Schlittenparty gefeiert.«

»Es ist schon fast acht.« Ich schaute noch einmal auf die

Uhr, um mich zu vergewissern. Die drei waren nicht die Einzigen, die seit einiger Zeit dazu neigten, jedes Zeitgefühl zu verlieren.

»Und? Keine Party, die ihr Gewicht in Single Malt Scotch wert ist, beginnt vor einundzwanzig Uhr.«

Ich ließ mich in den freien Kinosessel neben James fallen. »Ich bin für dieses Haus verantwortlich. Ihr könnt nicht einfach so eine Party feiern. Nicht, nachdem …«

Andrew hob abwehrend die Hand. »Wir sind Ihnen schon acht Schritte voraus, Dr. Everly. Erstens findet die Party im Freien statt, genauer auf den steilen Hügeln im Westen, und zweitens haben wir vorab das Einverständnis Seiner Majestät des Prinzen höchstpersönlich eingeholt.«

Ich zog die Beine an. »Ihr habt mit ihm gesprochen?«

Andrew zeigte einen Daumen hoch und stopfte sich die letzten Brezeln aus seiner Tüte in den Mund. »Heute Morgen, als es angefangen hat zu schneien.«

»Hat er sonst noch etwas gesagt?« Ich verzog das Gesicht, als mir bewusst wurde, wie begierig ich geklungen hatte, aber dank der allgemeinen Dehydrierung und videobedingten Überreizung schien es den drei Jungs nicht aufzufallen.

»Du kennst doch Edward. Er ist nicht unbedingt eine Plaudertasche.« Frederick verstummte und hob die Wasserflasche an den Mund. »Warum? Wolltest du etwas Bestimmtes wissen?«

Aus den Augenwinkeln glaubte ich zu sehen, wie James und Frederick einen Blick wechselten.

»Ich wollte mich nur vergewissern, dass es ihm gut geht.« James hielt mir seine Brezeltüte hin, und ich nahm mir eine. »Er ist so plötzlich abgereist.«

»Das ist typisch Edward. Er braucht Ruhe und Raum, um nachzudenken.« Andrew stand auf, hob die langen dünnen

Arme über den Kopf und streckte sich. »Darum ist er ja auch hergekommen.«

Ich zog die Brauen hoch. »Und ihr seid mitgekommen, damit er Ruhe und Raum hat?«

James lachte und stieß Frederick mit dem Ellbogen an. »Da ist was dran.«

»Er kommt schon klar.« Frederick ließ seinen Controller durch die Luft kreisen. »Er steht nur ziemlich unter Druck, seit feststeht, dass im Frühjahr die Krönung stattfinden soll.«

James stieß Frederick erneut den Ellbogen in die Seite. »Hey, das ist vertraulich, Mann.«

Frederick zuckte nur mit den Schultern. »Ach komm schon. Charlotte hat uns alle schon in Unterhosen gesehen und wie wir uns die Eier und am Hintern kratzen, Edward eingeschlossen. Wenn sie darauf aus wäre, Interna an die Presse zu verhökern, hätte sie das längst getan.«

»Tatsächlich habe ich es versucht, aber die Klatschpresse meinte, ich müsste noch dafür bezahlen, dass sie Fotos von euch veröffentlicht, auf denen ihr euch am Sack kratzt.«

James nickte anerkennend, als es mir gelang, dies mit ernster Miene vorzutragen. »Exzellente Parade. Sehr souverän. Dafür bekommst du zehn Sternchen.«

Ich nahm das Lob mit einem huldvollen Nicken entgegen. »Ich wusste gar nicht, dass er noch zu Lebzeiten seines Vaters die Thronfolge antreten soll.«

»König Henry möchte, dass Edward sein Nachfolger wird, bevor er ins Gras beißt. Wahrscheinlich will er ihn einarbeiten, damit Edward alles im Griff hat, wenn bei seinem Vater die Lichter ausgehen.«

Frederick verdrehte die Augen, während Andrew an seinen Achseln roch und angewidert die Nase rümpfte.

»Klingt vernünftig«, sagte ich und klaubte einen Faden vom

Ärmelbündchen meines Pullovers. Ich wusste, dass Edward der Gedanke, eines Tages seinen Vater auf dem Thron abzulösen, belastete, aber mir war nicht klar gewesen, dass dieser Tag nur noch Monate entfernt war. Die meisten Herrscher von Norland hatten den Thron erst im Alter von über fünfzig oder sogar sechzig bestiegen.

»Klar ist das vernünftig.« Frederick legte seinen Controller wieder weg und griff nach seinem Handy. Sein Gesichtsausdruck deutete darauf hin, dass zahlreiche verpasste Nachrichten angezeigt wurden. »Aber noch steht nicht fest, ob Edward da mitspielt.«

»Warum sollte er das nicht tun?«, fragte ich, Ahnungslosigkeit vortäuschend. Ich wusste ja, dass Edward nicht davon begeistert war, konkrete Gründe hatte er jedoch nicht genannt.

»Alter, dafür gibt es tausend Gründe.« Mein Herz tat einen Sprung, da James mich offenbar zum Kreis der Vertrauten zählte. Er warf mit einer halben Mini-Brezel nach mir. »König sein mag ja erst einmal großartig klingen, aber man zahlt einen hohen Preis dafür.«

»Man muss beispielsweise jeden einzelnen Tag Anzug und Krawatte tragen.« Frederick fuhr mit einem Finger an seinem Kragen entlang, als fühlte er sich allein bei dem Gedanken beengt.

»Im Gegensatz zu Leuten wie euch, die lieber halb nackt rumlaufen?« Ich fuhr mit dem Finger über Fredericks haariges nacktes Bein. Er trug mal wieder nur Boxershorts.

Er warf mir einen herausfordernden Blick zu und kratzte sich demonstrativ im Schritt.

»Und man lebt in der ständigen Angst, einen Fehler zu machen, der für Jahrzehnte in der Öffentlichkeit breitgetreten wird.« Andrew warf seine leere Wasserflasche in Richtung Abfalleimer. Als die Flasche den Eimer verfehlte, stand er auf, sammelte sie ein und legte sie hinein. Offenbar lernten die drei dazu, wenn auch im Schneckentempo.

James setzte sich auf. »Und du musst jemanden heiraten, den andere für dich ausgesucht haben. Das wäre für mich echt das Schlimmste.« Er atmete tief aus und schüttelte den Kopf. »Eine Ehe ist was fürs Leben, da sollten einem an der Auserwählten nicht nur die Titten gefallen, sondern auch der Charakter.«

»Wie poetisch. Du solltest Schriftsteller werden.« Frederick zog einen imaginären Hut vor James.

Ich unterbrach das Geplänkel. »Er kann nicht heiraten, wen er will?«

»Der arme Kerl darf nicht einmal selbst bestimmen, mit wem er ausgeht. Du glaubst doch nicht im Ernst, dass der zukünftige König eine x-beliebige Bürgerliche heiraten darf, oder?« Andrew legte eine Hand ans Ohr und wartete auf meine Antwort. »Ich würde die Yacht meiner Eltern darauf wetten, dass seine Eltern ihm schon bei der Geburt die passende Frau ausgesucht haben.«

»Und ich wette, dass bei der Auswahl weder ihr Charakter noch ihre Titten berücksichtigt wurden«, fügte James hinzu.

Ich brauchte einen Moment, um das alles sacken zu lassen. Arrangierte Ehen waren doch längst passé … zumindest für normale Menschen. Gut möglich, dass das in Edwards Kreisen sehr wohl noch praktiziert wurde.

»Ja, das stelle ich mir auch hart vor.« Meine Kehle war wie zugeschnürt bei dem Gedanken an ihn.

Wie war es möglich, dass ich jemanden so schmerzlich vermisste, dem ich selbst offensichtlich so wenig bedeutete? Das war unfair. Und unvernünftig. Aber menschliche Gefühle scherten sich leider weder um Fairness noch um Vernunft.

»Er wird König, muss aber im Gegenzug diesem Titel jeden Aspekt seines Lebens unterordnen.« Frederick erhob sich und klopfte sich Krümel und weiß Gott was sonst noch alles aus den Boxershorts. Nach einem Zockermarathon konnte man die drei nur mit der Kneifzange anpacken. »Wärst du dazu bereit?«

Ich schnippte den losen Faden zu Boden. »Ich weiß es nicht.«

»Ich schon.« James sprang nun ebenfalls auf. »Und ich würde auf die Regeln scheißen. Wenn ich König wäre, würde ich mir meine eigenen Regeln machen.«

»So einfach ist das nicht, Arschloch.« Andrew schubste James aus dem Zimmer, und ich hoffte, dass sie als Erstes ein Badezimmer aufsuchten und sich frisch machten. Bei dem Geruch, den sie verströmten, würde jede Frau nämlich einen großen Bogen um sie machen.

»Mag sein«, brummte James. »Danke für die Notration, Doc. Ich weiß nicht, was wir ohne dich tun würden.«

»Wahrscheinlich würdet ihr euch früher oder später einfach auflösen und in einen Berg verstrahlten Sondermüll verwandeln«, entgegnete ich.

»In einer Stunde. Am Westhügel. Bring einen Schlitten mit, was zu trinken und vor allem eine Portion Mut.«

Ich nickte, obwohl ich jetzt schon darüber nachdachte, statt Schlitten zu fahren ein paar Bahnen zu schwimmen. Schwimmen war längst zu einem lieb gewonnenen abendlichen Ritual geworden, und es klang verlockender als eine Schlittenpartie mit einem Haufen betrunkener reicher Kids mit Fäkalsprache und schlechtem Benehmen. Andererseits würden Lärm und Action mich vielleicht von meinen Sorgen ablenken, allen voran meinem Herzschmerz wegen eines gewissen Prinzen.

Ich stand auf, machte mir eine gedankliche Notiz, die Jungs

daran zu erinnern, den Raum bis morgen aufzuräumen und von schlechten Gerüchen zu befreien, und ging nach oben auf mein Zimmer.

Nachdem ich die üblichen vier Lagen Kleidung übergezogen hatte, um der Kälte zu trotzen, verließ ich das Haus mit einem Backblech als Schlitten. Im Westen konnte ich mehrere Feuer sehen, und von dort drangen auch Stimmen bis zu mir herüber. Es war ein Donnerstagabend im November, und Dutzende junger Leute hatten sich zu einer Schlittenpartie versammelt, wenngleich das wohl wie die vorausgegangenen Partys mehr als Vorwand diente, um sich volllaufen zu lassen und jemanden aufzureißen.

Die meisten jungen Menschen aus meinem Bekanntenkreis waren zu beschäftigt mit Studieren oder Arbeiten, um alles stehen und liegen zu lassen und spontan auf eine Party zu gehen, aber die High Society-Kids mit ihren Treuhandfonds, Familienvermögen und Titeln führten ein Leben ohne jegliche Verantwortung und Struktur. Sie waren keine schlechten Menschen, nur … oberflächlich und ohne wahren Lebensinhalt.

Genau deshalb war ich heute hier. Um auszubrechen. Zu vergessen. Zu glauben, was ich glauben wollte, und die Realität auszublenden. Um mir selbst weiszumachen, dass ich mich nicht idiotischerweise in den Thronfolger meines Heimatlandes verliebt hatte und diesem immer noch nachtrauerte, obwohl ich eiskalt von ihm abserviert worden war, nachdem ich ihm meine Jungfräulichkeit auf dem Silbertablett präsentiert hatte.

Eine Nacht Spaß und Oberflächlichkeit war genau das, was ich heute brauchte, redete ich mir ein, als ich durch die fluffige Schneedecke stapfte, die bis auf halbe Höhe meiner Stiefel reichte und deren Eiskristalle im Mondlicht funkelten.

Als ich oben auf dem Hügel anlangte, wo sich alle versammelt hatten, brannten meine Beine und Lungen wie Feuer. Wie erwartet interessierten sich die meisten Anwesenden mehr füreinander als fürs Schlittenfahren.

»Ich sagte, du sollst einen Schlitten mitbringen, Charlotte. Was zur Hölle soll denn das sein?«, rief James mir mit Blick auf das Backblech entgegen, das ich mir unter den Arm geklemmt hatte.

»Das ist ein Schlittenersatz für Mitglieder der Arbeiterklasse«, entgegnete ich mit einem vielsagenden Blick und legte das Backblech in den Schnee.

James löste sich von seinen Freunden und kam mit einer Bierflasche in der Hand auf mich zu. »Falsch. Das benutzen Obdachlose als Matratze.« Er zeigte mit der Bierflasche hinter uns. »*Das* sind Schlitten.«

Nachdem ich einen Blick auf den Fuhrpark geworfen hatte, den niemand benutzte und wohl auch in dieser Nacht nicht mehr benutzen würde, wandte ich mich wieder James zu. »Das sind Show-Schlitten.«

»Was soll denn das sein?«, fragte er.

»Show-Schlitten sind Schlitten, die nur so aussehen, als würden sie einen Schneehang rasend schnell hinunterfahren. Schlitten, die reiche Leute wie du kaufen, aber nie benutzen, weil euch Spaß, der nichts kostet, völlig fremd ist.« Ich schloss meine Predigt mit einem Lächeln ab und zog mir die Mütze bis über die Ohren.

James schien über das nachzudenken, was ich gesagt hatte, jedoch ohne den Sinn meiner Worte zu begreifen.

»Soll ich es dir zeigen? Dann verstehst du, was ich meine.« Ich zeigte auf die abseits geparkten Schlitten. »Such dir einen aus, aber wähle weise.«

Brummend stapfte James zu den Schlitten hinüber. »Ich suche also genau das Gegenteil deines Gefährts aus, richtig?«

Ich nahm auf dem Backblech Platz und verkniff mir ein Lachen, als er ein paar Freunde zur Unterstützung holte, die ganz offensichtlich ebenso wenig von Schlitten verstanden wie er selbst.

»Hey, ich bekomme langsam Frostbeulen!«, rief ich, als er die Schlitten nacheinander umdrehte und mit dem Handschuh über die Kufen strich.

»Du bist geliefert.« James hielt das Objekt seiner Wahl in die Höhe, während die Jungs um ihn herum zustimmend brummten.

Ich wandte den Blick ab, damit sie mein breites Grinsen nicht sahen. Seine Wahl bewies, dass er nicht das Geringste von Schlitten verstand. Es war einer von den altmodischen Schlitten mit zwei roten Kufen und einem Sitz aus Holzlatten. Ein super Teil für Fünfjährige, die von ihren Eltern gezogen wurden, oder wenn man einen sanften Hügel hinunterfahren wollte, der mit einer dünnen Schneeschicht bedeckt war. Aber bei zwanzig Zentimetern Pulverschnee konnte es gut sein, dass sich das Gefährt gar nicht erst in Bewegung setzte. Und wenn es das doch tat, konnte er von Glück sagen, wenn er oben blieb.

»Was grinst du so? Noch hast du das Rennen nicht gewonnen.« James setzte seinen Schlitten neben mir ab, zu sehr auf mich konzentriert, um zu bemerken, dass dieser fast vollständig im Schnee versank.

»Betrachte es als begründete Siegesgewissheit.« Ich packte den vorderen Rand meines Backblechs und wackelte mit dem Po, um es von der Schneedecke zu lösen.

»Du hast aber nicht vor zu schummeln, oder?« James beobachtete misstrauisch, wie ich ein paar Zentimeter nach vorn rutschte, während er den Schnee von seinem Schlitten fegte.

»Ich lasse dir drei Sekunden Vorsprung.« Ich zeigte auf den Hang, als er auf seinem Schlitten Platz nahm.

»Wenn sich da mal jemand nicht zu früh freut.« James hüpfte auf seinem Schlitten herum und versuchte, diesen in Bewegung zu setzen, kam jedoch nicht weit. »Ist Anschubsen erlaubt?«

»Ich habe heute meinen großzügigen Tag.«

James warf einen Blick zurück auf die neugierigen Partygäste, die sich hinter ihm versammelt hatten. »Hamilton, schubs mich an, ja? Ich will unten sein, noch bevor sie richtig in Fahrt kommt.«

Ich erstarrte, als ich Theo sah, entspannte mich aber gleich wieder. Nach unserem Date hatte er noch ein paar Text- und Sprachnachrichten geschickt, sich entschuldigt und um eine letzte Chance gebeten, aber keine achtundvierzig Stunden später hatte er seine Bemühungen abrupt eingestellt, und nach dem Mädchen zu urteilen, das sich nur widerwillig von ihm löste, hatte er Ersatz gefunden.

Schön zu wissen, dass ein Mann sich ganze achtundvierzig Stunden um mich bemühte, bevor er mich abschrieb und austauschte. Nicht, dass man Theo Hamilton als Maßstab für irgendetwas nehmen konnte, aber es versetzte mir dennoch einen Stich.

»Keine Sorge«, sagte Theo, dessen Schritte im Schnee knirschten, bevor er sich über James beugte. »Charlotte ist nicht die Schnellste.« Er lachte spöttisch, verstummte jedoch abrupt wieder, als James nicht einstimmte.

»Mit deinem Tempo können die wenigsten Frauen mithalten, stimmt's, Theodore?« James zwinkerte mir komplizenhaft zu. Ich hatte meinen Mitbewohnern nichts von meinem missratenen Date mit Theo erzählt, aber offenbar hatten sie ihre eigenen Schlüsse gezogen.

Theo versetzte James ohne Vorwarnung einen so kräftigen Schubs, als wollte er ihn in den Nachbarbezirk befördern und nicht nur den Berg hinunter. Ich begann in dem Moment zu zählen, in dem Theo James die Hand auf den Rücken legte.

»Drei!«, rief ich, bewegte das Becken ein paarmal vor und zurück und stürzte mich dann in die Tiefe.

Die Eiskruste, die sich oben auf dem Pulverschnee gebildet hatte, sorgte für ideale Bedingungen, sodass ich auf meinem improvisierten Schlitten den Hang förmlich hinunterflog. Der Hang war allerdings lang und steil, sodass ich die Augen gegen den beißenden Wind zukneifen musste. Als ich mit immer höherer Geschwindigkeit bergab schoss, zwang ich mich, die Augen wieder zu öffnen, aus Angst, ich könnte mit einem Baum kollidieren. Von oben betrachtet war die Baumreihe weit entfernt gewesen, aber jetzt rückte sie erschreckend schnell näher.

Mir blieben noch zwei Sekunden, um zu reagieren, aber ich brauchte nur eine. Ich warf mich seitlich in den Schnee, der meinen Schwung bremste, sodass nur mein Backblech gegen den nächsten Baum krachte.

Ich blieb einen Moment im Schnee liegen und genoss die euphorisierende Wirkung des Adrenalins, das durch meinen Körper jagte. Ich war schon als Kind den Hügel hinuntergerodelt, als wir noch im Gärtnerhaus gewohnt hatten, aber ich war meiner Prahlerei zum Trotz Jahre nicht mehr Schlitten gefahren.

»Hey, Charlotte! Lebst du noch?«, schallte James' Stimme den Hang herab.

Ich legte den Kopf in den Nacken und sah, dass er noch fast ganz oben war und winkte.

»Schlitten fahren ist blöd!«, rief er.

»Du bist ein schlechter Verlierer«, entgegnete ich grinsend und setzte mich auf.

Die anderen hatten sich wieder um die Feuer versammelt und widmeten sich Alkohol und Anmache. Ein warmes Feuer und ein Drink klangen verlockend, aber ich hatte keine Lust, den ganzen Abend Theo vor der Nase zu haben. Der Idiot würde keine Gelegenheit auslassen, mir seine neue Flamme vorzuführen.

Ich war gekommen, um zu vergessen, und da war Theo kontraproduktiv. Nachdem ich meinen »Schlitten« eingesammelt hatte, stapfte ich an den Bäumen entlang. Ich wusste genau, wo ich hinwollte.

Dank Mondlicht und Schnee war es so hell, dass ich mich mühelos zurechtfand, auch wenn ich eine ordentliche Wegstrecke zurücklegen musste. Eine Viertelstunde später tauchte das Blockhaus vor mir auf. Zu meiner Überraschung brannte Licht, und Rauchschwaden stiegen vom Kamin auf. Der Anblick weckte Kindheitserinnerungen, auch wenn ich hier und heute – zehn Jahre später – nicht damit gerechnet hatte, jemanden hier anzutreffen.

Niemand hatte mir gegenüber erwähnt, dass das ehemalige Gärtnerhaus bewohnt war.

Der gesunde Menschenverstand sagte mir, dass ich kehrtmachen und einen der Jungs zur Unterstützung holen sollte, bevor ich an die Tür klopfte, um den Hausbesetzer zur Rede zu stellen. Immerhin hatte ich die Aufsicht über das Anwesen, sodass das Haus in meinen Verantwortungsbereich fiel.

Aber meine angeborene Neugier und mein überbordendes Selbstbewusstsein veranlassten mich, mich dem Haus zu nähern.

Ich warf einen Blick durchs Fenster, konnte aber niemanden sehen. Im Kamin brannte ein Feuer, es musste also jemand in der Nähe sein, auch wenn ich keinen weiteren Hinweis auf einen unbefugten Bewohner entdecken konnte. Keine Stiefel neben dem Ofen, kein Geschirr neben der Spüle, nichts, was Rückschlüsse auf den ungebetenen Gast zugelassen hätte.

Ich legte das Backblech neben die Tür und überlegte, ob ich anklopfen sollte. War es besser, sich anzukündigen? Oder sollte ich den Eindringling überrumpeln? Beide Varianten hatten ihre Schwächen, sodass ich mich für ein Mittelding entschied und erst klopfte, um gleich darauf den Türknauf zu drehen.

Die Tür war nicht abgeschlossen und quietschte noch genauso wie damals, als ich als Kind ständig hinein- und hinausgelaufen war.

»Hallo?«, rief ich und trat ein.

Keine Antwort.

»Jemand zu Hause?«

Ich wand mich innerlich, als mir aufging, dass ich mich wie die Protagonistin eines Horrorfilms benahm, die in grenzenloser Naivität eine abgelegene Hütte betrat, um die jeder normale Mensch um diese Uhrzeit einen großen Bogen gemacht hätte.

Immer noch keine Reaktion.

Ich trat vor den Kamin und ließ den Blick durch das Zimmer schweifen auf der Suche nach einem Hinweis auf denjenigen, der sich hier eingenistet hatte. Als mein rechtes Auge eben etwas registrierte, hörte ich draußen ein Geräusch. Ich hatte die Tür halb offen gelassen, für den Fall, dass ich flüchten musste … hatte jedoch nicht bedacht, dass dies einem Axtmörder auf der Suche nach einem leichtsinnigen Opfer gleichzeitig den Zutritt erleichterte.

Ich griff nach dem Schürhaken, der seitlich am Kamin lehnte, und verbarg mich hinter der Tür, während draußen das Knirschen von Schritten, die sich durch den Schnee näherten, immer lauter wurde. Als jemand draußen mit den Füßen aufstampfte, um seine Schuhe vom Schnee zu befreien, hob ich den Schürhaken, bereit, zuzuschlagen. Als ich den Mann erkannte, der die Hütte betrat, erstarrte ich.

»Was machst du hier?«, rief ich schrill, da er der letzte Mensch war, den ich hier anzutreffen erwartet hätte.

Edwards Rücken spannte sich an, aber das war auch die einzige sichtbare Reaktion auf den unerwarteten Besuch. Als er sich umdrehte, blickte er automatisch auf den Schürhaken, den ich immer noch schlagbereit in den Händen hielt.

»Wie schön, dass du diesmal nicht erst zugeschlagen und hinterher Fragen gestellt hast.« Er stieß die Tür mit dem Fuß zu, da er beide Arme für die Holzscheite brauchte, die er draußen geholt hatte.

»Was um alles in der Welt machst du hier, Edward?«, wiederholte ich meine Frage, ließ den Schürhaken sinken und folgte ihm zum Kamin.

»Das könnte ich dich auch fragen.« Er hockte sich vor den Kamin und legte die Scheite einen nach dem anderen ins Feuer.

»Ich habe Licht gesehen und wollte nachschauen, was es damit auf sich hat, da ich davon ausgegangen bin, dass das Haus unbewohnt ist.«

»Stimmt, das Haus steht schon lange leer.« Er betrachtete das Feuer und legte noch ein weiteres Scheit hinein. »Seit fast …«

»Zehn Jahren«, beendete ich seinen Satz.

Er klopfte sich den Staub von den Jackenärmeln, bevor er die ledernen Arbeitshandschuhe auszog. »Woher weißt du das? Und erzähl mir jetzt bitte nicht, dass du zu diesen Königshaus-Fanatikern zählst, die jedes noch so triviale Detail aus den vergangenen drei Generationen kennen.« Sein Mundwinkel zuckte, als er sah, dass ich den Schürhaken immer noch in der Hand hielt. »Bisher habe ich nämlich den Eindruck, du hältst uns alle für einen Haufen überflüssiger, elitärer Witzfiguren.«

»Dein Eindruck ist ganz richtig.« Ich stellte den Schürhaken zurück an seinen Platz. »Ich bin hergekommen, weil das hier die ersten zehn Jahre meines Lebens mein Zuhause war.«

Er runzelte die Stirn. »Dein Zuhause?«

»Mein Vater war Gärtner auf Valmont. Er und meine Mom haben damals hier gewohnt. Ich habe mir bei einem Sturz von der Schaukel, die an dem Baum da draußen hing, den Arm gebrochen und meinen ersten Zahn verloren, nachdem ich ihn mit einer Schnur an die Tür gebunden und diese zugeschlagen hatte.« Ich zeigte auf die Tür zum einstigen Schlafzimmer meiner Eltern.

»Du hast zehn Jahre hier gelebt? Auf Valmont?« Obwohl er es für gewöhnlich meisterhaft verstand, sich keinerlei Gefühlsregung anmerken zu lassen, war seine Verblüffung diesmal offensichtlich.

»Nicht auf Valmont. Das hier …« Ich tippte mit dem Fuß auf die alten Holzdielen. »… war mein Zuhause. Meine Eltern wünschten sich für mich ein normales Leben und haben mich vom Haupthaus ferngehalten. Darum hat mein Vater letztlich auch gekündigt und ist mit uns weggezogen. Meine Eltern wollten nicht, dass ich ständig diese ›Scheinwelt‹ vor Augen habe.« Ich gab den O-Ton wieder. Sie hatten gewollt, dass ich unter gewöhnlichen Menschen aufwuchs, mit gewöhnlichen Problemen. Hier draußen bekam man schnell ein falsches Bild von der vermeintlichen Realität – Valmont war mehr Schein als Sein.

»Und doch bist du zehn Jahre später wieder hier, an eben jenem Ort, von dem deine Eltern dich unbedingt fernhalten wollten.«

Ich zuckte durch alle vier Lagen mit den Schultern. »Du weißt also jetzt, warum ich hergekommen bin, aber was ist mit dir?«

Er richtete sich wieder auf, starrte jedoch weiter mit zusammengezogenen Brauen in die Flammen.

»Also gut. Fangen wir mit etwas Leichterem an«, sagte ich, als er schwieg. »Wie lange bist du schon zurück?«

Er zog die Stiefel aus und stellte sie ans Feuer. »Eine Weile.«

»Definiere ›Weile‹.«

Er kam auf mich zu. »Ich dachte, das hätte ich gerade getan.«

»Wo ist eigentlich die Kavallerie, die dir sonst auf Schritt und Tritt folgt?« Ich ließ noch einmal den Blick durch das Zimmer schweifen, um sicherzugehen, dass ich keinen seiner dunkel gekleideten Bodyguards mit kantigem Kinn und grimmigem Blick übersehen hatte.

»Die habe ich zurück nach Stratford geschickt. Okay, ich habe sie dorthin befohlen«, fügte er hinzu, als er meine ungläubige Miene sah. »Ich wollte allein sein.«

Ich schälte mich aus meiner Jacke und warf sie auf das Sofa. »Warum bist du überhaupt abgereist?«

Ich sah, wie er schluckte – ein Zeichen für den inneren Konflikt, der in ihm tobte. Doch als er sich mir wieder zuwandte, war in seinem Gesicht nichts davon zu sehen.

»Ich bin abgereist, weil ich fürchtete, mich in dich zu verlieben«, sagte er klar und deutlich, trotzdem glaubte ich, mich verhört zu haben. Als unsere Blicke sich trafen, verstand ich plötzlich, was er gesagt hatte. »Ich bin aber nur bis hierhergekommen, weil es bereits zu spät war.«

Das beklemmende Gefühl, das ich wochenlang mit mir herumgetragen hatte, fiel bei seinen Worten von mir ab. Meine Finger kämpften mit den Handschuhen, meine Zunge mit den Worten.

»Ich hätte überallhin gehen können, aber ich wollte in deiner Nähe sein.« Er klang ein klein wenig zögerlich. »Also bin ich geblieben und habe mich doch von dir ferngehalten, in der Hoffnung, dass die Sehnsucht irgendwann vergehen würde.«

Meine Hände schlossen sich um die Rückenlehne des Stuhls, hinter dem ich stand. »Und? Ist sie vergangen?«

Er schüttelte den Kopf. »Im Gegenteil.«

Ich schluckte und ließ das einen Moment sacken. Eben hätte ich ihm noch um ein Haar mit dem Schürhaken einen Scheitel gezogen, und jetzt standen wir hier, und er gestand mir, dass er … in mich verliebt war.

»Aber warum bist du abgereist, wenn du doch … so für mich empfunden hast?«, fragte ich.

»Weil mir der Gedanke, dich in mein Leben zu integrieren, Angst macht.«

Ich neigte den Kopf. »Weil ich nicht in deine Welt passe?«

Er atmete tief aus, einen traurigen Ausdruck in den Augen. »Weil ich nicht wollen würde, dass du dich verbiegst und anpasst.«

Meine Finger umschlossen die Stuhllehne noch fester. Was versuchte er mir zu sagen?

In der einen Minute gestand er mir seine Liebe, und in der nächsten eröffnete er mir, dass er mich nicht in seinem Leben haben wollte.

»Ich habe gehört, du sollst irgendeine Herzogin oder Erbin heiraten«, sagte ich mit hochgezogenen Brauen, meine Frage Herausforderung und Prüfung gleichermaßen.

»Wahrscheinlich«, entgegnete er.

»Du würdest eine Frau heiraten, die du nicht liebst?«, fragte ich ungläubig.

»Wenn ich damit den Menschen schütze, den ich liebe, dann ja«, erwiderte er schroff.

»Ich brauche deinen Schutz nicht.« Ich funkelte ihn wütend an und riss mir die Mütze vom Kopf, da die Temperatur im Raum merklich angestiegen war. »Ich kann selbst auf mich aufpassen.«

Er gab einen abfälligen Laut von sich. »Offensichtlich nicht, sonst würdest du nicht ganz allein nachts hier herumlaufen und einen vermeintlich unbefugten Bewohner zur Rede stellen.«

»Auf deinen Spott kann ich ebenfalls verzichten«, zischte ich wütend.

Er hob den Blick ein wenig, und seine Mundwinkel zuckten, als unterdrückte er ein Grinsen. Ich hob eine Hand an den Kopf und stellte fest, dass mir die elektrostatisch aufgeladenen Haare zu Berge standen.

»Jetzt weiß ich, was du alles nicht brauchst, Charlotte Everly. Verrätst du mir auch, was du brauchst?«, sagte er, und seine Stimme erfüllte mein gesamtes ehemaliges Elternhaus.

In letzter Sekunde verkniff ich mir die ehrliche Antwort, die mir auf der Zunge lag. Als ich jedoch versuchte, sie herunterzuschlucken, blieb sie mir im Halse stecken.

Meine Schultern entspannten sich, ich kämpfte nicht mehr dagegen an. »Dich«, sagte ich. »Ich brauche dich.«

Er legte noch ein weiteres Holzscheit ins Feuer. »Und daran ist keine Bedingung geknüpft? Du brauchst mich nicht bloß als Freund, der dir alles Nötige beibringt, um einen anderen zu verführen? Du brauchst mich nicht als Lückenbüßer oder Plan B?«

Ich ging um den Stuhl herum, überrascht, dass das nicht offensichtlich war. »So mag es am Anfang gewesen sein.« Einen knappen Meter von ihm entfernt blieb ich stehen. »Aber nur, bis du mich das erste Mal geküsst hast.«

Er lächelte schief und trat dicht vor mich. »Ich habe mich in dem Moment in dich verliebt, als du mir mit der Pfanne eins übergebraten hast.«

»Echt jetzt? Ausgerechnet?«

Er griff nach meiner Hand und verschränkte den kleinen Finger mit meinem. »Ich weiß auch nicht genau, was das über mich oder dich aussagt, und eine Beziehung zwischen uns ist wahrscheinlich zum Scheitern verurteilt, aber ich liebe dich, Charlotte Everly. Und ich wollte, dass du das zumindest einmal aus meinem Mund hörst.«

»Eine Beziehung zwischen uns ist ganz und gar nicht zum Scheitern verurteilt«, widersprach ich trotzig.

»Es spielt keine Rolle, wie oft du das wiederholst oder mit wie viel Überzeugung du es sagst, es ändert nichts an der Zukunft, wenn wir uns gestatten, diesen Weg zu gehen.« Trotz seiner warnenden Worte rückte er dichter an mich heran.

»Wir könnten das, uns, geheim halten. Zumindest den Winter über, dann hätten wir Zeit, darüber nachzudenken, wie es danach weitergehen soll.«

Ich sah, dass seine Abwehr bröckelte. »Es wird sich nicht lange geheim halten lassen.«

Meine zweite Jacke raschelte, als ich mich an ihn schmiegte. »Aber zumindest heute Nacht können wir es für uns behalten.«

Er ergriff meine Hand, als ich sie an sein Gesicht hob. »Ich fürchte, dass deine Erwartungen an mich der Realität nicht standhalten werden.« Er schluckte. »Ich bin nur dem Titel nach ein Edelmann. Der Rest von mir ist eher durchschnittlich und alles andere als perfekt.«

Ich befreite mich aus seinem Griff und hob die Hand erneut an sein Gesicht, was er diesmal geschehen ließ. »Mir geht es nicht um Edward, den Thronerben. Ich habe mich nicht in den Prinzen verliebt.« Meine Finger umschlossen seine Wange. »Heute Nacht will ich nur dich.«

Edward legte mir die Hände auf die Hüften, was sich im ersten Moment anfühlte, als wollte er mich auf Abstand halten. Doch dann zog er mich an sich. »Und ich will heute Nacht die Frau, die ich liebe.« Er legte die Stirn an meine. »Diese Nacht gehört uns allein. Wie es weitergehen soll, entscheiden wir morgen früh.«

Als ich nickte, hob er mich hoch und küsste mich. Irgendwie gelang es ihm, mich trotz mehrerer Lagen Kleidung und der schlüpfrigen Schneehose aus dem Wohnzimmer und über den Flur zu tragen.

Als er durch die erste Tür treten wollte, unterbrach ich den Kuss schwer atmend. »Das ist das ehemalige Schlafzimmer meiner Eltern.«

Ich warf einen Blick hinein. Es hatte sich nicht viel verändert. Die Möbel und sogar die Tagesdecke waren noch dieselben. Das ging ja mal gar nicht.

Ohne zu zögern ging Edward zum nächsten Zimmer, das er offenbar zu seinem Schlafzimmer gemacht hatte.

»Und das hier war mein Kinderzimmer«, protestierte ich und hielt mich am Türrahmen fest, als er hineingehen wollte.

Er zog eine dunkle Braue hoch und blickte auf mich herab. »Dann sind wir ja hier richtig.«

»Mein Zimmer, also Babyzimmer und Grundschulkind-Zimmer«, sagte ich blinzelnd. »Nicht so prickelnd, oder?«

Stirnrunzelnd wich er zurück und wollte ins nächste Zimmer gehen, hielt jedoch dann inne. Es gab keine weiteren Zimmer.

»Wo willst du hin?«, fragte ich, als er kehrtmachte.

»Hast du auch gegen das Wohnzimmer etwas einzuwenden?«, fragte er.

Ich durchforstete meine Kindheitserinnerungen, fand jedoch nichts, das gegen das sprach, wonach uns der Sinn stand. »Nein. Nur nicht auf der Couch. Und nicht auf Dads altem Lieblingssessel.« Ich legte die Stirn in Falten, als mir aufging, dass ich bis auf zwei Beistelltische alle Möbel ausgeschlossen hatte.

»Bleibt der Fußboden.« Edward blickte auf die Dielen, und an seinen Augenwinkeln erschienen kleine Fältchen. Er setzte mich ab und wandte sich dem Schrank zu. »Decken.«

»Ein Polster? Das ist alles, woran du gerade denken kannst?«, fragte ich und sah zu, wie er mehrere Decken aus dem Schrank nahm.

»Ich denke an dich und deine Bequemlichkeit.«

Das Herz schlug mir bis zum Hals, als er mich zum Feuer zurücktrug und die Decken auf den Boden fallen ließ, ehe er mich wieder auf die Füße stellte.

Er breitete die Decken eine nach der anderen aus, während ich meine Jacke auszog. Gott, gleich würde ich zum ersten Mal mit einem Mann schlafen. Mit einem echten Prinzen, und ich war angezogen wie für eine Schneeballschlacht.

»Sollen wir das Licht ausmachen?«, fragte ich.

Seine Hand schloss sich um meine, als ich nach dem Schalter der Standleuchte griff. »Lass es an. Ich möchte dich sehen.«

Meine Kehle wurde eng. »Du kannst mich doch im Feuerschein sehen. Der ist viel schmeichelnder und verbirgt das eine oder andere.«

Edward bog meine Hand hinter meinen Rücken und schob mich von der Lampe fort. »Schon vergessen, dass ich dich schon nackt gesehen habe? Im Hellen?«

»Nein, aber das war etwas anderes.«

»Inwiefern?«

»Damals galt noch unsere Abmachung. Du wolltest mir nur helfen, mir einen Gefallen tun. Aber diesmal geht es um dich und mich, und ich bin immer noch völlig unerfahren. Ich glaube, ich drehe gleich durch.« Ich unterstrich meine Worte, indem ich die Hände vor seinem Gesicht zu Fäusten ballte, und konzentrierte mich auf meine Atmung.

Es war ja nur Sex. Etwas ganz Alltägliches. Dafür brauchte man keine besondere Ausbildung oder Befähigung. Man tat es einfach.

Aber was genau tat man, wenn man auf diesem Gebiet völlig unbeleckt war? Ich konnte mir nicht vorstellen, dass alles Weitere – das Umarmen, Streicheln, Nacktküssen – ganz von allein passierte. Edward küsste mich so zärtlich, dass ich sofort Schmetterlinge im Bauch hatte. Ich fühlte, wie ich mich entspannte.

»Du wirst großartig sein. Vertrau mir.«

»Mag sein, dass ich das Potenzial habe, eines Tages großartig im Bett zu sein, aber ich fürchte, heute Nacht steht dir eine große Enttäuschung bevor.« Ich atmete aus, entledigte mich meiner Schneestiefel und öffnete den Hosenbund. Zwar fürchtete ich mich vor dem, was kommen würde, aber noch mehr fürchtete ich mich davor, dass es möglicherweise nicht dazu kam.

Edward zog sich den Pullover über den Kopf, zerknüllte ihn und warf ihn quer durch den Raum. »Keine Angst. Ich versichere dir, dass du absolut nichts tun kannst, was Sex mit dir zu etwas anderem machen könnte als einer paradiesischen Erfahrung.«

»Sagt der Mann, der noch nie mit mir Sex hatte«, brummte ich und schlüpfte aus der Schneehose, wobei ich beinahe umfiel. Ich war noch nicht einmal in der Lage, mich anmutig, geschweige denn sexy, auszuziehen.

»Dann frag mich hinterher noch mal, aber ich versichere dir, dass sich an meiner Einschätzung nichts ändern wird.« Er ließ mich nicht aus den Augen, während er mit seinem Unterhemd verfuhr wie zuvor mit seinem Pullover.

Während Edward nun halb nackt dastand, kämpfte ich mit dem Reißverschluss meiner Jeans, der sich verhakt zu haben schien. Seine Haut schimmerte im Licht des Feuers, seine Muskeln schienen zu vibrieren.

Er trat ein paar Schritte zurück und schaute zu, wie ich mich aus meiner Jeans pellte. »Wie viele Lagen kommen da noch?«, fragte er mit hochgezogener Braue.

Ich warf meine Jeans auf den Berg bereits abgelegter Kleidungsstücke auf dem Fußboden. »Eine.«

Ich entledigte mich meiner Thermounterwäsche und dankte dem lieben Gott dafür, dass ich mich am Morgen gemäß meinem winterlichen Wochenplan rasiert hatte. Als ich auch die letzte Hosenlage entfernt hatte, war sein Grinsen verblasst. Seine Unterarmmuskeln spannten sich, als ich nun nach meinen Oberteilen griff. Diesmal packte ich alle drei Lagen auf einmal und zog sie langsam hoch. Edward sah aus, als hielte er die Luft an. Meine Oberteile landeten auf den Hosen, und ich bekam eine Gänsehaut, wenn auch nicht vor Kälte, sondern von der Art, wie er mich ansah.

Als ich nach hinten fasste, um meinen BH auszuziehen, öffnete er leicht die Lippen, und als die Träger meines BHs an meinen Armen herabglitten, löste er seinen Gürtel.

»Lass mich das machen«, sagte ich, schob seine Hände beiseite und öffnete mit zitternden Fingern die Gürtelschnalle.

Er legte mir eine Hand auf die Hüfte und die andere unter die Brust, woraufhin auch mein Atem zitterte.

»Ich bekomme ganz weiche Knie, wenn du mich so anfasst, und mit dem Reißverschluss bin ich auch überfordert.« Ich wölbte den Rücken, als er meine Brust umfasste »Das macht es jetzt auch nicht gerade leichter, dich auszuziehen.«

Kurz lockerte er den Griff, dann verstärkte sich der Druck seiner Finger wieder. »Das will ich auch gar nicht. Ich möchte, dass du dir Zeit lässt. Außerdem mag ich es, deine Hände am Reißverschluss meiner Hose zu fühlen.«

Seine Liebkosungen in Verbindung mit seinen geflüsterten Worten lösten ein Pochen zwischen meinen Schenkeln aus. Meine Zweifel schwanden, während mein Selbstvertrauen wuchs. Ich ließ den Reißverschluss los und schob stattdessen eine Hand in seine Hose und umfasste seinen Schaft. Er zuckte zusammen, der Ausdruck auf seinem Gesicht verriet, dass er damit nicht gerechnet hatte.

»Du grinst ja gar nicht mehr«, stellte ich fest und ließ die Hand mehrmals auf und ab gleiten, bis die Adern an seinem Hals hervortraten. Ich hatte noch nie einen Mann auf diese Weise berührt. Noch nie hatte ich sein Verlangen in der Hand gespürt, aber es gefiel mir.

Mir war leicht schwindlig, und Verlangen überlagerte alles andere. Als Edward sich einige Sekunden später von seiner Überraschung erholt hatte und wieder atmete, ließ er seinerseits die Hand in mein Höschen gleiten.

»Verdammt«, knurrte er und berührte mich mit einem Finger.

»Was ist?«, fragte ich, stockte jedoch, als er leicht in mich eindrang.

»Du bist so jungfräulich.« Er zog den Finger wieder heraus.

Mein Daumen fuhr über seine Penisspitze, woraufhin seine Schultermuskeln zu zucken begannen. »Wie soll ich das verstehen?«

»Für dich wird das erste Mal vielleicht nicht so perfekt werden.« Seine feuchten Finger glitten über meine Scham. »Aber für mich wird sich nichts je wieder so unglaublich anfühlen wie die Erfahrung, der erste Mann in deinem Leben gewesen zu sein.«

Seine Finger rieben nun meine Klitoris, während er mit der anderen Hand meine Brustwarze drückte. Ich sog scharf die Luft ein.

»Was machst du mit mir?« Ich musste die Arme um seinen

Hals legen, um stehen zu bleiben, als das Gefühl zwischen meinen Beinen intensiver wurde.

Edward ließ den Kopf neben meinen sinken, während seine Finger geschickt meine Lust weiter anfachten. »Ich bringe dich zum Orgasmus.«

»Sollten wir nicht gemeinsam kommen?« Ich legte wieder die Hand um sein Glied und bewegte sie mit leichtem Druck hoch und kräftiger wieder hinab.

Seine Finger bewegten sich schneller, bis ich nur noch verschwommen sah. »Keine Angst, wir werden das hinkriegen.« Er drückte meine Brustwarze fester, bis mir ein Keuchen entfuhr. »Aber dafür musst du dich erst etwas entspannen.«

Ich legte den Kopf in den Nacken, als seine Worte meinen ersten Höhepunkt auslösten. Ich war es gewohnt, dass Edward sich gewählt und förmlich ausdrückte. Zu hören, wie er mir nun unanständige Worte ins Ohr flüsterte, war eine ebenso große wie willkommene Überraschung.

Mein Körper sackte gegen ihn, als der Orgasmus in mir explodierte und ich einen Laut von mir gab, wie ich ihn noch nie von mir gehört hatte. Als die Wellen der Lust langsam verebbten und meine Muskeln sich in Wackelpudding verwandelten, kniff Edward mich erneut in die Brustwarze, womit er das Feuer ein weiteres Mal entfachte.

Gerade noch rechtzeitig schlang er den Arm um mich und verhinderte, dass ich kraftlos zu Boden sackte.

»Charlotte?«, sagte Edward durch zusammengebissene Zähne. »Du musst mich jetzt loslassen.«

»Warum?«, fragte ich, während ich nach und nach wieder klarer sah.

»Weil ich sonst in deiner Hand komme.« Er atmete zitternd aus. »Und ich möchte in dir sein, wenn ich das erste Mal komme.«

Ich ließ ihn los und nahm die Hand aus seiner Hose, während er mich vorsichtig auf die Decken sinken ließ, die er vor dem Kamin ausgebreitet hatte. Dann richtete er sich wieder auf und zog sich die Hose aus, wobei er mich keine Sekunde aus den Augen ließ. Als er endlich nackt vor mir stand, befiel mich Angst beim Anblick dessen, was ich eben noch in der Hand gehalten hatte. Ich wusste nicht, wie und ob das in mich hineinpassen würde, aber wenn nötig war ich bereit, mich kreativ auszutoben in dieser Nacht.

»Also, beim Schwanzvergleich unter Jungs …«

Edward umfasste sein Glied, und das Funkeln in seinen Augen jagte mir einen Schauer über den Rücken. »… gewinne ich.«

Ich stützte mich auf die Ellbogen und spreizte einladend die Schenkel. Mit einem Stöhnen legte er sich auf mich. Seine Pupillen waren unnatürlich geweitet, und in seinen Augen lag ein Ausdruck animalischer Lust.

Er stützte sich zu beiden Seiten meines Kopfes auf und legte die Lippen an mein Ohr. »Ich habe noch nie etwas oder jemanden so sehr begehrt wie dich.« In seiner Stimme schwang etwas von dem Edward mit, der er außerhalb des Schlafzimmers war. »Aber noch wichtiger ist es mir, dir nicht wehzutun. Wir probieren es aus. Ich mache ganz langsam. Wenn nötig höre ich auf. Aber ich werde dir keine Schmerzen zufügen.« Ich erschauerte, als ich seine Bartstoppeln am Hals fühlte.

Ich wandte ihm das Gesicht zu und sah ihm in die Augen. Ich küsste ihn und hob ihm das Becken leicht entgegen. »Edward?«

Sein Hals versteifte sich, als er meine feuchte Scham an seinem Glied fühlte, gefolgt von dem Druck, den ich gegen ihn ausübte. »Ja?«

Ich fuhr mit den Fingern an seiner Wirbelsäule entlang und

presste den Unterleib noch fester an ihn, bis ich ihn direkt an mir spürte. »Ich vertraue dir.«

Er hob den Kopf, die Unterarme rechts und links von mir abgestützt. »Das sagst du immer wieder.«

Ein Zittern durchlief meinen Körper. »Weil du immer wieder unter Beweis stellst, dass du mein Vertrauen verdienst.«

Edwards Kiefermuskeln traten hervor, als er die Hüften ganz vorsichtig nach vorne schob und ein kleines Stück in mich eindrang. Ich krallte die Finger in seinen Rücken und spürte, wie sich meine Muskeln anspannten. Edward hielt inne, um mir Zeit zu lassen, mich an den Druck und den Schmerz zu gewöhnen.

Schweiß bedeckte meinen Körper, sowohl wegen der Hitze des Kaminfeuers als auch der Hitze in meinem Innern. Als der Schmerz neuer Lust wich, entspannte ich mich, öffnete die Augen wieder und begegnete seinem Blick.

»Bitte«, sagte ich leise, küsste seine Unterlippe und saugte vorsichtig daran.

Edward bewegte sich wieder und schob sich ein weiteres Stück in mich hinein. Als ich den Kopf zurückbog und stöhnte, hielt er sofort inne.

»Nicht aufhören.« Ich legte die Hände um seine Schultern und wappnete mich. »Es ist alles gut.«

»Du siehst aus, als hättest du Schmerzen.« Die Muskeln unterhalb seiner Schultern spannten sich, als er eine Hand zwischen uns schob und meine Klitoris rieb, woraufhin mein Körper sich schlagartig entspannte.

»Du verwechselst Schmerz mit Ekstase. Das ist der gleiche Gesichtsausdruck, ehrlich.«

Er zeichnete mit einem Finger meine Gesichtskonturen nach. »Woher willst du das wissen?«

Ich wand mich unter ihm, stellte jedoch rasch fest, dass er

sich keinen Millimeter bewegen würde, ehe ich seine Frage beantwortet hatte. »Aus nicht jugendfreien Sendungen im Kabelfernsehen.«

»Und wie schneide ich ab gemessen an deiner Kabelfernseherfahrung?«, fragte er und verkniff sich ein Lächeln, während er etwas tiefer in mich hineinglitt.

Ich grub die Nägel in seinen Rücken. »Also, dein bestes Stück ist auf jeden Fall nicht jugendfrei, aber dein Bettgeflüster ist unglaublich süß, und deine Rücksichtnahme ist absolut atemberaubend. Ich würde also sagen, du bist außergewöhnlich.« Er drang noch ein Stück tiefer ein. »*Sehr* außergewöhnlich.«

»Ich nehme das mal als Kompliment.«

»Auf jeden Fall.«

Ich hielt die Luft an, als er nun bis zum Ansatz in mir verschwand. Mein Herz schlug so schnell, dass es sich anfühlte, als würde es meinen Brustkorb sprengen.

»Tut es weh?« Seine Stimme war kaum wiederzuerkennen.

Ich entspannte mich und gewöhnte mich langsam an das Gefühl, ihn vollständig in mir zu haben. »Nicht sehr. Nur ein ganz klein wenig. Und was ist mit dir?«

»Also ich würde im Moment jeglichen Pakt mit dem Teufel schließen. Ich würde ewiges Leben gegen dreißig Sekunden von dem hier eintauschen.« Er knabberte an meinem Hals, woraufhin sich meine Unterleibsmuskeln fester um ihn schlossen. Er gab einen kehligen, beinahe animalischen Laut von sich.

Er begann, sich in mir zu bewegen, wobei er sich Zeit ließ, obwohl die Adern, die sich unter seiner Haut abzeichneten, darauf hindeuteten, dass es ihn große Anstrengung kostete. Er kniff die Augen zu und atmete schwer.

»Komm mit mir, Charlotte«, flüsterte er. »Lass mich dich fühlen.«

Es geschah ganz plötzlich, abrupt und heftig, und übertraf alles, was ich je gefühlt hatte. Die Zeit schien stillzustehen, als sengende Blitze durch meinen Körper jagten und meine Lust sich mit solcher Gewalt entlud, dass es mir den Atem raubte. Edward küsste mich, dann stieß er ein weiteres Mal zu. Unmittelbar darauf versteifte er sich.

»Das ist für dich«, keuchte er, die Lippen noch auf meinen, und presste sich mit aller Kraft an mich, während er sich in mir ergoss.

Minuten später küsste er mich immer noch und hielt mich in den Armen, als wollte er mich nie wieder loslassen.

»Danke«, sagte er und ließ die Lippen zu meinem Hals wandern.

»Gern geschehen.« Ich strahlte die Decke an, gleichzeitig erschöpft und voller Energie. Ich fuhr mit den Fingern durch sein Haar, während er meinen Hals küsste.

»Würdest du jetzt, wo du es von Anfang bis Ende erlebt hast und nicht mehr im Sexdelirium bist, immer noch Unsterblichkeit für dreißig Sekunden von dieser Erfahrung eintauschen?«

»Nein.« Ich fühlte, wie er den Kopf schüttelte. »Für zehn Sekunden.«

Mein Lachen erfüllte das kleine Haus, während ich das Glück dieses scheinbar perfekten Augenblicks in vollen Zügen genoss. Ich wusste, dass es nicht von Dauer sein konnte. Ich akzeptierte sogar, dass es so etwas wie den perfekten Moment gar nicht gab. Und doch wollte ich nirgendwo anders sein und diesen Augenblick mit niemand anderem teilen als ihm.

»Ich weiß, dass ich das nicht sagen sollte, und ich weiß, dass es egoistisch ist …« Edward hob den Kopf, und ich spiegelte mich in seinen Augen. »… aber ich liebe dich.«

# 16. KAPITEL

Als ich am nächsten Morgen aufwachte, hielt ich die Augen noch eine Minute geschlossen, um die Wärme des Feuers auf meiner nackten Haut zu genießen, den Kaffeeduft aus der Küche und den leichten Schmerz zwischen den Schenkeln, dort, wo Edward gewesen war. Alles fühlte sich an diesem Morgen so viel klarer an, als hätte mein Unterbewusstsein sich im Schlaf durch einen Berg von Fragezeichen gekämpft.

»Edward?« Ich öffnete die Augen und setzte mich auf.

Er lag nicht mehr bei mir unter den Decken, die Arme um mich geschlungen wie beim Einschlafen. In der darauffolgenden halben Sekunde Stille wallte Furcht in mir auf, er könnte gegangen sein. Könnte mich wieder verlassen haben. Diesmal für immer.

Dann tauchte er in der Küchentür auf, und meine Angst war wie weggeblasen. »Ich werde nie genug davon bekommen, meinen Namen aus deinem Mund zu hören.«

Bei seinem Anblick konnte ich weder das Lächeln noch das Kribbeln im Bauch verhindern. Er trug seine Hose, war aber ansonsten nackt. Wie sollte ich mich auf die Arbeit konzentrieren, jetzt wo ich wusste, wie sein Körper sich anfühlte und welche unfassbare Lust er in mir zu entfachen vermochte?

Meine Finger krallten sich in die Decke. »Wie spät ist es?«

»Kurz nach sechs.«

»Warum bist du schon so früh auf? Wir sind doch erst nach zwei eingeschlafen.«

Er löste den Blick von mir und zeigte in die Küche. »Ich mache dir Frühstück.«

»Frühstück?«

Er lächelte belustigt. »Ich dachte mir, du wärst nach den Anstrengungen der vergangenen Nacht vielleicht hungrig.«

Ich zog die Brauen hoch. »Stimmt.« Ich schob die Decke beiseite und krümmte den Finger, um ihm zu signalisieren, herzukommen.

Er zwang sich, zurückzuweichen, und ballte die Hände zu Fäusten. »Ich muss für dein leibliches Wohl sorgen.«

»Eben drum.«

Er gab einen kehligen Laut von sich. »Du meinst, das Frühstück kann warten?«, fragte er und kam lauernd näher.

»Definitiv«, entgegnete ich und lachte, als er sich auf mich warf.

Er schlang die Arme um mich, zog mich an sich und küsste mich auf den Mund. »Bist du nicht wund?«

»Doch«, entgegnete ich und zog ungeduldig an seinem Reißverschluss, um ihn von dem störenden Stoff zu befreien. »Aber du findest bestimmt Mittel und Wege, mich das vergessen zu machen.«

»Du ahnst ja nicht, wie viele Mittel und Wege mir da in den Sinn kommen, und ich gedenke jedes einzelne auszuprobieren.«

Ich schmiegte mich an ihn, als seine Finger seitlich an meinem Körper hinabglitten. »Gut, immerhin habe ich dich als Sex-Lehrer angeheuert.«

Ich fühlte, dass er lächelte, als er mich auf die Wange küsste. »Ich kann es kaum erwarten, mit dir die nächste Lektion durchzugehen.«

Die Tür hinter uns flog auf, und ein Schwall kalter Luft wehte herein. Edward und ich sahen beide zur Tür. Der Mann, der dort stand, war der letzte, mit dem ich gerechnet hätte.

König Henry räusperte sich und kehrte uns den Rücken zu, um Edward Gelegenheit zu geben, die Decke über mich zu ziehen, aber auch nachdem ich zugedeckt war, schwand meine Panik nicht. Der König von Norland hatte mich in flagranti mit seinem Sohn im Bett erwischt.

Am liebsten hätte ich mir die Decke über den Kopf gezogen.

»Was willst du hier?« Edward stand auf und stellte sich schützend vor mich.

»Ich schätze, es war richtig, deine Mutter zu bitten, im Wagen zu warten.« König Henry seufzte. Er klang nicht wirklich wütend, nur … müde.

»Mutter ist auch hier?« Edward blickte zum Fenster und auf die dunkle Limousine draußen vor dem Haus. »Du hast versprochen, mir Zeit und Raum zu lassen, um mich zu entscheiden.«

»Das war der Plan, bis ich um drei Uhr morgens geweckt und mir ein Foto unter die Nase gehalten wurde, auf dem mein Sohn sich mit einer geheimnisvollen Fremden amüsiert und das bereits auf jeder Newsplattform der zivilisierten Welt gepostet wurde.« Der König reichte Edward sein Telefon, vermutlich, um ihm das Foto von uns zu zeigen. »Ich schätze, in ein paar Stunden liegt der Schnappschuss auch in Papierform vor, sodass wir ihn der Prinz-Edward-Sammlung hinzufügen können.«

Trotz der einschüchternden Gegenwart des Königs überwog meine Neugier. Bis zum Hals in die Decke gewickelt stand ich auf und trat zu Edward. Er versteifte sich, versuchte jedoch nicht, das Foto vor mir zu verbergen.

Meine Augen weiteten sich. »Das war gestern Abend.«

Edward schwieg.

»Jemand muss uns gesehen und das Foto geschossen haben … uns beobachtet haben …«

Meine Kehle zog sich zusammen, während ich versuchte, mir darüber klar zu werden, was das für uns bedeutete. »Wer kann das gewesen sein?«

Edward sagte immer noch kein Wort, betrachtete jedoch mit zusammengekniffenen Augen das Fenster, durch das das Foto offensichtlich aufgenommen worden war.

»Es wäre sicher leichter zu beantworten, wer es *nicht* gewesen sein kann.« Der König trat ein und stampfte den Schnee von seinen Stiefeln. »Die Liste würde deutlich kürzer ausfallen.«

Fassungslos legte ich eine Hand auf Edwards Arm. Gott sei Dank war das Foto nicht allzu explizit, auch wenn kein Zweifel daran bestand, was wir gerade taten.

»Das wäre vielleicht eine gute Gelegenheit, uns miteinander bekannt zu machen, mein Sohn. Bevor deiner Mutter der Geduldsfaden reißt und sie hereingestürmt kommt, um das Krisenmanagement an sich zu reißen.« Der König nahm sein Telefon wieder an sich und steckte es in die Tasche seines langen Wollmantels.

Edward ließ den Kopf kreisen, woraufhin sein Nacken vernehmlich knackte. »Vater, das ist Charlotte Everly. Charlotte, das ist mein Vater, König Henry Royston.«

Als der König mir die Hand reichte, ließ ich Edwards Arm los und ergriff sie. Ich hatte im Fernsehen gesehen, wie herausgeputzten ausländischen Würdenträgern die Ehre zuteilwurde, dem König die Hand zu schütteln, und ich stand hier in eine alte Decke gewickelt da, barfuß und nach seinem Sohn riechend.

Nicht unbedingt einer der Höhepunkte meines Lebens.

»Darf ich auch fragen, in welcher Beziehung du zu Charlotte stehst?« Der König ließ meine Hand los und wandte sich wieder seinem Sohn zu.

Edward zuckte die Achseln. »Inwiefern spielt das eine Rolle?«

Eine schlanke Gestalt schoss durch die Tür, und gleich darauf zog sich die Königin die Kapuze vom Kopf. »Kein Wort mehr. Vielleicht ist das Haus verwanzt und hört mit.« Königin Helen scannte mit Augen, die mich an Edwards erinnerten, den Raum. Die Frau, die in eine Decke gewickelt neben ihrem Sohn stand, schien sie jedoch kaum wahrzunehmen.

»Es gibt hier keine Wanzen«, sagte Edward.

»Ach nein? Ich wette, gestern Nacht hättest du auch geschworen, dass dich niemand beobachtet und fotografiert hat. Und doch sind wir genau deshalb jetzt alle hier versammelt, um zu retten, was noch zu retten ist.« Die Königin faltete die Hände und warf mir einen Seitenblick zu.

»Wir könnten es mit der Wahrheit versuchen …«

Die Königin schnitt ihm das Wort ab. »Pack deine Sachen. Wir reisen sofort ab.« Diesmal verweilte ihr Blick länger auf mir. »Und zwar alle.«

Edward rührte sich nicht. »Charlotte arbeitet auf Valmont. Sie kann nicht einfach alles stehen und liegen lassen.«

»Ich bin mir der Anstellung von Miss Everly bei der Royston Corporation wohl bewusst.« Die Königin tauschte einen Blick mit König Henry. »Trotzdem kann sie aus naheliegenden Gründen nicht hierbleiben. Bis zum Nachmittag wird die Presse das Anwesen belagern.«

Da mein Blick auf Edward gerichtet war, entging mir nicht, wie sich ein Schatten über seine Züge legte. »Ihre Sachen …«

»Werden bereits gepackt. Mrs Hutchinson wird sich um einen Ersatz kümmern, der ihre Aufgaben für den Rest des Winters übernimmt und darauf achtet, dass deine drei Freunde beim Zigarrerauchen nicht allzu viele Löcher in die Teppiche brennen.« Königin Helen trat zu ihrem Gemahl, der immer noch an der Tür stand. »Und jetzt zieh dich an. Vielleicht fängst du mit deinem Hosenstall an.« Sie räusperte sich und wandte den Blick ab, während Edward den Reißverschluss seiner Hose schloss.

Während er mit nachdenklich gerunzelter Stirn dastand, fasste ich für mich die Situation zusammen.

Die Eltern des Mannes, den ich liebte, hatten uns beim Sex erwischt. Besagte Eltern waren das Königspaar meines Heimatlandes. Sie hatten mich nur in eine Decke gewickelt und mit furchtbar zerzausten Haaren gesehen, und last but not least hatte irgendein Arschloch ein Foto des Prinzen und meiner Wenigkeit in einer verfänglichen Situation an die Medien verkauft – Medien, die sich wie Geier auf jede Kleinigkeit stürzten, die die Königsfamilie betraf.

Edward nahm mich beiseite und senkte den Kopf. »Ist das okay für dich? Ich meine, ich möchte nicht, dass du dich verpflichtet fühlst abzureisen, nur weil die Königin es so wünscht.«

Ich biss mir auf die Unterlippe. »Im Moment ist es sicher das Vernünftigste. Sie hat recht, was die Presse betrifft. Ich bin hergekommen, weil ich meine Ruhe wollte. Ich habe keine Lust, von diesem Mob belagert zu werden und keinen Fuß mehr vor die Tür setzen zu können.«

Er legte mir eine Hand an die Wange. »Okay, dann zieh dich an und wir hauen erst mal ab.«

Er sammelte die Kleidungsstücke ein, die überall auf dem Fußboden verstreut lagen, legte meine für mich ins Bad und ging dann selbst in mein altes Schlafzimmer, um sich anzuziehen. Ich wählte die passabelste Kombination aus meinen verschiedenen Lagen vom Vortag – Jeans und einen Wollpullover –, wusch mir das Gesicht, spülte mir den Mund aus und fuhr mir mit den Fingern durch das Haar. Tageslichttauglich? Nicht wirklich, aber immerhin besser als eine Blümchendecke.

Edward wartete vor der Tür, als ich herauskam, das Hemd in der Hose, die Schuhe geschnürt, das Haar ordentlich gekämmt und mehr als nur tageslichttauglich.

»Wie hast du das so schnell geschafft?«, fragte ich leise, als er mir Strümpfe und Stiefel reichte.

»Jahrelange Übung.«

»Darin, vor den Medien zu fliehen?«, scherzte ich, während ich in meine Stiefel stieg.

»Ich fürchte, ja«, murmelte er und nahm im Hinausgehen unsere Jacken vom Haken neben der Tür.

Der König wartete offenbar im Wagen, aber Königin Helen stand noch an der Tür, genau wie die Männer in den dunklen Anzügen und mit den riesigen Händen.

»Das Kaminfeuer brennt noch.« Ich zog an Edwards Hand.

»Jemand wird sich darum kümmern«, sagte die Königin. »Es gibt immer jemanden, der sich um alles kümmert, nicht wahr, Edward?«

Edward blieb draußen vor dem Haus stehen und wartete, bis seine Mutter herausgekommen war. Dann schloss er die Tür hinter ihr und wir gingen zum Wagen. »Ich habe dich nie gebeten, zu intervenieren und meine sogenannten Probleme für mich aus der Welt zu schaffen.«

»Das ist nichts, womit du prahlen solltest.« Sie winkte mit ihren dünnen Lederhandschuhen ab, ehe sie diese überzog.

Als wir auf halbem Weg zum Wagen waren, stieg ein weiterer Personenschützer aus der Limousine aus und öffnete der Königin die Wagentür.

»Was denkst du gerade?«, flüsterte Edward mir zu.

Ich blickte vom Haus zum Wagen und dachte darüber nach. »Ich glaube, ich habe immer noch nicht ganz kapiert, was hier passiert.«

Er nickte. »Aus ebendiesem Grund wollte ich dich aus

meinem Leben heraushalten und das mit uns geheim halten.«

Ich hatte noch die eine oder andere Frage, die ich jedoch nicht gewillt war, in Gegenwart seiner Eltern zu stellen. Edward stieg nach mir in die Limousine und nahm neben mir Platz. Der König und die Königin saßen uns gegenüber, beide mit einem Gesichtsausdruck, der darauf schließen ließ, dass sie eine Erklärung von uns erwarteten.

»Jetzt, wo wir sicher sein können, nicht abgehört zu werden …«, ergriff Edward das Wort, nachdem wir uns angeschnallt hatten, und nahm meine Hand. »… darf ich erfahren, wie es weitergehen soll?«

»Jetzt fahren wir erst einmal zurück zum Palast.« König Henry griff nach dem Buch, das neben ihm auf dem Sitz lag. Aus dem Titel schloss ich, dass es sich um etwas Historisches handeln musste. Wie der Vater, so der Sohn.

»Und was ist mit Charlotte? Ihre Eltern wohnen in der Nähe von Lubrock auf dem Land.«

Die Königin setzte sich zurecht und nahm die eleganteste Haltung ein, die ich je gesehen hatte, die Beine an den Knöcheln gekreuzt und die Hände gefaltet, obwohl abgesehen von uns drei niemand da war. Ich konnte mir nicht ansatzweise vorstellen, welche Disziplin es erforderte, sich rund um die Uhr und in jeder Situation zu benehmen, als würde man beobachtet.

»Die Medien werden auch dort auftauchen, sobald sie dahintergekommen sind, wer sie ist, und das wird nicht lange dauern«, entgegnete Königin Helen, als der Wagen sich in Bewegung setzte. »Sie muss untertauchen, bis Gras über die Sache gewachsen ist, zumindest wenn sie ihr nahestehende Menschen davor bewahren möchte, in den Fokus der Öffentlichkeit zu geraten.«

»Und wo soll sie hin, wenn sie weder hierbleiben noch zu ihren Eltern kann?« Noch während er die Frage stellte, schien es ihm zu dämmern, und wie schon vorhin legte sich ein Schatten über sein Gesicht.

»Sie kommt mit uns in die Stadt.« Die Königin seufzte leise, als sei sie mit dieser Lösung ebenso unglücklich wie Edward. »Im Palast ist sie geschützt und kann im Verborgenen bleiben.«

»Moment. Wir fahren also jetzt zum Palast?«, mischte ich mich in das Gespräch ein und beugte mich vor.

»So ist es.« Es schien die Königin Überwindung zu kosten, mich direkt anzusprechen.

»Und wie lange muss ich dortbleiben?« Ich warf einen Blick auf Edward, in der Hoffnung, an seinen Zügen ablesen zu können, wie er dazu stand, aber sein Gesicht war völlig ausdruckslos.

»Das hängt davon ab, inwiefern die Schadensbegrenzungsmaßnahmen in den ersten Tagen nach dem Skandal fruchten. Als Edward vor vier Jahren das letzte Mal dabei erwischt wurde, wie er mit einer Frau Händchen gehalten hat, haben die Medien wochenlang über die Natur ihrer Beziehung und eine bevorstehende Hochzeit spekuliert.« Die Königin faltete die Hände wieder auf dem Schoß. »Aber einen Skandal wie den, mit dem wir es jetzt zu tun haben, hat es in unserer Familie seit drei Generationen nicht mehr gegeben, seit der Bruder des damaligen Königs Willem eine Woche nach seiner Rückkehr aus den Flitterwochen mit einem Mann im Bett erwischt wurde.«

»Das hier ist kein Skandal.« Edward schaute aus dem Fenster.

»Was denn sonst? Was werden die Leute denken, wenn herauskommt, dass ihr zukünftiger König mit einer Angestellten in einer kompromittierenden Situation erwischt wurde? Und das so kurz vor der Krönung und der anschließenden Hochzeit zur Sicherung des Fortbestandes des Königshauses.«

Wieder hatte ich tausend Fragen, aber ich wusste es besser, als sie offen auszusprechen. Vor allem in Anbetracht des Schlamassels, in dem wir steckten. Ich hatte ja von Anfang an um Edwards Stellung gewusst, aber erst die vergangenen zwanzig Minuten hatten mir vor Augen geführt, was es hieß, mit einem zukünftigen König liiert zu sein.

»Charlotte ist nicht meine Angestellte«, sagte Edward.

Die Königin verzog den Mund. »In den Augen der Öffentlichkeit schon. Sie ist Angestellte der Royston Corporation, und du wurdest mit ihr im Bett erwischt. Was macht das für einen Eindruck? Und was sollen deine zukünftige Frau und deine Kinder dazu sagen?«

König Henry kam Edward zuvor, legte das Buch beiseite und ergriff das Wort. »Wir haben Edward versprochen, ihn hinsichtlich der Zukunft nicht zu drängen, meine Liebe, und wir sollten Wort halten. Wir sind hergekommen, weil es unter den gegebenen Umständen unvermeidbar war und um alle Beteiligten zu schützen, aber hier geht es nur um die Gegenwart und nicht um die Zukunft.«

Edward zog die Brauen zusammen und schien überrascht, dass sein Vater sich für ihn einsetzte.

Die Königin entspannte sich ein wenig, als König Henry sie sanft anstieß. »Du hast recht. Ich verspreche, das Thema Krönung ruhen zu lassen, bis Edward gesprächsbereit ist.«

Der König stieß sie wieder an. »Und das Thema Heiraten und Kinder ebenfalls.«

Ihre Schultern bewegten sich, als täte sie innerlich einen tiefen Seufzer. »Also gut. Um noch einmal auf Ihre Frage zurückzukommen, Miss Everly. Ich rechne damit, dass Ihr Aufenthalt im Palast für mehrere Wochen, wenn nicht gar Monate nötig sein wird. Natürlich ist das auch abhängig vom Grad Ihrer Bereitschaft, sich mit den Medien herumzuschlagen. Ich würde Ihnen jedoch davon abraten, nach Hause zu gehen, solange Ihr Name auf der Titelseite einer Tageszeitung steht, und das kann noch eine Weile der Fall sein.«

»Monate?« Mein Mund war plötzlich staubtrocken. Ganz bestimmt war das Leben im Palast ein völlig anderes als jenes auf Valmont, das ja den Winter über verwaist war. Wahrscheinlich ging es in der städtischen königlichen Residenz zu wie im Taubenschlag. »Und ich soll die ganze Zeit innerhalb des Palastes bleiben?«

Die Königin schaute Edward an, während sie auf meine Frage antwortete. »Sie sind keine Gefangene, es steht Ihnen also frei, den Palast zu verlassen, wann immer es Ihnen beliebt, aber ich würde Ihnen dringend davon abraten.«

Ich rutschte nervös auf dem Sitz hin und her. »Und was soll ich in dieser Zeit tun?«

»Was immer Sie möchten. Es gibt in Stratford verschiedene Möglichkeiten, sich die Zeit zu vertreiben.«

Edward beugte sich vor. »Sie wird sich nicht damit begnügen, Klavierstunden zu nehmen oder beim Tee über den neuesten Klatsch zu plaudern, Mutter.«

»Was würdest du also vorschlagen?«, fragte die Königin gleichermaßen verärgert und belustigt. »Wenn Miss Everly weder Konversation noch Musik zusagen – oder andere Beschäftigungen, von denen du offenbar meinst, ich würde damit meine Zeit vergeuden –, was soll sie dann tun?«

Anstatt darauf zu antworten, wandte Edward sich mir zu.

Ich kreuzte die Knöchel wie die Königin, aber es fühlte sich falsch an – und passte auch nicht zu den schweren Schneestiefeln, die ich trug. Ich setzte mich wieder normal hin.

»Gehört ein Arzt zu Ihrem Mitarbeiterstab?«, fragte ich

und ignorierte die Überraschung auf Edwards Gesicht. Als der König nickte, fuhr ich fort. »Vielleicht könnte ich ihm oder ihr ja über die Schulter sehen in dieser Zeit. Ich habe ein Medizinstudium erwogen, bin aber noch unschlüssig. Den Alltag eines Arztes mitzuerleben könnte mir helfen, mich zu entscheiden.«

Der König und die Königin tauschten wieder einen Blick. Offenbar konnten sie auch wortlos kommunizieren.

»Ich denke, das ließe sich machen«, sagte der König schließlich.

»Großartig, vielen Dank.« Ich lächelte.

»Bist du sicher, dass du das möchtest?«, fragte Edward und drehte sich mir zu. »Ich dachte, das mit dem Studium wäre der Traum deiner Eltern und nicht deiner.«

»Gott bewahre. Wo kämen wir denn da hin, wenn die eigenen Eltern sich in die Zukunftsgestaltung ihrer Kinder einmischen?«, bemerkte Königin Helen sarkastisch.

König Henry räusperte sich.

»Ich war mir unsicher und bin es noch, aber ich möchte es herausfinden.«

»Ich bin sicher, Sie würden eine gute Ärztin abgeben.« Die Königin nickte mir zu. »Außerdem wird für die kommenden Jahre ein Mangel an Landärzten im Süden des Landes vorausgesagt. Das Timing wäre also auf jeden Fall richtig.«

Im Süden des Landes, also weit weg vom Norden, wo die königliche Familie residierte.

»Sehr gut. Wir werden Sie mit Doktor Fleming bekannt machen, sobald wir im Palast sind. Ich bin sicher, dass es ihm eine Freude sein wird, alle Ihre Fragen zu beantworten und Ihnen Einblicke in seinen Arbeitsalltag zu gewähren.« Die Königin holte nun ihrerseits ein Buch aus ihrer Handtasche. »Das wird Sie beschäftigt halten, bis das alles vorbei ist.«

»Bis das alles vorbei ist«, wiederholte Edward, als hätte er aus diesen Worten etwas anderes herausgehört als ich.

»Nachdem der Palast ein offizielles Statement abgegeben hat, werden sich die Meldungen zu euch beiden förmlich überschlagen, aber irgendwann wird das Interesse der Öffentlichkeit nachlassen, und die Wogen glätten sich wieder.« Die Königin schlug ihr Buch an der mit einem Lesezeichen markierten Stelle auf.

»Und welches offizielle Statement gedenkt der Palast bekannt zu geben?«, fragte Edward bedächtig.

Königin Helen schwieg. Entweder war sie in ihre Lektüre versunken, oder aber sie überlegte noch. »Nun, wir können natürlich nicht erklären, es sei ein One-Night-Stand gewesen.«

Ich fühlte, wie seine Hand sich in meiner anspannte. »Natürlich nicht, denn es war keiner.«

»Einem Prinzen, der sich in die falsche Frau verliebt, verzeiht man eher als einem Playboy, dem es nur um sein Vergnügen geht«, entgegnete die Königin, unbeeindruckt von dem Einwand und dem zornigen Funkeln in den Augen ihres Sohnes. »Wir werden das Ganze also als leidenschaftliche Liebesaffäre präsentieren, ein Strohfeuer, das urplötzlich auflodert und ebenso schnell wieder erlischt.«

Der König an ihrer Seite blätterte eine Seite seines Buches um. Ich wusste nicht, was ich sagen oder tun sollte, und hoffte, dass Edward es tat.

»Das mit uns ist kein Strohfeuer«, sagte er, »und wir gedenken nicht, unsere Beziehung in naher Zukunft zu beenden.«

»Ich bedaure, Edward, aber daran hättest du denken sollen, bevor du dich mit ihr eingelassen hast. Alles, was du tust, hat seinen Preis und erfordert das eine oder andere Opfer.« Ihre Züge wurden weicher. »Das mit euch war geborgte Zeit, und jetzt musst du den Preis dafür bezahlen.«

Meine Jeans quietschte auf dem Leder, als ich versuchte, eine bequemere Haltung einzunehmen.

»Du kannst uns nicht trennen oder ein Statement von uns erzwingen, dass wir uns getrennt haben. Ich bin kein Kind mehr, Mutter.« Edward warf einen Blick auf seinen Vater, der jedoch stur vorgab, in die Geschichte Norlands vertieft zu sein.

»Dann hör auf, dich wie eines zu benehmen«, erwiderte die Königin und musterte ihren Sohn mit strengem Blick. »Ich werde dich erst dann wie einen erwachsenen Mann behandeln, wenn du begriffen hast, dass das Königshaus Vorrang vor deinen persönlichen Belangen hat. Wenn du endlich akzeptierst, dass dein Erbe mit schweren Entscheidungen verknüpft ist und du Opfer bringen musst.«

## 17. KAPITEL

»Du bist jetzt im königlichen Palast?« Annes Stimme am anderen Ende der Leitung war kaum wiederzuerkennen.

Ich ließ den Blick um mich schweifen, um mich selbst noch einmal davon zu überzeugen, dass ich nicht träumte, aber ich war tatsächlich immer noch in dem Zimmer, in das die Königin höchstpersönlich mich nach unserer Ankunft geführt hatte. »Es kommt mir selbst immer noch so vor, als wäre ich im falschen Film.«

»Verrückt.«

»Ganz deiner Meinung«, pflichtete ich ihr bei.

»Aber jetzt mal eine andere Frage … Es gibt da nämlich noch etwas, das ich nicht verstehe …«

Ich schnitt eine Grimasse, da ich ahnte, was folgen würde.

»… und zwar, warum meine beste Freundin es nicht für nötig gehalten hat, mich einzuweihen.«

Ich ging neben dem Bett, in dem ich die kommenden Wochen schlafen würde, auf und ab. Jenem Bett, das eigentlich königlichem Besuch zugedacht war und nicht einem einfachen Mädchen aus Lubrock.

»Heute haben sich den ganzen Tag die Ereignisse überschlagen. Worauf beziehst du dich denn genau?«, fragte ich.

»Heißt das, es gibt gleich mehrere Dinge, die du mir verheimlicht hast?«

»Anne … ist das die Inquisition? Die Königin hat mich heute schon ins Kreuzverhör genommen.«

Sie gab einen tiefen Seufzer von sich. »Warum hast du mir nicht erzählt, dass du was mit dem Prinzen hast?«

»Das habe ich dir nicht bewusst verschwiegen. Nur ... wir haben uns darauf geeinigt, es für uns zu behalten. Außerdem ist das erst seit gestern Abend ein Thema.« Ich zog am Kragen meines Pullovers. Die Wolle kam mir heute besonders kratzig vor.

»Echt jetzt? Dann zeigt das Foto also die Entjungferung der Charlotte Everly?« Sie gab einen Grunzlaut von sich. »Und heißt das, du landest mit ihm im Bett und das Ganze wird noch in derselben Nacht offiziell bekannt? Ganz schön raffiniert für eine Jungfrau, Everly.«

Ich ging auf das angrenzende Badezimmer zu, in der Hoffnung, in einem der Schränke Kopfschmerztabletten zu finden.

»Höre ich da gleich mehrere Fragen und Unterstellungen heraus?«, fragte ich, während ich den Spiegelschrank durchsuchte. »Aber ja, es stimmt, das Foto ist von gestern Nacht, von meinem allerersten Mal, und niemand unter neunzig spricht heute noch von Entjungferung. Und was Edward und mich betrifft ... es ist kompliziert. Da war schon länger etwas zwischen uns, aber wir waren beide zu feige oder dumm, um dazu zu stehen.«

»Hast du nicht gesagt, er wäre vor einem Monat oder so abgereist?«

»Das war er auch.« Ich dachte an das Gärtnerhaus. »Gewissermaßen.«

»Lass mich noch einmal rekapitulieren.« Sie räusperte sich. »Als du in Valmont angefangen hast und Edward kennengelernt hast, warst du in einen anderen Typen verschossen, an dessen Namen ich mich nicht mehr erinnern kann.« Sie legte eine Pause ein, wie um mich aufzufordern, das Gesagte zu bestätigen oder den Namen einzufügen, aber ich schwieg und setzte meine Suche nach einer Kopfschmerztablette fort.

»Dann reist Edward überstürzt ab, und der Typ, dessen Name mir nicht mehr einfällt, erweist sich als Griff ins Klo. Ein Monat vergeht, und dann taucht unser Prinz unvermittelt wieder auf, ihr beide landet im Bett, und irgendein Fiesling lichtet euch beim Sex ab?«

»Ich weiß nicht, was ich zu alldem sagen soll.« Ich atmete erleichtert auf, als ich fündig wurde. Ich nahm zwei Tabletten aus der Verpackung und schluckte sie in meiner Ungeduld ohne Wasser. »Aber wer sagt auch, dass jede Liebesgeschichte dem gleichen Ablauf folgen muss?«

»Liebesgeschichte? Dann bezeichnest du das, was zwischen dir und Edward ist, also als Liebe?« Nach ihrem Tonfall zu urteilen, hätte sie nicht schockierter sein können, wenn ich ihr ein Kapitalverbrechen gestanden hätte.

Ich lehnte mich an die Badezimmerwand. Mein Kopf fühlte sich an, als würde er jeden Moment zerspringen von dem ganzen Chaos. »Beruhige dich, das war mehr euphemistisch gemeint als wortwörtlich.«

»Ich soll mich beruhigen? Nach allem, was ich in den letzten zehn Minuten zu hören bekommen habe? Klar beruhige ich mich wieder, in zehn Jahren oder so.«

Ich hob die Hand und rieb mir die Stirn.

»Hast du schon mit deinen Eltern gesprochen?« Sie klang jetzt nur noch ein ganz klein wenig hysterisch und dafür umso besorgter.

»Noch nicht.«

»Glaubst du, sie wissen schon Bescheid?«, fragte Anne besorgt.

Ich schnitt eine Grimasse bei dem Gedanken, dass meine Eltern das Foto von mir und Edward auf der Titelseite der Zeitung sehen würden. Oder im Newsfeed auf ihrem Handy. »Nach der Anzahl verpasster Nachrichten und Anrufe zu urteilen, die während unseres Telefonats eingegangen sind, würde ich sagen, sie wissen es.«

»Was willst du ihnen sagen?«

Ich rieb meine Stirn fester. »Die Wahrheit.«

»Und die wäre?«

Als ich die Augen wieder aufschlug, blickte mir mein Spiegelbild entgegen. »Ich arbeite noch dran.«

»Wann fährst du morgen los?«, fragte ich Edward, der mir einen weiteren Flur zeigte, nachdem er darauf bestanden hatte, mich persönlich herumzuführen. Anfangs hatte ich mich auf Valmont immer mal wieder verlaufen, aber um mich hier zurechtzufinden, würde ich ein Navi brauchen.

»Ganz früh.«

»Und wie lange wirst du fort sein?«, fragte ich noch einmal, in der Hoffnung, ich hätte mich vorhin verhört.

»Einen Monat.«

Ich wandte mich ab und gab vor, eine Skulptur zu betrachten, damit er die Panik in meinen Augen und auf meinem Gesicht nicht sah. »Und du wusstest bis vorhin noch nicht, dass du morgen früh auf eine humanitäre Weltreise geschickt wirst?«

Edward blieb hinter mir stehen und seufzte leise. »Ich habe erst vor zwei Stunden davon erfahren.«

Ich nickte abwesend und schlenderte zur nächsten Skulptur, einer Marmorbüste von König Leopold, Edwards Urgroßvater, der einer der beliebtesten Könige in der Geschichte unseres Landes gewesen war.

»Meinst du nicht auch, dass diese ganze Reise nur arrangiert wurde, um uns auseinanderzubringen?« Ich schaute nach hinten, um mich zu vergewissern, dass er noch da war. War er. Mein ständiger, wenn auch stiller Schatten.

»Anfangs schon. Ich war sogar sicher, dass genau das dahintersteckt. Aber es ist mehr als das.« Er rieb sich mit einer Hand über das Gesicht. Seit er von dem Gespräch mit seinem Vater zurück war, sah er aus, als trüge er die Last der ganzen Welt auf seinen Schultern. Die steile Falte zwischen seinen Brauen wollte auch nicht mehr weichen. »Die Reise wurde über Monate organisiert, wenn auch eigentlich für meinen Vater. Der kann sie aber nicht antreten.«

Langsam wandte ich mich zu ihm um. »Und warum nicht?«

Er trat näher an mich heran und überzeugte sich davon, dass niemand in der Nähe war. »Er ist krank, Charlotte.«

Sein Tonfall verriet, dass es mehr war als nur ein Magen-Darm-Infekt oder eine Bronchitis. »Wie krank?«

Er trat von einem Fuß auf den anderen und suchte nach den richtigen Worten – oder dem Mut, es auszusprechen. »Krank genug, um nicht mehr in der Lage zu sein, seinen Pflichten als König nachzukommen.« Er starrte zu Boden und sprach sehr leise. »Jetzt macht alles Sinn. Warum er mich so gedrängt hat, mich zu entscheiden. Warum er so erpicht darauf war, dass ich möglichst bald zum König gekrönt werde.«

Ich ergriff seine Hände. »Das tut mir ja so leid. Wenn man ihn so sieht, käme man nie darauf, dass er krank sein könnte.«

»Es ist Parkinson. Die Diagnose wurde letztes Jahr gestellt. Jetzt traten die ersten sichtbaren Symptome auf. Manchmal hat er sprachliche, dann wieder motorische Aussetzer, und auch wenn er wohl noch viele Jahre leben wird, weiß er, dass er nicht mehr lange seinen Verpflichtungen nachkommen kann.«

Ich blickte schockiert auf die Wand hinter ihm und kämpfte mit den Tränen. »Und du hast nie etwas bemerkt?«

»Ich hatte keinen Schimmer«, sagte er mit hängenden Schultern. »Behandle das bitte vertraulich. Nur seine Ärzte, Mutter, ich und du wissen davon.« Er schüttelte den Kopf. »Mein Vater möchte die Thronübergabe abgewickelt haben, lange bevor die Öffentlichkeit von seiner Erkrankung erfährt.«

»Ich werde niemandem davon erzählen«, versprach ich.

Er hob den Kopf und sah mich an. »Ich weiß. Ich vertraue dir.«

Meine Gedanken überschlugen sich, und ich versuchte vergeblich, Worte zu finden, die ihn trösteten und aufrichteten.

»Alles wird gut«, sagte ich und drückte seine Hand. »Ich weiß es.«

Nie hatte ich ein traurigeres Lächeln gesehen als das seine in diesem Augenblick. »Ich würde das gerne glauben.« Hand in Hand gingen wir den Flur hinunter.

»Dann hast du dich also bereit erklärt, deinen Vater auf dieser Reise zu vertreten. Hast du schon entschieden, ob du noch weitere seiner Pflichten übernehmen willst?«

»Nein. Noch nicht.« Sein Hals versteifte sich. »Aber ich kann meine Entscheidung nicht mehr lange hinausschieben.«

»Was würde geschehen, wenn du nicht König wirst?«, fragte ich.

»Meine Eltern würden mich enterben.« Er lachte. »Nein, Scherz beiseite. Dann würde mein Onkel meinem Vater nachfolgen, aber das wäre eine Katastrophe. Stripschuppen an jeder Straßenecke und legalisierte Rauschmittel.«

»Sehr fortschrittlich.« Ich lachte und blieb vor einem Porträt von König Henry und seiner Gemahlin in jungen Jahren stehen. »Keine Angst. Du wirst ganz bestimmt die richtige Entscheidung treffen.«

»Woher willst du das wissen?«

Ich zuckte mit den Achseln. »Ich weiß es einfach.«

Er seufzte wieder. »Dein Wort in Gottes Ohr.«

»Du wirst sehen. Und dann werde ich dir unter die Nase reiben, dass ich es vorhergesagt habe.«

Er schwieg, während ich das Porträt studierte, wenn auch mehr, um mich abzulenken.

»Es tut mir leid, dass ich fortmuss. Und dass du hier festsitzt.« Er lockerte den Griff seiner Hand. »Das Ganze tut mir leid.«

»Du bedauerst, dass du deinen Vater auf einer humanitären Reise vertreten musst? Ist das dein Ernst?« Ich ignorierte sein schiefes Grinsen. »Mach dir meinetwegen keinen Kopf. Mir wird schon nicht langweilig werden. Dr. Fleming scheint sehr nett zu sein, und es gibt da diese bahnbrechende Erfindung namens Satellitentelefon, wir können also Kontakt halten, während du weg bist. Diese Reise ist wichtig.«

Seine Kiefer mahlten. »Es gibt immer irgendetwas Wichtiges. Eine humanitäre Reise, einen potenziellen Skandal, einen Gewerkschaftsstreik oder einen drohenden terroristischen Anschlag. Im Leben meines Vaters gibt es nicht einen einzigen Tag, an dem er nicht mit irgendeiner Krise konfrontiert wird, die seine sofortige Aufmerksamkeit erfordert.« Er starrte nun ebenfalls auf das Porträt, wenngleich er es sicher aus einer ganz anderen Perspektive betrachtete als ich. »Wenn ich König werde, muss ich einen Weg finden, den endlosen Strom wichtiger Dinge zu kanalisieren und Prioritäten zu setzen. Und dich jetzt allein zurückzulassen erscheint mir wie ein schlechtes Beispiel dafür, dass Angelegenheiten der Krone vor privaten Belangen in der Regel Priorität haben.«

Ich trat vor ihn und wartete, bis er mich ansah. »Du machst dir zu viele Gedanken um die Zukunft. Vertrau mir. Es gibt in der Gegenwart schon genug, worum du dir den Kopf zerbrechen musst.«

Er versuchte, ernst zu bleiben, aber seine Mundwinkel bewegten sich nach oben. »Willst du mich dafür tadeln, dass ich zu vorausschauend bin?«

»Ja, genau das tue ich.« Ich klemmte die Finger unter seinen Gürtel und zog daran. »Du machst mich wahnsinnig mit deinem Fünfzig-Jahre-Plan, während ich noch nicht einmal weiß, wie meine unmittelbare Zukunft aussehen wird.«

»Ich habe den Eindruck, du machst langsam Fortschritte.« Er räusperte sich. »Ein Arztpraktikum.« Er ging weiter und blickte zurück, um sich zu vergewissern, dass ich ihm folgte. »Ich dachte, du möchtest nicht Medizin studieren.«

Ich vergrub die Hände in den Taschen meiner Jeans. »Ich bin mir immer noch unsicher, aber wenn wir schon getrennt werden, sollten wir die Zeit wenigstens sinnvoll nutzen, um uns darüber klar zu werden, was genau wir mit unserem Leben anfangen wollen.«

Er blieb vor einer Tür am Ende des Flurs stehen und öffnete sie für mich. »Du könntest auch persönliche Beraterin des Königs werden.«

»Nee.« Ich warf einen Blick zurück, um sicherzugehen, dass wir nicht belauscht wurden. »Ich lasse mich lieber von einem zukünftigen König in der Liebeskunst unterweisen.«

Er stutzte, jedoch nur kurz. »Kannst du dir vorstellen, was los wäre, wenn die Öffentlichkeit erführe, wie das mit uns angefangen hat?«

»Meinst du jetzt meinen Vorschlag zur Nachhilfe in Sachen Sex oder das mit der Bratpfanne?«

Edward folgte mir hinein. »Beides dürfte den Medien zumindest für einen kurzen Moment die Sprache verschlagen. *Frau schlägt Prinz bewusstlos, als er nachts in sein eigenes Haus schleicht. Frau bittet Prinz, sie zu entjungfern.*« Er entspannte sich sichtlich, nachdem er die Tür hinter uns geschlossen hatte. »Meine arme Mutter.«

»Keine Angst. Ich nehme beide Geheimnisse mit ins Grab.« Ein vertrauter Geruch stieg mir in die Nase, und ich beschleunigte den Schritt. »Wir haben unseren Eltern heute schon genug zugemutet.«

Ich blieb stehen, als der Pool vor mir auftauchte.

»Ich dachte mir, du möchtest vielleicht schwimmen gehen, wenn ich fort bin und du nicht gerade Dr. Fleming über die Schulter siehst.«

Ich schaute mir das Schwimmbad an, das von gleicher Größe war wie jenes auf Valmont, nur weniger aufwendig gestaltet. Dieses Becken hier sah aus wie ein gewöhnlicher Pool, in dem normale Menschen ihre Bahnen schwammen, und nicht wie einer in einem königlichen Palast.

»Das ist der erste Raum hier, in dem ich mich richtig wohlfühle.« Meine Schultern entspannten sich. »Danke.«

»Du kannst herkommen, wann immer du willst. Bis vor zwei Jahren ist mein Vater hier jeden Tag seine Bahnen geschwommen.« Schweigend betrachtete er den Pool, als sähe er ihn jetzt in einem ganz neuen Licht. »Aber jetzt weiß ich ja, warum er aufgehört hat.«

Ich hockte mich neben das Becken, um die Wassertemperatur zu prüfen.

»Du kannst schwimmen, wann immer dir der Sinn danach steht, tagsüber oder auch nachts.« Edwards Schritte hallten durch den Raum.

Ich lächelte, als er mir ein Handtuch reichte, um mir die Hand abzutrocknen. Ich hätte mir ebenso gut die Hand an der Jeans abtrocknen können, aber als Prinz bekam er vermutlich schon ein Handtuch gereicht, wenn er nur ein kaltes Glas berührte, auf dessen Außenseite sich Kondenswasser gebildet hatte.

»Wo wir gerade von unseren Eltern sprechen, wie haben deine das alles eigentlich aufgenommen?« Er schlenderte zu den Fenstern am anderen Ende des Pools. Es hatte angefangen zu schneien. Riesige fluffige Flocken schwebten so langsam herab, als wollten sie der Schwerkraft trotzen.

»Ich würde sagen, so gut wie unter den gegebenen Umständen möglich.« Ich verzog das Gesicht bei der Erinnerung an das Gespräch, das ich im Anschluss an das Telefonat mit Anne mit ihnen geführt hatte. Es war sehr emotional gewesen. Sehr wortreich.

Sehr ... intensiv.

»Hast du sie eingeladen, dich hier zu besuchen?«

»Nein, noch nicht. Ich wollte erst das Bild von mir nackt mit dem Prinzen in eindeutiger Pose sacken lassen, bevor ich sie für ein Wochenende in den Palast einlade.«

Ich ging auf ihn zu und sah meine Schwimmsachen auf der Bank an der Wand liegen. Heute Morgen hatten sie sich noch im Poolhaus auf Valmont befunden. Ich wusste nicht, wer sie gepackt hatte und wie genau sie hierhergekommen waren, da meine anderen Sachen nicht rechtzeitig am Flughafen gewesen waren und ich ansonsten nur mitgebracht hatte, was ich am Leibe trug. Aber wie auch immer, sie waren hier.

Dieses Leben kam mir immer noch so unwirklich vor.

»Und du selbst? Wie kommst du mit alldem zurecht?« Edward legte sich auf einen Liegestuhl am Ende des Pools und schaute hinaus auf den herabfallenden Schnee.

»Mir geht es wie ihnen«, erwiderte ich. »So gut wie unter den gegebenen Umständen möglich.«

»Es tut mir leid, dass das passiert ist. Ich wollte dich vor diesem Leben, oder genauer *meinem* Leben, beschützen, aber ich hätte wissen müssen, dass es unmöglich sein würde, das mit dir unter Verschluss zu halten.«

Bei seinen Worten zog sich mein Magen schmerzhaft zusammen. »Und warum ist es so wichtig, das mit uns unter Verschluss zu halten?«

Er zeigte mit dem Finger von sich selbst auf mich. »Um dich vor dem zu schützen, was jetzt passiert ist. Vor den Medien. Paparazzi. Der Öffentlichkeit. Wirbel. Vor alldem, was du heute erlebt hast.« Ein abwesender Ausdruck trat in seine Augen. »Ich lebe in einem gläsernen Palast, den jeder Hinz und Kunz aufgrund von Halbwahrheiten und Hörensagen mit Steinen bewirft. Ich wollte dir das gerne ersparen.«

Meine Schritte hallten laut in der Schwimmhalle wider, als ich auf ihn zuging. »Lass sie doch ihre Steine werfen. Ich zerbreche nicht so leicht.«

»Nein, das ist wohl wahr.« Er lächelte leise. »Du bist meine eiserne Prinzessin, Charlotte Everly.«

Ich streckte die Arme aus und begutachtete sie, während mich ein prickelndes Glücksgefühl durchströmte. »Also, ich weiß nicht, ob man sagen kann, ich wäre aus Eisen, aber auf jeden Fall widerstandsfähig.«

Sein Oberkörper bebte, als er leise lachte und eine Hand nach mir ausstreckte. »Komm mal her.«

Sobald ich auf seinem Schoß saß, schlang Edward die Arme um mich und zog mich fest an sich. Ich legte den Kopf an seine Brust und blickte mit ihm zusammen hinaus in das Schneegestöber, während ich mit den Fingern über seine Fingerknöchel strich.

»Das fühlt sich gut an«, sagte ich, als ich endlich das Gefühl hatte, meine Vorsicht außer Acht lassen und mich entspannen zu können.

»Ganz deiner Meinung. Lass uns einfach bis zu meiner Abreise morgen früh hierbleiben.«

Einige Minuten herrschte Stille, aber mein Inneres war noch in Aufruhr. »Was ist das zwischen uns, Edward?«

Sein Brustkorb hob und senkte sich mehrmals unter mir. »Was denkst du?«

Es gab unzählige Arten von Beziehungen, aber keine einzige erschien mir passend für uns. Was war das zwischen uns? Bis heute Morgen hatte es sich ganz langsam entwickelt. Bis dahin war es mir einigermaßen leicht vorgekommen.

»Ich denke … ich bin noch zu keinem Schluss gekommen«, sagte ich schließlich wahrheitsgemäß.

Die Medien hatten sich eine Meinung gebildet, der Palast würde eine offizielle Erklärung abgeben, die Öffentlichkeit würde wild spekulieren, aber die einzigen Menschen, die wussten, was genau Edward und mich verband, waren wir selbst.

Gestern Abend hatte er gesagt, dass er mich liebte, aber seitdem hatte er es nicht wiederholt.

Ich glaubte, das Gleiche für ihn zu empfinden, wagte jedoch nicht, meine Gefühle hier auf die Probe zu stellen.

Die Zeit würde das Unbekannte ans Licht bringen. Das tat sie immer. Und bis dahin genügte es mir, zu wissen, dass wir etwas füreinander empfanden.

»Mir geht es genauso«, entgegnete er und ließ sich tiefer in den Liegestuhl sinken. »Und bis wir schlauer sind, bin ich mit dem zufrieden, wie es ist.«

Und so verbrachten wir unsere zweite gemeinsame Nacht, lagen bis zum Morgen wach und hielten uns in den Armen, und obwohl wir vollständig angezogen blieben, war diese zweite Nacht nicht weniger innig als die vorausgegangene.

## 18. KAPITEL

Heute war Halbzeit: Exakt zwei Wochen waren seit seiner Abreise vergangen, und weitere zwei Wochen blieben bis zu seiner Rückkehr. Die Zeit zog sich in die Länge, weshalb ich dafür sorgte, dass ich beschäftigt war. Ein typischer Tag in Stratford bestand darin, dass ich Dr. Fleming tagsüber bei der Arbeit zusah und anschließend zwei Stunden zügig schwamm, sodass ich sofort einschlief, wenn ich zu Bett ging.

Gestern Abend hatte ich jedoch trotz der viereinhalb Meilen, die ich geschwommen war, noch lange wach gelegen. Nach einem langen Tag in der Praxis hatte ich Rückenschmerzen gehabt und nicht abschalten können. Darum gönnte ich mir auch am Morgen eine größere Tasse Kaffee als sonst, während ich draußen vor Dr. Flemings Praxisräumen wartete.

Für gewöhnlich traf er jeden Morgen ein paar Minuten vor acht Uhr ein, aber inzwischen war es schon viertel nach, und der Doktor hatte sich immer noch nicht blicken lassen. Obwohl das Büro nicht abgeschlossen war, mochte ich nicht hineingehen, obwohl Dr. Fleming es mir ausdrücklich erlaubt hatte.

Ich rieb mir das immer noch schmerzende Kreuz und nahm mir vor, künftig vor und nach dem Schwimmen meine Dehnübungen zu machen.

Als Dr. Fleming schließlich doch am Ende des Flurs auftauchte, straffte ich den Rücken und lächelte, aber er war so in Gedanken versunken, dass er mich gar nicht wahrzunehmen schien.

»Das ist kein guter Tag, oder?«, sagte ich, als er die Tür fast erreicht hatte, ohne mich zu bemerken.

Als er die grauen Augen auf mich richtete, sah ich gleich, dass ihn etwas bedrückte. Er lüftete seinen braunen Filzhut und lächelte. »Ich fürchte, nein.«

Da er eine Aktentasche und seinen Arztkoffer trug, öffnete ich ihm die Tür. »Bitte sehr, Dr. Fleming.«

Er seufzte wie ein gutmütiger Großvater und winkte mich herein. »Nur meine Patienten nennen mich Dr. Fleming.«

»Ich denke, das ziemt sich auch für eine Praktikantin, zumal für eine, die Ihnen mehr oder weniger aufgezwungen wurde.« Ich ging umher und schaltete diverse Lampen ein, während Dr. Fleming in seinem Arbeitszimmer verschwand.

Die Praxis war nicht besonders groß. Sie bestand nur aus einem kleinen Empfangszimmer, Dr. Flemings Arbeitszimmer und zwei Behandlungsräumen, sodass ich nicht lange gebraucht hatte, um mich zurechtzufinden. Mir war natürlich klar, dass es sich um eine ganz besondere Stelle für einen Arzt handelte, da er nur die königliche Familie und die Palastangestellten medizinisch betreute, aber in den zwei Wochen, seit ich hier war, war ich Zeuge gewesen, wie Dr. Fleming neben unzähligen Untersuchungen auch ein paar echte Wunder vollbracht hatte.

»Wenn Sie mir im Weg wären oder ich der Meinung wäre, Sie hätten nicht den Magen, das Hirn oder das Herz, um Ärztin zu werden, wären Sie schon längst nicht mehr hier, das können Sie mir glauben«, sagte Dr. Fleming durch die offene Tür seines Arbeitszimmers und öffnete klickend seinen Arztkoffer.

»Ist heute schon etwas Besonderes passiert?«, fragte ich, während ich wie jeden Morgen jede zugängliche Fläche abwischte. Es war Winter, und ich verbrauchte jeden Tag eine ganze Packung antibakterieller Feuchttücher, um die Praxis zu desinfizieren.

»Ich war bei König Henry, das ist alles.«

»Er hat sich doch nicht erkältet, oder? Zurzeit kommt es mir vor, als wäre jeder Zweite krank.« Ich tat so, als wüsste ich nichts von der ernsten Erkrankung des Königs.

»Nichts dergleichen«, antwortete Dr. Fleming aus seinem Büro.

»Darf ich fragen, warum außer Ihnen niemand sonst anwesend sein darf, wenn Sie den König untersuchen?« Ich hielt inne, als ich damit fertig war, auch alle Türklinken abzuwischen.

»Die Gesundheit und das Wohl des Königs werden immer absolut vertraulich behandelt. Können Sie sich vorstellen, welchen Aufruhr es in den Medien geben würde, wenn bekannt würde, dass der Cholesterinwert des Königs erhöht ist oder so etwas in der Art? Vor fünfhundert Jahren wäre König Luther um ein Haar gestürzt worden, weil ans Licht kam, dass er gelegentlich ohnmächtig wurde, was man als Schwäche deutete. Heute würde vermutlich lediglich eine Hyperglykämie diagnostiziert, aber damals hätte ihn das fast die Krone gekostet.«

»Von der Warte aus habe ich es noch nie betrachtet«, sagte ich stirnrunzelnd. Seit ich im Palast lebte, hatte ich den König nur selten zu Gesicht bekommen, aber ich hatte Edward versprochen, ihn zu informieren, wenn sich sein Gesundheitszustand drastisch verschlechterte. »Aber es geht König Henry gut, oder?«

»Selbstverständlich geht es ihm gut.« Dr. Fleming kam mit dem Stethoskop um den Hals aus seinem Büro. »Aber das ist auch die Standardantwort, bis sein Herz aufhört zu schlagen.«

Anstatt ihn mit den Fragen zu bombardieren, die mir auf der Zunge lagen, ging ich zur Kaffeemaschine, um die erste Kanne des Tages zu brühen. Dr. Fleming hatte mir versichert, dass ich jetzt schon die für einen Arzt übliche Menge Koffein zu mir nahm.

Nachdem die Sprechstunde begonnen hatte, verging die Zeit wie im Flug.

»Warum sind Sie Arzt geworden?«, fragte ich Dr. Fleming, als der letzte Patient des Tages gegangen war.

Er antwortete mir, ohne zu zögern. »Anfangs war ich mir nicht sicher, ob ich wirklich Arzt werden wollte. Ich denke, wir wissen im Leben nur selten etwas mit absoluter Gewissheit, aber ich habe mich dafür entschieden, und heute, vierzig Jahre später, tue ich immer noch dasselbe.«

»War es nicht riskant, ein so langwieriges Studium zu beginnen, obwohl Sie sich Ihrer Sache nicht hundertprozentig sicher waren?«, hakte ich nach.

»Die Zeit vergeht, unabhängig davon, was wir tun, und da ist es doch nur vernünftig, sie möglichst sinnvoll zu gestalten.« Er zwinkerte mir zu, während ich weiter Einträge in einigen Patientenakten vornahm.

»Was haben Sie gemacht, bevor Sie Leibarzt der königlichen Familie geworden sind?«, fragte ich, als er sich den letzten Rest Kaffee aus der Kanne in seine Tasse goss.

»Ich war Militärarzt und habe die Truppen an die Front begleitet. Ich war auf sämtlichen Kontinenten außer in der Arktis, wobei ich fest entschlossen bin, auch noch dorthin zu reisen, bevor ich für immer die Augen schließe.«

»Vom Zusammenflicken von Soldaten zur Versorgung harmloser Wehwehchen ist es ein großer Schritt«, erwiderte ich.

»Das ist richtig. Aber es ist auch schön, jeden Abend mit meiner Frau schlafen zu gehen und meine Enkelkinder jedes Wochenende zu sehen.« Er lehnte sich an die Wand und leerte seine Kaffeetasse, den Blick in die Ferne gerichtet. »Manchmal vermisse ich die Arbeit an der Front, wo mich nach achtundvierzig Stunden Plackerei nur noch das Adrenalin wachgehalten hat.« Das Telefon am Empfang riss ihn aus seinen Gedanken, und als ich nach dem Hörer griff, richtete er den Blick auf mich. »Man wird nicht Arzt, weil man anderen helfen möchte, sondern weil man es kann.«

Meine Hand verharrte auf dem Telefon, das erneut klingelte. »Und … glauben Sie, dass ich es könnte?«

»Es spielt keine Rolle, was ich denke.« Dr. Fleming stellte seine leere Tasse ab, nahm seinen Mantel vom Haken neben der Tür und schlüpfte hinein. »Allein was Sie denken, zählt.« Er tippte sich grüßend an den Hut und öffnete die Tür. »Schönen Abend noch, Charlotte.«

»Ihnen auch«, rief ich ihm nach, ehe ich den Anruf entgegennahm.

»Hallo. Miss Everly?«

»Am Apparat.«

»Hier ist Rebecca. Ich arbeite in der Küche. Mrs Hutchinson hat mir aufgetragen, Sie anzurufen. Bitte entschuldigen Sie. Ich habe es zuerst auf Ihrem Handy versucht, bin aber nicht durchgekommen.«

»Ich schalte das Handy immer aus, wenn ich in der Praxis bin. Was ist denn der Grund für Ihren Anruf?« Ich hielt die Luft an.

Seit das kompromittierende Foto von Edward und mir in Umlauf war, machte Mrs Hutchinson einen großen Bogen um mich. Seit ich mich im Palast aufhielt, schickte sie immer jemand anders vor, um mir etwas mitzuteilen, als fürchtete sie, in den Skandal hineingezogen zu werden, wenn sie mit mir persönlich sprach.

»Ihre Eltern sind gerade eingetroffen. Sie wurden auf ihr Zimmer gebracht. Sie treffen sich dann zum Abendessen mit

Ihnen«, sagte Rebecca. Das Besteckklirren und Geschirrklappern im Hintergrund ließen darauf schließen, dass sie gerade mitten in den Vorbereitungen für besagtes Abendessen steckte.

Ich warf einen Blick auf die Uhr über der Tür. Fast sieben. Als ich das letzte Mal auf die Uhr gesehen hatte, war Mittag gewesen, und dem Gefühl nach hätte ich geschätzt, es wäre eher um fünf. »Danke fürs Bescheidsagen, Rebecca. Ich komme dann zum Essen runter.«

Ich schnappte mir meine Sachen und rannte los, da mein Zimmer sich im Obergeschoss am anderen Ende des Palastes befand. Ich hatte den Besuch meiner Eltern nicht vergessen, die der Einladung des Königspaares gefolgt waren, das ihnen versichert hatte, sie seien jederzeit willkommen, mich zu besuchen, aber irgendwie hatte ich ihn wohl vorübergehend verdrängt.

Eigentlich hatte ich eine Stunde vor der Essenszeit oben sein wollen, um mich umzuziehen und frisch zu machen, aber jetzt machte ich das Beste aus den zehn Minuten, die mir noch blieben, als ich endlich auf meinem Zimmer war. Ich tauschte den praktischen Jumpsuit gegen ein schlichtes schwarzes Kleid und eine Strumpfhose und trug etwas Parfum auf, um den Geruch nach Desinfektionsmittel zu verdecken, der mir nach einem Tag in der Praxis anhaftete.

Ich spülte mir den Mund aus, bürstete mir das Haar und trug etwas Lipgloss auf, zu mehr reichte die Zeit nicht. Mit klopfendem Herzen lief ich zurück ins Erdgeschoss, diesmal in den Speiseraum. Nach jenem ersten Anruf am Tag meiner Ankunft im Palast, als meine Liebesnacht mit Edward publik gemacht worden war, hatte ich noch zwei Mal mit meinen Eltern telefoniert.

Unsere Gespräche waren krampfig und peinlich gewesen, und ich hoffte, dass wir wieder zu einem entspannten Umgang zurückfinden würden, wenn wir einander sahen. Aber erst mussten wir das Dinner in Gegenwart des Königs und der Königin hinter uns bringen. Keine große Sache, nicht wahr?

Ich legte eine Hand auf den Bauch, als mir flau wurde. Ich war so nervös wegen des Abendessens mit beiden Elternpaaren, dass es mir auf den Magen schlug. Das hatte mir gerade noch gefehlt.

Als ich das Esszimmer betrat, unterhielten sich meine Eltern gerade mit dem Königspaar, als wären sie alte Bekannte. Anders als wenn sie mit mir sprach, schaute die Königin kein bisschen streng oder abweisend, und der König und mein Vater unterhielten sich angeregt, wie ihre Gestik und ihre Mienen verrieten. Ich legte den Kopf schräg und betrachtete die Szene, als wäre ich in eine Parallelwelt gebeamt worden.

Sie waren so vertieft in ihre Gespräche, dass mich anfangs niemand bemerkte, was mir nur recht war. So hatte ich einen Moment Zeit, um wieder zu Atem zu kommen und mich zu beruhigen, nachdem ich auf hohen Absätzen quer durch den Palast gerannt war.

»Sie müssen Charlotte sein.« Jemand war unbemerkt an meine Seite getreten. »Ich habe Sie erkannt aufgrund des Fo…« Die junge Frau verstummte abrupt, und ein rosiger Hauch überzog ihre makellose Haut.

Ich wusste nicht, wer sie war – im Palast gingen tagtäglich Dutzende von Besuchern ein und aus –, aber ich wollte ihr aus der Patsche helfen, froh, dass ausnahmsweise mal nicht ich diejenige war, die einen Fauxpas begangen hatte.

»Sie sind gut«, sagte ich und wandte mich ihr zu. »Die meisten erkennen mich nicht, wenn ich angezogen bin.«

Sie verkniff sich ein Lachen. »Ich bin Josephine Winslow. Freut mich, Sie kennenzulernen.«

»Ebenso. Essen Sie mit uns zu Abend?«

Nachdem sie ihr elfenbeinfarbenes Etuikleid glattgestrichen hatte, faltete sie die Hände vor sich. »Ja. Ich bin für ein paar Tage in der Stadt, und die Königin hat darauf bestanden, dass ich zum Dinner vorbeikomme.«

Josephine richtete die hellgrünen Augen auf Edwards und meine Eltern, die am anderen Ende des Raumes immer noch ganz vertieft in ihre Unterhaltungen waren. »Wie ich sehe, sind heute Abend auch Ihre Eltern zugegen. Es tut mir leid, wenn ich das Familienessen störe.«

»Es ist die erste Begegnung unserer Eltern. Und da Sie ja von dem Foto wissen, können Sie bestimmt auch nachvollziehen, warum ich ganz froh bin, wenn noch jemand da ist, der von mir ablenkt.« Ich schluckte, als ich sah, dass meine Mutter mich bemerkt hatte.

*Los geht's, Charlotte. Auf in die Schlacht.*

Es gab keinen Überlebensratgeber für ein Abendessen mit den eigenen Eltern und denen des Geliebten – welche noch dazu das Land regierten –, die allesamt durch ein Foto, das zwischenzeitlich auch der letzte Eremit irgendwo in den Alpen zu sehen bekommen haben musste, von der intimen Beziehung ihrer Kinder erfahren hatten.

»Hallo, Mom.« Ich lächelte, als meine Eltern auf mich zukamen, wobei ihre Mienen zu meiner Erleichterung nicht sonderlich verkniffen wirkten.

Mom und ich waren nicht so nah am Wasser gebaut, zumindest nicht in Gegenwart Dritter. Bei Dad sah das schon anders aus. Ich konnte schon aus der Entfernung den verdächtigen Glanz in seinen Augen sehen. Er wischte sich mit der Hand über die Augen, bevor er mich in die Arme nahm. Sie umarmten mich beide gleichzeitig, und in diesem Moment fiel etwas von der Anspannung von mir ab.

Als ich zu Edwards Eltern hinübersah, lächelte der König in sich hinein, und auch der Königin schien es schwerzufallen, ein ernstes Gesicht zu machen.

»Ich habe euch vermisst«, sagte ich.

»Wenn nun alle Platz nehmen würden«, sagte die Königin, woraufhin ich mich aus der elterlichen Umarmung löste.

Als wir alle saßen, kamen Bedienstete herein und trugen das Essen auf. Dad und der König nahmen ihr Gespräch über ihre Angelerfolge am Lake Genovese wieder auf, während die Königin Josephine mit meiner Mom bekannt machte.

»Josephines und unsere Familie sind schon seit ewigen Zeiten eng befreundet«, erklärte Königin Helen meiner Mom und strahlte Josephine an, als wäre diese ihre leibliche Tochter. »Vielleicht ist sie Ihnen ja unter ihrem Titel Herzogin von Suffold ein Begriff. Sie ist außerdem eine exzellente Reiterin, virtuose Klavierspielerin und promoviert gerade in frühkindlicher Psychologie.«

Die Lobeshymnen der Königin schienen Josephine unangenehm zu sein, aber sie reagierte diplomatisch, indem sie sagte, sie habe eben gute Gene. Im nächsten Satz erwiderte sie die Komplimente, indem sie ihrerseits das Talent der Königin im Sattel und am Klavier lobte.

»Charlotte ist auf Valmont aufgewachsen, da Mr Everly Gärtner auf dem Anwesen war«, klärte die Königin Josephine auf. »Dann wurde Charlotte eingestellt, um während unserer Abwesenheit im Winter das Anwesen zu hüten, falls du das nicht bereits aus der Zeitung weißt.« An dieser Stelle straffte sie die Schultern, wie sie es oft tat, wenn sie von den Medien sprach.

»Ihr kennt euch also auch schon eine Weile?« Josephine lächelte erst die Königin und dann meine Mutter an.

»Das ist das erste Mal, dass wir uns begegnen.« Die Königin griff nach ihrem Wasserglas.

»Charlotte hat in den ersten drei Schuljahren Gitarre gespielt. Ihre Lehrerin sagte damals, sie habe noch nie eine so talentierte Schülerin gehabt«, sagte Mom und strahlte so wie die Königin, als sie ihr Loblied auf Josephine gesungen hatte.

Königin Helen faltete ihre Serviette auf dem Schoß und versuchte, Interesse zu heucheln. »Akustikgitarre?«

Mom tätschelte mein Knie. »E-Gitarre.«

Die Königin griff erneut nach ihrem Wasser. »Haben Sie irgendwann auch ein anderes Instrument gespielt, Miss Everly?«

Sie weigerte sich immer noch stur, mich beim Vornamen zu nennen, als betrachtete sie das als zu persönlich. Ich nahm an, dass die Königin eine lange Reihe von Gründen hatte, unsere Beziehung möglichst förmlich zu halten.

»Ich habe auf der Mittelschule eine Weile Trompete gespielt und zu Beginn der Highschool Cello. Dann habe ich mich mehr dem Sport gewidmet.«

»Kunstturnen? Oder Ballett?« Die Königin winkte ab, als der Sommelier die Runde machte, um Wein nachzuschenken.

Ich tippte mit dem Fuß auf den Boden. »Ich habe mich auf Fußball, Softball und Schwimmen konzentriert.«

Königin Helens Augen weiteten sich ein wenig. »Sie müssen sehr beschäftigt gewesen sein bei so zahlreichen außerschulischen Aktivitäten.«

»Sie hat jede Sportart nur eine Saison betrieben und dann gewechselt«, warf meine Mom ein. »Wenn ich mich richtig erinnere, hat sie auch Volleyball, Basketball und Feldhockey ausprobiert.«

Josephine winkte ebenfalls ab, als der Sommelier zu ihr trat. »Sie müssen sehr abenteuerlustig sein, um so viel Neues auszuprobieren.«

»Oder unsicher«, bemerkte die Königin, die dabei lächelte,

sodass ich nicht zu sagen vermochte, ob das nur ein Gedanke war oder eine Beleidigung.

»Nun, das Schwimmen hat sie beibehalten. Diesen Sport ist sie nie leid geworden«, sagte Mom.

»Haben Sie für einen Verein an Wettkämpfen teilgenommen?«, fragte die Königin.

»Nur eine halbe Saison.«

»Eine halbe Saison?« Die Königin warf ihrem Gatten einen Blick zu, doch der war immer noch ganz vertieft in sein Gespräch mit Dad.

»Ich bin zu dem Schluss gekommen, dass ich Wettkämpfen nicht viel abgewinnen kann.«

»Dann haben Sie also Ihre Vereinskameraden im Stich gelassen?«, hakte die Königin nach.

»Ich war damals erst dreizehn. Es war nicht von Bedeutung.«

Mom schüttelte den Kopf und ließ sich Wein nachschenken. »Du warst schon sechzehn. Das weiß ich deshalb noch so genau, weil du den Führerschein gemacht hast und alleine zum Training gefahren bist, was mir gar nicht recht war. Ich habe mir immer schreckliche Sorgen gemacht, wenn du nachts allein unterwegs warst.«

»Könnten wir bitte das Thema wechseln?« Ich griff nach meinem Weinglas und widerstand der Versuchung, es in einem Zug zu leeren. »Ich bin sicher, dass es für die Königin interessantere Dinge gibt als meine langweiligen Jugend-Hobbys.«

»Ach, ich weiß nicht. Ich finde das Thema sehr erhellend.«

»Gibt es eigentlich Neuigkeiten von Edward?«, fragte Josephine abrupt. »Wie läuft es auf seiner Reise?«

Die Züge der Königin wurden weicher. »Es läuft alles bestens. Er ist ein würdiger Vertreter seines Vaters.«

»Ganz bestimmt«, sagte Josephine, die auf ihrem Stuhl thronte, als wäre sie selbst eine Königin.

Ich konnte den Blick kaum von ihr abwenden. Sie war so makellos, dass sie aussah wie eine Puppe. Ihr blondes Haar war mit einer schwarzen Samtschleife zusammengebunden und fiel ihr wie Seide über die Schultern. Ihr Teint war so makellos, als liefe sie mit einem permanenten Gesichtsfilter herum. Und sie wusste immer ganz genau, was sie zu sagen oder zu tun hatte.

Die einzige Ähnlichkeit zwischen uns waren unsere XX-Chromosomen.

In manchen Augenblicken wurde mir immer noch ganz schwindlig von der ebenso abrupten wie radikalen Wende in meinem Leben. Ich war losgezogen, um für Monate in Abgeschiedenheit zu leben und Entscheidungen bezüglich meiner Zukunft zu treffen, und dann hatte ich mich in einen Prinzen verliebt, war ins Scheinwerferlicht gezerrt worden und lebte nun unfreiwillig im Königspalast. Mein Leben war zur Seifenoper mutiert, oder schlimmer noch, zu einer Reality-Show.

»Wie kommen Sie und Mr Everly eigentlich mit dem Skandal zurecht?«, fragte Königin Helen meine Mom, als eine Bouillon in Suppenschalen serviert wurde.

»Dem Skandal?«, wiederholte meine Mutter mit gespielter Naivität. Wahrscheinlich wusste sie genau, worauf die Königin hinauswollte, mochte aber weder deren Wortwahl noch ihren Tonfall.

»Die Medien drehen durch und halten hartnäckig an der Idee einer Beziehung zwischen Ihrer Tochter und unserem Sohn fest«, erläuterte die Königin und tauchte den Löffel in ihre Brühe. »Ich hoffe, der ganze Rummel war für Sie nicht allzu furchtbar.«

Dad und der König verstummten, schienen jedoch auch nicht geneigt, sich an der laufenden Unterhaltung zu beteiligen. Ich konnte es ihnen nicht verdenken.

»Nein, gar nicht.« Mom kostete die Bouillon. »Wir waren sehr dankbar für die Leute, die Sie geschickt haben, als die Hölle losbrach, aber bei uns draußen hat sich die Aufregung längst wieder gelegt.«

Anstatt nervös auf meinem Stuhl herumzurutschen, ordnete ich meine an den Knöcheln gekreuzten Beine. Mom hatte klar übertrieben, was die Rückkehr zur Normalität betraf. Ich wusste, dass noch ein halbes Dutzend Nachrichtensender vor ihrer Farm campierte und sie nicht einkaufen gehen konnten, ohne erkannt und belästigt zu werden.

Eine einzige Nacht hatte gereicht, um eine ganze Nation in Aufruhr zu versetzen, und ich befürchtete, dass es Monate, wenn nicht sogar Jahre, dauern würde, ehe Gras über die Sache gewachsen war.

»Das freut mich zu hören, wenngleich wir hier in der Stadt noch weit entfernt sind von jeglicher Normalität.«

Moms Löffel schlug klirrend gegen ihre Porzellanschale. »Gibt es denn im Leben der königlichen Familie überhaupt so etwas wie Normalität?«

Einen flüchtigen Augenblick war der Königin anzusehen, wie schockiert sie war. Sie war es nicht gewohnt, dass ihr jemand widersprach oder sich gegen sie auflehnte. Sie kannte nur blinde Zustimmung und überschwängliches Lob.

»Es tut mir ja so leid, dass Ihnen das passiert ist«, flüsterte Josephine mir zu, während die Mütter in die nächste Runde gingen. »Was für eine grobe Verletzung der Privatsphäre. Sie scheinen sehr souverän damit umzugehen.«

»Ich weiß nicht, ob ich das als souverän bezeichnen würde, aber trotzdem vielen Dank. Ich habe das getan, was wir alle in einer Krise tun: Augen zu und durch.« Ich lächelte das bildhübsche Püppchen an, das sich so gewählt ausdrückte, und versuchte, mich selbst davon zu überzeugen, dass sie mich nicht mit diesem Blick ansah, an den ich mich inzwischen gewöhnt hatte und der so viel besagte wie »Was findet er eigentlich an ihr?«.

Diese unausgesprochene Frage war mein ständiger Begleiter und machte mich nur noch unsicherer.

Was fand Edward an mir?

Ich hatte aktuell keinen Plan und kein Ziel, das über den nächsten Tag hinausging. Der Nebel der Ungewissheit hatte sich kein bisschen gelichtet. Ich kompensierte meine Unsicherheit mit einem besonders forschen und selbstbewussten Auftreten. Ich sah durchschnittlich aus und stammte aus einer Familie, die weder über Titel noch über Reichtum verfügte, zumindest nicht materieller Art.

Ich wartete nur auf den Tag, an dem Edward die rosarote Brille absetzte und mich so sah, wie ich wirklich war. Ganz und gar nicht besonders. Keiner von uns war das. Das, was Menschen besonders machte, war das, was sie aus ihrem Leben machten, und bislang hatte ich da noch nicht viel vorzuweisen.

Als gerade der zweite Gang aufgetragen wurde, fiel am anderen Ende der Tafel ein vertrauter Name.

Mein Rücken versteifte sich entlang der Lehne meines Stuhls. »Was ist mit Theo Hamilton?«

Die Königin schaute mich fragend an. »Woher kennen Sie Theo Hamilton?«

Ich dachte mir eine weitere Lüge aus und fragte mich, wie viele Lügen ich noch aussprechen konnte, bevor ich zur Salzsäule erstarrte. »Er wohnt am gegenüberliegenden Seeufer, und zwar auch den Winter über. Wir haben uns auf einer von Edwards Partys kennengelernt.«

So, das war wenigstens nicht gelogen, nur eben nicht die ganze Wahrheit.

»Wie sich herausgestellt hat, war er derjenige, der das Foto an die Medien geschickt hat«, erklärte König Henry, während die Königin mich mit einer Neugier musterte, die befürchten ließ, dass sie wusste, dass wir mehr als nur flüchtige Bekannte waren.

Mein Magen verkrampfte sich, als ich sacken ließ, was der König soeben gesagt hatte. Theo? Ich wusste selbst nicht, warum es mich so sehr überraschte, dass er hinter dem ganzen Schlamassel steckte. Ich wusste, dass er wütend war, weil ich ihm den Laufpass gegeben hatte, aber ich hätte nie gedacht, dass er so tief sinken könnte.

»Theo hat dieses Foto geschossen?«, murmelte ich mehr zu mir selbst.

»Er hat es geschossen und verkauft und wird die nächsten Jahrzehnte seinen Profit daraus ziehen.« Der König warf meinen Eltern über den Tisch hinweg einen entschuldigenden Blick zu. »Ich hätte nie vermutet, dass die Hamiltons uns übel gesonnen wären, wenngleich ich vermute, dass die Summe, die die Medien Theo für das Foto geboten haben, einfach zu verlockend war, um sie abzulehnen.«

Die Königin verzog das Gesicht, als hätte sie in eine Zitrone gebissen. »Ich bin sicher, dass mehr dahintersteckt als nur Geld.« Wie zufällig schaute sie in meine Richtung.

»Ich wäre mir da nicht so sicher. Ich hatte bei Theo Hamilton noch nie das Gefühl, dass er ein besonders moralischer oder anständiger Mensch ist.« Josephine faltete die Hände auf dem Schoß. »Die paar Mal, die wir einander begegnet sind, war er mir extrem unsympathisch.«

Ich biss mir auf die Unterlippe. Josephine hatte Theo gleich durchschaut. Warum war ich so blind gewesen? Wie hatte ich mich von seinem Getue nur so täuschen lassen können, sodass ich zahllose Stunden überlegt hatte, was ich tun könnte, um mich aufzuwerten, um gut genug für ihn zu sein?

»Welchen Eindruck hatten Sie von ihm, Charlotte?«, fragte Josephine.

Alle Augen richteten sich auf mich.

»Ich fand ihn nett …« Ich starrte wie gebannt auf meinen Erbsensalat. »Bis er sein wahres Gesicht gezeigt hat.«

»Was genau meinen Sie damit?«, wollte die Königin wissen.

»Ich weiß genau, was Sie meinen.« Josephine beugte sich zu mir herüber, als die anderen vom Sommelier abgelenkt wurden, der den nächsten Wein ausschenkte. »So wie wohl jede andere junge Frau, die das zweifelhafte Vergnügen hatte, Theo Hamilton kennenzulernen.«

Wir tauschten einen Blick, der verriet, dass wir vielleicht doch eine Gemeinsamkeit hatten, ehe der König das Wort ergriff.

»Die königliche Familie hat in ihrer vierhundertjährigen Geschichte so manchen Skandal überstanden. Sie waren jedes Mal heftig und kamen aus heiterem Himmel, aber sie gehen auch wieder vorbei, wenn das Interesse der Öffentlichkeit verebbt.« König Henry prostete mir mit seinem Weinglas zu. An diesem Abend hätte ich niemals vermutet, er könnte an Parkinson leiden. Tatsächlich hatte es vielmehr den Anschein, als würde er hundert Jahre alt werden. »Sie werden nicht ewig hier festsitzen, Charlotte, versprochen. Wenn sich die Aufregung gelegt hat, können Sie Ihr bisheriges Leben fortführen, als wäre nichts gewesen.«

Meine Eltern entspannten sich sichtlich bei diesen Worten, aber mir bereiteten sie Unbehagen.

Die Schlagzeilen würden in Vergessenheit geraten, aber ich würde fortan nirgendwo mehr hingehen können, ohne erkannt zu werden. Wahrscheinlich nicht einmal in zwanzig Jahren. Niemand würde den Namen oder das Gesicht der Frau vergessen, die mit dem Prinzen im Bett erwischt worden war.

»Und bei wie vielen königlichen Skandalen ging es um ein kompromittierendes Foto des zukünftigen Königs mit einer Angestellten?« Die Königin sprach hastig weiter, als ihr bewusst wurde, was sie da gesagt hatte. »Mein Mann ist allzu optimistisch, was dieses unleidige Thema betrifft, fürchte ich. So gern ich auch glauben würde, dass Gras über die Sache wachsen wird und wir alle zum Alltag übergehen können, halte ich das doch für unrealistisch.«

Wieder schlug ein Besteckteil meiner Mutter klirrend gegen feines Porzellan. Sie mochte ja eine gewisse Verehrung für die Königin gehegt haben, aber wenn es um ihr Kind ging, konnte sie zur Furie werden. »Und was schlagen Sie vor, wie es weitergehen soll?«

»Wir machen genauso weiter wie bisher. Schadensbegrenzung. Wir lassen die Öffentlichkeit in dem Glauben, dass Edward und Miss Everly ein Paar sind und echte Gefühle füreinander hegen. Wir behalten sie hier und ihn auf Distanz, damit keiner von beiden in die Fänge der Medien gerät und unbeabsichtigt ein folgenschweres Statement abgibt.«

Mom befeuchtete sich die Lippen, ein sicheres Indiz dafür, dass sie angespannt war. »Ich hatte bislang den Eindruck, dass die beiden tatsächlich ein Paar sind und echte Gefühle füreinander hegen.«

Ich hielt den Blick auf mein Weinglas gerichtet. Angesichts der Auseinandersetzung zwischen meiner Mutter und der Königin war mir danach, allein eine ganze Flasche zu leeren.

Die Königin gab einen verächtlichen Laut von sich und setzte eine herablassende Miene auf. »Das kann ich mir denken.«

Oh-oh. Moms Gesichtsausdruck. Gleich würde sie in die Luft gehen.

»Was meinen Sie damit?«, fragte sie mühsam beherrscht mit geschürzten Lippen.

Dad drückte Moms Schulter, als wollte er sie besänftigen, aber sie schien es gar nicht zu bemerken.

»Ich meine damit, dass das Königshaus im Laufe der Zeit viele junge Frauen erlebt hat, die vor nichts haltmachen, um ihren Lebensstandard zu verbessern, also notfalls auch einen Prinzen verführen.« Hierauf erhob sich die Königin und rauschte hinaus.

Ich konnte nicht sagen, wer von uns von den Worten und dem Abgang der Königin am schockiertesten war, aber wir starrten alle fünf mindestens eine Minute sprachlos auf ihren verlassenen Stuhl.

»Ich möchte mich in aller Form für meine Frau entschuldigen.« Der König räusperte sich. »Das Ganze ist … sehr schwer für sie.«

»Ich würde sagen, dass es für uns alle schwer ist«, entgegnete Dad, der immer noch Moms Schulter rieb.

»Da haben Sie zweifellos recht.« König Henry blickte mit zusammengezogenen Brauen auf den leeren Stuhl seiner Frau. »Sie steckt in einer Zwickmühle als Königin und Mutter.«

»Soll sie uns jetzt leidtun?«, fragte Mom spröde.

Der König holte tief Luft, und ich sah, dass seine Hand leicht zitterte. Er legte sie auf seinen Schoß, wo der Tisch sie vor unseren Blicken verbarg. »Ich wollte nur versuchen, ihr Verhalten etwas verständlicher zu machen. Als Königin wird von ihr erwartet, dass sie das Wohl ihres Landes über alles andere stellt. Aber als Mutter geht es ihr primär um das Glück ihres Kindes. Sie sitzt gewissermaßen zwischen den Stühlen.«

Mom und ich wrangen unsere Servietten auf dem Schoß. Ihre steife Haltung entspannte sich leicht. »Ich als Mensch bemühe mich immer, das Gute in den Menschen zu sehen, aber als Mutter werfe ich jeden Idealismus über Bord, wenn es um das Wohl meines Kindes geht.« Sie sah mich mit glitzernden Augen an. »Ich glaube, ich kann nachvollziehen, dass Ihre Frau in der gegenwärtigen Situation angespannt ist.« Sie richtete den Blick wieder auf den König und runzelte die Stirn. »Aber wenn sie meine Tochter in meiner Gegenwart noch einmal als berechnendes, geldgieriges Luder bezeichnet, kann ich für nichts garantieren.«

König Henry lächelte. »Ich glaube, das wird sie verstehen – von Mutter zu Mutter.«

## 19. KAPITEL

Es war ein langer Tag in Dr. Flemings Praxis gewesen, nachdem sich scheinbar die Hälfte des Personals einen bösartigen Virus eingefangen hatte. Mir tat der Rücken weh, meine Füße waren taub, und wenn ich nur kurz die Augen zugemacht hätte, wäre ich am Empfang eingenickt.

Seit dem Besuch meiner Eltern waren zwei Wochen vergangen, und obgleich der König und die Königin mir versichert hatten, dass ich sie jederzeit wieder einladen könne, hatte ich das bisher nicht getan.

Das Wochenende hatte zwar besser geendet, als es begonnen hatte, trotzdem war die Stimmung insgesamt angespannt gewesen. Da alle vermieden hatten, über persönliche Themen zu sprechen, hatte oft das Wetter als Gesprächsstoff herhalten müssen.

Als ich zur letzten Patientenakte gelangte, wurde der Hunger übermächtig. Ich durchwühlte die obere Schublade, in der ich meine Schoko-Erdnuss-Riegel aufbewahrte, und riss den erstbesten ungeduldig auf. Ich biss ein Drittel des Riegels ab, während ich Dr. Flemings Anmerkungen zu diesem Patienten überflog.

Ein Klopfen ertönte, und gleich darauf trat jemand unaufgefordert ein. Ich widerstand dem Drang, die Finger zu kreuzen, um das Böse abzuwenden.

»Ein Satellitenanruf für Sie«, sagte Mrs Hutchinson und stellte einen Laptop vor mir ab.

Ich war sofort hellwach. Es gab nur eine Person, die mich über Satellit anrief.

»Danke, Mrs Hutchinson«, hörte ich Edwards Stimme aus dem Lautsprecher.

»Eure Königliche Hoheit.« Sie nickte dem Bildschirm zu, ehe sie ihn zu mir herumdrehte.

»Danke, Mrs Hutchinson«, sagte auch ich und setzte ein Lächeln auf.

Sie presste die Lippen zusammen und runzelte die Stirn, ehe sie hocherhobenen Hauptes davonrauschte.

Ich richtete mein Augenmerk wieder auf den Bildschirm und strahlte. »Du verstehst es wirklich, einem den Tag zu retten.«

»Du rettest jeden meiner Tage allein dadurch, dass es dich gibt, da muss ich mich schon etwas ins Zeug legen.« Obwohl ich ihn nur auf einem kleinen Monitor sah, war die Luft im Raum plötzlich wie elektrisch geladen.

Ich warf einen Blick zur Tür, um mich zu vergewissern, dass Mrs Hutchinson sie hinter sich geschlossen hatte. Die Tür war zu, aber wie ich sie kannte, lauschte sie wahrscheinlich und wachte darüber, dass ich der Reputation des Prinzen keinen weiteren Schaden zufügte. »Du weißt schon, was ich meine.«

»Na klar. Und es freut mich, dass ein paar Minuten Videoanruf alle zehn Tage dich so glücklich machen.«

»Bald bist du ja wieder da.« Ich rollte meinen Stuhl näher an den Tisch heran.

»Das sage ich mir auch immer wieder.« Edward beugte sich ebenfalls weiter vor. Die Ringe unter seinen Augen ließen darauf schließen, dass er in letzter Zeit nicht viel geschlafen hatte, und die Bartstoppeln verrieten, dass Rasieren offenbar auf seiner Prioritätenliste nicht so weit oben stand. »Und, wie war dein Tag?«

»Mein Tag war okay, aber lang«, erwiderte ich und schloss die letzte Patientenakte. »Und selbst? Nein, warte. Deiner fängt gerade erst an, richtig? Wie war gestern?«

Ich warf einen Blick auf die Uhr und rechnete aus, dass es bei ihm kurz vor sechs Uhr früh sein musste. Er war seit einer Woche in Ostafrika, hatte mit Regierungsvertretern und Stammesoberhäuptern gesprochen und versuchte, nachhaltige Lösungen für die gravierendsten Probleme vor Ort zu entwickeln. Jedes Mal, wenn ich eine Zusammenfassung seines Tages las, kam ich mir wie ein Faulpelz vor.

»Auch okay – und lang.« Er lächelte müde. Und unwiderstehlich. »Und heute wird es nicht anders werden. Darum wollte ich auch positiv in den Tag starten.«

»Harte Arbeit macht die Welt etwas besser.«

»Vor allem unter so spartanischen Bedingungen.« Er beugte sich zur Seite, damit ich einen Blick auf sein Zelt und die Ausstattung werfen konnte.

»Neben diesem Zelt erscheint der Palast wie die Örtlichkeit einer Studentenverbindung am Semesterende. Unglaublich glamourös.« Ich konnte mir ein Grinsen nicht verkneifen.

Wir schrieben zwar Mails und Nachrichten zwischen den Videoanrufen, aber das hier war erst der dritte seit seiner Abreise. Aber trotz der erschwerten Bedingungen kamen wir gut mit unserer Fernbeziehung zurecht.

»Aber genug von mir, erzähl mir, was es bei dir Neues gibt. Was macht die Arbeit bei Dr. Fleming? Gefällt es dir immer noch?«

Ich hob den Stift, den ich in der Hand hielt, und blickte auf den Karton mit den antibakteriellen Feuchttüchern, der neben mir auf dem Tisch stand. »Na ja, ich bin das Mädchen für alles, aber die Erfahrungen hier haben mir auf jeden Fall die Augen geöffnet.«

»Im Guten oder im Schlechten?« Edward griff nach einer Blechtasse, von der Dampf aufstieg. Aus irgendeinem Grund wurde mir allein bei dem Gedanken an Kaffee urplötzlich übel, was ziemlich komisch war, da ich morgens meistens wünschte, ich könnte mir das Gebräu intravenös zuführen.

»Im Guten. Es gefällt mir, Menschen auf so unmittelbare Art zu helfen.«

»Klingt nach einem erfolgreichen Experiment.«

»Ja, das ist es.« Ich drückte das Ende des Kugelschreibers und legte ihn hin. »Was ist mit dir? Wie fühlt sich das Leben eines Königs an?«

Er rieb sich den Nacken. »Besser als erwartet, auch wenn ich es ungern zugebe.«

»Dann gehört also mehr zu einem König, als komische Gewänder anzuziehen und dem Volk huldvoll zu winken?« Ich machte große Augen. »Ich bin schockiert.«

Er blinzelte und hatte sichtlich Mühe, ernst zu bleiben. »Es ist so ähnlich wie bei dir. Es gefällt mir, anderen helfen zu können.«

Ich winkelte ein Bein an und widerstand der Versuchung, den Bildschirm zu berühren. »Und du passt auch gut auf dich auf?«

»Na klar. Ich wette, du lebst im Palast gefährlicher als ich hier in der neutralen Zone zwischen zwei verfeindeten Stämmen.«

Ich biss noch einmal von meinem Schokoriegel ab. »Wahrscheinlich hast du recht.« Als ich die steile Falte bemerkte, die sich zwischen seinen Brauen bildete, ruderte ich zurück. »Aber so schlimm ist es gar nicht. Es ist viel besser geworden.«

»Warum macht Mrs Hutchinson dann bei der Erwähnung deines Namens immer noch ein Gesicht, als würde jeden Moment ein Alien-Baby ihre Brust sprengen?«

»Wie anschaulich. Und gruselig.« Ich hob einen Finger. »Aber zutreffend.«

Sein tiefes Lachen schallte aus dem Lautsprecher. »Und meine Eltern?«

Ich kniff leicht die Augen zusammen, während ich sehr vorsichtig meine Worte wählte. »Sie kommen inzwischen besser mit der Situation klar als am Anfang. Dein Dad und ich führen inzwischen sogar richtige Unterhaltungen, und deine Mom starrt mich nicht mehr an, als würde sie mich am liebsten auf einen fernen Planeten verbannen.«

Obwohl er lachte, blieben seine Augen ernst. »Wie geht es meinem Vater?«

»Gut. Ganz ehrlich. Abgesehen von einer manchmal etwas undeutlichen Sprache und einem leichten Zittern der Hände deutet nichts darauf hin, dass er krank ist.« Ich sprach bewusst leise, für den Fall, dass Mrs Hutchinson an der Tür lauschte. »Du solltest mal sein Gesicht sehen, wenn er von dir spricht. Es ist, als würdest du die Heilige Dreifaltigkeit verkörpern.«

Er schob den Ärmel bis zum Ellbogen hoch und sah auf die Uhr. »Er ist stolz, weil er glaubt, ich würde zustimmen, König zu werden.«

Ich schnitt eine Grimasse. »Er ist stolz auf dich, weil du sein Sohn bist.«

Er öffnete den Mund, als wollte er widersprechen, überlegte es sich dann aber anders. »Und hat die Aufregung sich zwischenzeitlich etwas gelegt? Haben jetzt alle genug von unserer Beziehung gehört?«

Ich legte den Kopf auf die Seite. »Welche Beziehung meinst du? Die, die deine Mutter der Welt präsentiert, oder unsere tatsächliche Beziehung?«

»Such dir eine aus.«

Der Stuhl knarrte, als ich mich zurücklehnte. »Die Öffentlichkeit hat den Schock noch lange nicht verwunden, und nach wie vor wird wild spekuliert. Tatsächlich kommt es mir so vor, als ginge es jetzt erst richtig los.« Ich legte eine Hand auf den Bauch, als ich einen schmerzhaften Krampf verspürte, wobei ich nicht sicher war, ob es der Magen war oder der Darm. Das passierte, wenn man einen Schokoriegel mit drei Bissen verschlang. »Und deine Mom geht immer noch davon aus, dass wir in der Woche nach deiner Heimkehr unsere Trennung bekannt geben. Ich glaube, sie hat sogar schon die Presseerklärung verfasst. *Prinz Edward und Charlotte Everly trennen sich einvernehmlich aufgrund unüberbrückbarer Differenzen.*«

Er rieb sich das stoppelige Kinn. »Hast du meine Nachricht über den Krönungsball am Abend meiner Rückkehr erhalten?«

»Ich überlege, ob ich meine gläsernen Schuhe anziehen soll.«

Er schüttelte den Kopf. »Nicht nötig, weil du nämlich nicht vor dem Prinzen davonlaufen wirst.«

»Königliche Bälle sind nicht so meins.«

»Meins auch nicht, und genau darum möchte ich dich an meiner Seite haben. Geteiltes Leid ist halbes Leid.« Er nippte an seinem Kaffee und wartete auf meine Antwort.

»Wenn es einen Krönungsball gibt, bedeutet das, du hast dich entschieden?« Der Stuhl knarrte, als ich meine Position veränderte. »Du bist also bereit, König zu werden?«

Edward schaute zur Seite und atmete tief ein, wobei sich seine Schultern hoben. Er sah mich wieder an. »Ja, ich bin bereit.«

»Mit zweiundzwanzig den Thron besteigen«, sagte ich seufzend. »Damit legst du die Messlatte unfassbar hoch für uns andere unschlüssigen Vertreter der Generation Z.«

Er lächelte schief. »Ich übernehme nur die Leitung des Familienbetriebs, mehr nicht.«

»Nur dass es sich bei diesem ›Betrieb‹ um das ganze Land handelt«, entgegnete ich mit einer wegwerfenden Geste, als wäre das nur eine Belanglosigkeit.

Eine Stimme aus dem Off rief nach ihm. Er gab dem Rufer ein Handzeichen und sah dann auf die Uhr. Daran, wie er die Schultern hängen ließ, erkannte ich, dass er fortmusste. »Charlotte? Mach dir keine Sorgen wegen meiner Mutter und ihren Plänen für uns. Wir allein entscheiden, wie es weitergeht.«

Ich wartete darauf, dass er noch etwas hinzufügte, aber er ging nicht weiter darauf ein.

»Und wie wird es weitergehen, Edward?«

»So, wie wir es möchten.« Er hob erneut die Hand, als jemand den Kopf hereinsteckte und nach ihm rief.

Ich wollte noch etwas sagen, wollte fragen, was er damit meinte, aber offensichtlich hatte er Wichtigeres zu tun, als mit mir per Videoanruf unsere zukünftige Beziehung zu besprechen.

»Du musst los«, sagte ich und setzte ein unbekümmertes Gesicht auf. »Danke für deinen Anruf. Es war schön, mal wieder dein Gesicht zu sehen. Wenn hier im Palast nicht überall Bilder und Fotos von dir hängen würden, hätte ich vielleicht schon vergessen, wie du aussiehst.«

Er verdrehte die Augen. »Das Einzelkind-Syndrom.«

Ich blinzelte. »Und Thronerben-Syndrom.«

Er lachte leise und ließ den Kopf kreisen, um seine Nackenmuskeln zu dehnen. »Charlotte, ich wollte dir noch sagen, dass …«

»Prinz Edward«, unterbrach ihn dieselbe Stimme wie vorhin, und diesmal betrat der Mann das Zelt. »Wir müssen los. Jetzt sofort.«

Edward atmete tief aus und ließ die Schultern hängen.

»Bis zum nächsten Mal?«, fragte ich.

»Es gibt immer ein nächstes Mal.« Er schaute mir noch einen Moment fest in die Augen, bevor die Verbindung unterbrochen wurde.

Ich starrte mehrere Minuten auf den schwarzen Monitor und stellte mir vor, wie ich ihm alles sagte und alles fragte, was ich auf dem Herzen hatte. Ich stellte mir seine Antworten und Gesten vor, sein Lächeln bei den leichteren Fragen und sein Stirnrunzeln bei den kniffligeren. Am Ende malte ich mir aus, wie es wäre, wenn wir für alles eine Lösung gefunden hätten und die ganzen Unsicherheiten und Herausforderungen, die noch wie ein breiter Abgrund vor uns lagen, zu einem schmalen Riss geschrumpft wären, der sich mit einem großen Schritt überwinden ließ.

Dann sammelte ich meine Sachen ein, nahm den Laptop und verließ die Praxis. Wie erwartet stand Mrs Hutchinson draußen vor der Tür, vermutlich für den Fall, dass ich versuchte, den Laptop zu stehlen und zu verhökern, um mir von dem Geld Drogen zu beschaffen. Sie war noch zorniger und empörter über meine Beziehung mit dem Prinzen als die Königin, und es bestand kein Zweifel daran, dass sie mir in diesem Leben keinen Funken Sympathie entgegenbringen würde.

»Danke«, sagte ich, reichte ihr den Computer und ignorierte ihren Versuch, mich mit Blicken zu vernichten.

»Wussten Sie eigentlich, dass Prinz Edward Herzogin Josephine heiraten soll?«, giftete sie, als ich davonging.

Ich blieb stehen. »Seltsam. Und ich dachte immer, er wäre ein freier Mann und in der Lage, seine eigenen Entscheidungen zu treffen.«

Mrs Hutchinson lachte boshaft. »Mitglieder der Königsfamilie sind nicht frei. Er ist der zukünftige König. Entscheidungen werden von anderen getroffen.«

»Ich bin sicher, dass er mich darüber informiert hätte, wenn er beabsichtigte, eine andere zu heiraten.«

»Sind Sie das, ja? Warum sollte er seine Zukunftspläne mit einer Frau besprechen, mit der er sich nur die Hörner abstoßen will, bevor er eine Frau heiratet, die seiner würdig ist?«

Ihre Worte fanden ihren Weg durch die unsichtbare Mauer, die ich um mich herum errichtet hatte, seit ich im Palast wohnte.

»Warum hassen Sie mich so?«, fragte ich leise.

»Weil Sie den Ruf eines großartigen Mannes beschädigt haben«, sagte sie eisig, und ihre Stimme hallte von den Wänden wider, als wäre es ihr egal, ob sie alle Welt hörte. »Weil Sie ihn nicht verdient haben und anmaßend sind. Weil Sie in jeder erdenklichen Hinsicht nicht den Anforderungen einer zukünftigen Königin genügen. Darum.«

»Autsch. Okay.« Ich holte tief Luft. »Gut, dass wir das geklärt haben.«

Ich wandte mich ab und ließ sie stehen, wobei ich mich bemühte, mir nicht anmerken zu lassen, wie sehr ihre Beleidigungen mich getroffen hatten, vielleicht weil ich selbst glaubte, dass Mrs Hutchinson in vieler Hinsicht recht hatte.

Ich hatte Edwards Ruf beschädigt, und dass das nie meine Absicht gewesen war, änderte nichts daran. Und der Rest? Ich wusste es nicht. Es hatte mir nie an Selbstachtung und Selbstbewusstsein gemangelt, aber in den letzten Wochen hatte meine Selbstsicherheit gelitten. Es war schwierig, weiter an sich zu glauben, wenn mich das ganze Land als Flittchen betrachtete und so ziemlich jeder in Edwards Umfeld davon überzeugt war, dass ich es nur auf Ruhm und Krone abgesehen hatte.

Ganz automatisch steuerte ich wie immer nach der Arbeit die Schwimmhalle an, aber ich fühlte mich zu kraftlos und mein Magen machte mir immer noch zu schaffen, sodass ich stattdessen abbog und auf mein Zimmer ging, wobei ich überlegte, ob ich mich würde übergeben müssen, noch bevor ich zu Bett ging.

Als ich gerade die Sneakers abgestreift hatte und mich aufs Bett fallen lassen wollte, vibrierte mein Telefon.

»Hey!« Seufzend ließ ich mich aufs Bett fallen, ein Modell, wie man es in einem Palast erwartete. Riesig, plüschig, die Matratze vermutlich mit goldenen Fäden durchwirkt und mit butterweichen Daunendecken.

»Was macht das Palastleben?«, fragte Anne.

Ich runzelte die Stirn. »Es ist nicht so toll, wie man erwarten würde.«

»Oh-oh.« Im Hintergrund hörte ich das Knarren von Annes altem Bürostuhl.

»Was hat denn die Drachenkönigin jetzt wieder von sich gegeben? Oder war es die vertrocknete alte Spielverderberin und Sittenwächterin?«

Ich zog mir ein Kissen über den Kopf, in dem Versuch, das Leben zumindest für ein paar Minuten auszusperren. »Im Moment werde ich von allen Seiten angefeindet. Kollektives Mobbing, würde ich sagen.«

»Die Märchen aus unserer Kindheit haben wenig mit der Realität zu tun, oder?«

»Das kannst du laut sagen«, murmelte ich.

Bevor wir dazu kamen, uns noch weiter über die Diskrepanzen zwischen Märchen und Wirklichkeit auszutauschen, wurde leise an die Tür geklopft.

»Herein!«, rief ich.

»Hey. Ich bin nicht taub und das soll möglichst auch bis ins hohe Alter so bleiben«, schimpfte Anne.

»Sorry«, sagte ich, als das Hausmädchen, das seit meiner Ankunft für mein Zimmer zuständig war, eintrat.

»Darf ich Ihnen das Abendessen bringen, Miss Everly?«, fragte Sadie, ging zu den Fenstern hinüber und zog nacheinander die Vorhänge zu.

Normalerweise hatte ich um diese Zeit nach einem langen Arbeitstag und meinem Schwimmtraining immer einen Mordshunger, aber heute Abend streikte mein Magen. »Ich möchte heute nichts essen, vielen Dank.«

Sadie war die Überraschung anzusehen. Wahrscheinlich hatte sie erwartet, dass ich wieder zwei Desserts bestellte wie in den vergangenen zwei Wochen. »Möchten Sie dann etwas trinken? Tee vielleicht?«

Am anderen Ende der Leitung murmelte Anne, dass es schon praktisch sei, wenn man über einen Zimmerservice verfügte. Ich ignorierte sie.

»Tee wäre vielleicht eine gute Idee, aber ich bin unschlüssig.« Als mir erneut übel wurde, legte ich eine Hand auf den Bauch. »Haben Sie vielleicht eine Sorte, die bei Magenverstimmung hilft?«

Sadie nickte und holte meine Pantoffeln und den Morgenmantel aus dem antiken Mahagonischrank. »Magenschmerzen oder Übelkeit?«

»Gibt es da einen Unterschied?«, fragte ich.

»Mach dir um mich keine Sorgen, ich bin noch dran und warte. Vergeude du nur meine kostbare Freizeit und gute Laune«, sagte Anne sarkastisch und schnalzte mit der Zunge.

»Bei Magenschmerzen ist Pfefferminztee ideal. Bei Übelkeit würde ich Ingwertee empfehlen.« Sadie legte den Morgenmantel über die Stuhllehne und strich ihn glatt.

Ich zog die Brauen zusammen. »Ich weiß immer noch nicht …«

Sadie räusperte sich. »Wie soll ich das höflich formulieren?«, sagte sie zögernd.

»Lassen Sie's«, entgegnete ich.

»Haben Sie das Gefühl, Sie müssten sich übergeben, oder denken Sie … es kommt auf normalem Weg heraus? Bitte verzeihen Sie meine Vulgarität, Miss Everly.«

Anne am anderen Ende der Leitung lachte laut auf, während die arme Sadie feuerrot anlief.

»Jetzt ist alles klar«, sagte ich und schenkte ihr ein Lächeln, das ihr hoffentlich die Verlegenheit nahm. »Es fühlt sich tatsächlich an, als müsste ich brechen, also gerne einen Ingwertee, bitte.«

Sadie nickte knapp und eilte so hastig hinaus, dass ich den Luftzug spürte.

»Sag mir bitte, dass sie so rot war wie in meiner Vorstellung«, keuchte Anne, die sich immer noch ausschüttete vor Lachen.

»Röter«, entgegnete ich und drehte mich auf die Seite, in der Hoffnung, das würde die Übelkeit lindern.

»Einen Moment dachte ich, sie würde das Wort Anus benutzen. Das wäre die Krönung gewesen.«

»Du bist pervers.« Mir entfuhr ein Wimmern, als mein Magen sich zusammenzog wie ein Akkordeon.

»Oh Mann, dir geht es wirklich nicht gut, stimmt's?« Die eben noch lachende Anne machte eine Hundertachtziggradwende und klang jetzt ernst und besorgt.

»Es ging mir schon mal besser.«

»Du hast schon die ganze Woche Magenprobleme«, fuhr Anne fort.

»Ja, aber heute ist es richtig schlimm.« Ich überlegte, ob es vielleicht der Blinddarm sein könnte. Der befand sich doch unten rechts, oder? Ich tastete meinen Unterleib ab, konnte den Schmerz aber nicht genau lokalisieren. Eigentlich tat mir die ganze untere Bauchhälfte weh.

»Hey, Schlaukopf, warum bittest du denn nicht den Arzt, mit dem du den ganzen Tag zusammenarbeitest, dich mal zu untersuchen?«, meinte Anne. »Du hast doch selbst erzählt, dass ständig irgendwelche Viren im Palast kursieren, und in Anbetracht der vielen Patienten, mit denen du in Berührung kommst, hast du dir wahrscheinlich was eingefangen.«

Ich zog die Beine an und schloss die Augen. Die Fötusstellung schien zu helfen. »Vermutlich hast du recht. Ich werde gleich morgen früh mit Dr. Fleming sprechen.«

Anne schwieg einen Moment. »Vielleicht solltest du sofort jemanden kommen lassen. Es gibt doch im Palast bestimmt so etwas wie einen ärztlichen Notdienst, den du herbeiklingeln kannst.«

Ich zog die Tagesdecke über mich. »Im Moment will ich nur eins: schlafen. Ich bin todmüde.«

»Okay, dann ruh dich aus. Ich melde mich morgen wieder.«

»Danke, Süße«, entgegnete ich gähnend.

»Gern geschehen, Süße.«

## 20. KAPITEL

Ich starrte durch das Fenster hinaus in die Dämmerung. Alles war in stumpfes Grau getaucht, Bäume und Gras wirkten leblos. Aber bald würden die Bäume ausschlagen und neues Leben aus dem harten Boden sprießen und ein neuer Zyklus eingeläutet werden.

Das deckte sich mit dem, wie ich mich fühlte. Ich klammerte mich noch an eine Phase, die unaufhaltsam in eine neue überging.

Das vertraute leise Klopfen ertönte.

»Herein!«, rief ich, den Blick weiterhin auf den sich verdunkelnden Horizont gerichtet.

»Ist es Ihnen recht, wenn ich Ihnen jetzt helfe, sich für heute Abend zurechtzumachen?«, fragte Sadie in der ihr eigenen ruhigen Art.

Ich warf noch einen Blick auf das Telefon in meiner Hand, aber seit Edwards letzter Nachricht, die er mir geschickt hatte, als er vor zwei Stunden im Palast eingetroffen war, waren keine weiteren eingegangen.

Ich wandte mich vom Fenster ab. »Haben Sie etwas gehört …«

»Ja, ich habe mich erkundigt, Miss Everly. Er ist immer noch bei Seiner Majestät und darf unter keinen Umständen gestört werden.« Sadie ging zur Schminkkommode. Erst jetzt fiel mir auf, dass sie etwas in der Hand hielt. »Aber keine Sorge, Sie werden ihn schon bald auf dem Ball wiedersehen.«

Ich scrollte durch die letzten Nachrichten, die Edward und ich ausgetauscht hatten.

*Ich: Ich muss dich sehen.*

*Edward: Ich dich auch.*

*Ich: Jetzt?*

*Edward: Bald. Ich muss mit meinem Vater sprechen. Ist wichtig. Dann gehöre ich ganz dir.*

*Ich: Noch vor dem Ball? Bestimmt?*

*Edward: Ich komme, sobald er und seine Berater mich gehen lassen. Versprochen.*

Einige Minuten waren verstrichen, bevor die nächste Nachricht von ihm eingegangen war.

*Edward: Alles okay?*

Das war die letzte Nachricht gewesen. Ich hatte ein Dutzend Antworten getippt, mich aber nicht überwinden können, sie abzuschicken.

»Was ist das?«, fragte ich und betrachtete das Kleid, das sie am Fußende des Bettes abgelegt hatte.

»Ihr Ballkleid, Miss …« Als sie meinem Blick begegnete, korrigierte sie sich. »… Charlotte.«

»Das gehört mir nicht.« Das jadegrüne Kleid schimmerte je nach Lichteinfall in unterschiedlichen Farben.

»Die Königin hat es für Sie bestellt, da sie davon ausgegangen ist, dass Sie keine Abendgarderobe mitgebracht haben.« Sadie glättete eine Falte im Rock und lächelte stolz, als hätte sie das Kleid höchstpersönlich genäht.

»Ich wollte mein schwarzes Etuikleid anziehen.« Ich deutete auf das schlichte Kleid, das außen an meinem Schrank hing.

Sadie legte Haarbürsten und Nadeln auf der Frisierkommode zurecht und zog dann die Sitzbank heraus, damit ich Platz nehmen konnte. »Sie können natürlich anziehen, was Sie wollen, aber ich warne Sie: Die einzigen Gäste in knielangen

Röcken werden ein paar Diplomaten aus dem Norden in Kilts sein.«

Ich kaute auf der Unterlippe und begutachtete das Ballkleid noch einmal. »Und wenn es nicht passt?«

»Die Königin besteht darauf, dass beim Eindecken der Tische alles mit dem Lineal exakt ausgerichtet wird. Glauben Sie ernsthaft, sie würde bei der Auswahl eines Ballkleids für die Liebste ihres Sohnes irgendetwas dem Zufall überlassen?«

Ich verkniff mir ein spöttisches Lachen. Dem Personal gegenüber gaben der König und die Königin vor, Edward und mich als Paar zu akzeptieren.

Ich nahm am Frisiertisch Platz, und Sadie begann, mein Haar zu entwirren, das ich am Morgen zu einem einfachen Pferdeschwanz gebunden hatte. Wenn ich schon auf diesem Ball erscheinen musste, sollte ich Sadies Hilfe auch in Anspruch nehmen. Wenn ich mich allein zurechtmachte, würde ich hinterher aussehen, als hätte ich mich von einer Fünfjährigen frisieren und schminken lassen.

»Nicht so fest, bitte«, keuchte ich, als Sadie das Kleid im Rücken schloss, nachdem sie mich gestylt hatte.

»Ich habe gar nicht fest geschnürt«, entgegnete sie, während sie die Schnürung der Korsage etwas lockerte.

»Das Körperbetonteste, was ich sonst trage, sind Zehensocken. In dem Kleid bekomme ich Atemnot.« Ich zupfte an der Taille an dem eng sitzenden Stoff. »Ich fürchte, die Königin hat es eine Nummer zu klein bestellt.«

Sadie sah um mich herum und betrachtete mich in dem bodentiefen Spiegel, vor dem ich stand. »Es sitzt perfekt, und Sie sehen wunderschön aus.« Sie lockerte die Schnürung noch etwas mehr. »Besser so?«

Ich atmete tief ein. »Ja. Ich bekomme wieder Luft in meine Lungen, das ist ja schon mal ein Fortschritt.«

»Kann ich sonst noch etwas für Sie tun?« Sadie trat neben mich und betrachtete ihr Werk kritisch. Schließlich nickte sie zufrieden.

»Wünschen Sie mir Glück?«

Sie ging zur Tür. »Alles, alles Gute, Miss … Charlotte.«

Als sie fort war, ließ ich mir noch einen Moment Zeit, um mich zu sammeln, und schaute noch einmal auf mein Handy. Der Ball hatte bereits begonnen oder aber er würde jeden Moment eröffnet werden, Edwards Gespräch mit dem König musste also beendet sein.

Ich musste ihn sehen. Ich hielt es nicht länger aus.

Sadie hatte wahre Wunder bewirkt und das Beste aus mir herausgeholt. Mein Haar glänzte wie Seide, und es war ihr tatsächlich gelungen, die widerspenstigen Strähnen zu bändigen und zu einer eleganten Frisur hochzustecken. Mein Make-up war natürlich und doch glamourös, und das Kleid war wie für mich gemacht.

Vielleicht verabscheute die Königin mich ja doch nicht so sehr, wie ihre stechenden Blicke hatten vermuten lassen.

Als ich den Flur hinunterging, konnte ich die Musik aus dem großen Ballsaal hören. Ein Streichorchester spielte klassische Stücke, die ich kannte, aber nicht benennen konnte. Mit jedem Schritt nahm meine Beklommenheit zu, und ich fragte mich, was ich tun sollte, wenn ich ihn endlich wiedersah.

Was er sagen würde, wenn er es erfuhr.

In den vergangenen Tagen war es im Palast zugegangen wie in einem Bienenstock. Die Vorbereitungen für den Ball waren auf Hochtouren gelaufen, und erste Gäste waren eingetroffen und mussten umsorgt werden. Immerhin kam es nicht alle Tage vor, dass ein Prinz gekrönt wurde. Die Krönungszeremonie würde morgen stattfinden, und die heutige Veranstaltung wurde als Vorkrönungsball bezeichnet, eine alte Tradition, die bis in die Anfangszeit von Norland zurückreichte. Ich hatte im Geschichtsunterricht von diesen Zeremonien gehört, hätte mir aber nie träumen lassen, eines Tages an einer solchen teilzunehmen.

Sadie hatte mir verraten, was mich erwartete: Tanzen, Dinner und wieder Tanzen. Leider hatte ich nie gelernt, Walzer zu tanzen, und auch meine Tischmanieren waren jene einer Normalbürgerin.

Ich blieb auf halber Höhe der Treppe stehen und warf von dort aus einen Blick in den Ballsaal. Gäste strömten hinein, während Kellner in Smokings sich geschickt mit Silbertabletts voller Champagnergläser und Kanapees durch den Raum schlängelten.

Edward konnte ich jedoch nirgends entdecken. Ebenso wenig den König und die Königin.

Abgesehen von Josephine, die hier sein würde, wie ich wusste, da ich ihr gestern auf dem Flur begegnet war, würde ich niemanden kennen. Die ältesten, wohlhabendsten Familien des Landes würden zugegen sein, dazu Diplomaten und Würdenträger aus dem Ausland.

Ich legte die Hände auf den Bauch, als mich wieder das Lampenfieber überfiel.

»Charlotte?« Ein bekanntes Gesicht tauchte an meiner Seite auf. Dr. Fleming schien sich in seinem Smoking ebenso unwohl zu fühlen wie ich mich in meinem Ballkleid. Die steile Falte zwischen seinen Brauen vertiefte sich, als er mich aufmerksam musterte. »Geht es Ihnen nicht gut?«

Ich ließ die Hände sinken und straffte die Schultern. »Mir geht es gut. Ich bin nur nervös.«

»Wegen des Balls?« Trotz meiner Versicherung, dass es mir gut ginge, musterte der Doktor mich aufmerksam.

»Auch«, entgegnete ich und ging weiter.

»Haben Sie Edward schon gesehen?«, fragte er und schloss zu mir auf.

Ich schüttelte den Kopf. »Noch nicht. Ich suche ihn gerade.«

»Soll ich Ihnen helfen?«, fragte Dr. Fleming freundlich.

Ich strich mir abwesend mit einer Hand über den Bauch. Ein Teil von mir sehnte sich nach Unterstützung, andererseits wusste ich, dass ich das alleine durchstehen musste. »Ich komme schon zurecht, trotzdem vielen Dank. Ich wünsche Ihnen einen schönen Abend.«

»Wenn Sie etwas brauchen, wissen Sie ja, wo Sie mich finden«, sagte Dr. Fleming, bevor er den Ballsaal betrat, widerwillig wie ein Kleinkind, das zum Baden gezwungen wird.

»Schau einer an. Eine richtige Dame.« Jemand trat neben mich und pfiff anerkennend.

Ich erkannte die Stimme sofort.

»Heute so freizügig mit Komplimenten? So ganz ohne Damenbegleitung?« Mit einem leisen Lächeln stieß ich Frederick in die Seite. »Hat man dich und die beiden anderen Hausbesetzer an die Luft gesetzt?«

Er zwinkerte im Vorbeigehen einer jungen Frau zu, die es jedoch vorzog, ihn zu ignorieren.

»Nicht doch. Wir haben eine lebenslange Mitgliedschaft im Club der königlichen Hausbesetzer, aber wir konnten doch unseren alten Freund nicht alleinlassen an einem Abend wie diesem. Die beiden anderen Spinner sind hier auch irgendwo.«

»Du sagst das, als würdest du einen Freund unterstützen, der zu einem Vorstellungsgespräch geht, und nicht den Mann, der zum zweiundzwanzigsten König von Norland gekrönt wird.«

Frederick breitete die Arme aus und schenkte mir ein spitzbübisches Lächeln. »Das ist eine Gabe. Wie geht es dir,

Rapunzel, so eingesperrt in den Turm, um dich vor der bösen Welt da draußen zu beschützen?«

Ich blieb in der Tür zum großen Ballsaal stehen und ließ den Blick über das Gewimmel schweifen. Ich war so darauf fokussiert, Edward zu suchen, dass ich den beeindruckenden Anblick gar nicht richtig wahrnahm. »Ich stehe kurz davor, mich an der Fassade abzuseilen.«

»So schlimm, ja? Ich vermute mal, dass die liebe Königin dir das Leben schwer macht?«

Ich zuckte mit den Achseln. »Sie möchte das Beste für ihren Sohn. Das verstehe ich.«

»Und wer sagt, dass du nicht das Beste für ihn bist?«

»Jeder, der bei Verstand ist«, murmelte ich.

»Du spinnst«, erwiderte er lachend. »Ich kann verstehen, dass Edward so verrückt nach dir ist.«

»Gibt es hier keine anderen Frauen, denen du auf den Keks gehen kannst?«

»Schon verstanden. Gebongt.« Frederick salutierte zackig und mischte sich unters Volk. »Lass uns nach dieser langweiligen Veranstaltung treffen. Du bringst den zukünftigen König mit, und ich besorge billiges Bier.«

»Ich kann es kaum erwarten.« Ich atmete tief aus und entdeckte in der Menge ein vertrautes Gesicht. Die Menschen scharten sich um ihn, während er durch den Saal schritt.

Mein Herz tat einen Sprung, als ich ihn in seinem königlichen Staat sah mitsamt einem Schwert seitlich am Gürtel. Wir waren ebenso lange getrennt gewesen, wie wir davor Zeit miteinander verbracht hatten. Es war verrückt, dass ich nach so kurzer Zeit so viel für ihn empfand. Es kam mir selbst unnatürlich vor. Und unklug.

Er sah mich in der Tür stehen, ließ sich jedoch nichts anmerken und setzte sein Gespräch mit dem grauhaarigen Mann an seiner Seite unbeirrt fort. Er richtete den Blick auf den rückwärtigen Teil des Saales, wo das Personal durch eine Tür ein- und ausging.

Ich verstand, steuerte die Tür an und schlüpfte mit klopfendem Herzen hindurch. Ich stellte mich in eine dunkle Ecke, wo ich niemanden störte, und wartete.

Jedes Mal, wenn die Tür aufschwang, stockte mir der Atem, und ich lächelte, aber jedes Mal war es nur ein weiterer Kellner, der in die Küche eilte, um sein Tablett neu zu bestücken. Nach fünf Minuten wollte ich mich schon umsehen, für den Fall, dass ich etwas übersehen hatte und Edward woanders auf mich wartete, aber da schwang erneut die Tür auf.

Edward sah mich fast sofort in meiner dunklen Ecke stehen. Seine angespannten Züge wurden weicher. Er trat zu mir und legte beinahe reflexartig die Arme um mich.

Er neigte den Kopf und drückte mich fest an sich. »Endlich«, flüsterte er.

Ich krallte mich an seine Arme und gestattete mir, mich einen Moment an ihn zu schmiegen. Alles war wieder gut. Die Welt war wieder in Ordnung.

Am liebsten hätte ich die Zeit angehalten und diesen Moment eingefroren.

»Wie ist das Meeting mit deinem Vater gelaufen?«, fragte ich und schob ihn tiefer in die Ecke, als zwei Kellner durch die Tür stolperten. Sie schienen zu beschäftigt zu sein, um uns zu bemerken, aber ich wollte gar nicht erst riskieren, gestört zu werden.

»Gut.« Beim sanften Vibrieren seiner Stimme an meiner Brust lief mir ein wohliger Schauer den Rücken hinunter. »Vielleicht das erste, das nicht im Streit geendet hat.«

»Dann bist du dir deiner Sache also ganz sicher?«, fragte ich.

»Absolut. Der vergangene Monat hat mir gezeigt, was dazugehört, König zu sein. Und mir ist bewusst geworden, wie viel mehr noch getan werden kann. Es war die härteste Entscheidung meines Lebens, aber jetzt habe ich nicht mehr den geringsten Zweifel daran, dass es richtig ist.«

Ich betrachtete die Medaillen und Bänder an seiner Galauniform. In dieser Aufmachung sah er wirklich wie ein König aus. Und die zusammengezogenen Brauen, die klaren Augen und der entschlossene Zug um seinen Mund erinnerten zusätzlich an seine zukünftige Rolle.

»Du wirst ein großartiger König sein. Ich freue mich von ganzem Herzen für dich.« Ich fuhr mit dem Daumen über den kupfernen Orden mit dem schwarz-grünen Band. So kalt und hart.

Edward neigte den Kopf und musterte mich aufmerksam. Er runzelte die Stirn. »Du wirkst irgendwie bedrückt.«

Ich wandte den Blick ab und schüttelte den Kopf. »Es ist nur … dass es alles andere schwieriger macht.«

»Nein, das stimmt nicht.« Seine Hände umschlossen meine Ellbogen. »Ich wollte als Prinz mit dir zusammen sein, und ich möchte auch als König mit dir zusammen sein. Was unsere Beziehung betrifft, ändert sich nichts.«

»Ich habe damit nicht nur unsere Beziehung gemeint.« Mein Magen zog sich zusammen, als ich tief durchatmete.

»Da ist noch etwas, das ich dir sagen muss.«

»Ich habe dir auch viel zu erzählen.« Er blickte auf die Tür. »Aber wenn ich mich nicht in den nächsten Minuten wieder blicken lasse, wird der letzte Akt meines Vaters in seiner Eigenschaft als König darin bestehen, mich in den Kerker zu sperren.«

Ich griff nach seiner Hand, als er zurücktrat. »Es kann nicht warten.«

Das belustigte Blitzen in seinen Augen erlosch. Er schluckte. »Was ist denn so wichtig, dass es keinen Aufschub duldet?«

Einen Moment war mein Kopf völlig leer. Die Worte waren ganz einfach, aber ihre Konsequenzen kaum abzuschätzen.

Ich umfasste seine Hand mit beiden Händen und sah ihm in die Augen. »Ich bin schwanger.«

Kleine Fältchen erschienen in seinen Augenwinkeln, das war alles. »Was sagst du da?«

»Ich bin schwanger«, wiederholte ich etwas lauter.

»Ich habe dich schon verstanden.« Er starrte an die Wand hinter mir. »Es fällt mir nur schwer, es zu begreifen. Bist du ganz sicher?«

Ich zog die Brauen bis zum Haaransatz hoch. »Allerdings. Es besteht kein Zweifel – nicht nach einem Urintest, einem Bluttest, dem Ausbleiben meiner Periode und einem Ultraschall.«

Er nickte, sein Gesicht völlig ausdruckslos, was mich ganz verrückt machte. Er warf einen Blick über die Schulter und senkte die Stimme. »Wer weiß noch davon?«

»Nur Dr. Fleming.«

»Und es ist von mir?«

Tränen schossen mir in die Augen. Das hatte ich mir anders vorgestellt. Diesen Augenblick und auch den weiteren Verlauf meines Lebens.

»Ist das dein Ernst, Edward Royston?«, fragte ich und senkte den Kopf, damit er meine Tränen nicht sah.

»Entschuldige. Ich bin nur vollkommen perplex.« Er entzog mir seine Hand und sprach jetzt so leise, dass er kaum noch zu verstehen war. »Und es ist unendlich viel komplizierter, wenn man als Thronfolger eine Frau schwängert.«

Seine Worte versetzten mir einen weiteren Stich ins Herz. »Kompliziert?«

»Du hast doch gesagt, du nimmst die Pille«, fuhr er fort, als hätte ich nichts gesagt.

»Das habe ich auch. Aber auch die Pille ist nicht hundertprozentig sicher.«

Er schwieg einen Moment, und ich fragte mich, was in ihm vorgehen mochte. »Wir haben nur ein einziges Mal miteinander geschlafen.«

Ich rieb mir die Stirn und überlegte, was ich noch sagen könnte, um ihm begreiflich zu machen, dass ich sein Kind unter dem Herzen trug und wir als verantwortungsvolle Menschen gemeinsam überlegen mussten, wie es weitergehen sollte.

»Du wurdest doch aufgeklärt, oder?« Als ich die Schärfe in meiner Stimme hörte, zwang ich mich, sanfter fortzufahren. »Ich bin zwar nicht mit dem Lehrplan elitärer Privatschulen vertraut, gehe aber davon aus, dass auch dort Sexualkunde unterrichtet wird?«

Das Klappern seiner Absätze klang unnatürlich laut, als er einen Schritt zurückwich. »Es ist nur … ein Schock.«

»Was glaubst du, wie es mir geht?«, sagte ich leise und wischte mir über die Augen, bevor ich ihn wieder ansah. »Ich habe dir gerade eröffnet, dass ich ein Kind bekomme, Edward. Von dir.«

»Ich weiß. Und es tut mir leid, dass ich nicht so reagiere, wie du es dir gewünscht hättest.« Seine Stimme war ebenso ausdruckslos wie sein Blick.

»Es geht hier nicht um Erwartungen. Ich würde mir nur wünschen, dass du irgendeine Reaktion zeigst.« Ich stieß die Hände gegen seine Brust und fragte mich, warum er nicht ebenso durchdrehte wie ich, als Dr. Fleming mir eröffnet hatte, was es mit meinem Virus auf sich hatte. Warum verlor er nicht die Fassung?

»Es wäre so viel einfacher, wenn ich nicht der wäre, der ich bin.« Er wandte den Kopf ab und biss die Zähne zusammen.

Eine erste Träne lief mir über die Wange. »Willst du damit nicht vielmehr sagen, dass es einfacher wäre, wenn ich nicht die wäre, die ich bin?«

Ich wartete darauf, dass er dies bestätigte, doch seine Unfähigkeit, mich anzusehen, sagte schon alles.

»Die Pflicht ruft. Ich überlasse dich dann mal deinem Leben und kehre zurück zu meinem.«

## 21. KAPITEL

Die Zukunft war düsterer als zu Beginn meines Selbstfindungs-Experiments. Ich konnte nicht weiter sehen als die nächsten fünf Minuten.

Nachdem ich am Vorabend Edward und den Ball verlassen hatte, war ich den Rest der Nacht draußen im Park spazieren gegangen und hatte Trost gefunden in der Dunkelheit und Stille der Nacht.

Wenigstens wusste ich jetzt Bescheid. Das Warten hatte ein Ende. Und die Unsicherheit, was er sagen oder wie er reagieren würde. Ich hatte es ihm gesagt, und er hatte deutlich gemacht, wie er dazu stand.

Bei Sonnenaufgang hatte ich einen Plan gefasst, der zumindest das Morgen betraf. Und danach? Ich wusste es nicht, aber vierundzwanzig Stunden waren immerhin schon besser als fünf Minuten.

»Ich dachte, heute findet die Krönungszeremonie statt.« Anne gähnte, und ich hörte durch das Telefon, wie sie sich einen Kaffee eingoss.

Sie wusste weder von meiner Schwangerschaft noch von meiner Unterhaltung mit Edward am gestrigen Abend. Es gefiel mir nicht, es ihr verschweigen zu müssen, aber ich durfte niemandem erzählen, dass ich vom zukünftigen König schwanger war, ehe ich wusste, wie es weitergehen sollte.

»Das stimmt«, sagte ich und legte meine letzten Kleidungsstücke in den Koffer.

»Und du willst nicht hingehen?«

»Es ist ja nicht so, als wäre meine Anwesenheit erforderlich für seine Krönung. Es wird eine endlos lange und langatmige Zeremonie mit Botschaftern und allerlei wichtigen Leuten, von denen ich niemanden kenne.«

Nachdem ich mein Lieblingssweatshirt über meinen Overall gezogen hatte, schlüpfte ich in meine Sneakers und schnappte mir meinen Koffer. »Ich muss mal raus hier. Ich habe das Gefühl, zu ersticken.«

»Und König Henry und Königin Helen haben dir erlaubt, den Palast zu verlassen?«

»Sie sind nicht meine Eltern.« Ich ging ins Bad und holte das Fläschchen Schwangerschaftsvitamine, das Dr. Fleming mir mitgegeben hatte, nachdem er meine Schwangerschaft festgestellt hatte. Ich wollte nicht, dass eine Angestellte sie fand und der Presse gleich die nächste Schlagzeile auf dem Silbertablett servierte.

»Nein«, entgegnete Anne spöttisch. »Nur deine zukünftigen Schwiegereltern.«

Bei ihren Worten zog sich mein Herz schmerzhaft zusammen. »Nicht einmal du kannst so optimistisch sein, an so etwas zu glauben.«

»Dann kann ich davon ausgehen, dass dein Wiedersehen mit Edward gestern ernüchternd war?«

»Ich schätze, wir haben wohl beide eingesehen, dass wir uns etwas vorgemacht haben. Die Realität hat uns eingeholt.« Ich seufzte und stopfte die Vitamine in meine Handtasche.

»Und was für eine Realität ist das jetzt genau?«

»Dass das mit uns nicht funktionieren kann.«

»Das glaube ich dir nicht.« Anne klang jetzt hellwach. »Nach allem, was du mir erzählt hast, liebt ihr euch.«

Mir entfuhr ein gequälter Laut, als ich durch die Tür auf

den Flur hinausschlüpfte. »Liebe ist manchmal nicht genug.«

»Und ich habe immer geglaubt, man könne von Luft und Liebe leben.«

Ich schlich leise den Flur hinunter. Zwar würden die meisten Palastbewohner sich anlässlich der Krönung in der Royal Hall aufhalten, aber es war nicht ausgeschlossen, dass mir ein Hausangestellter oder verspäteter Gast über den Weg lief.

»Kann ich also ein paar Tage bei dir wohnen oder nicht? Nur, bis ich entschieden habe, wie es weitergehen soll.«

»Du kannst immer bei mir unterkommen. Egal wann, warum oder wie lange. Das gehört sich unter Freundinnen so.«

»Du bist die Beste.« Ich blieb am Treppenabsatz stehen und lauschte. »Ich bin dann irgendwann am frühen Abend da.«

»Du hast Glück, dass heute Taco-Samstag ist und nicht Reste-Sonntag.« Anne schickte einen Schmatzer durch die Leitung. »Gute Reise.«

Ich steckte das Handy in die Handtasche und ging an der Treppe vorbei weiter den Flur hinunter, da ich den Palast nicht über den Haupteingang verlassen wollte. Nicht nur, dass ich dann riskiert hätte, einer von den Dutzenden Herzoginnen zu begegnen, die scharf auf den Thronfolger waren, auch die Security-Leute hätten zum Problem werden können. Ich war zwar keine Gefangene, aber es galt die unausgesprochene Anweisung, dass ich den Palast nicht verlassen durfte.

Nachdem ich die letzte Treppe hinuntergehastet war, folgte ich dem Gang, der zur Schwimmhalle führte. Dort war eine Tür, durch die ich ins Freie gelangen wollte. Ohne zu zögern, marschierte ich am Pool vorbei und trat durch die Tür. Ich hatte mich entschieden und würde jetzt keinen Rückzieher machen.

»Offenbar bin ich nicht der Einzige, der vor dem Rummel flüchtet.«

Ich fuhr zusammen, als ich James draußen an der Wand lehnen sah, eine Zigarette von den Lippen baumelnd. So viel zum Thema unbemerkt davonschleichen.

»Solltest du nicht bei der Krönung sein und deinen besten Freund moralisch unterstützen?«, fragte ich und verbarg den Koffer hinter mir, als James' Blick darauf fiel.

»Und was ist mit dir?« Er zog an seinem Zigarettenstummel.

»Du kennst die Antwort bereits.« Als er mich hierauf fragend ansah, fuhr ich fort. »Ich gehöre nicht hierher. Ich passe nicht in sein Leben.«

Er schnaubte verächtlich. »Ach, und ich dachte immer, du wärst so eine toughe Braut, der am Arsch vorbeigeht, was andere von ihr denken.«

Ich biss mir auf die Unterlippe. »Mag sein, aber es interessiert mich schon, was er denkt.«

Als ich an ihm vorbeigehen wollte, versperrte er mir den Weg. »Hast du Edward seit seiner Rückkehr schon gesehen? Hast du mit ihm gesprochen?«

»Wir haben uns gestern Abend ausgesprochen.« Ich riss ihm den Rest der Zigarette aus dem Mund und trat ihn aus. Zigarettenrauch war ungesund, erst recht für Babys, auch ungeborene.

»Nachdem ich die halbe Nacht mit Seiner übellaunigen Majestät verbracht habe, weiß ich zufällig, dass das letzte Wort noch nicht gesprochen wurde.«

Ich machte große Augen. »Hat er dir das gesagt?«

»Er hat erwähnt, dass ihr gestritten habt oder so was.«

Ich schüttelte den Kopf. »Es war kein Streit. Mehr ein Interessenkonflikt.«

»Na und? Da habt ihr eure erste Meinungsverschiedenheit, und du wirfst gleich das Handtuch?« Er zeigte auf den Koffer.

»Ich hätte wirklich gedacht, du hättest mehr drauf als wegzulaufen, Everly.«

»Das war keine Meinungsverschiedenheit. Das war viel mehr als das.«

Als ich erneut an ihm vorbeigehen wollte, stellte er sich mir wieder in den Weg. Mein zorniger Blick entlockte ihm nur ein Grinsen.

»Ach ja? Und als was würdest du es bezeichnen?«

»Als unüberbrückbare Differenzen.«

Ich täuschte nach rechts an und ging nach links, aber offenbar hatte er damit gerechnet.

»Das ist jetzt schon der dritte Versuch, dich zur Vernunft zu bringen. Einen vierten wird es nicht geben.«

Er zog eine Packung Zigaretten aus der Gesäßtasche, die ich ihm aus der Hand riss und wegwarf. »Versprochen?«

»Verdammt, Charlotte.« James gab den Weg frei, um seine Glimmstängel aufzuheben. »Hast du deine Tage, oder was?«

Wie versprochen machte er diesmal keine Anstalten, sich mir in den Weg zu stellen. Ich marschierte über den gepflegten Rasen davon und schnaubte. »Das ist jetzt nicht der richtige Moment für solche Scherze.«

»Dann liege ich damit also nicht ganz falsch?«

»Ich wünschte, ich hätte meine Tage«, knurrte ich leise. Ich hätte lieber zehn Jahre am Stück meine Tage gehabt als mit zwanzig vom zukünftigen König von Norland schwanger zu sein.

Wenn ich das Kind austrug, wie sollte ich ihm dann je von seinem Dad erzählen, ohne zu lügen? Und wie sollte ich meine Schwangerschaft die nächsten acht Monate geheim halten, damit die Medien nicht eins und eins zusammenzählten?

Aber wenn ich die Panikattacke abwenden wollte, sollte ich nicht so weit in die Zukunft blicken, sondern mich lieber erst einmal darauf konzentrieren, was ich kommende Woche tun würde.

Als ich die imposante Mauer erreichte, die das Gelände umgab, erkannte ich, dass ich bei meinen Fluchtplänen eine Kleinigkeit übersehen hatte. Wie sollte ich eine dreieinhalb Meter hohe Mauer überwinden, vor der zudem noch ebenso hohes Gestrüpp stand? Unmöglich. Da nicht damit zu rechnen war, dass sich irgendwo in der Mauer eine geheime Tür befand, blieb nur das Haupttor. Und das wurde auf der einen Seite von Sicherheitspersonal bewacht und auf der anderen von einer Horde Reporter. Der einzige Ausweg bestand darin, mich entweder im Kofferraum eines Autos nach draußen schmuggeln zu lassen oder mir eins der Fahrzeuge aus dem königlichen Fuhrpark zu borgen.

Was das Ganze noch zusätzlich erschwerte, war das aufziehende Gewitter, das sich mit lautem Donnergrollen ankündigte. Ich war wirklich eine Pechmarie.

Ich ging eine Weile an der Mauer entlang, nur für den Fall, dass doch noch wie durch Zauberhand eine Tür, eine Leiter oder auch nur ein Seil auftauchte, gab aber auf, als die ersten fetten Regentropfen auf mich herabprasselten. Ein Winterschauer in Norland hatte etwas von einem Weltuntergang. Ich lief so schnell ich konnte auf das Haupttor zu und beschloss, erst einmal zu versuchen, ein Taxi aufzutreiben, bevor ich zur Autodiebin wurde.

Ich hatte den Haupteingang fast erreicht, als die Glocken im Turm begannen zu läuten. Zwölf Mal.

Das Ende einer Ära. Der Beginn einer neuen.

Die Krönungszeremonie hatte begonnen.

Durch das Tor sah ich die Menschenmassen, die sich draußen versammelt hatten, von begeisterten Schaulustigen, die Norland-Fähnchen schwenkten, bis hin zu Reportern, die in

Kameras sprachen. Ein beinahe undurchdringliches Meer von dicht gedrängten Leibern.

Die Straße war abgesperrt worden, damit Fahrzeuge durch das Tor fahren konnten, wenn es mir also gelang, einen fahrbaren Untersatz zu organisieren, konnte meine Flucht gelingen.

Wie aus dem Nichts tauchte plötzlich eine silberne Limousine neben mir auf. Das Fenster auf der Beifahrerseite wurde heruntergefahren. »Kann ich dich mitnehmen?«

Vor Überraschung ließ ich meinen Koffer fallen. »Die Krönung hat angefangen. Was machst du denn hier?«

Als Edward sich zur Beifahrerseite herüberbeugte, sah ich, dass er nur halb angezogen war, so als wäre er mittendrin unterbrochen worden. Er trug Hose und Unterhemd und darüber sein Galajackett, das jedoch nicht zugeknöpft war. Er sah übernächtigt aus und hatte dunkle Ringe unter den blutunterlaufenen Augen.

»Die Krönung kann ja nicht ohne mich anfangen, oder?« Er stieß die Tür auf.

Ich wich vor der offenen Tür zurück. Das Ganze kam mir immer noch unwirklich vor. »Noch einmal: Was machst du hier?«

»Keine Ahnung. Und selbst?« Er nickte in Richtung meines Koffers.

»Ich gehe.«

»Okay. Dann gehe ich auch.« Er blickte nach vorn durch die Windschutzscheibe und schaltete die Scheibenwischer ein, als der Regen stärker wurde. »Wohin fahren wir?«

»Wohin wir fahren?«, fragte ich völlig perplex.

Er zeigte auf das Armaturenbrett. »Der Tank ist voll, und ich möchte nirgendwo anders sein als bei dir.«

»Das ist nicht der richtige Zeitpunkt. Alle warten auf

dich, um deiner Krönung beizuwohnen. Wir können später reden.«

»Für mich gibt es im Moment nichts Wichtigeres, als das mit uns in Ordnung zu bringen.« Edward öffnete nun auch die Fahrertür und stieg aus. »Ich muss mich bei dir dafür entschuldigen, wie ich gestern Abend reagiert habe. Es tut mir leid. Ich habe alles falsch gemacht und dich im Stich gelassen, als du mich gebraucht hast. Ich habe einen schweren Fehler gemacht.« Sein gestern so ausdrucksloses Gesicht glühte nun förmlich vor Intensität. »Gib mir eine zweite Chance, um das Richtige zu tun und zu sagen. Bitte.«

»Du hast nichts falsch gemacht.« Ich hatte plötzlich einen Kloß im Hals und musste schlucken. »Ich wollte immer, dass du ehrlich zu mir bist, und das bist du gestern gewesen.«

»Nein. Ich war geschockt. Ich hatte Angst. Und Zweifel. Ich war schwach und feige, aber so bin ich eigentlich gar nicht. Das passt nicht zu mir.« Regen lief ihm über das Gesicht und durchnässte sein Haar, als er um den Wagen herum auf mich zukam. »Ich will mich nicht von Ängsten leiten lassen.«

»Ich habe auch Angst. Ganz furchtbare Angst sogar. Das ist nachvollziehbar.«

»Allein bei dem Gedanken daran, Vater zu werden, bekomme ich Panik. Aber ich fürchte mich nicht davor, diese Verantwortung gemeinsam mit dir zu übernehmen.« Er blieb mit ernstem Gesicht vor mir stehen. »Was dich betrifft, habe ich nicht den Hauch eines Zweifels, Charlotte Everly.«

Ich sah ihn an, dann den Palast hinter ihm. Die Welt kannte seinen Namen, und er hatte bereits Spuren hinterlassen. Ich für meinen Teil kam mir vor wie ein Blatt im Wind.

»Es macht keinen Sinn für dich, mit jemandem wie mir zusammen zu sein«, sagte ich.

Er lächelte. »Oh doch, das macht absolut Sinn.«

»Warum?«, fragte ich leise.

Ein zärtlicher Ausdruck trat in seine geröteten Augen, und er verschränkte die Finger mit meinen. »Weil die Welt für mich in Ordnung ist, wenn du bei mir bist.« Er drückte meine Hände, und seine Schultern entspannten sich. »Wenn ich bei dir bin, möchte ich nirgendwo sonst sein. Und wenn wir getrennt sind, sehne ich mich nach dir.« Er blickte auf unsere ineinander verschränkten Hände und trat näher. »Du siehst in mir den Mann und nicht den König, und wenn ich dich ansehe, sehe ich die Frau, mit der ich zusammen sein will. Meine Königin.«

Jedes Wort war wie Balsam für meine Seele und linderte meine Ängste und Zweifel.

Nie hätte ich mir träumen lassen, mich in den zukünftigen König von Norland zu verlieben. Und ich hatte auch nicht geplant, mit einundzwanzig Mutter zu werden. Und doch hatte ich jetzt die Wahl, meine Lage als großes Glück zu betrachten oder nur die negativen Seiten zu sehen.

In den Sekunden, die ich brauchte, um tief einzuatmen, fühlte ich, wie die fehlenden Teile meines Lebenspuzzles sich eines nach dem anderen in das große Ganze einfügten.

Edward warf einen Blick auf den Palast und die Menschen vor dem Tor, als Rufe laut wurden und ein Raunen durch die Menge ging, die auf ihn aufmerksam geworden war.

»Ich bin dieser Herausforderung nur mit dir an meiner Seite gewachsen.« Ein entschlossener Zug erschien um seinen Mund, er atmete aus und ließ sich dann auf ein Knie sinken. »Heirate mich.«

Die Wolken über uns öffneten ihre Schleusen, und eine wahre Sturzflut ging auf uns nieder. Ich blinzelte gegen den Regen an, der mir in Strömen über das Gesicht lief, während mir das Herz bis zum Halse schlug.

»Du machst mir am Tag deiner Krönung einen Heiratsantrag?«, sagte ich überwältigt, als er einen goldenen Ring aus der Jackentasche zog. Der Lärm draußen vor den Toren wurde ohrenbetäubend. »Findest du nicht, dass du mich ganz schön unter Druck setzt und in Zugzwang bringst?«

»Das will ich doch hoffen, ich will dich nämlich für immer an meiner Seite haben, Krone hin oder her.«

Er hielt den Ring hoch und nahm meine Hand. »Sag Ja. Bitte sag Ja.«

Mir wurde ganz schwindlig. Es kostete mich alle Willenskraft, mich zu beherrschen, aber ich musste sichergehen, dass er das nicht nur des Babys wegen tat. »Es geht hier nicht darum, das moralisch Richtige zu tun. Es geht um unsere Zukunft.«

»Heirate mich, weil du mich liebst. Heirate mich, weil es dich unglücklich machen würde, nicht jeden Morgen beim Aufwachen und jeden Abend beim Einschlafen mein Gesicht zu sehen. Heirate mich, weil du es möchtest, aus keinem anderen Grund sonst.« Lächelnd wischte er sich das Wasser aus dem Gesicht. »Es geht mir gerade nicht um Moral, das kann ich dir versichern. Aus mir spricht der reine Eigennutz und Egoismus. Ich will dich. Für immer.«

Die Menschen hinter mir, der Palast vor mir ... das alles war unwichtig. Das Einzige, was zählte, waren wir beide und unsere Gefühle füreinander. Edward wollte mich, und ich wollte ihn.

»Also gut«, sagte ich und gestattete mir endlich ein Lächeln. »Dann sieh mal zu, dass du mir den Ring ansteckst, bevor ich es mir noch anders überlege.«

Er atmete erleichtert auf und küsste meinen Ringfinger, bevor er mir den Ring ansteckte. »Ich werde dir keinen Grund geben, es dir anders zu überlegen.«

Meine Tränen vermischten sich mit dem Regen, als ich das schlichte goldene Band an meinem Finger betrachtete.

Ein Versprechen.

Eine Verpflichtung.

Meine Zukunft.

Meine Schultern zuckten, als ich zu schluchzen begann, und Edward richtete sich mit besorgter Miene auf. »Das sollte eigentlich ein Grund zur Freude sein.«

»Ja«, sagte ich, als er mich in die Arme schloss. »Ist es auch. Das sind Tränen des Glücks.« Ich legte eine Hand an seine Wange und wischte ihm den Regen vom Gesicht. »Und jetzt küss mich, aber richtig. So als wären wir ganz allein ... obwohl die ganze Welt zusieht.«

Ich warf einen Blick über die Schulter und sah das Blitzen der Kameras. Wenn das der Preis war, den ich zahlen musste, um mit ihm zusammen zu sein, dann würde ich ihn gerne zahlen.

Er legte mir eine Hand in den Nacken und neigte den Kopf. »Das könnte eine Weile dauern.«

Unmittelbar bevor unsere Lippen sich berührten, legte ich ihm eine Hand auf die Brust. »Vergiss deine Krönung nicht. Du kommst zu spät.«

»Das kann warten.« Ich fühlte seinen warmen Atem auf meinem Gesicht.

»Was könnte wichtiger sein als das?«

Ich sah ein Funkeln in seinen Augen. »Meinen Eltern meine zukünftige Frau vorzustellen.«

Ganz kurz verspürte ich ein nervöses Kribbeln im Bauch, aber dann küsste er mich, und alles andere war vergessen.

# EPILOG

»Wie fühlst du dich? Bist du nervös?«, fragte Mom, als sie mir den Kamm, an dem mein Schleier befestigt war, ins Haar steckte.

Ich lächelte sie im Spiegel an. »Ich bin furchtbar aufgeregt. Und glücklich.« Mein Blick glitt im Spiegel abwärts. »Und unübersehbar schwanger.«

Sie breitete den Schleier über meine Schultern und lachte. »Du bist erst im fünften Monat. Der Bauch ist noch sehr dezent, glaub mir. Und es ist dein erstes Kind, das heißt, deine Bauchmuskeln sind noch fest und halten alles schön an seinem Platz.«

Ich musterte meinen Babybauch mit zusammengekniffenen Augen. Die Wölbung zeichnete sich deutlich unter dem Hochzeitskleid ab, daran änderte auch der Empire-Stil nichts.

»Deine Tochter ist eine zwanzigjährige schwangere Braut. Wie stolz macht dich das, Mom?«, neckte ich sie.

Sie legte mir die Hände auf die Schultern und blickte über meine Schulter. »Ich könnte platzen vor Stolz.«

Sie küsste mich auf die Wange, ehe sie sich abwandte, um meine Schuhe zu holen. Ich drehte mich um und zeigte mich in meiner fast fertigen Aufmachung den beiden anderen Frauen im Ankleidezimmer, die mit mir auf den Beginn der Zeremonie warteten.

»Du siehst aus wie eine zukünftige Königin«, rief Anne begeistert.

Königin Helen, die neben ihr auf einem Stuhl saß, räusperte sich. »Sie sieht aus wie *die* zukünftige Königin.«

Ich lächelte. Das war ihre Art von Humor, auch wenn ich mich zuweilen immer noch schwertat, mich an die Art meiner zukünftigen Schwiegermutter zu gewöhnen. Nachdem sie anfangs bei meinem Anblick Gift und Galle gespuckt hatte, war sie merklich freundlicher und zugänglicher geworden, seit sie sich damit abgefunden hatte, dass ich ihren Sohn heiraten würde. Insgeheim vermutete ich, dass der Umstand, dass ich ihr erstes Enkelkind unter dem Herzen trug, sie etwas milder gestimmt hatte, was mich betraf.

»Noch einmal vielen Dank dafür, dass ihr das alles so kurzfristig möglich gemacht habt«, sagte ich zu Königin Helen und meiner Mom, die ebenso aktiv an den Vorbereitungen beteiligt gewesen war wie die königliche Familie. »Mir ist bewusst, dass es eine Riesenherausforderung ist, in nur zwei Monaten eine Hochzeit zu organisieren, zumal eine königliche. Ich bin euch beiden wirklich sehr dankbar.«

»Ich denke, ich kann für uns beide sprechen, wenn ich sage, dass es uns eine Freude war.« Königin Helen verschränkte die Beine wieder und zeigte auf den Saum meines Kleides. Mom beseitigte den störenden Faltenwurf, nachdem sie mir in die flachen Ballerinas geholfen hatte.

Witzig, wie aus den beiden ein so eingeschworenes Mütter-Team geworden war. Zwei grundverschiedene Menschen, die das Leben unerwartet zusammengeführt hatte, und nun waren sie Freundinnen, für immer verbunden durch die Heirat ihrer Kinder.

»Richtig. Aber ich denke, wir freuen uns auch beide auf den wohlverdienten Urlaub nach der Trauung.« Mom atmete auf, nachdem ich fertig angekleidet und bereit war. »Nicht wahr, Helen?«

»Dem kann ich nur beipflichten«, entgegnete die Königin mit einem Seufzer und richtete den Blick dann wieder auf mich. »Ich wünschte, du würdest dir nach den Flitterwochen eine Auszeit nehmen, anstatt dich gleich ins Studium zu stürzen. Immerhin trägst du den zukünftigen König von Norland unter dem Herzen.«

Ich legte mir eine Hand unter den Bauch. »König oder Königin.«

Königin Helen nickte. »In dem Punkt war Edward sehr deutlich, nicht wahr?«

»Oh ja«, entgegnete ich. »Ich war mir nur nicht sicher, ob du und Henry das auch wirklich verinnerlicht habt.«

Sie warf einen Blick auf die Tür, bevor sie sich in ihrem Stuhl vorbeugte. »Glaubst du, ich wüsste nach den Jahren als Königin nicht, dass eine Frau ebenso gut in der Lage ist, ein Land zu regieren, wie ein Mann?« Nach einer kurzen Pause fügte sie hinzu: »Wenn dein Erstgeborenes ein Mädchen wird, werde ich es bis zu seiner Thronbesteigung unterstützen, darauf gebe ich dir mein Wort.«

In diesem Moment wäre ich ihr am liebsten um den Hals gefallen, aber ich beherrschte mich. Königin Helen hielt nicht viel von Gefühlsausbrüchen, aber das bedeutete noch lange nicht, dass sie kalt und herzlos gewesen wäre. Sie hatte nur ihre eigene Art, ihre Liebe zu zeigen.

Nach einem Blick auf die Uhr begann Mom, ihre Sachen einzusammeln. »Wir sollten uns langsam aufmachen und unsere Plätze einnehmen. Es sei denn, du möchtest es absichtlich spannend machen.«

Königin Helen erhob sich. Der Rock ihres blauen Kostüms wies nicht die geringste Falte auf. »Mein Sohn hat es geschafft, mit vierzig Minuten Verspätung zu seiner Krönung zu erscheinen, die Leute sind also Kummer gewohnt.«

Mom küsste mich auf die Wange. »Mach dir keine Sorgen, dass Charlotte sich beim Studium übernehmen könnte, Helen. Sie ist aus hartem Holz geschnitzt.« Sie umfasste mein Gesicht mit beiden Händen und strahlte mich an. »Meine wunderschöne, starke Tochter. Und in Kürze Ehefrau, Mutter … und Ärztin.«

»Nicht zu vergessen Königin«, fügte Anne hinzu.

Ich rieb die Wange an Moms Hand und schniefte. »Du bist stolz auf mich?«

»Du lebst dein Leben mit Mut und Optimismus.« Sie zwinkerte mir zu und wandte sich dann zur Tür. »Wie könnte ich nicht stolz auf dich sein?«

»Wir sehen uns in der Kirche, Mrs Everly«, rief Anne Mom hinterher, die nach einem weiteren Blick auf die Uhr den Flur hinunterhastete.

Jetzt wurde es wirklich langsam Zeit.

Königin Helen ihrerseits wirkte hiervon völlig unbeeindruckt. »Ich weiß, dass wir einen holprigen Anfang hatten …« Sie nahm etwas aus ihrer mit Perlen besetzten Clutch. »… aber ich hoffe, dass du inzwischen weißt, dass du in mir eine wahre Verbündete hast, die jetzt und auch in Zukunft immer hinter dir steht.«

Ich nickte und sah zu, wie sie ein kleines Kästchen öffnete.

»Das hat meiner Urgroßmutter gehört. Es war ein Geschenk ihres Gemahls zu ihrem fünfzigsten Hochzeitstag.«

Mir fielen fast die Augen aus dem Kopf, als ich den geradezu prunkvollen tropfenförmigen Saphiranhänger sah, der an einer silbernen Kette baumelte.

»Sie war auch eine Bürgerliche, so wie du, meine Liebe. Sie kam aus einer Familie der Arbeiterklasse und war weder reich noch adlig.« Sie nahm die Kette aus dem Kästchen, trat hinter mich und legte sie mir um. »Als sie und mein Urgroßvater sich ineinander verliebt haben, war das natürlich ein Skandal, und als seine Eltern sie trennen wollten, brannten sie durch.«

Die Schließe rastete ein, und ich fühlte das Gewicht des blauen Steins auf meiner Brust.

»Mit der Zeit akzeptierten die Leute ihre Beziehung, und nachdem mein Urgroßvater nach siebenundfünfzig Ehejahren gestorben war, folgte seine geliebte Frau ihm bereits eine Woche später ins Grab.« Königin Helen kam um mich herum und betrachtete mit einem zufriedenen Lächeln den Anhänger. »Ihre Liebe soll dich immer daran erinnern, dass alles möglich ist.«

Ich tupfte mir vorsichtig die Tränen aus den Augen, um die Mascara nicht zu verschmieren, die Anne mir aufgetragen hatte.

Ich war immer stolz darauf gewesen, nur zu weinen, wenn ich etwas im Auge hatte, aber in den vergangenen acht Monaten hatte ich mich in eine richtige Heulsuse verwandelt.

»Danke. Das bedeutet mir sehr viel«, sagte ich und schniefte diskret. »Ich werde die Kette hüten wie meinen Augapfel.«

»Das weiß ich. So wie ich auch weiß, dass du meinem Sohn eine gute Frau sein wirst.« Sie nahm meine Hand und drückte sie leicht, ehe sie sich abwandte, um zu gehen. Nach ein paar Schritten blieb sie noch einmal stehen. »Ich wollte nur das Beste für meinen Sohn. Darum war ich anfangs dir gegenüber voreingenommen und unfair. Inzwischen ist mir klar geworden, dass er keine bessere Frau hätte finden können als dich.«

»Ich weiß.« Ich gab den Kampf gegen die Tränen auf, die mir jetzt über die Wangen liefen. »Aber ich danke dir, dass du es ausgesprochen hast.«

Als Königin Helen hinausging, stemmte Anne eine Hand in die Seite und zeigte mit der anderen auf mich. »Du hast mein

Kunstwerk ruiniert.« Sie griff nach der Kosmetiktuch-Box, als jemand eintrat.

»Du solltest mich vor der Hochzeit nicht sehen!«, protestierte ich.

Edward blieb wie angewurzelt stehen, als er mich sah, dann stahl sich ein Lächeln auf sein Gesicht. »Wir haben so ziemlich gegen jede andere Tradition verstoßen, da kommt es auf diese auch nicht mehr an.«

Anne gab den Versuch auf, mein Make-up aufzufrischen, schnappte sich ihren Brautjungfern-Strauß und steuerte die Tür an. »Ich lasse euch beide mal allein, bevor ihr einander ewige Liebe und Treue schwört.«

Edward schloss die Tür hinter Anne, wobei er offensichtlich etwas hinter dem Rücken versteckte. »Ihr ist doch klar, dass das Versprechen, den Rest meines Lebens das Bett mit dir zu teilen, allerlei wilde und schmutzige Fantasien in mir weckt, oder?«

»Was versteckst du da hinter dem Rücken?« Ich trat neben ihn und versuchte, einen Blick auf das zu erhaschen, was er vor mir verbarg.

»Ein Hochzeitsgeschenk.«

»Willst du es mir denn nicht zeigen?«

Er lachte über meine Neugier, bevor er den Gegenstand hinter dem Rücken hervorholte.

»Eine Bratpfanne?«, sagte ich verdutzt.

Seine Mutter hatte mir gerade kostbaren Familienschmuck geschenkt, und mein zukünftiger Mann kam mit einem Kochutensil daher.

Er rieb sich den Mund, um seine Heiterkeit zu verbergen. »Ich dachte mir, die brauchst du vielleicht, wenn ich eines Tages etwas tue, was dich wütend macht.«

Die Hände in die Hüften gestemmt, trat ich auf ihn zu. »Du machst mich oft wütend.«

»Dann ist es ein überaus praktisches Hochzeitsgeschenk.« Er hantierte mit der Pfanne herum, als hielte er ein Schwert in der Hand, ehe er sie mir überreichte. »Aber keine Angst, das ist nicht das einzige Geschenk, das ich für dich habe.«

Kopfschüttelnd nahm ich die Bratpfanne entgegen und musste bei der Erinnerung an unsere erste Begegnung lachen. Niemals hätte ich gedacht, dass der Mann, den ich niedergeschlagen hatte, eines Tages mein Mann sein würde, geschweige denn der Vater meines Kindes.

»Das einzige Geschenk, das ich möchte, bist du«, sagte ich.

»Dann habe ich auch dafür das perfekte Geschenk.« Er zwinkerte mir zu und zupfte an meinem Schleier. »Ganz sicher, dass du nicht doch noch einen Rückzieher machen willst, bevor es zu spät ist?«

»Ziemlich sicher.« Ich spielte das Spiel mit und zeigte auf die Wölbung unter meinem Kleid. »In meinem Zustand davonzulaufen ist auch nicht wirklich eine Option.«

Edward neigte den Kopf und setzte wie immer, wenn es um das Baby ging, ein ernstes und besorgtes Gesicht auf. Er legte mir eine Hand auf den Bauch und ließ sie kreisen. »Es ist ein Junge.«

Ich legte die freie Hand auf seine, die weiter über meinen Bauch fuhr. »Gestern warst du noch sicher, dass es ein Mädchen wird.«

Die Falte zwischen seinen Brauen vertiefte sich, als er ein letztes Mal meinen Bauch streichelte. »Ich empfange widersprüchliche Signale. So wie anfangs von ihrer oder seiner Mutter.« Er hob den Kopf und sah grinsend von meinem Bauch in meine Augen. »Erinnerst du dich?«

Ich hob die Bratpfanne. »Natürlich erinnere ich mich. Dein Hochzeitsgeschenk war ja ein deutlicher Wink mit dem Zaunpfahl.«

»Das habe ich nicht gemeint«, entgegnete er kopfschüttelnd. »Ich spreche von einer Abmachung, die du mir ein paar Tage später aufgeschwatzt hast.«

»Ich habe dich gebeten, mir Nachhilfe im Küssen zu geben. Es war keine Rede davon, mich beim ersten Sex zu schwängern.« Ich musterte ihn abwartend.

Seine Mundwinkel zuckten. »Ich weiß gerade nicht, ob ich mich dafür entschuldigen oder dir gratulieren soll.«

»Weder noch.« Ich schlang die Arme um ihn und genoss das Gefühl der Geborgenheit, das mich einhüllte. »Du sollst einfach nur versprechen, in guten wie in schlechten Tagen bei mir zu bleiben.«

Seine Augen blitzten. »In Armut und Reichtum.«

»Bis dass der Tod uns scheidet.«

Edward küsste mich auf die Stirn. »Ich verspreche es.«

Ich seufzte tief. »Ich auch.«

»Und sie lebten glücklich und zufrieden bis an ihr Lebensende«, flüsterte er.

Ich konnte nicht widerstehen und klopfte ihm leicht mit der Pfanne auf den Hinterkopf. »Auf ihre ganz eigene unnachahmliche Art und Weise.«

**LESEPROBE**

JULIE JOHNSON

*Silver Crown*

*Ich starre die Fremde im Spiegel an.*
*Ihr zerzaustes Haar ist zu untypischen Locken frisiert.*
*Ihr sinnlicher Mund ist ungewöhnlich ernst.*
*Sie ist in eine Traurigkeit gehüllt,*
*die die königlichen Juwelen nicht verbergen können.*
*Sie ist mit einer Bestimmung behaftet,*
*für die sie nicht gewappnet ist.*
*Sie hält das Schicksal einer ganzen Nation*
*in ihren zitternden Händen.*
*Sie trägt eine Krone, die ihr nie hätte gehören sollen.*
*Eine goldene Lüge.*
*Ein schmutziger Glorienschein.*

Weißt du, was das Seltsame an Märchen ist? Man erfährt nie, was mit der hübschen Küchenmagd passiert, *nachdem* sie mit dem verwegenen Prinzen in einer vergoldeten Kutsche in den Sonnenuntergang gefahren ist und zu ihm in sein Schloss zieht.

Die Leinwand wird schwarz. Der Nachspann läuft.

*Und sie lebten glücklich bis ans Ende ihrer Tage.*

Aber … ist das wirklich so?

Wie können wir uns so verdammt sicher sein, dass der Magd in dem Augenblick, in dem sie diese unbekannte Festung betritt, nicht bewusst wird, was für einen gewaltigen Fehler sie gemacht hat? Warum sind wir uns so sicher, dass sich der Prinz nicht als Trottel entpuppt, sobald ihr die Lust nicht länger den Verstand vernebelt? Was ist, wenn die Geschichte von der hübschen Magd gar kein glückliches Ende nimmt, sondern sie sich stattdessen für die nächsten dreißig Jahre wünscht, dass sie ihrer gottverdammten guten Fee niemals begegnet wäre?

Ich weiß, was du jetzt sagen willst:

*Aber all der Schmuck!*

*Die Kleider!*

*Der gut aussehende Prinz auf seinem edlen Ross!*

Verschone mich damit.

Wenn es nach mir ginge, würde ich lieber den Rest meines Lebens damit verbringen, Fußböden zu schrubben, anstatt in irgendeinem muffigen Schloss zu versauern, in dem ich von langweiligen reichen Leuten umgeben bin und mir während eines faden sechsgängigen Menüs die ganze Zeit über ein Lächeln abringen muss.

Aber mich hat niemand gefragt, was ich will.

Niemand hat mir in dieser Angelegenheit eine Wahl gelassen. Man hat mich einfach aus meinem Leben gerissen und meinen dank meiner Schwäche für Donuts nicht ganz so schmalen Hintern durch die Tore des Schlosses gezerrt. Und nun muss ich mich einem Schicksal stellen, von dem ich gedacht hatte, dass ich ihm erfolgreich entgangen wäre.

Ich *lebe* dieses märchenhafte Ende.

Und ich kann dir versichern …

Dass es verflucht ätzend ist.

## EIN MONAT ZUVOR

*»Der König ist tot.«*

Die Neuigkeit bricht wie ein unerwarteter Sommersturm über das ganze Land herein – wie ein plötzlicher Regenguss, der die Welt mit seiner Heftigkeit verstummen lässt. Es ist einer dieser Augenblicke, an den sich die Menschen für den Rest ihres Lebens erinnern werden, selbst wenn sie ein halbes Jahrhundert später darauf zurückschauen. Es ist wie die Explosion der Challenger oder das JFK-Attentat, das sich für alle Zeiten ins Gedächtnis der Leute eingebrannt hat.

*Wo warst du, als du das mit den Lancasters erfahren hast?*

Die Einzelheiten sind so scharf, dass ihre Kanten mich schneiden, als ich sie in meinem Verstand hin und her drehe. Der schale Geschmack des Biers auf meiner Zunge. Der Geruch der geknackten Erdnussschalen, die überall auf der zerkratzten Theke vor mir liegen. Das Kreischen des statischen Rauschens aus den Deckenlautsprechern, während die sich ständig wiederholende Playlist aus One-Hit-Wondern mit dem brutalen Umlegen eines Schalters abbricht.

Owen drückt mich fester an seine Seite. Seine breiten Schultern fühlen sich selbst durch den Stoff seines eng anliegenden schwarzen T-Shirts warm an. Die Stimmen in der Menge um uns herum wachsen von einem gedämpften Murmeln zu einem entsetzten Gebrüll an, während sich ein Meer aus betrunkenen Augen zu den Fernsehbildschirmen umdreht, die an den mit Holz verkleideten Wänden des beengten Pubs befestigt sind. Ich recke den Hals, um zu sehen, was das ganze Theater soll, und finde mich so unversehens, dass es mir den Atem verschlägt, ganz vorne in der ersten Reihe wieder, um Zeugin des Augenblicks zu werden, in dem meine ganze Zukunft in Stücke zerbricht.

*TÖDLICHES FEUER IM WATERFORD-PALAST*

Die Leute, die eben noch lautstark verlangt haben, den Ton lauter zu stellen, schnappen nun nach Luft und brechen in Geschluchze aus, während die Bilder über die Monitore flackern.

*Flammen und Tod.*

*Ein Märchen, das direkt vor unseren Augen zerbricht.*

Owen flucht leise, aber ich kann seine Stimme kaum hören. Meine Hirnströme haben sich in statisches Rauschen verwandelt. Meine Finger zittern, als ich mein Bier abstelle. Mir ist schwindelig, was jedoch nicht nur an dem Alkohol in meinem Blut liegt, während ich beobachte, wie die Lippen der Nachrichtensprecherin Fakten verkünden, die ich gerade nicht verarbeiten kann.

»Das Feuer brach irgendwann nach zweiundzwanzig Uhr an diesem Abend im Ostflügel des Waterford-Palasts aus. Einer internen Quelle zufolge hatte der Brand seinen Ursprung höchstwahrscheinlich in der privaten Suite des Kronprinzen.« Ihr Tonfall ist von Schock und Trauer durchtränkt – sie erstickt praktisch an den Worten. »Zum jetzigen Zeitpunkt können wir bestätigen, dass sowohl Seine Majestät König Leopold als auch Königin Abigail …«

Die Worte verstummen, da sie zu ungeheuerlich sind, um über ihre Lippen zu kommen. Wir warten in angespanntem Schweigen. Ich habe eine Collegebar noch nie so still erlebt, nicht mal während der Prüfungsphase. Niemand lacht oder flirtet oder wirft Darts. Niemand atmet auch nur, soweit ich das beurteilen kann. Unsere Aufmerksamkeit ist voll und ganz auf die Bildschirme gerichtet.

Die Nachrichtensprecherin schluckt heftig und atmet dann mit größtmöglicher Beherrschung zitternd aus. Sie hat die Hände auf dem eleganten Glastisch gefaltet und verkrampft die Finger zu einem festen Knoten aus Knöcheln und angespannter Haut.

*Spuck es endlich aus*, denke ich und will die Wahrheit aus ihr herausschütteln. *Dieses Warten ist schlimmer als alles, was du uns mitteilen wirst.*

Doch als sie meiner stummen Aufforderung endlich nachkommt, beweist sie mir sofort das Gegenteil. Das Warten ist nicht schlimmer. Ich würde eine Ewigkeit warten, wenn das bedeuten würde, dass ich dieser speziellen Nachricht entgehen könnte.

»Heute Abend fällt mir die schwere Aufgabe zu, Sie über eine unfassbare Tragödie zu unterrichten. Sowohl Seine Majestät König Leopold als auch Königin Abigail sind in den Flammen im Waterford-Palast ums Leben gekommen.«

Ein kollektiver Aufschrei zerreißt die Luft – ein Blitzschlag in einem sich zusammenbrauenden Sturm aus Fassungslosigkeit. Der Barkeeper lässt klirrend ein Glas zu Boden fallen. Owen stößt einen weiteren leisen Fluch aus. Die beiden Frauen links von mir brechen in Tränen aus. Ihr Entsetzen ist so heftig, dass ich es mit jedem Atemzug auf meiner Zunge schmecken kann.

*Nein.* Ich weiche zurück und weigere mich, das zu glauben. *Hier muss ein Irrtum vorliegen. Die Nachrichtensprecherin wird jeden Moment ein verlegenes Lächeln aufsetzen und sich dafür entschuldigen, dass sie der gesamten Nation mit diesem Unsinn einen solchen Schreck eingejagt hat.*

Allerdings …

Tut sie das nicht.

»Trotz der unermüdlichen Rettungsbemühungen der Feuerwehrleute gelten auch mehrere Mitglieder des Palastpersonals als vermisst. Man geht davon aus, dass sie ebenfalls tot sind«, informiert uns die Nachrichtensprecherin mit düsterer Miene. »Aktuell wissen wir nicht, in welchem Zustand sich Kronprinz Henry befindet. Wir werden Sie umgehend informieren, sobald wir erfahren, ob er sich unter den Opfern befindet.«

Ein weiterer Klagelaut hallt durch die Menge und lässt die Luft in Scherben aus Trauer und Entsetzen zersplittern.

*Nicht auch noch Henry.*

*Nicht unser Thronfolger.*

*Nicht unser Prinz.*

Diese Nachricht ist so unbegreiflich wie ungeheuerlich. Wir sind nicht darauf vorbereitet, sie mit Besonnenheit oder Fassung zu verarbeiten. Wir können lediglich wie betäubt dastehen, während der Himmel über uns in tausend Scherben zerbricht.

Die weinende junge Frau neben mir – die noch vor fünf Minuten mit einer Ausdauer, die Jay Gatsby beeindrucken würde, Gincocktails hinunterkippte – wird von einem heftigen Schluckauf geschüttelt. Ich fühle mich seltsam losgelöst von meinem Körper und betrachte meine Hand, als würde sie zu jemand anders gehören, während ich sie ausstrecke, um ihr eine Cocktailserviette zu reichen. Sie nimmt sie mit einem verdrießlichen Schniefen entgegen, ohne den Blick auch nur für eine Sekunde von den Bildschirmen zu lösen. Ich schaue mich um und stelle fest, dass sich ihre entsetzte Miene auf jedem Gesicht in der Menge widerspiegelt.

*Kollektiver reiner Kummer.*

Ich beobachte, wie die Leute um mich herum zerschellen wie Wellen an scharfkantigen Klippen und in von Trauer zerrüttete Hüllen zerbrechen, die nichts mehr mit den lauten Studenten zu tun haben, die sie noch vor wenigen Minuten waren. Für sie spielt es keine Rolle, dass sie ihrem König nie die Hand geschüttelt und ihren Prinzen nie persönlich gesehen haben, abgesehen vielleicht von den Momenten, in denen seine Kutsche während einer königlichen Parade an den Sicherheitsabsperrungen am Straßenrand vorbeirollte. Diese Neuigkeit ist wie eine Klinge, die in den bloßen Stoff unserer Existenz gestoßen wurde. Sogar die Nachrichtensprecherin wischt sich Tränen aus den Augen, während sie weiter über die entsetzlichen Ereignisse berichtet.

»Ob dieser Vorfall auf einen Unfall oder etwas weitaus Unheilvolleres zurückzuführen ist, ist bislang noch unklar«, liest sie von ihrem Teleprompter ab und sieht dabei in ihrem völlig unpassenden fröhlichen gelben Blazer bitterernst aus. »Die Behörden behandeln das Ganze vorläufig wie einen Terroranschlag. Die Notfallmaßnahmen sind bereits in Kraft getreten. Alle weiteren Mitglieder der königlichen Familie sind unter den Schutz der königlichen Garde gestellt worden, bis das ganze Ausmaß einer möglichen Bedrohung eingeschätzt werden kann – das gilt auch für Prinz Linus, den jüngeren Bruder des Königs und Herzog von Hightower, der zusammen mit seiner Frau und seinen Stiefkindern in Sicherheit gebracht wurde.«

Als sie den Herzog erwähnt, schaut mir Owen im schummrigen Licht der Bar in die Augen. In seinem Blick liegt eine für ihn untypische Sorge. Er gehört zu den wenigen Menschen auf diesem Planeten, die von meiner Verbindung zu den Lancasters wissen. Er kennt den väterlichen Namen, der in fetten, nicht zu leugnenden Buchstaben auf meiner Geburtsurkunde steht.

»Emilia …«

»Nicht.« Ich greife nach meinem Bierglas, damit ich meine

Hände beschäftigen kann, während der schmerzvolle Nachrichtenbericht weitergeht. Ich umklammere es so fest, dass ich ein wenig überrascht bin, dass es in meinem Griff nicht zerbricht.

»In dieser dunkelsten Stunde …« Die Stimme der Nachrichtensprecherin bricht, als sie die Fassung verliert. »Ich glaube, dass ich für uns alle hier bei CBTV spreche – und auch für jeden Bürger Caerleoniens, der uns dort draußen zuhört –, wenn ich sage, dass wir mit unseren Gedanken und Gebeten bei den Angehörigen des Hauses Lancaster sind, während wir versuchen, diesen unfassbaren Verlust zu verarbeiten … und herauszufinden, was genau das für die Führung unserer Nation bedeuten wird …«

»Gütiger Gott«, murmelt Owen, als der Beitrag zu weiteren Bildern des flammenden Infernos wechselt. Seine Stimme klingt, als wäre sie Lichtjahre entfernt – zusammen mit dem Rest der Welt. In diesem Augenblick, in dem ich auf allen Seiten von Menschen umgeben bin, fühle ich mich sogar noch einsamer, als ich mich als kleines Mädchen an dem Tag fühlte, an dem mir meine Mutter endlich die Wahrheit über meinen biologischen Vater erzählte. Über den Mann, der beinahe ihr gehört hätte. Über das Schicksal, das beinahe meines gewesen wäre.

*Er wollte uns nicht, Emilia.*

*Er wollte dich nicht.*

Mir schwirrt der Kopf, und ich presse mich auf der Suche nach Halt an die Brust meines besten Freundes. Er stützt mich sofort und legt seine großen Hände mit beruhigender Wärme um meine nackten Oberarme. In dem überfüllten Pub ist es warm, aber mir ist in meinem schwarzen bauchfreien Oberteil und dem eng anliegenden Rock plötzlich eiskalt. Ich bekomme am ganzen Körper eine Gänsehaut.

»Ems?« Er runzelt besorgt die Stirn. Eine Locke seines welligen blonden Haars fällt ihm über die verunsicherten braunen Augen. »Alles okay?«

Ich ringe mir ein Nicken ab. Zumindest denke ich, dass ich das tue.

Auf den Bildschirmen hebt die Nachrichtensprecherin ruckartig eine Hand an ihr Ohr, als würde sie einer für uns nicht hörbaren Übertragung lauschen. »Wir schalten nun zu Gerald Simms, dem Pressesprecher des Palastes, der uns eine offizielle Stellungnahme geben wird.«

Der Bildschirm teilt sich in zwei Hälften. Der Mann, der auf der rechten Seite erscheint, hat die säuerlichste Miene aufgesetzt, die ich je gesehen habe. Er sieht aus, als hätte er seine Nase gerade in eine Tüte mit saurer Milch gesteckt. Der unvorteilhafte Nadelstreifenanzug, für den er sich zu diesem Anlass entschieden hat, bringt sein schütteres Haar und den nicht zu übersehenden Bauchansatz nicht gerade schmeichelhaft zur Geltung.

»Guten Abend, Mr Simms«, sagt die Nachrichtensprecherin. »Danke, dass Sie sich die Zeit nehmen, um mit uns dieses Gespräch zu führen.«

»Ja, ja.« Das Doppelkinn des Mannes wackelt wie der Kehllappen eines Truthahns. »Gern geschehen.«

»Mr Simms, können Sie uns etwas über die Auswirkungen sagen, die dieser katastrophale Verlust auf die Krone haben wird? Gibt es bereits Erkenntnisse darüber, wie dieses Feuer ausgebrochen ist? War es Brandstiftung?«

»Ich kann keinerlei Kommentar zu den Einzelheiten abgeben, die für die Ermittlung relevant sind. Ich kann lediglich mitteilen, dass die Königsgarde jedem möglichen Hinweis nachgeht«, sagt Simms und plustert sich auf wie ein Heliumballon. Er kommt sich so wichtig vor und wirkt so aufgeblasen, dass man ihn mit einer Stecknadel zum Platzen bringen könnte.

»Und Kronprinz Henry?«

»Zum jetzigen Zeitpunkt bin ich nicht in der Lage, den Zustand von Prinz Henry zu erörtern. Allerdings bin ich darüber informiert worden, dass sich König Leopolds jüngerer Bruder Linus, der Herzog von Hightower, an einem sicheren Ort befindet und wohlauf ist.«

»Das sind beruhigende Neuigkeiten. Der Herzog steht nach dem Kronprinzen in der Thronfolge an nächster Stelle – ist das korrekt, Mr Simms?«

»In der Tat.«

»Also … falls Prinz Henry … falls der Prinz …« Sie verstummt. Sofort macht sich Unbehagen in der Menge um mich herum breit, denn in ihren Worten liegt eine unaussprechliche Andeutung.

*Stirbt.*

*Falls der Prinz stirbt.*

Simms zieht den Mund fest zusammen und hält all seine Emotionen sorgfältig unter der Oberfläche verborgen. »Seien Sie versichert … Caerleon wird nicht ohne Herrscher sein. Der Herzog ist voll und ganz darauf vorbereitet, sein Amt als Regent anzutreten, falls der Kronprinz aus irgendeinem Grund nicht in der Lage sein sollte, seine Rolle zu erfüllen.«

Die Nachrichtensprecherin nickt und sieht noch blasser aus als zuvor. »Bitte korrigieren Sie mich, wenn ich falschliege, Mr Simms, aber der Herzog hat keine eigenen Kinder …«

»Der Herzog hat zwei Stiefkinder aus seiner Ehe mit Lady Octavia Thorne«, erwidert er. »Aber Sie haben recht. Er hat keine eigenen rechtmäßigen Erben.«

*Rechtmäßig.*

Das Wort sorgt dafür, dass mir das Blut gefriert. Ich lege die

Finger fester um das Glas. Owen rückt näher an mich heran, denn er spürt zweifellos meine Nervosität. Ich kann die Sorge, die er ausstrahlt, förmlich mit Händen greifen.

»Hypothetisch gesehen … könnte das in Hinsicht auf die Thronfolge durchaus ein Problem darstellen, nicht wahr, Mr Simms?«

»Mmm.« Gerald Simms blinzelt mit seinen Knopfaugen. »In Zeiten wie diesen werden wir leider daran erinnert, warum sich die königliche Familie über so viele Generationen hinweg an die Tradition gehalten hat, die Erbfolge zu sichern.« Er schüttelt den Kopf, und die Fettwülste unter seinem Kinn schwabbeln. »Falls der Herzog keinen Erben hervorbringen kann, mag sich Caerleon zum ersten Mal in der Geschichte mit der Situation konfrontiert sehen, keinen direkten Anwärter auf den Thron zu haben.«

Ich wende den Blick von den Bildschirmen ab und spanne den Kiefer fest an. Ich kann mir das nicht länger anhören.

»Das ist verdammt noch mal unfassbar.« Owen schnaubt, die attraktiven Gesichtszüge zu einer finsteren Miene verzogen. »Der König ist gerade erst tot, und schon gibt es Spekulationen um seine Nachfolge. Das sind doch alles Geier.«

Ich ziehe die Augenbrauen bis zum Haaransatz hoch. »Und das sagt der Mann, der das gesamte Frühjahrssemester damit verbracht hat, an Protestmärschen gegen die Monarchie teilzunehmen. Mir war nicht klar, dass es dich überhaupt kümmert, wer die Krone trägt.«

Er blickt zu mir hin und schaut mir lange in die Augen. In den Tiefen seiner Augen liegt etwas, das ich nicht deuten kann. Etwas, das mein Herz auf unangenehme Weise flattern lässt, während er sich ein kleines bisschen näher zu mir vorbeugt und seine Stimme zu einem barschen, wütenden Flüstern senkt.

»Mich kümmert, was passieren könnte, falls diese Krone den Besitzer wechselt und auf einmal dem jüngeren Bruder des Königs, dem erlauchten Herzog von Arschhausen, zufällt. Verflucht noch mal, mich kümmert, was …« Er beißt sich auf die Unterlippe. Den Rest behält er für sich, aber er steht ihm klar und deutlich ins Gesicht geschrieben.

*Was das für* dich *bedeuten könnte, Emilia.*

Ich wende mich ruckartig ab und wünsche mir, dass ich die Angst, die plötzlich von mir Besitz ergreift, abwehren könnte. Ich wünsche mir, dass ich die Stränge meiner DNA so leicht ändern könnte wie die gefärbten Strähnen meiner Haare. Ich wünsche mir eine Menge nutzloser Dinge.

Die nasale Stimme des Pressesprechers hallt in meinem Kopf wider wie eine Totenglocke.

Falls der Herzog keinen Erben hervorbringen kann, mag sich Caerleon zum ersten Mal in der Geschichte mit der Situation konfrontiert sehen, keinen direkten Anwärter auf den Thron zu haben …

Was würde passieren, wenn sie die Wahrheit erführen?

Dass Linus *sehr wohl* eine Erbin hervorgebracht hat.

*Er wollte sie nur nicht haben.*

»Tut mir leid, Ems.« Owens Stimme holt mich in die Realität zurück. Als sich unsere Blicke treffen, schluckt er schwer, und sein Adamsapfel hüpft. »Ich wollte dich nicht anblaffen.«

Mit einem schwachen schiefen Lächeln stoße ich mit meiner Schulter gegen seine, um ihm zu signalisieren, dass ich nicht sauer bin. Damit ich wirklich wütend auf Owen werde, bräuchte es schon deutlich mehr als ein paar barsche Worte. Wir sind schon miteinander befreundet, seit wir damals im Kindergarten Spindfächer bekamen, die direkt nebeneinander lagen. Wir sind in derselben Straße aufgewachsen – was ihn buchstäblich zum Jungen von nebenan macht. Ich kann mir nur schwer vorstellen, dass er etwas tun könnte, um dieses Band zwischen uns zu zerreißen. Er ist die eine Konstante in meinem Leben, egal was sich sonst alles verändert.

Die Sprecher im Fernsehen reden noch ein wenig länger miteinander und tauschen abscheuliche Wörter wie »Abstammung« und »Thronfolge« aus, aber ich blende sie aus, da ich zu sehr mit meinen eigenen Gedanken beschäftigt bin.

Ich lasse den Blick geistesabwesend über die Grafiken wandern, die auf den Bildschirmen aufblitzen – ein königlicher Stammbaum, aus dem König Leopold und Königin Abigail bereits mit rigorosen schwarzen Linien herausgestrichen wurden. Ihre kleinen Porträtbilder scheinen mich geisterhaft und ernst vom Bildschirm aus anzustarren.

In einem anderen Leben wären sie meine Verwandten gewesen.

Meine Tante und mein Onkel.

Nun sind sie nur noch eine Erinnerung.

Wie betäubt starre ich auf den leeren Zweig des Lancaster-Familienstammbaums, der sich unter Linus befindet – der Zweig, auf dem mein Name stehen sollte –, und schlucke die Verbitterung hinunter, die wie Galle in meiner Kehle aufsteigt. Die Nachrichtensprecherin zoomt an sein Gesicht und an die Worte *HERZOG VON HIGHTOWER* heran, die unter seinem Bild stehen. Als ich sein ernst schauendes Gesicht betrachte, zucke ich unwillkürlich zusammen, weil er mir so unglaublich ähnlich sieht.

*Das gleiche dunkle, dichte Haar.*

*Die gleichen tiefgrünen Augen.*

*Die gleichen vollen Lippen, der gleiche trotzige Mund.*

»Wer ist das?«, flüstert eine der weinenden Frauen in der Menge ihrer Freundin zu und starrt mit geröteten Augen auf den Fernseher.

»Hast du nicht zugehört? Das ist der jüngere Bruder des Königs, Linus. Der Herzog von Hightower«, erwidert ihre Freundin ebenfalls im Flüsterton. »Wenn der Prinz stirbt … kommt er an die Macht.«

»Ist der nicht schon siebzig oder so?«, fragt die erste Frau.

»Er ist letzten Monat dreiundsiebzig geworden«, murmle ich, ohne nachzudenken.

Die beiden Frauen schauen beide ein wenig verblüfft in meine Richtung. Ich wende mich ab, bevor sie mich fragen können, warum ich über solche Detailkenntnisse verfüge. Der Experte auf dem Bildschirm plappert immer noch vor sich hin und sagt Dinge, die ich nicht hören will.

»Wir werden innerhalb der nächsten Minuten Neuigkeiten über Kronprinz Henrys Zustand erhalten …«

Ich erstarre zur Salzsäule und kann kaum noch atmen. Sofort sende ich ein Gebet an jeden, der mich erhören mag, um den Cousin zu retten, dem ich nie begegnet bin.

*Bitte überlebe, Henry.*

*Du musst überleben.*

*Du musst regieren.*

Ein feierliches Schweigen legt sich einmal mehr über das *Hennessy's* – die unscheinbare kleine Spelunke um die Ecke des Campus, in der wir uns herumtreiben, wenn wir nicht gerade Vorlesung haben und Owen nicht auf der Arbeit festhängt. An einem Freitagabend herrscht hier normalerweise wildes Treiben. Nun ist es unheimlich still, und selbst die betrunkensten Gäste scheinen den Atem anzuhalten.

Owen legt eine Hand auf meine Hüfte – sie ist schwer und warm, und er zieht mich damit an sich heran. Es ist eine vertraute Berührung. Unter normalen Umständen würde sie dazu führen, dass ich die Augenbrauen hochziehe. Aber diese Umstände sind alles andere als normal. Ich kann lediglich einen

Augenblick darauf verwenden, mich zu fragen, ob mein bester Freund die unausgesprochene Grenze überschreitet, die schon so lange besteht, wie ich mich erinnern kann, denn die Nachrichtensprecherin ergreift wieder das Wort. Ihre Stimme durchschneidet die Luft mit neuem Entsetzen.

»Auch wenn wir immer noch auf eine offizielle Bestätigung warten, hören wir mittlerweile von Berichten, die besagen, dass Kronprinz Henry lebt, aber bewusstlos ist. Er befindet sich auf der Intensivstation, und sein Zustand wird als kritisch bezeichnet. Er hat Verbrennungen dritten Grades, eine Rauchvergiftung sowie ein schweres Schädelhirntrauma erlitten. Es ist nicht sicher, ob er die Nacht überleben wird.«

Im Raum ist es so still, dass ich das rhythmische Tropfen eines undichten Wasserhahns hinter der Theke hören kann. Jeder Tropfen klingt in der abgestandenen Luft wie ein Schuss. Die Nachrichtensprecherin holt tief Luft und strafft ihre Schultern im gelben Blazer. Sie blickt direkt in die Kamera. Ihre braunen Augen wanken nicht, als sie eine Nachricht verkündet, die für die nächsten hundert Jahre in Dauerschleife abgespielt werden wird. Man wird sie in Geschichtsmuseen und Aufzeichnungen über nationale Ereignisse finden, bis die Welt zu Staub zerfällt.

»Unserer Quelle im Palast zufolge … wurde vor wenigen Augenblicken Linus Lancaster, der Herzog von Hightower, offiziell als Regent vereidigt. Während man abwarten muss, ob sich Prinz Henry erholt … wird er in der Zwischenzeit die Regierungsgeschäfte übernehmen.« Ihre Stimme wird schwächer, während sie das offizielle Motto von Caerleon so leise zitiert, als wäre es ein Gebet. *»Non sibi sed patriae.«*

*Nicht für sich selbst, sondern für das Vaterland.*

»Gott segne König Linus«, sagt die Nachrichtensprecherin mit fester Stimme. »Möge er lange regieren.«

»Möge er lange regieren«, wiederholen die Barbesucher um mich herum im Chor mit brüchiger Stimme, den Blick auf das Abbild ihres neuen Monarchen gerichtet. Er ist ein Mann mit dichtem dunklem Haar und kalten grünen Augen. Ein Mann, den ich mein ganzes Leben lang gemieden habe.

*Seine Majestät.*

*König Linus.*

*Mein Vater.*

## Triggerwarnung

Dieses Buch enthält Elemente, die triggern können.

*Diese sind:*
*Parkinsonerkrankung, ungeplante Schwangerschaft*